重生

REVIVAL

Stephen King

[美] 斯蒂芬·金 / 著 朱力安 / 译

CNS PUBLISHING & MEDIA
湖南文艺出版社 HUNAN LITERATURE AND ART PUBLISHING HOUSE
博集天卷 CS-BOOKY

图书在版编目（CIP）数据

重生 /（美）斯蒂芬·金（Stephen King）著. 朱力安译. —长沙：湖南文艺出版社，2017.1
书名原文：Revival
ISBN 978-7-5404-7849-0

Ⅰ. ①重… Ⅱ. ①斯… ②朱… Ⅲ. ①长篇小说—美国—现代 Ⅳ. ①I712.45

中国版本图书馆CIP数据核字（2016）第270625号

著作权合同登记号：图字18-2016-239

REVIVAL：Copyright © 2014 by Stephen King
This edition arranged with The Lotts Agency Ltd.
through Andrew Nurnberg Associates International Limited

上架建议：外国文学·悬疑小说

CHONGSHENG
重生

作　　者：[美] 斯蒂芬·金
译　　者：朱力安
出 版 人：曾赛丰
责任编辑：薛　健　刘诗哲
监　　制：毛闽峰　李　娜
策划编辑：付立鹏　钟慧峥
文案编辑：吕　晴
营销编辑：贾竹婷　雷清清
版权支持：辛　艳
封面设计：利　锐
版式设计：张丽娜
出版发行：湖南文艺出版社
（长沙市雨花区东二环一段508号　邮编：410014）
网　　址：www.hnwy.net
印　　刷：北京天宇万达印刷有限公司
经　　销：新华书店
开　　本：874mm × 1270mm　1/32
字　　数：300千字
印　　张：12.5
版　　次：2017年1月第1版
印　　次：2019年8月第5次印刷
书　　号：ISBN 978-7-5404-7849-0
定　　价：39.80元

若有质量问题，请致电质量监督电话：010-59096394
团购电话：010-59320018

目录

Contents

那永恒长眠的并非亡者，

在奇妙的万古之中，

即便死亡亦会消逝。

——霍华德·菲利普·洛夫克拉夫特

Ⅰ 第五先生/骷髅山/太平湖

我们的生活至少有一个方面像极了电影。主演阵容由家人和朋友构成。配角由邻居、同事、老师和日常见面的熟人来充当。还有其他客串演员：超市里笑容甜美的收银员，当地酒馆里友善的酒保，还有你在健身房里一周三天一起健身的伙伴。然后就是成千上万的临时演员——那些人就像水流过筛子一样从我们的生命里经过，只打过一次照面，然后再不相见。在巴诺书店里看漫画小说的少年，你必须侧身挤着过去（小声说句“借过一下”）才能到杂志专区；旁边车道上，那个趁着红灯停车赶紧补一下唇彩的女人；你在路边餐厅吃个快餐，旁边那个为小宝宝擦掉脸上雪糕的母亲；棒球赛上卖了包花生米给你的小贩。

但有时候，有这么个人，他归不进上面任何类别，却走进了你的生命。这就是打牌时偶尔抽到的大小王，往往在危急关头才出现。在电影里，这类角色被称为“第五先生”或“促变者”。他在电影里出场的时候，你知道他绝对是编剧有意安排的。但谁是我们生活的编剧？是命运还是巧合？我多么情愿相信是后者。我发自内心出自灵魂都希望是这样。当我想到查尔斯·雅各布斯——我的“第五先生”、我的“促变者”、我命中的劫，我不愿相信他在我生命中的出现跟命运有任何关系。因为这就表示所有这一切——这些恐怖事件——都是命中注定的。如果真是这样，那就根本不存在光明，我们对光明的信仰只是一种愚蠢的妄念。如果真是这样，那我们就是活在黑暗之中，像活在地穴里的动物，或是藏在小丘之中的蚂蚁。

而且我们身边还有别的存在。

在我六岁生日时，克莱尔送了我一套玩具士兵。1962年10月的一个星期天，我正排兵布阵谋划一场重大战役。

我来自一个大家庭——四个男孩儿、一个女孩儿——我是家里最小的一个，总能收到很多礼物。克莱尔送的礼物一直是最棒的。或许因为她是老大，或许因为她是家里唯一的女孩儿，或者两方面原因都有。不过那些年里所有她送我的宝贝礼物中，那支军队是最棒的，完胜其他礼物。有200个绿色塑料士兵，有的持步枪，有的持机枪，有12个士兵焊到了像管子一样的东西上（她说那些是迫击炮）。还有8辆卡车和12辆吉普。这套士兵最酷的地方就是那个包装盒了，那是一个用硬纸壳做的军用小型手提箱，涂着黄绿色迷彩漆，正面印着“美国军方财产”字样。下面是克莱尔自己印的：杰米·莫顿，指挥官。

就是我啦。

“我在特里的一本漫画书背面看到的广告，”等我欢喜地一阵狂叫过后，她说道，“他不让我把广告剪下来，因为他就是坨鼻屎——”

“没错。”特里说道，他那时八岁。“我就是鼻屎哥。”他伸出手，将食指和中指分开，捅进自己的鼻孔。

“住手，”妈妈说道，“过生日的时候不许兄弟之间起争执，劳驾，谢谢。特里，把手指拿出来。”

“反正，”克莱尔说道，“我把优惠券复印之后寄了回去。我还担心不能及时寄到，结果真到了。你喜欢我就满意了。”她亲吻了我的太阳穴。她老喜欢亲那里。这么多年过去，我还能感觉到那温柔的亲吻。

“超爱的！”我把军用手提箱抱在怀里说道，“我会永远爱它！”

当时是早餐过后，那天的早餐是蓝莓薄饼和培根，我的最爱。我们几个过生日的时候都能吃到自己最爱吃的东西，礼物都是早餐之后送，就在厨房里，一个壁炉，一张长桌子，还有那笨重的洗衣机，坏了又坏。

“杰米说的‘永远’就是……5天的样子。”阿康（康拉德的昵称）说道。他当时10岁，身材修长（后来发福了），那时候就热衷于理科了。

“说得妙，康拉德。”老爸说。他穿着干净的工作服，他的名字——理查德——用金线绣在左胸的口袋上，右胸写着莫顿燃油。“很了不起。”

“谢谢，老爸。”

“鉴于你这么能说会道，帮妈妈清理早餐碗碟的重任就交给你了。”

“明明轮到安迪了！”

“现在不是了。”老爸边说边给最后一块薄饼浇上糖浆，“拿块抹布去，口才大师。别打碎东西。”

“你把他都宠坏了。”阿康回嘴说，不过还是拿了块抹布。

康拉德对我“永远”的说法倒也不完全错。五天之后，安迪送我的“小小手术台”游戏就在床底下积灰了（反正身体器官本来就不齐，安迪是在尤里卡田庄杂物甩卖上花15美分买回来的）。特里给我买的拼图也是。阿康送了我一套插胶片看的立体眼镜，持续的时间稍微长了些，但最终还是进了我的储物柜，从此无影无踪。

爸爸妈妈送了我衣服，因为我的生日在8月末尾，而那一年我该上一年级了。我觉得新衣服新裤子就跟电视信号测试图一样无趣，但我还是尽量满怀热情地谢了他们。我料想他们肯定一下子就看穿了，对于一个六岁小孩儿来说，热情不是这么好装的……不过说来可悲，这项技能我们大多数人都学得太快。不管怎样，衣服就在洗衣机里洗了几回，挂在院子侧面的晾衣绳上，最后折好放进我的衣柜里了。不用说，这些衣服眼不见心不烦，一直搁到9月份才拿出来穿。我记得有件毛衣挺酷的——棕色带黄条。穿上去的时候我假装自己是个名叫人肉大黄蜂的超级英雄：坏蛋们，当心我的刺！

不过关于那个装着士兵的军用手提箱，阿康倒是说错了。我一天到晚都在玩那些士兵，通常在前院的边上，在我们家的草坪和卫理公会路之间的那条狭长的泥沙带上。卫理公会路那时候其实也就是一条泥土路。除了9号公路和通往山羊山（那里有个富人的度假村）的双车道之外，哈洛镇上那时候所有的路都是泥土路。我记得有好几次妈妈因为夏天干燥尘土吹进家门而苦恼。

我和比利·帕克特和阿尔·诺尔斯——两个我最要好的朋友——一起玩塑料士兵度过了许多个下午，但是查尔斯·雅各布斯第一次出现在我生命中的那天，我是自己一个人。不记得为什么比利和阿尔没跟我在一起，不过我确实记得当时自己一个人玩还挺开心的。其一，这样就无须把士兵分成三队了；其二——这一点尤为重要——我不用再跟他们争这次该谁打胜仗了。其实，我觉得我根本就没有打败仗的道理，因为这可是我的士兵，还有我的军用手提箱。

就在我生日刚过不久的一个夏末，我跟妈妈透露了这个想法，她握着我的肩膀，看着我的双眼，我立刻就知道她要给我讲人生大道理了。“杰米，这世上半数问题都来自这种‘这是我的，我说了算’的心态。当你跟朋友们一起玩的时候，士兵是你们大家的。”

“即便我们扮演敌对方？”

“是的。当比利和阿尔回家吃晚饭，你把士兵收进玩具盒之后——”

“是军用手提箱！”

“对，军用手提箱。当你把它们收拾好之后，它们又是你的了。待人不善的方式有千万种，等你长大就知道了，但我觉得所有不好的行为都源自最根本的自私。孩子，跟我保证你将来不会做个自私的人。”

我做了保证，但我还是不乐意让比利和阿尔获胜。

1962年10月的那天，全世界命悬一线，全看那名叫古巴的热带一隅，我一个人指挥两边打仗，也就是说无论如何我都会赢。平路机早前开过卫理公会路（“弄得石头到处都是。”我爸老这样抱怨），四处都是松土。我拢了好些土，先是堆成一个小土堆，然后是一个小丘，再后来就是一座大山，几乎高到我的膝盖。一开始我想称之为山羊山，但这样似乎太没创意也太无趣了（毕竟真正的山羊山就在12

英里之外）。深思熟虑过后，我决定将它命名为骷髅山。我还试着用手指在上面戳出几个像眼睛一样的山洞，不过土太干，戳出来的洞老是塌下去。

“好吧，算啦，”我对军用手提箱里的塑料士兵们说，“世界如此艰难，哪能全如你愿。”这是我爸的口头禅，家里有五个孩子要养，他绝对是有理由信奉这句话的。“就假装这些是山洞吧。”

我把一半儿的部队部署在骷髅山顶上，势力强大。我对迫击炮兵在山上的样子尤其满意。这一支是“德国酸菜”。我把美国军队安排在草坪的边缘。吉普车和卡车都归他们，因为开着车冲上陡坡的阵势一定很帅。有几辆会翻车，这个可以肯定，但至少会有几辆能冲到山顶。然后碾过迫击炮兵，让他们尖叫求饶，但决饶不了他们。

“受死吧，”我喊道，拿着最后几个英勇的美国兵，“希斯莫，下一个就是你！”

我控制着它们保持队形逐排上前，还发出漫画书里机关枪的声音，就在这时，一个阴影笼罩了战场。我抬起头，看到有个人站在那儿。他把午后的太阳挡在身后，留下一个被金色光芒描出的轮廓——一个人形日食。

家里有事儿在忙，周六下午家里老有事儿。安迪和阿康在我们家长长的后院里，跟一帮朋友玩“三人投球六人接”，大叫大笑。克莱尔跟她的几个朋友在自己房间里，用她的公主唱片机放唱片：《火车头》《士兵男孩》《帕利塞兹公园》。车库里还有敲敲打打的声音，特里和老爸在修那辆1951年的福特老爷车，老爸管它叫“公路火箭”，或叫“那个项目”。有一次我听他管它叫“那坨屎”，如获至宝，这个词我沿用至今。如果你急需改善心情，就找样东西，骂它是“一坨屎”，通常很管用。

家里很热闹，但那一刻，仿佛一切都静了下来。我知道这只是某种记忆失实造成的幻觉（更别提一个手提箱所能承载的黑色联想），但那段记忆非常深刻。突然后院孩子们的大呼小叫消失了，楼上的唱片停了，车库里也没有敲敲打打了。连一声鸟叫都没有。

那个人弯下腰来，西斜的太阳从他肩上刺入我的眼睛，我一时间什么都看不见，于是举起手来遮住眼睛。

“对不起，对不起。”他边说边挪步一旁，好让我看他的时候不用正对太阳。他上身穿着一件黑色的教会用夹克和一件黑色缺口领衬衫，下身穿着一条蓝色牛仔裤，还有一双磨旧的休闲皮鞋，看上去就像他同时想做两个截然不同的人。六岁的时候，我把成年人归入三类：年轻人、大人和老人。这个家伙归入年轻人。他手撑着膝盖，以便端详对战中的部队。

“你是谁？”我问道。

“查尔斯·雅各布斯。”这名字似曾相识。他伸出了手。我立刻跟他握了握手，虽然才六岁，我还是有教养的。我们全家的孩子都这样。爸妈在这方面是不遗余力的。

“你的领子上为什么有个孔？”

“因为我是个牧师。等你以后星期日做礼拜的时候就能看到我了。如果你周四晚上去卫理公会青少年团契的话，也会看到我。”

“我们以前的牧师是拉图雷先生，”我说道，“不过他死了。”

“我知道。很抱歉。”

“不过没关系，妈妈说他死前没受折磨，直接上了天堂。不过他不穿你这种领子。”

“那是因为比尔·拉图雷是个非神职布道者。也就是说，类似于志愿者。没有其他人去打理，但他却一直保持教堂开放。真是个好人。”

“我猜我爸认识你，”我说，“他是教堂的几个执事之一。他得收集募款，不过是跟其他执事轮流来。”

“分享是好事。”雅各布斯边说边在我身旁跪下来。

“你是要祷告吗？”这让我有点儿警惕。祷告是在教堂和卫理公会青少年团契里做的，我的哥哥和姐姐管团契叫周四补习班。雅各布斯先生重新恢复团契的时候，是我参加团契的第一年，也是我读正规学校第一年。“如果你想找我爸，他正跟特里在车库里。他们正在给‘公路火箭’装新的离合器。至少我爸是在装离合器。特里主要是负责给他递工具和在一旁看。他八岁，我六岁。我妈可能在房子后廊，看别人在玩‘三人投球六人接’。”

“我们小时候管这叫‘滚拍球’。”他说着露出微笑，笑得很灿烂。我立刻就喜欢上他了。

“真的？”

“嗯，因为接球后得用球拍来击球。孩子，你叫什么名字？”

“杰米·莫顿。我六岁。”

“你刚才说过。”

“我从没见人在我们家院子前面祷告过。”

“我也没打算祷告，我只是想凑近看看你的军队。哪边是俄国人，哪边是美国人？”

“地面上的是美国人，没错，不过骷髅山上的是‘德国酸菜’。美国人必须抢占山头。”

“因为山挡住了去路，”雅各布斯说，“骷髅山后面是通往德国的路。”

“说对了！还有‘德国酸菜’的首领！希斯莫！”

“诸般罪恶的创造者。”他说。

“嗯？”

“没什么。介不介意我改口把坏人叫德国人？‘德国酸菜’好像有点儿刻薄。”

“没关系，随你叫，‘德国酸菜’就是德国人，德国人就是‘德国酸菜’。我爸也参战了，不过是最后一年。他在得州修卡车。雅各布斯先生，你参战了吗？”

“没有，我那时太年轻。朝鲜战争也没去。莫顿将军，美国人准备怎么拿下山头？”

“冲锋啊！”我喊道，“机关枪扫射！砰！吧嗒吧嗒吧嗒！”然后我压低喉咙：“嗒咔嗒咔嗒咔！”

“将军，直接攻击高地听上去有点儿危险。要是我的话，就会兵分两路……就像这样……”他把一半儿美国人分到了左边，一半儿分到了右边。“这就造成了钳子攻势，看到没？”他把拇指和食指捏到一起，“两面夹击。”

“可能是吧。”我说道。我喜欢正面迎击——富于血腥场面——不过雅各布斯先生的提议也很吸引人，比较狡诈。狡诈也是很过瘾的。“我想弄一些山洞出来，不过土太干了。”

“我明白了。”他用手指戳进骷髅山，看着上面的土坍塌下来把洞埋住。他站起身来，掸掉裤子膝盖上的泥土。“我有个小男孩儿，估计再过个一两年，他也会喜欢玩你的士兵。”

“如果他想要的话，现在就可以来玩啊。”我力求做到不自私。“他在哪儿呢？”

“还在波士顿，跟他妈在一起。有好多东西要打包。我猜他们星期三就能到，最迟星期四。不过要说玩具兵，莫里还小了点儿。他只会捡起来到处乱扔。”

“他几岁？”

“才两岁。”

“我敢打赌他还尿裤子呢！”我叫道，开始笑起来。或许不大礼貌，但我忍不住。小孩儿尿裤子的样子太搞笑了。

“他确实会，”雅各布斯微笑着说，“不过迟早会好的。你说过你父亲在车库里？”

“对。”我这会儿想起在哪儿听过这人的名字了——爸妈在餐桌上，说有个新牧师要从波士顿过来。是不是太年轻了点儿？妈妈这样问。是的，看薪水就知道了，爸爸回答道，说完咧嘴一笑。他们还谈了点儿他的事儿，不过我没听。安迪霸着土豆泥不放，他老这样。

“你试试交叉火力。”他边说边往外走。

“哈？”

“钳子。”他说道，把他的拇指和食指夹到一起。

“噢，对。好的。”

我试了试，效果很不错。“德国酸菜”全死了。不过战斗没有我想象中那么惨烈，所以我又试了试正面攻击，卡车和吉普在骷髅山的陡坡上滚落，加上“德国酸菜”从后面坠崖，带着绝望的惨叫：“啊啊啊啊啊！”

我这边战事如火如荼，妈妈、爸爸和雅各布斯先生则坐在前廊，喝着冰茶，聊着教会的事儿——除了我爸担任执事外，我妈是妇女辅助团的一员。不是老大，不过仅次于老大。她那时候那些花哨的帽子可真值得看看，绝对不下一打。我们那时候好欢乐。

妈妈把我的兄弟姐妹和他们的朋友们叫过来，一起见见这位新牧师。我起身准备过去，不过雅各布斯先生挥手让我回去，他告诉我妈我们已经见过面了。“继续作战，将军！”他说道。

于是我继续作战。阿康、安迪和他们的朋友们也回去继续玩了。克莱尔和朋友们回到楼上继续跳舞（不过妈妈跟她说，把音乐关小点儿，劳驾，谢谢）。莫顿先生、莫顿太太和雅各布斯牧师继续聊了好一会儿。我记得自己常常惊诧于大人之间居然这么能聊。感觉好累。

我都记不清了，因为我用好几种不同方式把骷髅山战役打了一遍又一遍。最爽的一幕——根据雅各布斯先生的钳子攻势改编而来——一部分美国大军在前方牵制德军，其余部队绕到后方突袭。“发生什么事情了？”其中一人尖叫道，然后头部中枪毙命。

我开始有点儿玩腻了，想回屋里吃块蛋糕（如果阿康和安迪的朋友们吃完还有剩下的），就在这时，阴影再次笼罩我和我的战场。我抬头看见雅各布斯先生，他手里拿着一杯水。

“这是我从你母亲那里借来的。我给你展示一样东西好不好？”

“好啊。”

他再次跪下，把水从骷髅山顶往下浇。

“是雷暴雨！”我叫道，开始发出打雷的声音。

“嗯哼，随你。还有闪电。看好啦。”他伸出两根手指，就像恶魔头上的犄角，然后往打湿的土里戳。这次洞穴没有坍塌。“瞧，”他说，“洞穴好啦。”他拿起两个德国士兵，放了进去。“将军，要将他们连根拔除，必然是很艰难的，但我相信美军一定能当此重任。”

“嘿！谢谢！”

“如果再倒下来你就再加点儿水。”

“我会的。”

“打完仗记得把水杯拿回厨房。我可不想刚到哈洛第一天就得罪你妈。”

我跟他保证了，然后伸手一指。“雅各布斯先生，搁那儿。”

他笑着做了，然后朝卫理公会路走去，朝着牧师宅邸走去，他和家人后来在那儿住了三年，一直到他被开除。我看着他走远，然后注意力又回到骷髅山。

但我还没开始，又一道阴影笼罩了战场。这次是我爸。他单膝跪下，很小心没有压到任何美国士兵。“嗯，杰米，你怎么看我们的新牧师？”

“我喜欢他。”

“我也是。你妈也喜欢他。对这份工作来说，他太年轻了，如果他干得好的话，我们这个教会只是他的开始，不过我觉得他肯定行。尤其是卫理公会青少年团契，年轻人能感召年轻人。”

“看，爸爸，他教了我怎么挖山洞。只要把土打湿，弄成泥巴的样子就行了。”

“不错。”他抚弄了一下我的头发，“吃晚饭前你可得好好洗干净。”他拿起水杯：“要我帮你拿回屋里去吗？”

“好的，劳驾，谢谢。”

他拿起杯子往屋里走。我回头看骷髅山，却发现泥土已经干了，山洞塌了下来，洞里的士兵被活埋了。不过我无所谓，反正他们都是坏蛋。

• • ● • •

如今，大家对性骚扰敏感过头，没有一个头脑正常的家长敢让一个六岁的孩子跟一个刚认识的男性走，而且还是自己一个人住（即便只是短短几天）的男性。不过我妈就这么干了，那是接下来的那个星期一下午，而且她完全没有犹豫。

雅各布斯牧师——妈妈让我这样称呼他，不叫先生——大概在三点差一刻的时候来到卫理公会丘，敲了敲纱门。我正在客厅地上填色，妈妈在看《打电话赢大奖》。她给WCSH电视频道寄了自己的名字，希望能赢得本月大奖，一台伊莱克斯吸尘器。她知道机会不大，不过她说，希望永“债”。她是在说笑。

“能把你的小儿子借我半小时吗？”雅各布斯牧师问道，“我的车库里有样东西，我猜他会感兴趣的。”

“什么东西？”我问道，已经站了起来。

“一个惊喜。你可以回来再慢慢告诉你妈。”

“妈，行不？”

“当然可以，”她说，“不过，杰米，你先把上学的衣服换掉。他还得换一会儿，你要不要来杯冰茶，雅各布斯牧师？”

“好的，”他说道，“不知道你能不能改口叫我查理？”

她考虑了一下，然后说：“这恐怕不妥，但我可以叫你查尔斯。”

我换上了牛仔裤和T恤衫，我下楼之后他们还在聊大人的事情，于是我出门去等校车了。阿康、特里和我在9号公路的一所只有一间教室的学校上学，只要从家走1/4英里就好。不过安迪在联合中学上学，而克莱尔上学的地方远在河对岸的盖茨瀑布高中，她是高一新生。（妈妈让克莱尔“当好新生，别惹恼先生”——又一个笑话。）校车在卫理公会丘山脚，9号公路和卫理公会路的交叉口放学生下车。

我看着他们下车，然后吃力地爬坡上来——照旧吵个不休，我站在信箱旁都能听到——雅各布斯牧师出来了。

“准备好了吗？”他问道，然后牵起我的手，感觉非常自然。

“当然。”我说道。

我们一路下坡，半路遇上安迪和克莱尔。安迪问我要去哪儿。

“去雅各布斯牧师家，”我回答说，“他要给我一个惊喜。”

“好吧，别待太久，”克莱尔说道，“今晚轮到你来布置餐桌。”她瞟了雅各布斯一眼，然后快速转移目光，仿佛不敢直视。在这一年之内，我的大姐就迷恋上了他，她的所有朋友都这样。

“我很快就送他回来。”雅各布斯保证说。

我们手牵手走下坡，来到9号公路，往左能到波特兰，往右可以去到盖茨瀑布、罗克堡和刘易斯顿。我们停下来看看交通，其实很搞笑，因为9号公路上除了夏天之外基本没有车经过，然后穿过干草田和玉米地，玉米的秸秆已经干枯，在秋日微风中沙沙作响。走了10分钟，来到牧师宅邸，一座整洁的白房子，装着黑百叶窗。后面就是哈洛第一卫理公会教堂，这也很搞笑，因为哈洛并没有第二卫理公会教堂。

哈洛仅有的另外一家教堂就是示罗教堂。我爸说示罗信徒都多多少少有点儿精神病。他们不坐马拉的四轮车之类的，成年男子和男孩儿出门都得戴黑帽子。成年女子和女孩儿得穿到脚踝的裙子，戴白帽子。我爸说示罗信徒宣称知道世界末日来临，这个预言在某本特别的书里有记载。我妈说在美国，只要不伤害他人，谁都有权选择爱信什么就信什么……不过她也没说我爸讲得不对。我们的教堂比示罗的要大，但装饰很素淡，而且没有尖顶。以前是有的，不过很久以前，1920年左右，来了一次飓风，把尖顶给刮了下来。

雅各布斯牧师和我沿着牧师宅邸的泥土车道往上走。我看到他的蓝色普利茅斯贝尔维迪老爷车后很感兴趣，那车酷毙了。“是标准换挡，还是按按钮就能开的那种？”我问道。

他有点儿吃惊，然后笑了。“是按按钮的那种，”他说道，“这是我的亲家人送的结婚礼物。”

“亲家人是什么，是坏人吗？”

“我们家的是，”他说着笑了起来，“你喜欢车吗？”

“我们都喜欢车。”我回答道，我指的是我们家每个人……不过我猜妈妈和克莱尔可能没那么喜欢车。女人似乎完全无力理解车这东西有多酷炫。“等‘公路火箭’修好，我爸要去罗克堡赛道赛车。”

“真的？”

“嗯，不是他本人开。我妈说他不能开，太危险了，要让别人来开。可能是杜安·罗比肖。他跟他爸妈一起经营布朗尼小铺。他去年在赛道上开9号车，不过引擎起火了。我爸说他正在找其他车开。”

“罗比肖家人去教堂做礼拜吗？”

“呃……”

“那就是不去。杰米，到车库来。”

里面到处是黑影，霉味扑鼻。我有点儿害怕影子和那股味儿，但雅各布斯毫不在意。他领着我往暗处走，然后停下来，指着前面。我看到之后深吸了口气。

雅各布斯笑了一下，是那种暗暗骄傲的窃笑。“杰米，欢迎来到太平湖。”

“哦！”

“我一边等帕齐（帕特里夏的昵称）和莫里过来，一边就把这个弄好了。我得收拾收拾家，我也做了好些了，比如修理井泵，不过帕齐不把家具带过来，我实在没什么可以做的。你妈妈和妇女辅助团里其他人也干得不错，把这里收拾了出来，小朋友。拉图雷先生住在奥尔岛，开车往返，其实这里自从二战之后就没人住过。我真感谢你妈妈，你帮我再谢谢她。”

“好的，放心。”我说道，不过我从来没把他的第二番感谢送到，因为我其实没听清他说了什么。我的全部注意力都在那张桌子上，那张桌子占据了车库一半儿的空间。上面是一片连绵起伏的绿色景观，把骷髅山完全比了下去。我见过很多这样的景观——大多数是在玩具店的窗口——不过它们都有复杂的电动火车在上面跑。雅各布斯牧师所置的台子上没有火车，其实这根本不是一张真正的桌子，只是锯木架上的几块胶合板。胶合板顶上是一个微缩的乡村郊外，大概有12英尺长，5英尺宽。18英尺高的电缆线从一端斜跨到另一端，台面被一个湖泊占据，里面装着真正的水，即便在黑暗中也泛着湖蓝色。

“我很快就得把它拆了，”他说，“不然没法儿把车开进车库。帕齐对这个不感冒。”

他俯身把双手撑在膝盖上，凝视着连绵的丘陵、细丝电缆和那个大湖。湖畔有塑料牛羊在吃草（它们的比例相当失调，不过我没注意，就算注意到也无所谓）。还有很多路灯，这有点儿诡异，因为周边没有城市或道路需要照亮。

“我敢打赌你的士兵可以在这里好好打一场仗，你说是不？”

“没错。”我说道。我觉得在这里完成整个战役都行。

他点点头。“不过这是不会发生的，因为在太平湖，大家融洽相处，不准打斗，就像天堂一样。等卫理公会青少年团契做起来，我准备把它搬到教堂地下室去。或许你和你的几个哥哥可以帮我。我觉得孩子们会喜欢的。”

“他们肯定喜欢！”我说完加了句我爸说过的，“那可不，必须的！”

他笑了，拍拍我的肩膀：“想不想见证一个奇迹？”

“好吧。”我说。我其实不太肯定，因为听上去有点儿吓人。我突然意识到这个没有停车的车库里只有我们两个，这尘土飞扬的空屋子闻上去好像已经关闭多年了。通往外面世界的门还开着，但却仿佛在千里之外。我是挺喜欢雅各布斯牧师的，但我开始后悔没有待在家，继续在地上填色，看看妈妈能不能赢那台伊莱克斯吸尘器，从而在她跟夏季沙尘无休无止的战争中占个上风。

这时雅各布斯牧师缓缓将手掠过太平湖，我立刻忘记了自己有多紧张。临时桌下面发出低低的嗡嗡声响，就像我们家的菲尔科电视预热时发出的声音，然后所有的路灯都亮了起来。银白色的路灯，亮得让人几乎不敢看，为绿色的山丘和蓝色的湖水投射下魔幻的朦胧光晕。连塑料牛羊看上去都更真实了，可能是因为它们现在有阴影了。

“天哪，你是怎么做到的？”

他咧嘴笑了。“这把戏不错吧？‘神说：“要有光。”就有了光。神看光是好的……’不过我不是神，我靠的是电。杰米，电可是了不起的东西。神的这份馈赠，让我们每次按下开关时都有自以为是神的感觉，你说是不？”

“好像是吧，”我说，“我爷爷阿莫斯还记得没有电的岁月。”

“很多人都还记得，”他说，“但过不了多久，这些人就都会逝去……到时候，没有人再会将电看作某种奇迹，没有人会记得电是何等神秘。我们知道怎么用电，但知道怎么用电跟了解什么是电，这是两码事。”

“你是怎么把灯打开的？”我问道。

他指着桌子后面一个架子：“看到那个红色小灯泡了吗？”

“嗯嗯。”

“这是光电电池。你可以买得到，不过这个是我自己造的。它会射出一种看不见的光束。当我截断光束的时候，太平湖边的路灯就会打开。我要是再来一次……像这样……”他把手在景观上方挥过，路灯暗淡下来，只剩下灯芯的残光，然后就灭了，“看到没？”

“酷。”我吸了口气。

“你试试看。”

我伸出手来。起初什么都没有发生，后来我踮起脚，手指终于截断了光束。桌子下面的嗡鸣又开始了，路灯亮回来了。

“成功啦！”

“那可不，必须的。”他边说边抚弄了一下我的头发。

“嗡嗡声是怎么回事？听着像我们家的电视机。”

“看看桌子下面。来，我把顶灯开一下，好让你看清楚点儿。”他打开墙上一个开关，几个积灰的吊灯泡亮了。灯光去不掉那股霉味儿（我现在还闻到了别的味道，又热又油的一种），但灯光把阴沉一扫而空。

我弯下腰——在我这个年纪，我用不着怎么弯也看到了桌子下面。我看到两三个四四方方的东西困在了桌板下方。嗡鸣就是从这儿来的，油味儿也是。

“电池，”他说道，“也是我自己做的。摆弄电是我的爱好。还有其他小玩意儿。”他像孩子一样咧嘴笑着。“我喜欢小玩意儿，把我太太都逼疯了。”

“我的爱好是打‘德国酸菜’，”我说，想起他说这个讲法有点儿刻薄，“我是说，德国人。”

“人人都需要一项爱好，”他说，“每个人也需要一两个奇迹，只为了证明人生不只是从摇篮到坟墓的漫长跋涉。想不想再看一个奇迹，杰米？”

“当然！”

角落里还有一张桌子，上面全是工具、剪断的电线、三四个被肢解的晶体管收音机（就像克莱尔和安迪有过的那种），以及商店里买来的常规2号电池和1号电池。还有一个小木匣子。雅各布斯拿起匣子，单膝跪地以便跟我在同一高度，他把匣子打开，取出一个白袍小人。“你知道这是谁吗？”

我知道，因为这家伙长得跟我的荧光床头灯几乎一模一样。“耶稣，背着背包的耶稣。”

“这可不是一般的背包，这是个电池包。看好了。”他拨开背包的顶盖，跟主体相接的铰链不过绣花针粗细。我看到里面有两个闪亮的10美分硬币，上面有细小的焊接点。“也是我做的，因为商店里买不到这么小或这么强的。我相信我可以申请到专利，也许有朝一日我会的，不过……”他摇了摇头，“还是算了。”

他把背包合上，然后把耶稣放到太平湖景观上。“你看到水有多蓝了吧。”他说。

“对！是我见过最蓝的湖！”

他点点头：“你可能会说，这本身就是个奇迹……不过再仔细看一眼。”

“啊？”

“其实只是油漆而已。杰米，有时候我会沉思，在我睡不着的时候，为什么一点点油漆就能让浅浅的水看上去变深。”

去想这种事儿未免有点儿傻，不过我什么都没说。然后他啪嗒一下把耶稣放到湖旁。

“我准备在卫理公会青少年团契上用它——我们管这叫教具——不过我先给你预览一下好不好？”

“好。”

“《马太福音》第14章是这么说的。杰米，你会接受上帝圣言的教导吗？”

“当然，我觉得是。”我回答说，又开始感到不安。

“我知道你会的，”他说，“因为小时候学东西印象最深。好，我们开始，听好了。‘耶稣随即催门徒上船’——就是命令他们——‘先渡到那边去，等他叫众人散开。散了众人以后，他就独自上山去祷告——’杰米，你祷告吗？”

“对啊，每晚都祷告。”

“好孩子。好，继续说故事。‘到了晚上，只有他一人在那里。那时，船在海中，因风不顺，被浪摇撼。夜里四更天，耶稣在海面上走，往门徒那里去。门徒看见他在海面上走，就惊慌了，说：是个鬼怪！便害怕，喊叫起来。耶稣连忙对他们说：你们放心，是我，不要怕！’故事就这样，愿上帝保佑他的圣言。不错吧？”

“算是吧。‘说’是指他对他们说？对不？”

“没错。想不想看耶稣在太平湖上走？”

“好哇！当然！”

他伸手到耶稣的白袍下面，然后那个小人就开始走起来。到达太平湖后，它没有沉下去，而是平静地继续徐行，在水面上滑动。大概20秒后，它到达另一端。那边有座小山，它努力往上爬，但我看得出它会翻倒。雅各布斯牧师在它翻倒之前把它拿起来。他摸到耶稣的袍子下面，关掉开关。

“他成功了！”我说道，“他真的在水面上走！”

“呃……”他微笑着，但不是开心那种笑，他的一个嘴角向下。“是也不是。”

“什么意思？”

“看到他入水的地方了吗？”

“怎么……”

“你摸摸看，看看你能摸到什么。小心别碰到电线，因为真的有电流通过。不大，但碰到的话足以让你有触电的感觉，尤其你的手还是湿的。”

我伸手下去，但非常小心。我觉得他不会跟我玩恶作剧——特里和阿康有时候会——但我跟一个陌生人在一个陌生地方，我还是不敢肯定。水看起来深，其实是水底刷了蓝漆，加上路灯在水面反光造成的错觉。我的手指只下到第一个指节。

“你没摸对，”雅各布斯牧师说，“往右一点儿。你分得清左右不？”

我能。妈妈教过我的：右手边就是你写字的那边。当然这句话对克莱尔和阿康不灵，爸爸管他们叫左撇子。

我挪了挪手，在水里面摸到了什么东西。是金属的，还有槽。“我好像找到了。”我告诉雅各布斯牧师。

“我也这么觉得。你摸到的是耶稣走路的轨道。”

“这是个魔术把戏！”我说道。我在《埃德·沙利文秀》上见过魔术师，阿康还有一盒魔术道具，是他的生日礼物，不过除了浮球和消失的鸡蛋外，其他道具都丢了。

“没错。”

“好像耶稣踩水走到船上一样！”

“有时候是，”他说，“这正是我所担心的。”

他看上去很伤心和疏远，我又感到有点儿害怕，但也为他难过。不过我完全不知道他难过什么，他车库里有太平湖这么棒的模型世界，还有什么好难过的。

“这实在是个很精彩的把戏。”我说道，我拍拍他肩膀。

他回过神来，朝我咧嘴一笑。“你说得对，”他说道，“我觉得我大概是想念我的妻子和儿子了。杰米，我觉得这就是我要把你从你妈那儿借过来的原因。不过我现在得把你还回去了。”

当我们回到9号公路时，他再次牵起我的手，虽然两边都没有车，但我们还是这样手牵手一直走上卫理公会路。我不介意，我喜欢牵着他的手。我知道他是为我好。

雅各布斯太太和莫里几天后到了。莫里只是个穿着尿片的小不点儿，但雅各布斯太太好漂亮。周六那天，就是雅各布斯牧师在我们教堂登上讲道台的前一天，特里、阿康和我帮他把太平湖搬到了教堂地下室，卫理公会青少年团契每周四晚会在那里开。水抽干之后，湖泊之浅和穿过湖底的那道槽都非常明显。

雅各布斯牧师让特里和阿康发誓保密，因为他不希望这个幻象在小家伙面前拆穿（显得我好像是大人一样，这种感觉让我很得意）。他们同意了，我不认为他们之中有人泄密，不过教堂地下室的光比牧师宅邸车库里明亮多了，只要你凑近去看，就能发现太平湖只是一个很宽的水洼，连有槽轨道都能看见。到了圣诞节，人人都知道了。

“就是个骗人老把戏。”有一个周四下午，比利·帕克特这样跟我说。他和他兄弟罗尼都讨厌周四补习班，不过被妈妈逼着去。“他要是再耍那个把戏，再讲那个水上漂的故事，我就得吐了。”

我想过因为这事儿跟他吵一架，但他比我壮，而且是我的朋友。何况他说的也没错。

II 三年 / 康拉德的嗓子 / 一个奇迹

雅各布斯牧师被解雇了，原因是他在1965年11月21日的那次上台布道。在互联网上一下就能查到，因为我有个“记忆地标”：那是感恩节前的星期天。一周后他就从我们的生命中消失了，而且是独自离去。帕齐和莫里——青少年团契的孩子们都管他叫“小跟班”莫里——那时已经不在了。那辆自动挡老爷车也不在了。

从初次见到太平湖到骇人的布道之间的那三年，我印象出奇地清晰，不过下笔之前，我也以为自己记得甚少。毕竟说回来，有多少人能记得自己六岁到九岁之间发生的任何大事小情呢？写作这件事既美妙又可怕，它可以打开之前被盖住的记忆深井。

我觉得我简直可以把原先想写的放在一边，光是那些年和那个世界就足够我写满一本书，而且是一本不小的书，那个世界跟我现在所生活的世界太不一样了。我能记起我的母亲穿着睡裙站在熨衣板前，在清晨的阳光下明艳不可方物。我能记起我那件松松垮垮的泳衣，不起眼的橄榄绿，还有在哈利家的池塘里跟哥哥们一起游泳。我们老说那黏糊糊的池底全是牛粪，不过其实只是泥巴（很可能只是泥巴）。我能记起那些昏昏欲睡的下午，在那所只有一间教室的西哈洛学校中度过，穿着冬装坐在“识字角”，努力让那傻兮兮的迪基·奥斯古德学会拼写“长颈鹿”这个词。我甚至还记得他说：“为、为、为什么要我学、学、学写我永远不可能见到的东西？”

我能记起那一条条的土路像蜘蛛网一样在我们的镇上交错纵横，记得在严寒4月天的课间时分在操场上打弹珠，记得我躺在床上，祷告完毕等待入睡时，风在松林间发出的声响。我能记起我的父亲手持扳手从车库走出来，那顶“莫顿燃油”帽子在前额上压得很低，血从他满是油污的指关节渗出来。我能记起看肯·麦肯齐在《强力90秀》上介绍大力水手卜派，记得克莱尔和她的朋友下午在家的时候，霸占我的电视去看《美国舞台》，想看那些女生都穿什么。我记得落日就像父亲指关节上的血那么红，现在一想起就不寒而栗。

我能记起上千件往事，大多都是好事，但我坐在电脑前不是为了带着浪漫的情怀缅怀过去的。选择性记忆是老年人的主要缺点之一，我没有这个时间。记得的也并不都是好事。我们住在乡下，那时候乡村条件是很苦的。我估计现在依然如此。

我的朋友阿尔·诺尔斯的左手卡进了他爸的土豆筛选器里，他爸还没来得及把那倔强又危险的东西关掉，他就已经没了三根手指。我那天就在场，还记得传送带是怎么变红的，也记得阿尔叫得有多惨烈。

我爸（还有他那忠实又没脑子的助手特里）把“公路火箭”修好了——天哪，引擎运转起来发出的轰响真是帅呆了！他把车子交给杜安·罗比肖，车身刚刚刷好漆，还在一侧饰上了醒目的数字19，要在罗克堡赛道上比赛。在第一轮正式赛的第一圈，这个白痴就翻了车，车子直接报废。杜安下车毫发无损。“那个傻帽儿油门踏板卡住了。”他边说边龇牙傻笑，我爸说，唯一的傻帽儿就是方向盘后面那个。

“吃教训了吧，看你还敢不敢把贵重东西托付给姓罗比肖的。”

妈妈说道，爸爸双手插进裤兜，一直用力往里揣，连内裤边都露出来了，大概是为了确保拳头别从裤兜里出来，打到不该打的地方。

莱尼·麦金托什，邮递员的儿子，弯下腰去看他搁进空菠萝罐头盒里的樱桃爆竹为什么没爆响，结果失去了一只眼睛。

我哥哥康拉德失声了。

所以说，不，过去的不都是好事。

雅各布斯牧师上讲道台的第一个星期六，到场的人数非常可观，人数比那胖乎乎、白头发的善心老头儿拉图雷先生开教堂的所有年份加起来都多。拉图雷先生虽然用心良苦，但布道却不知所云，一到母亲节必定双眼含泪，他管母亲节叫母亲礼拜天（这些细节都是我妈妈许多年后告诉我的——我压根儿记不得拉图雷先生了）。原定有20个信众要来，结果这个数字轻轻松松增长了4倍，我还记得在《三一颂》中他们的声音何其激昂：赞美上主，万福之本，天下万民，天上万军。听得我直起鸡皮疙瘩。雅各布斯太太在脚踏风琴上也绝无懈怠，她的一头金发用一条朴素的黑色缎带束在后面，光线穿过教堂唯一一扇琉璃窗，打在她的秀发上，闪耀出万般色彩。

全家礼拜完了往家走，我们留到礼拜日才穿的好鞋子踢着地上的尘土，我刚好紧随爸妈身后，听到妈妈对新牧师表示赞许。她同时也如释重负。“我还以为他这么年轻，肯定会跟我们大讲公民权利，废止征兵一类的东西，”她说道，“相反，他给我上了基于《圣经》的一堂好课。我猜大家会再来的，你说是不？”

“会再来几次吧。”爸爸说。

她说：“噢，你个燃油大亨，还是个调侃大师。”然后娇嗔地打他的胳膊。

事实证明，他们各对了一半儿。我们教会的出席率从未跌回到拉图雷先生当时的水平——他那时到了冬季就不足12个人（在那透风教堂里围坐在柴炉子前取暖）——但人数还是缓缓下降到60，然后50，最后到了40多，就在那附近上下徘徊，就像6月天里的晴雨表。没有人把人数缩减归咎于雅各布斯先生的讲道，他的讲道清楚、动听，不脱离《圣经》（从来不提什么原子弹或是自由大游行一类让人不安的事情）；只是大家慢慢游离了而已。

“现如今上帝对大家来说没那么重要了，”在一次出席率尤其糟糕的礼拜后，妈妈这样说道，“他们迟早会为此感到后悔。”

那三年里，卫理公会青少年团契也有了适度的复兴。在拉图雷时代，周四晚上很少有超过12个孩子的，而且其中还必有四个姓莫顿：克莱尔、安迪、阿康和特里。在拉图雷时代，我年纪太小不得参加，就因为这个安迪有时候用拳头揉我的脑袋，管我叫“幸运小鸭”。有一次我问特里那时候的团契是什么样子，他百无聊赖地耸耸肩，“我们唱唱歌，查查经，然后承诺绝不吸烟喝酒。然后他叫我们爱自己的母亲，说什么天主教徒都得下地狱，因为他们搞偶像崇拜，犹太人贪财。还说如果有朋友讲黄色笑话，要想象耶稣就在旁边听着。”

不过在新人领导下，6岁到17岁小孩儿的出勤数暴涨到三十五六个，以至于需要为教堂地下室加购折叠椅。这不是因为有雅各布斯牧师的机械耶稣横跨太平湖；那股新鲜劲儿很快就消退了，连我也一样。我觉得跟他挂在墙上的《圣地》也没什么关系。

主要是他的青春和激情。除了布道还有游戏和户外活动，因为正如他频繁指出的，耶稣的大多数传道都在户外进行，也是表明基督教不止于教堂之内。查经活动依然存在，不过我们是在玩抢座位游戏中进行的，常常是有人摔倒地上时还在找《申命记》第14章第9节或《提摩太后书》第2章第12节，挺搞笑的。然后就是打棒球或垒球用的球垒，这是阿康和安迪以前帮他布置的。在某些星期四里，男生打棒球，女生来为男生打气；隔周的周四，女生打垒球，男生（暗暗希望有些女生会忘记晚上要打球结果穿了裙子）来为她们加油。

雅各布斯牧师对电的个人兴趣总能在他周四晚的“青少年讲座”中占一席之地。我记得有天下午，他给我们家打电话，让安迪周四晚上穿一件毛衣来。大家集合后，他把安迪叫到房间前面来，说他想给大家示范一下罪孽的负担。“安迪，虽然我确信你算不得什么罪人……”他补充说。

我哥哥紧张地微笑一下，没说什么。

“也不是要吓唬你们这些孩子，”他说，“有些牧师信这套，但我不信。只是想让你们了解一下。”（后来我才知道，大家都喜欢先说这种话，然后把你吓得屁滚尿流。）

他吹大了几个气球，让我们想象每个球大概20磅重。他托起第一个气球，说：“这个是谎言。”他把气球在衬衫上快速擦了几下，然后把球抵在安迪的毛衣上，球居然就像上了胶水一样粘在上面。

“这个是偷窃。”他又粘了一个气球到安迪的毛衣上。

“这个是愤怒。”

我不太肯定，不过他好像往安迪那件家里缝的驯鹿图案的毛衣上一共粘了七个气球，七宗罪一宗一个。

“加起来就超过100磅了，”他说，“这可是沉重的负担啊！不过谁会带走世人的罪？”

“耶稣！”我们异口同声地说。

“没错。当你向他请求宽恕的时候，就会这样。”他拿出一个大头针，把气球一个一个戳破，包括自己跑掉后来牧师重新粘回安迪身上那个。我们都觉得戳爆气球的部分比被神圣化的静电部分刺激多了。

他最了不起的电力示范是他的其中一项发明，他称之为“雅各的梯子”。那是一个跟我装玩具兵的军用手提箱差不多大的金属盒子。上面有两根电线伸出来，就像电视天线一样。等他插电（这项发明需要接电源而非用电池）然后打开侧边的开关后，亮得让人无法直视的长长的火花就会顺着电线往上爬，到顶之后就消失。当他往设备上撒过某种粉末后，一路往上爬的火花就会变成其他颜色，弄得女生们兴奋得哇哇叫。

这还有某种宗教寓意的——至少在查尔斯·雅各布斯看来是这样的——不过我要是还记得的话，那就见鬼了。可能是三位一体之类的？当雅各的梯子不在眼前，没有彩色的火花往上爬，没有电流嘶嘶声像野猫乱叫的时候，这种外来的概念往往就像一场短暂的发烧一样渐渐消逝。

但我非常清楚地记得他的一次微型演讲。他对着椅背反坐，以便面对我们。他的妻子坐在他身后的钢琴凳上，双手叠起来端庄地放在膝上，微微低头。可能她是在祷告，也可能她是觉得闷了。我知道很多听众都是闷了；到这会儿，大多数的哈洛卫理公会青少年已经对电及其伴随的荣耀感到厌烦。

“孩子们，科学告诉我们，电流就是带电原子微粒——电子的移动。电子移动，产生电流，电子流动越快，电压就越高。这就是科学，科学是好的，但是科学却是有限的。总有知识到不了的地方。到底什么是电子？科学家们会说，就是带电的原子。好吧，话是不错，那什么是原子呢？”

他向前靠在椅背上，他蓝色的双眼（看上去好像带电）盯着我们看。

“没人真正了解！这时候就需要宗教了。上帝有很多门户通往无限，而电是其中一种。”

“他要是能搞张电椅，电死几只白老鼠就好了，”有天晚上祝祷之后，比利·帕克特抱怨说，“那一定很有趣。”

虽然他翻来覆去（而且越来越无聊）地讲神圣的电压，我们大多数人还是期待周四补习班。当雅各布斯牧师不谈自己的喜好时，他会活灵活现地讲一些从《圣经》中吸取的经验教训，有时还挺逗乐的。他会谈我们面对的真实问题，从欺凌弱小，到考试前没准备考场上想偷看的问题。我们爱玩游戏，大多数的课还是爱听的，还爱唱歌，因为雅各布斯太太弹得一手好钢琴，赞美诗弹得很动听。

她懂的还不只赞美诗。在一个让人永生难忘的夜里，她演奏了披头士乐队的三首歌，我们跟着一起唱了《从我到你》《他爱你》和《我想握住你的手》。妈妈说帕齐钢琴弹得比拉图雷先生要好70倍，当牧师的年轻太太请求用教会募款，从波特兰请一位钢琴调音师上门时，执事们一致通过。

“不过还是别唱披头士的歌了。”凯尔顿先生说道。他是在哈洛卫理公会任职最久的执事。“孩子们从收音机上就能听到那种东西。我们更希望你能坚持……呃……基督教的旋律。”

雅各布斯太太小声同意，双眼娴静地往下看。

• • ● • •

还不止这些：查尔斯和帕齐对孩子们有股生理上的吸引。我之前提过克莱尔和她的朋友们对他很迷恋，没过多久，大多数男生就都迷上了帕齐，因为帕齐很漂亮。她一头金发，肤如凝脂，嘴唇饱满。她微微上扬的眼睛是绿色的，阿康说她有女巫的法力，因为每次她的眼睛朝他这边看，他的两腿就发软。有着这样的容貌，肯定会有人议论她是不是妆化得太浓，而不仅仅是礼貌性地涂个口红而已，不过其实对于23岁的她来说，一抹口红就已足够。青春就是她化的妆。

她在礼拜天穿着非常得体的过膝或过小腿的裙子，即便那些年里，女性的裙摆开始越爬越高。在周四卫理公会青少年团契的晚上，她穿着非常得体的衬衫和休闲裤（妈妈说那牌子是“船和岸”）。不过会众里的妈妈们和祖母们依旧紧盯着她，因为那些非常得体的衣服依然能衬托出她的身材，足以让我哥哥的朋友们不时翻翻眼睛，像被炉子烫到一样上下甩手。她在女生之夜打垒球，我有一次无意中听到安迪——那时候快14岁了——说看她跑垒本身就是一种宗教体验。

她之所以能周四晚上弹钢琴，也能参加卫理公会青少年团契大多数活动，是因为她可以把他们家的小男孩儿带上。莫里是个温顺听话的孩子，人人都喜欢他。我如果记得不错的话，连比利・帕克特——那个后来发展为无神论者的年轻人——都喜欢莫里，因为他从来不哭。即便是他摔倒擦伤膝盖之后，他最多也只是抽抽鼻子，而且只要其中一个稍微年长的女生扶起他抱抱他，他立刻连抽鼻子都停下来。我们外出玩游戏的时候，只要跟得上他就跟着男生们，如果跟不上，他就去跟着女生，女生们也会在《圣经》学习时照顾他，或是在唱歌时按照节拍来摇他——他由此得到昵称“小跟班”莫里。

克莱尔尤其喜欢他，我清楚记得——我知道我肯定是多段回忆记串了——他们俩在放玩具的角落里，莫里坐在他的小椅子上，克莱尔跪在他身边，帮他填色或是帮他砌多米诺骨牌。“我结婚后要生四个像他一样的孩子。”有一次克莱尔这么跟妈妈说。我猜她那时候已经快17岁了，可以从卫理公会青少年团契毕业了。

“祝你好运，”妈妈回答说，“无论如何，但愿你的宝宝长得比莫里好看一点儿，克莱尔宝贝儿。”

这话有点儿不厚道，但也没说错。查尔斯·雅各布斯是个标致的男人，帕特里夏·雅各布斯是个不折不扣的美女，但“小跟班”莫里却长得像土豆泥一样不起眼。长着一张圆脸，让我想起查理·布朗。头发是一种无法描述的褐色。虽然他爸爸的眼睛是蓝色的，他母亲的眼睛是迷人的绿色，但莫里的眼睛却是普普通通的棕色。不过女生们都超喜欢他，仿佛从他身上看到她们10年后要生的孩子，男生们则把他当作小弟弟。他是我们的吉祥物。他就是“小跟班”莫里。

2月里一个星期四的晚上，我和我的四个哥哥姐姐从牧师宅邸回来，小脸都红扑扑的，因为刚刚在教堂后面滑雪橇（雅各布斯牧师在滑道上设了电灯），一路高唱“我是亨利八世”。我记得安迪和阿康当时特别兴高采烈，他们拿了家里的平地雪橇，找来一个垫子让莫里坐在最前，莫里英勇无畏地坐在雪橇上，看上去就像舰船船头的雕像。

“看来你们还蛮喜欢这些活动的，是不？”爸爸问道。我感觉他的语调中略带惊讶。

“对呀！”我说道，“我们玩了上千个查经游戏，然后出去外面滑雪橇了！雅各布斯太太也去了，不过她老摔！”

我笑了，他也跟着笑了。“真棒，不过你学到了什么东西吗，杰米？”

“人的意志应该是神的意志的延伸，”我说道，照搬当晚的课上内容，“还有，如果你把电池正负极相连，就会短路。”

“没错，”他说，“所以接引线给汽车打火时一定要小心。不过我看不出这里体现了什么基督教义啊。”

“讲的是如果事情搞砸了，就算出于好心也没用。”

“噢。”他拿起最新一期《汽车与驾驶者》，封面上印着一辆酷酷的捷豹XK-E。“杰米，你懂的，俗话说，通往地狱的路都是用好心铺成的。”他想了一会儿，然后补了一句，“而且有电灯照明。”

他自己笑了，我也跟着笑了，尽管我没抓到笑点。也不知道这是不是笑话。

安迪和阿康跟弗格森家两兄弟诺姆和哈尔是好朋友。我们管他们叫“平原人士”或“远方人”。弗格森一家住在波士顿，所以他们的友谊通常只限于暑假。他们家在眺望湖上有座别墅，离我们家只有一英里左右，这两家兄弟四人是在另一个教会活动上认识的，叫“假期《圣经》学校”。

弗格森一家是山羊山度假村的会员，有时候阿康和安迪会坐他们家的旅行车一道去“俱乐部”游泳和吃午饭。他们说那儿的游泳池比哈利家的池塘大1000倍。特里和我都无所谓——我们觉得本地的游泳池就够好了，而且我们也有自己的朋友——不过这让克莱尔艳羡不已。她想知道“另一半儿的人过什么样的日子”。

“他们跟我们一样过，亲爱的，”妈妈说道，“要是有人说有钱人过的日子跟别人有什么两样，那都是胡说。”

克莱尔当时正在用我们家那台老式洗衣机洗衣服，她皱着脸嘟起嘴。“我才不信呢。”她说。

“安迪说在那个泳池游泳的姑娘们都穿比基尼。”我插嘴说。

妈妈哼了一声：“她们干脆穿胸罩裤衩下水好了。”

“我也想要比基尼。”克莱尔说。我猜这就是17岁小姑娘最在行的叛逆斗嘴。

妈妈伸手指着她，肥皂水从她那剪得短短的指甲上滴下来。“女生的肚子就是这么被搞大的，我的大小姐。”

克莱尔机智地回了一句嘴：“那你就不能让阿康和安迪去了。他们可能会把女生的肚子搞大。”

“把嘴闭好，”妈妈边说边往我这边看，“人小鬼大。”

说得好像我不懂什么叫搞大肚子，就是性交嘛，然后再过九个月就得准备尿布和婴儿车了。

虽然我姐姐一直在损人不利己地嚷嚷，但爸妈并没有阻止阿康和安迪暑假里每周去度假村一两次。1965年2月那次假期，当弗格森一家邀请我两个哥哥跟他们一起滑雪的时候，爸妈毫不犹豫就放他们去山羊山了。我们家伤痕累累的旧滑雪板跟弗格森家闪亮簇新的滑雪板并排绑在旅游车的顶上。

等他们回来的时候，阿康的喉头肿起一道鞭痕。“你是滑出了轨道结果撞上树枝了吗？”晚饭时，爸爸看到那道印痕问道。

阿康自诩滑雪健将，听了就来气。“怎么可能，爸。我跟诺姆那会儿在比赛。肩并肩，比得那叫一个火热，比地狱里的厨房还热——”

妈妈拿叉子指着他。

“不好意思，妈，反正就是很火热。诺姆撞上一个小雪坡，差点儿要摔。他这么胳膊一伸——”阿康伸手比画，差点儿把他那杯牛奶撞翻，“结果他的滑雪杖打到了我脖子。那叫一个疼，真是见……呃，反正就是很痛，现在好多了。”

其实并没有。第二天，他脖子上那道红印子减淡，变成一道项链一样的瘀青，不过他的嗓音开始变粗。到了晚上他只能小声说话了。两天之后，他完全哑了。

颈部拉伸过度导致喉部神经撕扯。这是雷诺医生给出的诊断。他说他之前遇到过这种病例，再过一两周康拉德的声音就能恢复，到3月底，阿康就能活蹦乱跳了。没什么可担心的，他说。他是没什么可担心的，他的嗓子好好的。但我哥并不是这样。4月临近的时候，阿康还是得靠写纸条和比画手势跟人交流。他坚持上学，尽管其他男生已经开始取笑他。当他开始通过在左手写“是”、右手写“否”来（勉强）参与课堂活动后，大家更爱笑话他了。他还有一堆卡片，上面用大写字母写了一些常用交流用语。大家最爱笑他的一条就是“我可以上厕所吗”。

阿康似乎还能乐观接受，他知道不这样只会让事情更糟。不过有天晚上，我走进他跟特里共用的房间，看到他躺在床上无声地哭泣。我走到他跟前，问他怎么了。我知道这个问题很白痴，但这种情况下，我好歹得说点儿什么，而且我还能用说的方式，因为我的喉咙没被命运的滑雪杖击中。

滚！他做口型说道。他那布满新生小疙瘩的额头和脸颊一片通红。他的眼睛肿了。滚，滚！然后，他的话吓到我了：滚你妈的，浑蛋！

那年春天，妈妈的头上出现了第一抹灰发。有天下午，爸爸回到家来，显得比往常更疲惫，妈妈跟他说他们得带阿康去波特兰看专家门诊。“我们等得够久了，”她说，“乔治·雷诺那老东西可以信口开河，但你我都清楚这是怎么回事。那个混账富家公子把我儿子的声带给撕裂了。”

爸爸重重坐在桌前。他们俩都没注意到我还在家里，正在衣帽间里慢条斯理地给我的帆布鞋系上鞋带。“劳拉，我们没这个钱啊。”他说。

“那你还有钱收购盖茨瀑布的希兰燃油！”她用一种刺耳的、几近嘲讽的语气说道，这是我之前从未听过的。

他盯着桌子，不去看她，虽然桌上除了一张红白格油布之外什么都没有。“就是因为这个我们才没钱啊。我们现在是走在薄冰上啊，你又不是不知道去年冬天是什么鬼冬天。”

我们都知道，是暖冬。如果你的家庭收入全靠取暖燃油，你就会从感恩节到复活节天天盯着温度计，指望那根红色柱子一直保持在下面。

妈妈还在洗碗池前，双手埋在肥皂泡里。肥皂泡的下面，碗碟在咯咯作响，仿佛她不是要洗碗而是要把碗碟打碎。“你就非买不可吗？”还是同样的语气。我讨厌那种语气，感觉她在挑衅一样。“燃油大亨！”

“那笔买卖在阿康出事前就谈好的。”他还是没有抬头。他的双手再次深深插进口袋里。“买卖是8月的事儿。我们当时一起看的《老农夫年鉴》，上面明明说是寒冷雪冬，自二战结束后最冷的一个，我们才做的决定。你还用计算器算过这笔账。”

泡沫下面的碗碟响动更加剧烈了。“那你贷款去啊！”

“不是不能贷款，不过劳拉……你听我说。”他终于抬眼去看她，“我可能得靠贷款才能熬过夏天啊。”

“他可是你儿子！”

“我知道，废什么话！”爸爸咆哮了。把我吓到了，肯定也吓到了我妈，因为这次肥皂泡下面的碗碟不响了，直接碎了。她把手抬起来的时候，其中一只在流血。

她举起手冲着他——就像我那嗓子哑了的哥哥在课上举手示意“是”或“否”一样——说：“瞧你害得我——”她瞥见我坐在木柴堆上往厨房里看。“走开！一边玩儿去！”

“劳拉，别拿杰米来出——”

“滚！”她吼道。阿康就是这么冲我吼的，如果他的嗓子还灵的话。“上帝最恨偷听的人！”

她哭了起来。我跑出门，自己也哭了。我沿着卫理公会丘往下跑，跑过9号公路，完全没看任何一个方向的车辆。我没打算去牧师宅邸；我心烦意乱，都没想到去找牧师。要不是帕特里夏·雅各布斯刚好在前院查看花草，看看去年冬天种下的花儿要开了没有，我可能会一直跑到我倒下为止。不过刚好她在外头，还喊了我的名字。我内心有一部分想不管不顾继续跑，不过——正如我前面所说——我是有礼貌的孩子，难过的时候也不能失了礼数。于是我停下脚步。

她来到我跟前，我还低着头在喘气。“怎么了，杰米？”

我没说话。她托着我的下巴，把我的头抬起来。我看到莫里正坐在牧师宅邸前面门廊边的草坪上，四周是他的玩具小卡车。他瞪大眼睛看着我。

“杰米？告诉我出什么事儿了。”

爸妈教会我们做人要讲礼貌，也教会我们家丑不可外扬。旧式美国佬的做派。不过她的善良让我完全敞开心扉，一下子全说了出来：阿康的苦楚（我相信虽然爸妈非常忧心，但他们谁都无法真正理解），妈妈担心他的声带撕裂，再也无法开口说话，她坚持要找专家看看，但爸爸说家里没钱。还有就是我被吼了。我没跟帕齐说妈妈的声音像换了个人似的，但只是因为我不知道怎么表述。

等我终于讲完，她说：“到后面库房来。你来跟查理说说。”

● ● ● ● ●

老爷车现在妥当地停进了车库，屋后的库房就成了雅各布斯的工作室。帕齐给我开门的时候，牧师正在鼓捣一台没有屏幕的电视机。

“等我把这宝贝组装回去，”他边说边搂着我肩膀，从裤子后口袋里掏出一块手绢，“我就能收到迈阿密、芝加哥和洛杉矶的电视台了。杰米，先擦擦眼睛，把鼻子也擤擤。”

我一边擦脸一边惊奇地看着那台没有眼睛的电视机。“你真能收到芝加哥和洛杉矶的电视台？”

“哪能啊，我开玩笑的。我只是想加装一个信号放大器，好收到8号台之外的台。”

“我们家还有6号台和13号台，”我说，“不过6号台老有雪花。”

“你们家用的是屋顶天线。我们家只能凑合着用兔耳朵室内天线了。”

“为什么不买一个？罗克堡的西部车配件就有的卖。”

他咧嘴一笑。“这主意真棒！那我就在季度会议上，跟所有执事说我想花一点儿募款来买电视天线，好让我们家莫里看上《强力90秀》，而我老婆和我也能每周四晚看《衬裙交叉点》。还是算了吧，杰米，跟我说说你怎么搞得这么狼狈。”

我四处张望看看雅各布斯太太在不在，指望她能转述免得我同一件事讲两次，不过她已经悄悄走了。他握住我的肩膀，把我领到锯木架前。我刚好够高能坐上去。

“是阿康的事儿吗？”

他当然猜得到；那年春天每周四晚聚会的结束祷告时，我们都花一部分时间祈求康拉德能重新发生声音，还有为其他受苦的团契青少年祷告（最常见的是断胳膊断腿，其他的还有博比·安德伍德被烧伤，卡丽·道蒂被迫剃光头用醋洗头，因为她妈发现自家小姑娘头皮上长虱子之后被吓得不行）。不过，跟他妻子一样，雅各布斯牧师并不知道康拉德有多苦，也不知道他的痛苦如何像病菌一样在我们全家蔓延。

“爸爸去年夏天买下了希兰燃油。”我又开始哽咽。我真痛恨自己，小孩子才哭呢，但我就是忍不住。“他说价钱太好了，拒绝说不过去，可是接着就来了场暖冬，取暖燃油价格跌到15美分一加仑，现在他们看不起专家门诊了，你要是能听到我妈说话的语气就知道了，她简直像变了一个人，我爸有时候把手插进裤兜里，因为……”不过旧式美国佬的克制又占了上风，我收住了嘴，“我不知道为什么。”

他又把手绢递给我，等我擦脸的时候，他从工作台上拿起一个金属盒子。电线从四面八方伸出来，就像一个剪得很糟糕的发型。

“看看这个放大器，”他说道，“正是在下发明的。等我把它接好之后，我会通一根线到窗外，一直通到屋檐下。然后我会接上……那个。”他指着角落里一个钉耙，杆子撑地，锈迹斑斑的耙钉向外伸着。“雅各布斯自制天线。”

“能行吗？”我问道。

“不知道。我看行。不过就算能行，我看电视天线的日子也快到头了。再过10年，电视信号会通过电话线来传播，到时候会远不止三个频道。到了1990年左右，信号就会通过卫星照射下来。我知道这听着像科幻小说，不过这种技术已经存在。”

他脸上有种梦幻的表情，我还以为，这家伙已经把康拉德的事儿全给忘了，但我这才知道他并没有忘。他只是给我一些时间恢复镇定，也可能是给他自己一点儿时间来思考。

“人们起初会很惊讶，然后就会习以为常。他们会说‘噢，对，不就是电话电视嘛’或者‘我们是有地球卫星电视’，不过他们错了。这全是电的馈赠，电已经如此普通，无处不在，竟使得大家都忽视了它。人们会说‘什么什么就像客厅里的大象’，意思是说某样东西太过巨大不容忽视，不过如果它在客厅里待得够久，你连大象都能照样无视。”

“除了你给大象捡屎的时候。”我说。

这让他大笑不已，我也跟着笑起来，虽然我的双眼还肿着。

他走到窗边往外看。他双手叉腰，久久不语。然后转身对我说：“你今晚把阿康带到牧师宅邸来。能做到吗？”

“能。”我回答说，但并没有什么热情。我以为他又打算祈祷，我知道这也无妨，不过为康拉德做的祈祷已经够多了，而且也没见有用。

爸妈对我们去牧师宅邸并不反对（我必须各问一遍，因为他们当晚互不说话了），倒是我花了好大功夫来说服阿康，可能是因为我自己也没什么把握。不过因为我答应了牧师，所以没有放弃。我搬来克莱尔当救兵。她对祈祷之力的信念远胜于我，而且她自有本事。我猜是因为她是家里唯一的女孩儿。莫顿家四兄弟里，只有安迪与她年龄相仿，能够抵抗她撒娇时的柔情眼神。

我们三人穿过9号公路时，一轮升起的圆月把我们的影子拉得很长，康拉德那年刚13岁，黑头发，瘦长身材，穿着安迪穿剩下的褪色彩格夹克，手里拿着他寸步不离的记事本。他边走边在上面写，所以字迹参差不齐。“这很白痴。”

“或许是吧，”克莱尔说，“不过我们有曲奇饼吃。雅各布斯太太每次都给我们曲奇饼。”

还有莫里陪着我们，他现在五岁了，穿着睡衣准备上床睡觉。他径直跑向阿康，扑到他怀里。“还是不能说话？”莫里问道。

阿康摇了摇头。

“我爸爸会把你治好的，”他说，“他整个下午都在努力。”然后他朝我姐姐伸出双手。“抱抱我，克莱尔，抱抱我，亲爱的，我要亲亲你！”她从阿康怀里接过莫里，笑了起来。

雅各布斯牧师在库房里，穿着褪色的牛仔裤和一件毛衣。角落里有台电热器，电阻丝烧得发红，但工作室里却仍然很冷。我猜他是忙于鼓捣他的各种项目而没有精力给库房做防寒遮罩。那台暂时没有屏幕的电视现在已经蒙上了搬家用的罩子。

雅各布斯拥抱了克莱尔，亲吻了她的脸颊，然后跟康拉德握了握手，康拉德还拿着他的记事本，在新的一页上写着“又要祷告是吧”。

我觉得这有点儿无礼，从克莱尔皱着的眉头我看得出她也这么认为，不过雅各布斯只是微笑了一下。“后面可能有，不过我们先试点儿别的。”他转过脸对着我，“天助何人，杰米？”

“自助者天助之。”我回答说。

“文法不对，意思没错。”

他回到工作台，拿回来一样东西，看上去既像是条肥大的布腰带，又像是世上最薄的电热毯。上面悬着一条电线，上面连着一个白色塑料盒子，盒子上面有个滑动开关。雅各布斯手里拿着布腰带，凝重地看着康拉德。“这是我去年一年断断续续在鼓捣的项目。我称之为电神经刺激器。”

“这又是你的发明吧。”我说道。

“不完全是。使用电来限制痛感和刺激神经是一个非常古老的想法。耶稣基督诞生前60年，一个名叫斯克瑞博尼·拉戈斯（Scribonius Largus）的罗马大夫发现如果病人牢牢地踩在一条电鳗上，腿脚的疼痛可以得到缓解。”

“你瞎编的吧！”克莱尔边说边笑。康拉德没有笑，他充满惊奇地看着那条布腰带。

“绝对没有，”雅各布斯说道，“不过使用小型电池作为电源，这倒是我的发明。在缅因州中部要找电鳗很难，要把它绕到男生的脖子上就更难了。这正是我希望使用刺激器达到的效果。雷诺医生说你的声带并未撕裂，这点他说得可能没错，康拉德，不过需要给你的声带加把力。我愿意做这个实验，不过关键看你。你觉得呢？”

康拉德点点头。在他的眼中我看到了一种消失已久的神情：希望。

“你怎么没在卫理公会青少年团契给我们展示过？”克莱尔问道。她听上去就像在发难。

雅各布斯看上去很吃惊，而且有些许不安。“大概是因为我想不出怎样把它跟基督教课堂结合到一起吧。我一直想着在阿尔·诺尔斯身上测试这个装置，直到杰米今天来找我。知道他的那次不幸事故吧？”

我们都点点头。他在土豆筛选器里丢了几根手指。

“他还能感觉到已经不存在的手指，说感觉手指痛。而且由于神经伤害，他那只手的移动能力也受到了限制。正如我所说，我很多年前就知道电可以在这些地方帮上忙。看来你要成为我的小白鼠了，阿康。”

“这么说来刚好有这台装置，纯粹是撞大运喽？”克莱尔问道。

我不知道这有什么关系，不过似乎是有的。至少对她而言是这样。

雅各布斯用责备的眼神看着她，说道："偶然和撞大运这些词语是那些没有信仰的人才会用来描述上帝意志的，克莱尔。"

听到这话她脸红了，低头看着她的运动鞋。同时，康拉德在他的记事本上写起来。他把记事本举起。"会痛吗？"

"我不这么认为，"雅各布斯说道，"电流非常低。其实是极其微弱。我用自己的胳膊试过——就像是用来量血压的袖套一样——感觉到的麻刺感不超过你的手脚从睡眠状态刚要醒来时的感觉。如果真的痛，就举起手，我会立刻断电。我现在要把它放上去了，会很贴身，但不会很紧，你可以正常呼吸。扣子是尼龙的，这东西上不能用金属。"

他把那条带子绕到阿康的脖子上，看上去像条笨拙的冬季围巾。阿康睁大的双眼中带有恐惧，不过雅各布斯问他是否准备就绪时，他点了点头。我感到克莱尔的手指紧抓着我的手指，十分冰冷。我以为雅各布斯会在这时候祷告，祈求成功。其实我暗暗希望他祷告。他弯下腰来，直视阿康的双眼，然后说："期待奇迹的发生吧。"

康拉德点点头。我看到阿康用力吞咽时他喉上那条布带上下起伏。

"好。我们开始。"

雅各布斯牧师滑动控制盒子上的开关后，我听到一阵细微的嗡鸣。阿康的头猛烈抽搐。他先是一边嘴角痉挛，然后是另一边。手指开始快速跳动，然后是胳膊抽搐。

"痛吗？"雅各布斯问道。他的食指就搁在开关上，随时准备关掉设备。"如果痛，就把手举起来。"

阿康摇了摇头，然后传来一个声音，就像有人含着满嘴沙子在说话："不……痛。好热。"

克莱尔和我交换了一个惊诧的眼神，一个像心电感应一样的强烈念头在我们之间沟通：我是幻听吗？她现在紧握着我的手，把我握疼了，但我不在乎。我们看着雅各布斯，他正微笑着。

“不要试图说话，现在先别说。我要看手表让这条带子再走两分钟，除非你觉得痛。如果痛，就举起手，我会立刻关掉。”

阿康没有举手，不过他的手指就像在弹一架看不见的钢琴一样在继续上下跳动。他的上唇好几次不由自主地抽动，眼睛也一阵狂眨。其间，他用那粗糙沙哑的声音说：“我……又能……说话了！”

“嘘！”雅各布斯严厉地说。他的食指悬在开关上方，随时准备断电，眼睛一直盯着手表上移动的秒针。过了让人感觉长得没边的一段时间后，他按下开关，嗡鸣声停了下来。他松开扣子，从阿康头上把带子拉下来。阿康立刻用手摸他的脖子。皮肤有点儿红，但我不认为那是电流造成的，应该是带子的压迫导致的。

“好，阿康，跟我说：‘我家小公鸡，身穿大红衣。’如果喉咙开始痛，就立刻停下来。”

“我家小公鸡，”阿康用那奇怪粗糙的嗓子说道，“身穿大红衣。”然后说：“我要吐东西。”

“喉咙痛吗？”

“不痛，就是要吐东西。”

克莱尔打开库房的门。阿康探身出去，清了清嗓子（发出像生锈铰链般刺耳的金属声），然后吐出一口浓痰，简直有门把手那么大。他转身面朝我们，一手还在按摩着自己的喉咙。

“我家小公鸡。”声音听上去还是不像我所记得的阿康，不过词语更清晰也更像人话了。泪水从他眼中流下来，淌到他的脸颊。“身穿大红衣。”

“先到这儿吧，”雅各布斯说道，“我们进屋里去，你喝杯水，喝一大杯。你必须喝大量的水，今晚和明天都要，直到声音恢复正常。能做到吗？”

“能。”

“回家后，你可以跟爸妈问好。然后我要你回房间跪下来感谢上帝把嗓音还给你。能做到吗？”

阿康奋力点头。他哭得更厉害了，而且不止他一个，克莱尔和我也哭了起来。只有雅各布斯一人没哭，我猜他是太吃惊忘了哭。

唯独帕齐不感到吃惊。我们进屋子时，她攥着阿康的胳膊，平淡直白地说：“这才是好孩子。”

莫里拥抱阿康，阿康回抱莫里，抱得好紧，莫里的眼睛都要爆出来了。帕齐从厨房水龙头打了一杯自来水，阿康全喝了下去。当他道谢的时候，声音已经几乎是他原来的声音了。

“不客气，阿康。这会儿已经过了莫里睡觉的时候了，你们也该回家了。”她牵着莫里的手领他走到楼梯，并没有回头，她又说道，“我猜你们爸妈会非常开心的。”

这种形容绝对是轻描淡写了。

他们在客厅里看《弗吉尼亚人》，还是拒绝跟彼此说话。即便我当时兴高采烈，我仍能感觉到他们之间的冰冷。安迪和特里在楼梯上噔噔地走，因为什么事情彼此抱怨——换言之，一切照旧。妈妈膝上放着一张阿富汗钩针图案，正弯着腰来解开篮子里的绳结，这时候阿康说：“嗨，妈。嗨，爸。”

爸爸看着他目瞪口呆，嘴都合不拢了。妈妈也僵住了，一手在篮子里，另一只手拿着针。她缓缓抬头，说："啥——？"

"嗨。"阿康又说了一次。

她尖叫起来，从椅子上飞下来，把缝纫篮子都踢翻了，把他一把抓住，这架势就像我们小时候犯错被她抓到，要狂摇一通似的。不过那天晚上不是这样。她把阿康揽入怀里，哭了起来。我能听到特里和安迪从楼上冲下来一探究竟。

"再说点儿别的！"她叫道，"说点儿别的好让我知道我没在做梦！"

"他还不该说话的——"克莱尔刚开头就被阿康打断。因为他现在有这个能力了。

"我爱你，妈妈，"他说道，"我爱你，爸爸。"

爸爸握住阿康的肩膀，仔细端详他的喉咙，不过什么都没有；红色的印记已经褪去。"感谢上帝，"他说，"感谢上帝，我的儿子。"

克莱尔和我对望一眼，再次心领神会：也该感谢一下雅各布斯牧师吧。

我们解释说阿康一开始只能偶尔说说话，等我们说到喝水，安迪跑到厨房，拿了爸爸那个超大号趣味咖啡杯（侧面印着加拿大国旗和"1英制加仑的咖啡因"字样）回来，里面盛满了水。他喝水的时候，克莱尔和我轮流讲述事情经过，阿康插嘴一两次，讲布带通电后那种麻刺的感觉。他每次插嘴，克莱尔都批评他。

"难以置信。"妈妈说了好几次。她无法将双眼从阿康身上移开。她多次抓住他，将他抱住，仿佛担心他长出翅膀变成天使然后飞走。

等故事说完后，爸爸说："如果教会不为雅各布斯牧师的取暖燃油埋单，他这辈子的油钱我全包了。”

“我们会想办法表示表示的，”妈妈心不在焉地说，“现在要先庆祝一下。特里，把我们给克莱尔生日准备的雪糕从冰箱里拿出来，这对阿康的喉咙有好处。你跟安迪把它在桌上分了。全吃了，拿大碗来。你不介意吧，克莱尔？”

克莱尔摇摇头。“这比生日派对还好。”

“我得上厕所，”阿康说道，“喝了那么多水。我还得祷告，牧师说的。你们在这儿等我就好。”

然后他就上楼了。安迪和特里进厨房把那多口味冰激凌拿出来分了。（我们管香草巧克力草莓叫“香巧莓”……一下子全回忆起来了。）妈妈和爸爸坐回椅子上，望着电视却没在看。我看到妈妈伸出一只手，爸爸不用看就抓住了，仿佛知道那只手就在那儿。这让我很开心，如释重负。

我感到有人拉住我的手，是克莱尔。她领着我穿过厨房，安迪和特里正在为分量大小争吵不休，我们来到衣帽间。她看着我的时候，眼睛睁大而且发光。

“你看到他的样子了吗？”她问道，不，是质问道。

“谁？”

“雅各布斯牧师啊，你个笨蛋！我问他为什么没在团契上给我们展示过电带时，你有没有看到他的表情？”

“呃……怎么……”

“他说他都研究一年了，不过如果他说的是实话，他不会不给我们看的。他无论发明什么都给我们看过！”

我记得他惊讶的表情，仿佛被克莱尔抓个正着（我好几次被人抓到，脸上也是这种表情），不过……

“你说他在撒谎？”

她拼命点头。“对！他撒了谎！而他老婆呢？她一早就知道！你猜我怎么看？我觉得是你走了他才开始做这些的。或许他早有这个想法——我觉得在电力发明方面他有成千上万种想法；这些点子在他脑袋里蹦来蹦去——不过他之前完全没有实践过这个，直到今天。”

“哎哟，克莱尔，我不觉得——”

她还握着我的手，好像不耐烦似的用力拽了一下，仿佛要把身陷泥沼的人拉起来一样。“你看到他们的餐桌了吗？有一边还布置得好好的，盘子里没东西，杯子里也没饮料！他为了赶工连晚饭都没吃。一定是像魔鬼那样工作，从他那双手就能看出。双手都红了，有两根手指都起了水泡。”

“他这么做全是为了阿康？”

“我可不这么看。”她说。她的双眼没有离开过我的眼睛。

“克莱尔！杰米！”妈妈叫道，“来吃雪糕！”

克莱尔连看都没往厨房那边看。“青少年团契里面所有的孩子中，你是他第一个遇到的，也是他最喜欢的。他是为了你才这么做的，杰米。他为的是你。”

然后她就进了厨房，扔下我一人在柴火堆旁发愣。如果克莱尔再多留片刻，我还可能从惊讶中恢复过来，告诉她我的直觉：雅各布斯牧师跟我们同样吃惊。

他没指望这能起作用。

III

母亲的故事／那次事故／骇人的布道／告别

1965年10月，一个温暖和煦、晴空无云的工作日里，帕特里夏·雅各布斯把“小跟班”莫里往他们家的普利茅斯贝尔维迪老爷车前座上一搁，就出发前往盖茨瀑布的红加白超市购物去了。这车是娘家送她的结婚礼物。“她上街扫货去了。”那时候的北方佬会这么说。

三英里外，一个叫名乔治·巴顿的农夫——一个人称“孤单老乔”、终身未娶的王老五——把他的福特F-100皮卡开出了自家车道，后面还拖着一台土豆挖掘机。他打算沿着9号公路往南开一英里左右到他的田里去。拖着那台挖掘机，他最快只能开10英里/小时，于是他一直在没铺柏油的软路肩上开车，好让往南开的车辆可以从他边上超过去。“孤单老乔”是很体谅别人的。他是个好农民，他也是个好邻居、学校董事会成员，还是我们教会的执事。而且，他还近乎骄傲地跟别人说自己是个“癫佬”。不过，他会及时补上一句，说雷诺医生给他开了药，把他的癫痫发作控制得“妥妥的”。或许如此，不过那天他开卡车的时候犯事儿了。

“他其实压根儿就不该再开车了，要开也只能在田里开，”雷诺医生事后说，“可是怎么好让干乔治这行的人放弃驾照？他又没有妻子或成年子女来代他开。拿走他的驾照，还不如直接叫他把农场给卖了得了。”

帕齐和莫里动身前往红加白不久后，阿黛尔·帕克太太开车沿着西罗伊斯丘下来。坡急路险，这个地段过去几年出过多起车祸。她一直龟速徐行，所以才及时刹得住车——差点儿撞上高速公路中间一个步履蹒跚、跌跌撞撞的女人。那个女人用一条胳膊紧紧抱着胸前一个正在滴血的包袱。这是帕齐唯一能用的胳膊了，因为另一条已经从手肘处断落。血从她脸上往下流。她的一块头皮剥落下来挂在肩上，血染的发丝一绺一绺在徐徐秋风中飘扬。她的右眼珠子掉下来挂在脸颊上。她所有的美在一瞬间被粉碎。美就是这么脆弱。

“救救我的宝宝！”帕齐叫喊道，帕克太太停下她的史蒂倍克老爷车走了下来。在那个怀里抱着血包袱、血迹斑斑的女人背后，帕克太太看到了那辆贝尔维迪老爷车，车子翻了个底朝天，还在燃烧。顶着它的是“孤单老乔”的卡车，车头已经凹陷进去。乔治本人倒伏在方向盘上。卡车后面那台翻倒的土豆挖掘机把9号公路堵死了。

“救救我的宝宝！”帕齐把那包袱向前送，阿黛尔·帕克看到那根本不是婴儿，而是一个面部尽毁的小男孩，她捂住双眼开始尖叫。等她再次睁眼的时候，帕齐已经跪了下来，仿佛在祈祷。

又一辆卡车经过西罗伊斯丘，差点儿就撞上帕克太太的史蒂倍克老爷车。来的是弗纳尔德·德威特，他那天答应来帮乔治一起挖。他从车上跳下来，朝帕克太太身边跑过去，看了一眼跪在路中间的女人，然后径直向碰撞现场跑去。

“你去哪儿？”帕克太太尖叫道，“救救她！救救这个女人！”

弗纳尔德曾在太平洋跟海军陆战队一道作战，见过战场上各种恐怖场面，他没有停下脚步，只是扭过头来喊了一句：“她和那个娃已经走了。乔治可能还有救。”

他的话倒也没错。帕齐在从罗克堡开出的救护车抵达之前早就断气了，但“孤单老乔”一直活到八十高龄。他后来再没开过机动车。

你会说：“你怎么啥都知道，杰米·莫顿？你那时候才九岁。”

但我就是知道。

• • ● • •

1976年，当时我母亲还比较年轻就已经诊断出患有卵巢癌。那时候我正在缅因大学读书，不过我大二下学期休学了，好回家陪她走完最后的路。虽然莫顿家的孩子已不再是孩子了（阿康远赴地平线那头的夏威夷，在冒纳凯阿天文台做脉冲星研究），但我们都回到家中，来陪伴妈妈，支持爸爸。爸爸伤心欲绝，什么都做不了，只知道在家中徘徊或长时间在树林里散步。

妈妈希望在家里度过最后的日子，她对此明确表示过。我们轮流给她喂饭、喂药，或者只是坐着陪她。那时候她形容枯槁，还得依赖吗啡来镇痛。吗啡是种有意思的东西，它能消除隔阂——也就是北方佬为人熟知的沉默寡言——这道壁垒其他方法是攻不破的。2月的一个下午，轮到我来照看她，当时距离她去世只有差不多一周了。这一天外头飘着雪，天气苦寒，北风摇撼着房子，风在屋檐下狂啸，不过家里是暖和的。其实是热。爸爸是做取暖燃油业务的，还记得吧，20世纪60年代有一年很吓人，那年他直面破产，熬过去之后，他不仅事业成功，还进入了中等富裕阶层。

“把我的毯子都拉下来，特伦斯（特里的全称），”妈妈说道，“怎么这么多毯子？我都快热死了。”

“妈，我是杰米。特里跟爸爸在车库里。”我把那条单人毛毯掀开，露出一条艳得吓人的粉色睡袍，袍子里面仿佛空空如也。她的头发（癌症发病的时候就全白了）已经稀疏得几乎不剩了；她的嘴唇向牙齿两边萎缩，使牙齿显得太大，就像马齿一样；只有她的眼睛没变。她的双眼依旧年轻，充满令人痛心的好奇：我到底出了什么事儿？

“杰米，杰米，我刚刚就是这么叫的。给我来片药行吗？我今天痛得不行了，从没这么难受过。”

“再忍15分钟就好，妈。”本该再等两个小时的，但我看不出到这个地步还有什么区别了。克莱尔建议一次全给她吃了，把安迪吓了一跳；他是我们之中唯一信守我们相对严格的宗教教养的。

“你这是要送她下地狱吗？”他问道。

“只要是我们给她喂的药，她就不会下地狱。”克莱尔说道——我觉得挺有道理的。“她又不会知道。”接着，她的话几乎把我的心都打碎，因为这是妈妈的口头禅，“她不知道这一趟是走着去还是骑马去。不会再知道了。”

“不准你做这种事。”安迪说道。

“我做不到。”克莱尔叹气说。她那时候年近三十，比以往更美丽动人。是因为她终于堕入爱河了？果真如此，那可真是辛辣的讽刺。“我没这种勇气。我只有勇气任凭她受折磨。”

“当她上了天堂之后，她的苦难就只是过眼云烟。”安迪说道，好像这样就一锤定音了一样。估计对他而言是这样吧。

风在呼啸，卧室那扇窗的旧玻璃咯咯作响，妈妈说：“我现在好瘦，好瘦。我当时可是个漂亮的新娘子，谁都这么说，不过现在劳拉·麦肯齐却瘦成这个样子。”她的嘴角拉长就像小丑做出悲伤疼痛的怪相。

我跟她在房里又待了三个小时，直到特里来接替我。她中途可能睡了一会儿，但她现在是醒着的，我不顾一切地分散她的注意，别让她的身体继续蚕食自己。我什么话题都能拿来说，只是刚巧提到查尔斯·雅各布斯。我问她知不知道他离开哈洛后下落何方。

“噢，那真是段可怕的岁月，”她说道，“他老婆孩子出的事儿真是太可怕了。”

“是的，”我说，“我知道。”

我垂死的母亲十足轻蔑地看着我。“你不知道。你根本就不懂。可怕就可怕在这不是任何人的错。当然不是乔治·巴顿的错，他只是癫痫发作。”

然后她就跟我讲了我先前告诉你们的事情。她是从阿黛尔·帕克的口中听来的，阿黛尔说那垂死女人的画面在她脑中挥之不去。“我永远忘不掉的，”妈妈说，“是他在皮博迪家尖叫的样子。我从不知道一个男人竟可以发出那样的声音。”

• • ● • •

多琳·德威特，弗纳尔德的妻子，给我妈妈打电话交代了噩耗。她第一个给劳拉·莫顿打电话是有道理的。“必须得你来跟他说。”她说道。

母亲一想到那个画面就吓坏了。“噢，不！我做不到！”

“你必须做到，”多琳耐心地说，“这不是电话说说就了事的那种，而且除了玛拉·哈灵顿那老乌鸦之外，你是他最亲近的邻居了。”

母亲所有的沉默内敛都被吗啡一扫而空，她跟我说：“我鼓起全部勇气，但一出门勇气就都没了。我转身跑回茅房去拉屎。”

她从我们住的小山丘下来，穿过9号公路，来到牧师宅邸。虽然她没说，但我可以想象这是她这辈子走过最漫长的一段路。她敲了门，一开始他没应门，不过她能听到屋里收音机的声音。

“他怎么可能听得见？”她冲天花板问道，我就坐在她旁边，“第一次敲的时候，我手指关节几乎都没碰到木门。”

第二次她敲得更用力了。他打开门，透过纱窗看见她。他手里正捧着本大书，这么多年过去了，她还记得书名——《质子和中子：电所不为人知的世界》。

“你好，劳拉，”他说道，“你没事儿吧？脸色怎么这么苍白。请进，快请进。”

她进了屋子。他问出什么事儿了。

“发生了一起可怕的事故。”她说道。

他脸上的忧虑更凝重了。“是迪克（理查德的昵称）还是你们家孩子？要我过去吗？劳拉，你先坐下，你看上去好像随时都会晕倒。”

“他们都没事儿，”她说，“出事儿的是……查尔斯，出事儿的是帕齐，还有莫里。”

他细心地把那本大部头在厅里的一张桌子上放好。估计她是这时候看到书名的，她能记住书名我并不惊讶；这种时候，人们往往什么都能注意到，而且什么都能记得住。我就亲身经历过。我宁可不要这种经历。

“他们伤得有多重？”她还没来得及回答，他又问，“他们是在圣斯蒂芬吗？肯定是那里，那是最近的医院。我们开你的旅行车好吗？”

圣斯蒂芬医院在罗克堡，不过他们被送去的当然不是那里。“查尔斯，你必须做好心理准备，承受一个可怕的打击。”

他抓住她的双肩——轻轻地，并不使劲，她说道——但是当他低下头凝视她的脸时，他的双眼就像着了火一样。“有多糟糕？劳拉，他们伤得有多重？”

母亲开始哭泣。“他们都死了，查尔斯。我很抱歉。”

他放开她，双臂颓然落下。“不会的。”他说。用的是男人陈述一个简单事实般的语气。

“我本该开车来的，”母亲说道，“我本该开着旅行车来的，对，我没动脑子，就这么走过来了。”

“他们没死。”他又说道。他转身背对她，额头顶着墙。“不会的。”他用头撞墙，用力之大，连墙上耶稣抱小羊的挂画都哐啷作响。“不会的。”他再次撞墙，挂画脱钩砸了下来。

她抓起他的胳膊。他的胳膊松软无力。“查理，别这样。”然后，她仿佛是对自己的子女说话而不是对一个成年人：“亲爱的，别这样。”

“不会的。”他再次用头撞墙。“不！”又是一下。“不！”

这次她用双手把他抓住，把他从墙上拉开。“住手！你给我立刻住手！”

他看着她，茫然不知所措。他的眉间有一道亮红的印痕。

“他的神情，”这么多年后，她在病床上奄奄一息地跟我说，“我不忍心看，但我不能不看。这种事一旦开始就必须进行到底。”

“跟我走回家去，”她跟他说，“我给你来一杯迪克的威士忌，你需要喝点儿酒，但我知道你这里没这种东西……”

他笑了，那笑声让人震惊。

“然后我开车载你去盖茨瀑布。他们在皮博迪家。”

“皮博迪家？”

她等他把话听进去。他和她一样清楚皮博迪家是做什么的。截至当时，雅各布斯牧师已经主持过数十场葬礼了。

“帕齐不可能死，”他用一种耐心的讲学般的语调说道，“今天是星期三。星期三是意粉王子节，这是莫里说的。”

“查尔斯，跟我来。”她拉着他的手，先是把他拽到门口，然后把他拉进秋日的艳阳之下。那天早晨他还在妻子身旁醒来，跟儿子面对面吃了早餐。他们闲话家常，就像大家平时一样。谁都无从知晓，随便一天都可能是我们倒下的一天，我们永远无法知道。

等他们到了9号公路——洒满阳光、静默、一如既往没有车辆的9号公路——他侧过头，像狗一样，去听西罗伊斯丘方向传来的警笛声。地平线上残留一抹烟气。他看着我母亲。

“莫里也是？你肯定？”

“加油，查理。”（“这是我唯一一次这么叫他。”她跟我说。）“加油，我们已经在路上了。”

● ● ● ● ●

他们乘着我们家的福特旅行车去盖茨瀑布，走的是罗克堡那条路。那条路至少要多开20英里，但母亲最惊骇的时刻已经过去，她能够清晰思考了。她不想驶过撞车现场，哪怕要一路迂回曲折都在所不惜。

皮博迪家的殡仪馆在格兰街上。灰色的凯迪拉克灵车已经在车道上，路边还停放了几辆车。其中一辆是雷吉·凯尔顿的别克船尾轿车。另一辆车让她看到之后大松一口气，是那辆侧面印着“莫顿燃油”的封闭式小货车。

妈妈领着雅各布斯牧师往前走的时候，爸爸和凯尔顿先生从前门出来相迎，雅各布斯牧师那时候就像小朋友一样温顺听话。妈妈说，他抬头往上看，仿佛在判断再过多久树叶才会变成金黄。

爸爸拥抱了牧师，但牧师没有回抱他。牧师只是站在那里，双手垂在两侧，向上打量着树叶。

“查理，我对你失去亲人深感抱歉，”凯尔顿咕哝道，“我们都很难过。”

他们护送他走进甜得过分的花香。头顶的扬声器传出管风琴音乐，像低声私语，有种凄凉。玛拉·哈灵顿——西哈洛所有人共同的奶奶——已经到场，很可能是因为多琳打电话给我母亲的时候，她就用公共电话线在偷听。偷听是她的爱好。她使了把劲，肥大的身躯从门厅的一个沙发上站了起来，她把雅各布斯牧师拉进她丰满的胸脯。

“你那亲爱的老婆和你的宝贝儿子！”她高声号啕。妈妈看了一眼爸爸，两人都皱起了眉头。“好嘛，他们都上天堂啦！这是唯一值得安慰的！被羔羊的血拯救了，直接飞进那永恒的怀抱啦！”扑簌簌的泪水沿着她的脸颊往下落，击穿了她脸上厚厚的一层脂粉。

雅各布斯牧师就任由她抱着，随其摆布。过了一两分钟（“就在我开始担心她再不松手，她的大胸脯就要把他闷死的时候。”妈妈跟我说），他推开了她，并不使劲，但很坚定。他转身面朝我父亲和凯尔顿先生，说：“我现在就要见他们。”

“等等，查理，还没好。”凯尔顿先生说，“你得再等一会儿。等到皮博迪先生把他们拾掇得可以见人……”

雅各布斯穿过告别厅，厅里某个老女人正躺在一口红木棺材里等着最终示人。他继续沿着厅堂往后面走。他知道自己在往哪儿走，没几个人比他清楚。

爸爸和凯尔顿先生连忙追过去。母亲坐下来，玛拉奶奶跟她相对而坐，蓬松的白发之下，眼睛在发着光。她那时年事已高，已经80多岁，有二十来个孙子孙女和曾孙曾孙女，他们不来看她的时候，就只有悲剧和丑闻可以让她焕发新生。

“他接受得了吗？”玛拉奶奶压低声音问道，“你有没有跟他跪下祷告？”

“现在不是说这个的时候，玛拉，”妈妈说道，“我已经筋疲力尽。我只想闭上眼睛歇一分钟。”

但她休息不了，因为就在那时，殡仪馆后面的遗容准备室里传出了一声尖叫。

“听上去就像今天屋外的风，杰米，”她说，“不过比这要恐怖一百倍。”她的目光终于离开了天花板。我多么希望她的眼睛不要离开，因为我可以从她眼光的后面，看到死亡的黑暗正在逼近。“一开始只是女鬼般的哀号，没有言语。我多么希望只是这样，但却并非如此。‘他的脸呢？’他叫道，‘我儿子的脸呢？’”

谁负责在葬礼上讲道？这个问题让我很困扰（就好比谁来给理发师理发一样）。这些都是我后来听说的，我没有亲眼看见；妈妈下的命令，只准她、爸爸、克莱尔和康拉德去参加葬礼。葬礼可能会对家中其余几个孩子造成不安（她肯定在皮博迪家遗容准备室里听到过寒彻脊背的尖叫），于是安迪留下负责照顾特里和我。这可不是什么值得高兴的事儿，因为安迪是个坏小子，尤其是爸妈不在家的时候。身为一个公开的基督徒，他却热衷于扭人胳膊和用拳头揉人的脑袋，而且下手很重，让人眼冒金星那种。

帕齐和莫里双人葬礼那个周六，他没有扭人胳膊也没有揉人脑袋。安迪说，如果他们到晚饭时分还不回来，他就去做罐头意粉。其间我们只是看电视，不说话。他走上楼去，然后就没有下来。虽然他脾气暴躁人又专横，但他对“小跟班”莫里的喜爱不亚于我们其他人，而且他自然也很迷恋帕齐（人人都爱她……除了阿康，他对女生不感兴趣，长大之后也没有改变）。他可能是上楼祷告去了——“你祷告的时候，要进你的内屋，关上门。”圣马太这样教导大家——不过可能他只是想坐下来想想，这到底是什么道理。他的信仰没有因为这两人的死而崩塌——他至死都是个顽固的原教旨主义基督徒——不过他的信仰必然遭到了极大动摇。我的信仰也没有因他们的死而崩塌，使它崩塌的是那次骇人的布道。

盖茨瀑布公理会的戴维·托马斯牧师为帕齐和莫里致了悼词，没有引起任何惊讶或不满，因为正如爸爸所说：“公理会和卫理公会之间没有半毛钱区别。”

引人注目的是雅各布斯选了斯蒂芬·吉文斯来主持柳林公墓的丧葬事务。吉文斯是示罗教会的牧师（不挂神职头衔）。示罗教会的信众当时还笃信弗兰克·韦斯顿·桑福德那个末日论贩子的教条——鼓励家长鞭笞子女，哪怕是再小的错都要上鞭子（“你必须做基督的训蒙师。”他如此教导大家），还主张36小时禁食，包括婴儿。

自从桑福德死后，示罗变化甚多（如今和其他新教教会团体略有不同），但在1965年，那些古旧的流言依然兴盛不衰——由他们的奇装异服和对末日将至的激进信仰推波助澜。可是原来我们的查尔斯·雅各布斯和他们的斯蒂芬·吉文斯常年在罗克堡聊天喝咖啡，而且还是好友。那次骇人的布道后，镇上就有人说雅各布斯牧师是“染上了示罗教的病”。也许如此，但根据爸妈所说（以及阿康和克莱尔，我其实更相信他们俩的证词），吉文斯在那次简短的入葬仪式上显得很平静，给人慰藉，而且举止得当。

“他一次都没有提起世界末日。”克莱尔说。我还记得那晚穿着深蓝色礼服（她最接近黑色的衣服）和成人长筒袜的她有多美丽动人。我也记得她几乎没吃完饭，只是把盘子上的食物搅来搅去，直到弄成像狗粪似的一坨。

“吉文斯有没有念诵经文？”安迪问。

“《哥林多前书》，”妈妈说，“是讲我们对着镜子观看，模糊不清的那段？”

“选得应景。”哥哥睿智地说。

“他怎么样？”我问妈妈，“雅各布斯牧师怎么样了？”

“他……很安静，”她说道，看上去很焦虑，“我看……大概是在沉思吧。”

“不，才不是，”克莱尔说着把盘子推开，“他都震惊坏了！就坐在坟头一把折叠椅上，吉文斯先生问他要不要来撒第一抔土，跟他一起祈福的时候，他还是继续坐在那儿，双手夹在膝盖之间，耷拉着脑袋。”她哭了起来。“这就像是个梦，一个噩梦。”

“不过他还是起身撒了土，”爸爸边说边搂着她的肩膀，“是过了好一会儿，但他还是撒了。每口棺材上撒了一把土。不是吗，克莱尔宝贝儿？”

“是啊，”她说道，哭得更厉害了，“不过是那个示罗教会的家伙抓着他的手，硬生生把他给拽起来的啊。”

阿康没说话，我才意识到他人已经不在餐桌旁。我看到他在后院，站在那棵挂着轮胎秋千的榆树旁。他的头顶着树皮，双手握着树干，肩膀簌簌颤抖。

不过跟克莱尔不同，他把晚饭吃了。我记得的。他把盘子上的食物吃得干干净净，还要了第二盘，声音坚定而清晰。

• • ● • •

接下来的三个礼拜日都有执事安排过来的客座传教士，但吉文斯牧师并不在其中。尽管他那次在柳林公墓显得很平静、宽慰众人，而且举止得当，我猜就是没人请他来讲。北方佬除了与生俱来和教育使然的沉默内敛，他们还往往在宗教和种族方面抱有偏见。三年后的一天，我听到盖茨瀑布高中的一个老师用愤怒不解的语气问另一个老师："为什么会有人想枪杀马丁·路德·金？天哪，这个黑鬼是个好黑鬼啊！"

那次事件后，卫理公会青少年团契取消了。我猜所有人都很高兴——包括人称"查经之王"的安迪。我们还没有做好准备去面对雅各布斯牧师，他同样也无法面对我们。玩具角——克莱尔和其他女孩儿逗莫里玩儿（以及相互嬉戏）的地方会多么让人目不忍视。歌咏时分又有谁来弹钢琴呢？我想镇上总有人可以，但查尔斯·雅各布斯是没心情去打听了，而且没有了帕齐，一切也不再相同——唱起激扬的赞美诗，比如"向前直往锡安"时，她金色的秀发左右摇动。她的金发已然入土，在黑暗中，头发在缎子枕头上发干变脆。

11月一个灰蒙蒙的下午，特里和我正在窗子上喷涂火鸡和丰收羊角，电话一声长一声短地刺耳地响起：是我们家的电话铃。妈妈接了电话，简短说了几句就放下电话，然后朝特里和我微笑。

"是雅各布斯牧师的电话。他这个星期天要上讲道台做感恩讲道。你说是不是棒极了？"

• • ● • •

多年以后，我上了高中，克莱尔读缅因大学放假回来，我问她为什么当时没人拦住他。我们在外头，荡着旧轮胎秋千。她不用问就知道我指的是谁，那次礼拜日讲道给我们所有人的心头留下了一道疤。

“我猜是因为他听上去通情达理，听着很正常。等到人们意识到他的真实用意的时候，已经来不及了。”

也许吧，但我记得雷吉·凯尔顿和罗伊·伊斯特布鲁克在结尾时打断了他，其实他还没开始讲我就知道不对劲儿，因为他没有用往常的结束语来结束当天的读经：愿上帝保佑他的圣言。他从来没有忘记过那句话，连他给我展示电动小耶稣横渡太平湖那天都没有忘记。

骇人的布道当天，他选读的是《哥林多前书》第13章，跟吉文斯牧师在柳林公墓一大一小两座墓旁读的是同一章：“我们现在所知道的有限，先知所讲的也有限，等那完全的来到，这有限的必归于无有了。我作孩子的时候，话语像孩子，心思像孩子，意念像孩子；既成了人，就把孩子的事丢弃了。我们如今仿佛对着镜子观看，模糊不清，到那时，就要面对面了。我如今所知道的有限，到那时就全知道，如同主知道我一样。”

他在讲道台上合上了那本厚厚的《圣经》——没太用力，但我们都听到“啪”的一声。那个礼拜天，哈洛卫理公会全是人，每张长凳都坐满了，不过却一片死寂，连一声咳嗽都没有。我记得自己暗暗祷告，希望他能顺利完成，不会中途落泪。

玛拉·哈灵顿老奶奶坐在前排长凳上，虽然她背对着我，我也能想象她的双眼藏在那半开半合的臃肿发黄的眼皮里，闪烁着渴望的光。我们家坐在第三排，我们常坐的那排。妈妈的脸色平静，但我可以看到她戴着白色手套的双手紧紧攥着那部大开本平装《圣经》，把书都折弯了。克莱尔咬着牙，把口红都一点点吃掉了。从读经结束到哈洛人称“骇人的布道”开始，之间不会超过五秒，至多十秒，但在我看来却仿佛亘古一般遥远。他低头向着讲道台上那本亮金色饰边的《圣经》。当他终于抬起头，露出他冷静沉着的脸，大家仿佛都轻轻舒了口气。

“对我而言，这是一个艰难而困扰的时期，”他说，“这自然不用说了，这是个紧密相连的社区，大家都互相认识。居民们都以各自的方式向我伸出援手，我会永远心存感激。我要特别感谢劳拉·莫顿，感谢她如此温柔委婉地向我转达了噩耗。”

他向她点头示意。她点了点头，微笑一下，然后举起一只戴着白手套的手擦掉了一滴泪。

“从我痛失所爱的那天起，到今天上午，我一直在反思和学习中度过。我本想说‘以及在祷告中度过’，但尽管我一次又一次地跪下，却没能感受到上帝在我身边，所以我只能反思和学习。”

众人沉默，每一双眼睛都盯着他。

“我去了盖茨瀑布图书馆找《纽约时报》，但他们只存了《商业周刊》，他们让我转道罗克堡，那里有时报的微缩胶片。‘凡祈求的，就得着；寻找的，就寻见’，圣马太真是言之有理。”

台下报以几声轻笑，但很快就归于沉默。

“我一天一天地去，翻阅微缩胶片直到我脑袋发疼，我想跟诸位分享一下我的发现。”

他从黑色西装外套的口袋里掏出几张档案卡。

“去年6月，三股小型龙卷风席卷俄克拉何马州的梅伊城。虽然有财产损失，但无人死亡。居民蜂拥到浸信会教堂去唱诵赞歌和做感恩祷告。正当他们在教堂里的时候，第四股龙卷风——一个F5级大怪兽——扫过梅伊城，将教堂摧毁。41人死亡，30人重伤，其中包括缺胳膊断腿的孩子们。”

他把那张卡换到后面，接着看下一张。

“你们之中有些人可能还记得这件事。去年8月，一名男子和他的两个儿子在温尼珀索基湖划船，家里的狗跟他们一起。狗掉到了水里，两个男孩儿跳下水去救。父亲看到两个儿子有溺水的危险，自己也跳下去救，结果不小心把船打翻，三个人都淹死了。那条狗游回了岸边。”他抬起头来，还微笑了一下——就像太阳穿过寒冷1月天的雨幕出来露了个脸，“我试图查明那条狗的下落——那丧夫丧子的女人是留着它还是杀了它，但没能找到。”

我偷眼看了看哥哥姐姐。特里和阿康一脸迷惑，但安迪一脸煞白，像是惊恐，像是愤怒，又像兼而有之。他双拳紧握放在膝上。克莱尔在无声地啜泣。

下一张档案卡。

“去年10月。飓风在北卡罗来纳州威尔明顿附近席卷陆地，杀死17人。其中6人是教堂日托中心的孩子，第7个人被报失踪。一周后，他的尸体在树上被人发现。”

下一张。

“这件事发生在一个以前叫比属刚果，现在叫扎伊尔的国家[①]，一个为穷人提供食品、医药并且传教的传教士家庭，一家五口全被谋杀。虽然文章没有明说——《纽约时报》只拣了适合报道的来说——不过文章暗示凶手有吃人的嗜好。”

---

① 现称刚果民主共和国，简称刚果（金）。原为比利时殖民地，当时称比属刚果。1960年6月宣告独立，与邻国同称刚果共和国，在两国名称后括注首都名称以做区别。1964年8月1日改国名为刚果民主共和国。1971年改国名为扎伊尔共和国。1997年5月17日，刚果解放民主力量同盟武装部队攻占首都金沙萨，恢复国名为刚果民主共和国至今。本书此处所述时间为20世纪70年代，因此称“一个以前叫比属刚果，现在叫扎伊尔的国家”。——编者注

传来一声不满的咕哝，从雷吉·凯尔顿那边传来的。雅各布斯听到了，举起手来做了一个善意的手势。

“虽然我还有很多例证，但我不必细说了——火灾、洪水、地震、暴动和暗杀。世界为之战栗。阅读这些故事给了我几分慰藉，因为它们证明了遭受折磨的不止我一个；可是慰藉却很微小，因为这些死亡——比如我妻儿的死——显得如此残酷和反复无常。人们说基督肉身升天了，但我们这些地上的可怜凡人却只留下丑陋的残躯烂肉，和一个永无止境的问题：为什么？这是为什么？到底为什么？

“我一生都在读经，在母亲的膝上，在卫理公会青少年团契，然后是神学院——我可以负责地告诉你，我的朋友们，《圣经》没有任何一个地方直接回答过这个问题。最接近的就是《哥林多前书》的这段，圣保罗的话实际上就是说：‘没什么好问的，我的弟兄，反正你们也不会懂。’约伯亲自问上帝的时候，得到的答复更不客气：‘我立大地根基的时候，你在哪里呢？’翻译成我们年轻教民的话来说，就是‘滚蛋吧，老东西’。”

这次没人笑了。

他端详着我们，嘴角露出一丝笑意，教堂彩绘的玻璃窗在他脸上投射出蓝色和红色的菱形。

“在艰难困苦的时候，宗教应该是我们的安慰。《诗篇》宣称上帝是我们的杖和我们的竿；当我们不得不穿过死荫的幽谷时，他会与我们同在，帮我们渡过难关。另一则诗篇向我们保证说上帝是我们的避难所和我们的力量，在俄克拉何马教堂丧命的那些人肯定对此有异议……不过他们已经开不了口了。还有那个父亲和他的两个儿子，他们溺水只是为了救家中的宠物——他们有没有问上帝到底发生了什么？这是怎么回事？当水呛进他们的肺部，死亡使他们的头脑发昏变暗时，上帝是不是回答说‘再过几分钟就告诉你们’？

“圣保罗讲到的模糊不清的镜子，说白了就是让我们全部押在信仰上。如果信仰够强大，我们就上天堂，等到了天堂就一切水落石出。仿佛人生就是一个笑话，天堂就是向我们最终抖包袱的地方。”

教堂里传出女性的柔声啜泣，更多的是男性的愤懑不满之声。但是那一刻，没人离席，也没人因为雅各布斯牧师逐步走向渎神而让他下台。他们还都在震惊过度中。

“当我研究那些无辜的人离奇而又痛苦的死亡，感到厌烦时，我查了查基督教的各个分支。我的天，老兄，数量之多让我惊讶！真是个教条巨塔！天主教、新教圣公会、卫理公会、浸信会（包括基要派和温和派的）、英国国教会、圣公会、路德会、长老会、唯一神教派、耶和华见证人、基督复临安息日会、贵格会、震颤派、希腊东正教、东方正教会，还有示罗——这可不能忘了——还能再数出50多个。

“我们哈洛镇家家共用电话线，我看宗教才是最大的共线电话。每周日早上打给天堂的电话肯定得占线！你知道我觉得最有趣的是什么吗？每个献身于基督教义的教会，都认为自己是唯一具备上帝专属热线的那个。我的天，我还没提其他教派的教徒，还有那些单纯崇拜美国的人，就像十来年前德国人崇拜希特勒一样狂热。”

就在那时有人开始退场了。起初只是后面几个，低着头弓着背（好像被人打了屁股一样），然后就越来越多。雅各布斯牧师仿佛浑然不觉。

“这些不同的教派和宗派中，有一些是和平的，但其中最大的，也是最成功的，往往是建立在鲜血和枯骨，以及那些傲慢的、不肯向他们的神低头的人的惨叫之上。罗马人拿基督徒去喂狮子；基督徒肢解他们认为是异端、巫师或巫婆的人；希特勒牺牲数百万犹太人，向种族纯洁性这种伪神明献祭。数以百万计的人被烧死、枪杀、吊死、上刑、下毒、电击，以及被狗撕碎……全都是在神的名义下进行的。”

母亲呜咽出声，但我没有回头看她。我扭不动脖子，整个人僵在原地。当然是因为恐惧，我那时只有九岁。但也有一种不成熟的狂喜，感觉终于有人把真相原原本本地告诉了我。我心里小部分的想法是希望他就此打住，但大部分的想法却热切希望他继续讲下去，后者得逞了。

“基督教导我们要转过另一边脸来让人打，要爱我们的敌人。我们只是嘴上应付，但大多数人挨打的时候，想的都是双倍奉还。基督‘赶出殿里一切作买卖的人，推倒兑换银钱之人的桌子’，但我们都知道那些投机倒把的人从未远离；如果你曾经在教堂里兴致勃勃地玩过宾果游戏，或者听过广播布道者乞求捐款，那么我说的话你就能懂。以赛亚预言这一天来临的时候，我们会‘将刀打成犁头’，可是在现在这个黑暗时代，人们只是把刀剑打成了原子弹和洲际弹道导弹。”

雷吉·凯尔顿站了起来。我哥哥安迪一脸煞白，他则是满脸通红。“你坐下来吧，牧师。你今天不大对劲儿。”

雅各布斯牧师没有坐下来。

“我们的信仰又换来了什么？几百年来，我们把自己的鲜血或财富馈赠给这个或那个教会，我们换来了什么？就是向我们保证一切过后天堂会等待我们，等我们到了天堂，最后的包袱就会解开，我们恍然大悟：‘哦，原来如此！我这才明白。’这就是最终的回报。从我们记事之初就反复被灌输：天堂，天堂，天堂！我们会看到自己失去的子女，亲爱的母亲会把我们抱在怀里！这是那胡萝卜。抽打我们的大棒就是地狱，地狱，地狱！永世诅咒和折磨的阴曹地府。我们跟孩子们——就像我那死去的儿子那么小——说，他们只要偷了一便士的糖果，或者把新鞋弄湿了却不说实话，他们就会面临永恒之火的危险。

“这些死后的去处并没有证据可以证明；没有科学的支撑；都是些空头保证，加上我们内心强烈希望相信：这一切是有道理的。当我站在皮博迪家的遗容准备室，低头看着我儿子残损的遗体——他想去迪士尼乐园远胜过想上天堂啊——那时候我得到了一个启示：宗教就是神学上的保险诈骗，你一年一年地交保险费，如此虔诚笃信——莫怪我一语双关，等到了你需要领取福利的时候，你才发现，那个收了你钱的公司其实根本就不存在。”

就在这时，罗伊·伊斯特布鲁克在匆匆离去的人群中站起身来。他是个胡子拉碴的大块头，住在镇子东边一个荒废的拖车公园，靠近弗里波特的边界。他通常圣诞节才来，但今天破例。

“牧师，”他说，“我听说你那车子副驾的杂物箱里有瓶烈酒。莫特·皮博迪说，他弯下腰来捯饬你老婆的时候，她闻起来就像个酒吧。这就是你要的理，道理就摆在这儿。是你冈了不敢接受上帝的旨意？随你便，但别把其他人搅进来。”说完伊斯特布鲁克迈着重重的步子离开。

他的话立刻封住了雅各布斯的嘴。他兀自站着，双手死死抵着讲道台，脸色煞白，两眼冒火，双唇抿得太紧，连嘴都看不见了。

这时候爸爸站起来：“查尔斯，你得下来了。”

雅各布斯牧师摇了摇头，仿佛是为了理清一下头脑。“是的，”

他说，“你说得对，迪克。反正我说什么都没用。”

但其实他的话起了作用，对一个小男孩儿起了作用。

他后退了几步，扫了一眼四周，仿佛不知身在何处，然后又走上前，虽然那儿还在场听他讲的就只有我们一家、教会执事和玛拉奶奶——她僵坐在第一排，目瞪口呆。

“最后一点。我们来自一个谜，我们又走向一个谜。或许我们去往的地方有东西在，但我打赌那不是任何教会所理解的上帝。看看它们之间因信条冲突而起的口舌之争，你就知道。它们相互抵消，什么都没留下。如果你想要真相，想找到那个比你自身伟大的力量，看看那闪电吧——每道闪电有10亿伏电压、10万安培的电流和5万华氏度的高温。那是一个更高权力的所在，我向你保证。而这里呢，这座建筑里有吗？没有。你爱信什么就信什么，但我跟你说：圣保罗的那模糊不清的镜子背后，除了谎言什么都没有。”

他离开讲道台，从侧门走了出去。莫顿一家静坐在那儿，那种静默就像爆炸之后的死寂。

• • ● • •

我们回到家后，妈妈走进后面的主卧，让我们不要打扰她，然后关上了门。她一整天都待在里面。克莱尔做了晚饭，我们几乎是默默吃完的。其间安迪有一次要引用一个《圣经》段落来彻底推翻牧师的话，但爸爸让他闭上嘴。安迪看到爸爸双手深深插进裤兜就赶紧把嘴闭紧了。

晚饭后，爸爸去了车库，在那里摆弄他的“公路火箭Ⅱ号”。特里——爸爸的忠实助手，堪称徒弟——唯一一次没去帮他，于是我去了……不过也是犹豫了一下才答应的。

“爸爸？能问你个问题吗？”

他躺在修车躺板上，在“公路火箭”的车底下作业，一手拿着照明灯，只有穿着卡其裤的双腿露在外面。“说吧，杰米。只要不是关于今天上午那摊子破事儿。要是关于那个，那你也闭上嘴吧。我今晚不想说这事儿。明天有大把时间。我们得上报新英格兰卫理公会要求解雇他，他们还得上报波士顿的马修主教。真浑蛋，简直一团糟，如果你告诉你妈我当着你的面说了那个词，她准会毫不留情地揍我。”

我不知道我要问的跟那骇人的布道有关无关，我只知道我非问不可。“伊斯特布鲁克先生说的话是真的吗？她真的喝酒了？”

在车底盘游移的照明灯光停了下来。他推着躺板出来，好看着我说话。我怕他会很生气，但他没有，只是不高兴而已。“人们一直在私下议论，那个呆瓜伊斯特布鲁克公开这么一说，流言肯定传得更快了，不过你听我说，杰米，这都不重要。乔治·巴顿癫痫发作，他开错了车道，而她在转弯处看不到前面路况，然后就一命呜呼了。无论她当时是清醒还是醉倒在仪表盘上都不重要。车神马里奥·安德雷蒂都躲不过这一撞。牧师说对了一件事：人们总希望给人生中的破事儿找到理由。有时候就是没理由。”

他举起没拿照明灯的那只手，用一根满是油污的手指指着我。“剩下的就只是一个伤心的人在说胡话，你给我记住。”

感恩节前的那个星期三，我们学校只上半天，但我答应莫兰太太留下来帮她擦黑板和整理我们小图书馆里的旧书。我告诉妈妈的时候，她心不在焉地挥挥手，说我只要回家吃晚饭就好。她已经把一只火鸡搁进了烤箱里，但我知道不可能是我们家的，这只火鸡太小，不够七个人吃的。

原来凯西·帕尔默（老师的跟屁虫）也留下来帮忙了，结果只用了半小时就完事儿了。我想去阿尔或比利家打玩具枪什么的，但我知道他们会说起那骇人的布道，以及雅各布斯太太醉酒驾驶导致自己和莫里车祸身亡——这谣言已经越传越真了——我不想卷进去，所以就回家了。这天天气反常地暖，我们家的窗户是开着的，我可以听到姐姐和妈妈在吵架。

“为什么不让我去？”克莱尔问，“我想让他知道这个愚昧的小镇上至少还有人站在他这边！”

“因为你爸和我认为你们这些孩子应该离他远一点儿。”妈妈回答说。她们在厨房里，而我已经踱步到了窗边。

“妈，我已经不是小孩儿了，我都17岁了！”

“不好意思，17岁你也是一个孩子，而且女孩家家去看他，这样不好。这你必须听我的。”

“那你去就没事？你知道只要让玛拉奶奶看见你，不到20分钟全镇的电话里就都在八卦这件事了！你去我也去！”

“我说了不行就是不行。”

“是他让阿康能重新开口说话的！”克莱尔咆哮道，“你怎么能这么刻薄？”

一阵长长的停顿，然后妈妈说：“正是因为这个我才去见他的。我去不是为了他明天有火鸡吃，而是为了让他知道尽管他说了这么可怕的话，我们依然心存感激。”

“你又不是不知道他为什么说那些话！他刚刚失去了妻儿，整个人都乱套了！他都疯掉一半儿了！”

“我当然知道。”妈妈现在说话更小声了，而且克莱尔还哭了起来，我只能更用力去听。“但他把大家吓坏了，这是事实。他过头了，太过分了。他下星期就走，这对大家都好。当你知道自己要被解雇的时候，最好自己先辞职，还能让你保留一点儿尊严。”

“我猜这是执事的意思吧，”克莱尔几乎是冷笑着说，“也就是爸爸咯。”

“你爸别无选择。等你长大了你就能懂，到时你就能体谅他了。你爸心里也不好受。”

“好啊，那你去吧！”克莱尔说，“看看几片火鸡胸脯肉和一点儿红薯能否弥补你们对他的所作所为。我敢打赌他根本不吃。”

“克莱尔……克莱尔宝贝儿——”

“别这么叫我！”她大吼道，我能听见她在捶楼梯。我猜她生一会儿闷气，在卧室里哭一会儿就没事儿了，就像两年前，妈妈跟她说15岁还太年轻，不准跟那个叫丹尼·坎特维尔的家伙约会一样。

我决定赶在妈妈外出送饭前赶紧到后院去。我坐在轮胎秋千上，没有完全藏好，但也不容易给人发现。10分钟后，我听见前门关上的声音。我走到房子的角上，看到妈妈走在路上，手里捧着一个包着锡箔纸的托盘。锡箔纸在阳光下闪闪发光。我走进屋里，上了楼梯。敲了敲姐姐的房门，门上贴着鲍勃·迪伦的巨幅海报。

“克莱尔？”

“滚！”她喊道，“我不想和你说话！”唱片机接着放新兵乐队的歌，音量开到了最大。

妈妈大约一个小时后回到家——只是去送一趟食物花一小时也算久了——特里和我在客厅里，一边看电视一边推推搡搡，为了抢那张旧沙发上最舒服的地方（正中央，那里没有弹簧戳屁股），但她浑然不觉。阿康在楼上玩吉他，那是他的生日礼物，还唱着歌。

• • ● • •

盖茨瀑布公理会的戴维·托马斯在感恩节后的那个星期天回来再次参与活动。教堂又一次满座，或许是因为大家想看看雅各布斯牧师会不会出席并说一些更可怕的东西。他没来。如果他来的话，我敢肯定，他开场白都没说完就会被人打断，甚至可能整个人都被抬出去。北方佬对宗教可是不开玩笑的。

第二天，也就是星期一，放学回家的那1/4英里路，我是跑着回去的。我有个想法，想在校车到家之前回到家。等校车来了之后，我把阿康拽到后院。

“你这人什么毛病？”他问。

“你得跟我去一趟牧师宅邸，”我说，“雅各布斯牧师很快就要走了，可能明天就走，我们要在他走之前见他一面。我们要告诉他，我们还是喜欢他的。”

阿康抽身出来，用手掸着他的常春藤盟校的衬衫，好像怕我有虱子一样。“你疯了吗？我才不去呢。他说没有上帝。”

“他还用电击治好了你的喉咙，让你重新开口说话呢。”

阿康不安地耸耸肩。“反正它自己也会好的。雷诺医生说的。”

“他说一两周就会好。那时候才2月，你4月都没好。都过了两个月了。”

“那又怎么样？就是久了点儿呗。”

我简直不敢相信自己的耳朵。“你是胆小鬼吗？”

“你再说一次我就揍扁你。”

“你好歹也该去说声谢谢吧？”

他盯着我，嘴发紧，脸发红。“爸妈不让我们去见他。他是个疯子，很可能跟她老婆一样是个醉鬼。”

我无话可说，眼里闪烁着泪光。不是悲伤的泪，而是愤怒的泪。

“而且，”阿康说，“我得在爸爸到家前把柴薪箱填满，不然就闯祸了。所以你还是省省吧，杰米。”

他留我一人站在原地。我的哥哥，后来成了世界上最杰出的天文学家之一，在2011年发现了第四个可能存在生命的“宜居星球”——他当时就这么把我晾在那里，而且此后再没提起过查尔斯·雅各布斯。

● ● ● ● ●

第二天，星期二，我再次一放学就沿着9号公路跑。但我没有回家。

牧师宅邸的车道上有辆新车。好吧，不是真的新车，是辆1958年的福特宝云（Ford Fairlane），车子的迎宾踏板锈了，副驾的侧窗上有道裂纹。后备厢开着，我偷偷看了一眼，里面有两个行李箱和一个庞大的电子设备——雅各布斯牧师某个周四晚上在青少年团契上展示过，叫示波器。雅各布斯本人在他库房工作室里。我听到有东西翻动的声音。

我站在他那辆新的旧车前，想着那辆贝尔维迪老爷车现在已经烧成残骸，我几乎想转头就往家跑。不知道我如果当时转头跑了，人生会有多大不同，不知道我现在还会不会再写这个。不得而知，不是吗？圣保罗说的模糊不清的镜子真是太对了。我们终日照镜子，除了自己的影像却看不到其他任何东西。

我没有逃跑，而是鼓起勇气来到库房。他正在把电子设备装进一个木制橙色箱子里，用大张的皱巴巴的牛皮纸来填空，他一开始并没有看到我。他穿着牛仔裤和白衬衫，不再是牧师缺口领了。小孩子往往对大人的改变不太留心，但即便是九岁，我都发现他消瘦了。他站的地方面朝阳光，听到我进来，他抬起了头。他的脸上有了新的皱纹，不过他看到我之后朝我微笑，皱纹就不见了。那微笑如此悲伤，我感觉万箭穿心。

我想都没想，就这么跑到他跟前。他张开怀抱把我举了起来，好亲我的脸颊。“杰米！”他喊道，“你是阿尔法也是欧米加！”

“啊？”

“《启示录》，第一章第八节。‘我是阿拉法，我是俄梅戛，是昔在、今在、以后永在的全能者。’你是我在哈洛见到的第一个孩子，也是最后一个。你能来我真是太太太高兴了。”

我开始哭了起来，我不想哭，但就是忍不住。“对不起，雅各布斯牧师。我对这一切都感到很抱歉。你在教堂说得对，这不公平。”

他吻了我另一边脸，把我放下来。“我好像没说这句，不过你是抓到要点了。倒不是说要你把我的话全当真，我当时昏了头。你妈妈懂的。她给我送来那精致的感恩节大餐时跟我这么说的。她还祝我一切顺利。”

听到这些我感觉好受一点儿了。

“她给了我一些很好的忠告，让我远离缅因州，远离哈洛，从头开始。她说我可能会在别的地方重新找回信仰。这个我很怀疑，但她让我离开是对的。”

“我永远都见不到你了。”

“千万别说永远，杰米。这世上，大家的路常常交会，有时在你最意想不到的地方。”他从口袋里取出手帕，从我脸上擦去泪水，“无论如何，我会记住你的。我也希望你能偶尔想起我。”

“我会的。”然后我想起来，“那可不，必须的！”

他回到工作台前，台上已经空得可怜，他收拾好最后几样东西——几块他称为“干电池”的大块方形电池。他盖上箱盖，开始拿两根粗绳子来捆住。

“阿康本想跟我一起来道谢的，不过他……呃……好像今天有球队集训，还是其他什么的。”

“没关系。我都怀疑自己是不是真帮上了忙。”

我震惊了。“你把他的喉咙治好了，天哪！你用你的小工具治的啊！”

“哦，对。我的小工具。”他给第二条绳子打上结，然后勒紧。他把袖子卷得很高，我可以看到他健硕的肌肉。我以前从未注意到。“电神经刺激器。”

“雅各布斯牧师，你可以拿来卖钱啊！那你就发财啦！”

他一条胳膊支在箱子上，一手托着下巴，盯着我看。“你这么认为？”

“对！”

“我很怀疑。我都怀疑我的刺激器跟你哥哥的康复到底有没有关系。那工具是我当天做出来的，你知道吧。”他笑了，“而且是用从莫里的罗斯科机器人里偷偷拆出来的日本产微型电动小马达来供电的。”

“真的？”

“真的。这个理念是没错的，这个我肯定，不过这个雏形——匆忙中做出来的，缺少实验证明——往往很少会成功。但我觉得我还是有机会的，因为我没有怀疑过雷诺医生最初的诊断。只是神经拉伤而已。”

“不过——”

他把箱子扛起来。他的手臂肌肉隆起，青筋暴露。“来，孩子。

跟我来。”

我跟着他来到车前。他把箱子在后保险杠旁放下，看了看后备厢，说他得把行李箱移到后座。“杰米，能帮我拿那个小的吗？不重。要远行的时候，最好轻装上路。”

“你去哪儿？”

“还不知道，不过我猜等我到了就知道了。前提是这家伙不抛锚。这家伙可不省油。”

我们把行李箱移到那辆福特的后座。雅各布斯牧师哼了一声，用力把那口大箱子放进了后备厢。他把后备厢盖砰地一关，然后靠在上面打量我。

“你有一个美满的家庭，杰米，你的父母都很棒，也很在乎你。要是让他们来描述你们，我猜他们会说克莱尔是那个有母性的娃，安迪是那个霸道的娃——”

“好家伙，让你说中了。”

他咧嘴一笑。“每家都有一个，小家伙。他们会说特里是那个摆弄机械的娃，而你是个梦想家。他们会怎么说阿康呢？”

“是个读书的娃，或者是唱民谣的娃，因为他有把吉他。”

“也许是吧。不过我敢打赌，你爸妈脑中首先想到的不会是那些字眼。有没有注意过阿康的指甲？”

我笑了。“他可爱啃指甲了！有一次我爸说只要阿康一周不啃指甲，他就给阿康一美元，但他就是做不到！”

“杰米，阿康是那个神经质的娃——你爸妈要是实话实说，也会这么讲，是到了40岁容易胃溃疡的那种。他脖子被滑雪杖击中失声之后，他开始担心自己再也不能说话了。就算不是这样，他也会这么跟自己说。”

“雷诺医生说……”

“雷诺是个好医生，认真尽职。莫里出麻疹的时候，他立刻就来了，还有帕齐那次……呃，出了点儿女性方面的问题。他非常专业地给他们治好了。但他不具备一流的全科大夫那种自信，就是那种‘扯淡，半点儿毛病没有，你马上就能好’的气场。”

“他真说过！”

“是，但阿康不信他，因为雷诺不够让人信服。身体他能治，但精神呢？这他就不行了。治病一半儿治的是心病，或许还更多。阿康想的是：‘他在骗我呢，好让我习惯哑巴的生活。后面他就会告诉我真相。’你哥哥就是这种人，杰米。他时刻神经紧张，人一旦这样，大脑就会跟自己作对。”

“他今天不肯跟我来。”我说，“我之前撒了个谎。”

“是吗？”雅各布斯看上去并不惊讶。

“是的。我要他来，但他不敢。”

“别为这个生他的气，”雅各布斯说，“每个恐惧的人都活在自己制造的地狱里。你可以说这地狱是他们给自己造的——阿康就把自己搞哑了——但他们身不由己。他们就是这样的人。他们需要同情和怜悯。”

他转身面对牧师宅邸，此刻看上去已经荒废，他叹了口气。然后转回来对着我。

“也许刺激器是起到了什么作用——我有充分理由相信它背后的理论是有效的——但我真心怀疑。杰米，我觉得我是给你哥耍了个把戏。别介意我一语双关，我是把阿康给诓了。这是神学院里教的技能，不过他们管这叫‘点燃信仰’。这是我一向在行的，我对此既惭愧又高兴。我让你哥哥期待奇迹，然后打开电流，激活我那个夸大的蜂鸣器。我一看到他嘴唇抽搐和眼睛狂眨，我就知道成了。”

“真了不起！”我说道。

“的确如此，但也相当卑鄙。”

“啊？”

“没关系。反正你千万不能告诉他。他大概不会再失声了，但也说不准。”他看了看表。“哎哟。我就只能聊到这儿了，我还打算晚上赶到朴次茅斯呢。你也该回家了。到家之后，别跟爸妈说你下午来看过我，这是我们之间的又一个秘密，好不？”

“好。”

“你没经过玛拉奶奶家吧？”

我翻了个白眼，怪他怎么傻到问这种问题，雅各布斯又笑了笑。我很高兴在种种苦难后我还能让他笑起来。“我穿过马斯特勒家那块田过来的。”

“好孩子。”

我不想走，也不想让他走。“能再问你个问题吗？”

“可以，赶紧。”

“当你做……呃……”我不想用布道这个词，感觉这个词有点儿危险，不知何故，“你在教堂讲话的时候，你说闪电有5万华氏度。是真的吗？”

他的脸开始发光，好像只有在触及电的话题时才会这样。他就好这口，克莱尔会这么说。爸爸则会称之为痴迷。

“绝对真实！可能除了地震和海啸外，闪电是自然界最大的威力了。比龙卷风强大，比飓风就强大多了。你有没有见过闪电击中大地？”

我摇摇头。“只看过天上的闪电。”

“太美了。又美又可怕。”他抬起头来，似乎在寻找，但那天下午天空湛蓝，只有星星点点的白云缓缓向西南方向飘。“你要是想近距离看的话……你知道朗梅多不？”

我当然知道。往山羊山度假村去的那条路上，在半路有个州立公园，那就是朗梅多。在那里你可以往东看到好远好远。在极晴朗的日子里，你可以一直看到缅因州的弗里波特沙漠。有时甚至能看到大西洋。卫理公会青少年团契每年8月都在朗梅多举行夏季野餐。

他说：“如果你从朗梅多那条路往上走，就会来到山羊山度假村的大门……”

“……除非你是会员或客人，否则他们不让你进。”

“没错，社会等级在作怪。不过就在你到门口之前，有一条往左分出的砂石路。谁都能走，因为这是公家的地。走上坡路约三英里，尽头是一个叫天盖的瞭望处。我从没带你们去过，因为那里很危险——一个花岗岩坡，下面是2000英尺深的悬崖。没有围栏，只有一个告示警告大家远离边缘。天盖的顶上有一根20英尺高的铁棒，深深插进岩石里。不知道是谁放在那儿的，也不知道为什么要放，不过它已经在那儿很久很久了。本该生锈的，但却没有。你知道为什么没有吗？”

我摇摇头。

“因为它被雷电击中太多次了。天盖是个不一般的地方，它能吸引闪电，而那根铁棒就是焦点。”

他双眼迷离地望向山羊山。它自然比不上落基山脉（连新罕布什尔州的怀特山脉都比不了），但它超越了缅因州西部连绵起伏的丘陵。

“杰米，那里的雷更响，云也更近。看到那些滚滚的暴雨云，就让人觉得自己很渺小，一个人被忧虑或疑惑所困扰的时候，感到渺小并不是件坏事。你能感到雷电将至，因为空气中有种透不过气的感觉。就是一种感觉……怎么说呢……就像一种没有火焰的燃烧。让你的头发竖起来，让你的胸部感到气闷。你能感到皮肤在颤抖。等啊等，等到打雷了，不是轰隆一声，而是炸裂的声音，就像一个堆满冰雪的枝头终于咔嚓一声断裂，不过比那要响一百倍。然后是一片寂静……空气中又一声炸裂，就像老式电灯开关发出的电流声。然后雷声滚滚，闪电来临。必须眯着眼看，不然会亮瞎你的眼睛，你就看不到那铁棒从黑色变成白里发紫，然后变红，就像锻造中的马蹄铁一样的过程了。”

“哦！”我说道。

他眨了眨眼，回过神来。他往那辆新买的旧车的轮胎上踢了一脚。“不好意思，小家伙。我有时候一下子走神走老远。”

“听着好厉害。”

“噢，那可不只是厉害而已。等你长大一点儿，自己去亲眼看看吧。不过小心那根铁棒。闪电扬起各种岩屑、碎石，一旦开始打滑你就停不下来了。好了，杰米，我真得走了。”

“我不想让你走。”我又想哭，但我忍住了。

“我懂，我也很难过，但俗话说‘如果愿望是马驹，乞丐都能有马骑’。”他张开了双臂，“来，让我再抱一下。”

我用力拥抱他，深吸一口气，想记住他的香皂和护发素的味道——维特立护发素，我爸也用这种。现在安迪也用了。

“你是我最喜欢的孩子，”他对我耳语说，“这是你要保守的又一个秘密。”

我只是点点头。不用跟他说，其实克莱尔早就知道了。

“我在牧师宅邸地下室里给你留了样东西，”他说，“你想要的话，钥匙就在门垫下面。”

他把我放下来，亲吻了我的额头，然后打开了司机一侧的车门。“老伙计，这车不咋的哇。”他操起北方佬的口音说，使得我在难过中又微笑起来，“不过，我估计开着上路应该还能凑合。”

“我爱你。”我说道。

“我也爱你，”他说，“不过杰米，你别再为我哭鼻子了。我的心已经碎得不行了。”

他离开之前我都没有再哭。我站在那里，看着他从车道里倒车出来。一直看着他，直到他从我的视线中消失。然后我就走路回家了。那时候我们家后院里还有一个手动水泵，我用冰冷的水洗了把脸才进的屋。我不想让妈妈看出我哭过，免得她问我怎么回事。

妇女辅助团负责彻底清扫牧师宅邸，不留下命途多舛的雅各布斯一家的任何痕迹，好让新的牧师入住，不过爸爸说此事不急；新英格兰卫理公会主教的车轮转得缓慢，来年夏天能给我们派一位新牧师来，我们就算走运了。

“先让它静静吧。”这是爸爸的看法，妇女辅助团乐得接受。直到圣诞节过后，她们才带上扫帚、刷子和真空吸尘器来开工（那年的普通信徒讲道是安迪来做的，爸妈简直自豪感爆棚）。在此之前，牧师宅邸都闲置着，学校里开始有小孩儿散布屋子闹鬼的消息。

不过这所鬼屋却有一名访客，那就是我。我是一个周六的下午去的，再次横穿多兰斯·马斯特勒家的那块玉米田，好躲过玛拉奶奶的好事的双眼。我用门垫下方的钥匙进了屋，屋里阴森恐怖。我曾经对房子闹鬼这种说法不屑一顾，但真进了屋子，难免会想象一转身看到帕齐和“小跟班”莫里手牵手站在那里，眼球凸出，浑身腐烂。

别傻了，我自己跟自己说。他们要么已经去往别处，要么已经化为乌有，就像雅各布斯牧师说的那样。所以别怕，别做胆小鬼。

但这不是我说不做就能不做的，好比周六晚吃了太多热狗，闹肚子不是我能控制的。但我没有逃。我想看看他给我留了什么，我必须看看他给我留了什么。我来到那个依旧贴着海报的门前（耶稣牵着一对孩子——长得就像我一年级老课本里面的迪克和简），门上还挂着那个牌子，写着：让小孩子到我这里来。

我打开灯，下了楼，看着靠墙堆放的折叠椅，合上盖子的钢琴，还有那个玩具角，小桌子上已然没有了多米诺骨牌、填色书和绘儿乐粉笔。不过太平湖还在，放着电动耶稣的小木箱还在。这就是他给我留的东西，我失望透了。尽管如此，我还是打开盒子，把电动耶稣取了出来。我把它搁在湖的一端，我知道轨道在哪儿，然后伸手到它袍子下面去摸开关。突然，年纪轻轻的我发了有生以来最大的一次火，就像雅各布斯牧师说过的天盖上的闪电一样突如其来。我抡起胳膊把电动耶稣摔到对面的墙上。

“你是假的！”我吼道，“你是假的！都是骗人的把戏！”

我跑回楼上，哭得昏天黑地，双眼都看不见东西了。

• • ● • •

我们再没有一个新牧师来了，结果竟是如此。有些当地教士想补上这个缺口，但是上座率下降到几乎为零，在我高三那年，教堂关门上锁了。我无所谓，我的信仰已经终结。我不知道太平湖和电动耶稣的下落。许多年后，当我再次下到牧师宅邸的青少年团契室的时候，里面已经空空如也，就像天堂一样空无一物。

Ⅳ 两把吉他 / 镀玫瑰 / 天谴闪电

回首前尘，仿佛我们的人生是有章可循的，感觉事事都开始变得合乎逻辑，仿佛我们走的每一步（包括失足）都是被事先安排好的。比如那个满嘴脏话的退休老头儿，他不经意间给我命定了一干25年的工作。你说那是命运还是偶然？我不知道。我怎么知道？剃头师傅赫克托四处找他那把银通（Silvertone）老吉他的时候我压根儿不在场。以前，我曾以为路是自己随机选出来的：先是这事儿，再是那事儿，又引出别的事儿。现在才知道并非如此。

有别的力量在左右我们。

1963年间，在披头士乐队掀起风潮前，乡村音乐短暂而强有力地席卷美国大地。借着这股热潮，电视台推出了《民谣同乐会》这档节目，嘉宾是一些诠释黑人体验的白人歌手，比如查德·米歇尔三重唱和新黑人卖唱剧团这类。我哥哥康拉德，与比利·帕克特的哥哥罗尼是挚交好友，每周六晚都在帕克特家看“民乐会”——他们这样来称呼那档节目。

那时候，罗尼和比利的祖父跟帕克特一家人住在一起。比利的祖父人称“剃头师傅赫克托”，盖因他坚持这行当近50年，不过还是很难想象他如何能代入这个角色；剃头师傅就像酒保一样，通常是健谈的那类人，但是剃头师傅赫克托话可不多。他一般是坐在客厅，一边抽着蒂帕里诺雪茄，一边往自己的咖啡里倒几盖子波本威士忌。整个房子都充斥着这种味道。他只要一开口，话里就夹着脏字。

不过他喜欢《民谣同乐会》（即“民乐会”），老跟阿康和罗尼一起看。某天晚上，节目里一个白人小男生唱了一段宝贝儿离他而去，让他感到心情悲伤的歌，剃头师傅赫克托嗤之以鼻，说：“扯淡，哥们儿，这算哪门子蓝调。”

“这是什么意思啊，爷爷？”罗尼问道。

“蓝调是很厉害的音乐，但那个娃唱得就像他刚刚尿了床害怕被他老妈发现似的。”

两个男生听完都笑了，一方面是觉得很逗，一方面是惊诧于赫克托居然还是个音乐批评家。

“你等着。”他说完用粗糙的手抓着楼梯栏杆，拖着身子缓缓爬上楼。他这一趟去了太久，以至于当他脖子上挂一把破旧的银通吉他走下楼时，孩子们几乎都把他给忘了。吉他琴身破旧不堪，用一圈粗绳捆绑固定，连弦钮都弯了。他哼了一声坐下来，放了个屁，然后把吉他拉过来架在他那瘦骨嶙峋的膝盖上。

“把那破玩意儿给我关了。”他说。

罗尼听话照办了，反正这周的“民乐会”也要放完了。“爷爷，我怎么不知道你会弹吉他。”罗尼接了一句。

“好多年没碰了，”赫克托说，“关节炎犯了之后我就把它收起来了。都不知道还能不能给这贱货调音了。”

“爸，你说话注意点儿！”儿媳妇帕克特太太在厨房喊了一嗓子。

剃头师傅赫克托没搭理她；除非是想让她帮忙递一下土豆泥，否则他都不怎么搭理她。他慢慢地给吉他调音，小声抱怨了几句脏话，然后弹了和弦，听上去有点儿音乐的味道了。康拉德后来跟我说起这个故事的时候说："听得出来他确实很久没弹了，但还是蛮酷的。"

"啊！"罗尼赞叹道，"爷爷，这是什么和弦？"

"E和弦。这些破玩意儿都是E打头的。等着，你还没听到妙处呢。我看看还能不能想起怎么弄这骚货。"

"爸，你说话注意点儿！"声音再次从厨房传出。

他这次仍然没搭理她，只是开始用他那粗硬、被烟熏得发黄的指甲当作拨片，弹起了吉他。一开始他弹得很慢，一边还嘟囔着一些不能登大雅之堂的话，但随后他很快就弹起了平稳的节奏和清脆的旋律，让在座的孩子们面面相觑。他的手指在指板上上下划动，一开始有点儿笨拙，然后逐渐流畅起来，仿佛老旧的记忆神经突触又一点儿一点儿活过来了：从B和弦到A和弦再到G和弦，最后回到E和弦。这种和弦进行法我后来弹了几十万次，不过在1963年时，我根本不知道怎么从中找到E和弦琴弦。

赫克托用一种高亢的带着哭腔的声音，完全不同于他平时说话（尽管他很少开口）的声音开始唱了起来："亲爱的，趴下来让爹爹瞧瞧……你让我好担心……"

帕克特太太从厨房走出来，一边还用块干抹布擦着手，脸上表情就像看到异域怪鸟——鸵鸟或是鸸鹋之类——大摇大摆地走在9号公路的中央一样。比利和可能还不到五岁的小朗达·帕克特，下到楼梯的一半儿，倚着栏杆，瞪大眼睛看着这老头儿。

"那节奏，"康拉德后来跟我形容道，"跟我们在《民谣同乐会》上听到过的调调还真不一样。"

剃头师傅赫克托此时正一边得意地笑着，一边跟着拍子踏着脚。阿康说他从未见那老头儿咧嘴笑，有点儿瘆人，仿佛他变身成某种唱歌的吸血鬼。

“妈妈不让我夜里游荡……她害怕有些女人会……会……”他拖着腔，“会……伤我的心！”

“继续唱，爷爷！”罗尼叫道，他一边笑一边鼓掌。

赫克托开始唱第二段，这一段内容是方块J告诉黑桃Q，让她继续爱怎样就怎样。不过唱着唱着琴弦突然“嘣”的一声断了。

“该死的，你个骚货。”他骂道，剃头师傅赫克托的一场即兴演奏会就此结束。帕克特太太一把夺走了赫克托的吉他（飞出的断弦差点儿伤到她眼睛）并严厉警告，他要是再敢这么说话就到外面走廊上去思过。

剃头师傅赫克托并没有被赶到外面的走廊，不过他又重新回到他惯常的沉默不语的状态了。孩子们再也没有听到他弹起吉他唱起歌。随后的那年夏天，1964年，披头士乐队走红美国的那年，赫克托去世了，当时人气正旺的查尔斯·雅各布斯主持了他的葬礼。

• • ● • •

在“大男孩”亚瑟·克鲁杜的《妈妈不让我》缩略版演出后第二天，罗尼·帕克特在后院酒桶里找到了那把吉他，是他愤怒的母亲给撂在那儿的。罗尼把吉他带到了学校，兼任中学音乐教师的英语教师卡尔霍恩夫人，教会了他如何换弦，如何哼唱熄灯号的前三个音来调音。她还给了罗尼一本《唱出来！》，这本民谣杂志有《芭芭拉·艾伦》这类曲子的歌词和和弦编配。

接下来的两年里（除了“命运的滑雪杖”使得阿康变哑的那段停

滞期），这两个男孩儿学了一首又一首的民谣，一把旧吉他两人换着弹，学着蓝调歌手利德贝利在狱中岁月里弹的那些基础和弦。他们俩弹得都很水，不过阿康的嗓子还不赖，尽管他这种甜甜的嗓音用来唱他所钟爱的蓝调还是略显稚嫩。他们还顶着“阿康和阿罗”的名号在公共场合演出过几次。（谁的名字排前面是他俩掷骰子决定的。）

阿康最后终于有了自己的吉他，一把刷桃木漆色的吉布森牌民谣吉他。它比剃头师傅赫克托的银通吉他好太多了，他们就是拿着这把吉他在尤里卡田庄的“才艺之夜”里唱《第七子》与《甜蜜国度》的。爸妈很支持，罗尼的家人也很捧场，不过计算机领域里的“完整输入完整输出”法则对吉他同样适用：是什么料子出什么货。

“阿康和阿罗”民谣二人组试图在当地混出名气，我对此毫不在意，阿康对他的吉布森吉他的兴趣开始减退时，我同样没有留意。自从雅各布斯牧师开着他新买的旧车离开哈洛之后，我感觉生命中出现了一个窟窿。我失去了上帝和我唯一一个成年朋友，此后很长一段时间里，我都感到悲伤和暗暗恐惧。母亲总是在给我加油打气，克莱尔也是，甚至连父亲都来帮了一把。我也努力让自己快乐起来，最终，我成功了，不过1965年让路给1966年，1966年又换成了1967年，楼上不再传来唱得走样的《不要三思》，这一切我都没有注意。

那时候阿康全副身心都投入高中的体育竞技中（他在这方面比他弹吉他要好上千倍万倍），至于我的心思呢……镇上搬来一个新女生，名叫阿斯特丽德·索德伯格。她有着如丝般顺滑的金色头发，矢车菊般的蓝眼睛，还有毛衣下稍稍的隆起，日后会发育成丰满的酥胸。我们一起上学的头几年，我觉得她压根儿不会想起我——除非是想抄我作业的时候。而我则时时想着她。我觉得她要是答应让我轻抚她的秀发的话，我可能会立即心脏病发作。有一次我从参考书架上取下《韦氏词典》，拿回自己的桌前，在“亲吻”这个单词下工工整整地写下“阿斯特丽德”几个字，覆盖掉原本的释义，我当时心跳好快，皮肤就像被针刺一样。“心醉”这个词用来描述这种爱慕真是贴切，因为我当时就能感受到。

我从未想过会拿起阿康的那把吉布森吉他；如果想听歌，我会直接开收音机。但是天赋就是这么一种诡异的东西，一旦时机成熟，天赋就会不动声色但肯定执着地发挥出来。就像某些让人上瘾的毒品，刚接触时仿佛好友，久了才知是个暴君。这是我13岁那年自己发现的。

先是这事儿，再是那事儿，又引出别的事儿。

我的音乐天赋远谈不上高，但还是能超过阿康或家里随便一个人很多的。我在1969年秋天一个无所事事的星期六有了这个发现。那天阴云密布，家里其他人——就连从大学回家过周末的克莱尔——都去盖茨瀑布看橄榄球赛了。那时阿康在上大三，还是盖茨瀑布鳄鱼队的一名后卫。我留在家里没去，因为肚子疼，不过倒没有我表现出来的那么厉害；我只是对橄榄球不感冒，而且外面的天气也是山雨欲来。

我看了会儿电视，不过两个频道都在转播橄榄球，剩下那个在转播高尔夫球——还不如橄榄球呢。克莱尔原先的卧室眼下变成阿康的了，不过她的一些平装书还堆在柜子里，我想着找本阿加莎·克里斯蒂的小说来看。克莱尔说她的书很好读，而且追随马普尔小姐及赫尔克里·波洛一同探案很是有趣。我走进房间，看见角落里阿康那把吉布森吉他，周围是散了一地的《唱出来！》旧杂志。我看着这把靠在一边被人遗忘已久的吉他，突发奇想，没准儿我能用它弹奏一曲《樱桃，樱桃》。

我于那一刻的印象就如同对初吻一样记忆犹新，那时的想法如此陌生，与我走进阿康房间的初衷完全风马牛不相及。我敢对着一堆《圣经》发誓：那简直不像是一种想法，而是一种召唤。

我提着吉他，在阿康的床上坐下。我没有一来就碰吉他弦，而是多回想了一下那首歌。我知道用阿康的民谣吉他来弹会很好听，因为《樱桃，樱桃》就是根据民谣乐句来编排的（我当时还不懂这术语）。我只是在脑子里回想那段音乐，惊讶于自己不光能听出，还能看出和弦的变化。这些和弦我全懂，只是不知道它们藏在吉他指板的什么位置。

我随便抓了一本《唱出来！》，想要找一首蓝调，随便一首都行。我找到了一首叫《把你的钱变绿》的曲子，看看怎么按E和弦（剃头师傅赫克托告诉阿康和罗尼——这些破玩意儿都是E打头的），然后开始在吉他上弹奏。声音有点儿闷，但很正。吉布森吉他是把好乐器，尽管闲置已久，还是没有跑调。我用左手的食指、中指和无名指更使劲地按弦。手指生疼，却全然不顾。因为E和弦是对的，E和弦太美了，和我心里想的分毫不差。

阿康花了六个月的时间才学会《日出之屋》，他从D和弦换到F和弦还是没法儿一步到位。我只花10分钟就学会了一首三和弦的乐句《樱桃，樱桃》——E和弦转A转D再转回A。然后我发现同样的三个和弦可以用来弹骑士之影乐队的《格洛丽亚》和金斯曼乐队的《路易，路易》。我一直弹到手指尖疼痛难忍，左手几乎无法伸直为止。我最终停下来，不是我想停，而是我不得不停下来。我迫不及待地想再来一次。我才不管什么新黑人卖唱剧团、伊恩与西尔维娅组合，或其他什么狗屁民谣歌手，我可以弹《樱桃，樱桃》弹上一整天：它有种能打动我的东西。

如果我能弹得够好的话，我心想，没准儿阿斯特丽德·索德伯格会对我另眼相看，不再只把我当成用来抄作业的家伙。不过那都只在其次，主要是弹奏能填补我内心的空白。它本身有自己的意义，一种情感上的真理。弹吉他让我重新找到做人的感觉。

三周后，一个星期六的下午，阿康打完橄榄球后提前回家，而没有留下跟球迷一起赛后野餐。我正在楼梯平台上试着弹《野东西》。我以为他会疯狂地把吉他从我怀里夺去，或许还责备我亵渎了他的吉他——用他拿来弹奏《答案在风中飘荡》这种激进歌曲的乐器来弹奏特罗格斯乐队的三和弦傻歌。

不过那天阿康拿了三个“触地得分”，还创下了场地跑的学校纪录。鳄鱼队将参加下一阶段C级的季后赛。他只是说了句：“这是广播里放过的有史以来最蠢的歌。”

“不，”我说，“我认为这项‘最蠢殊荣’应该颁给《冲浪鸟》。那首我也会弹，你要不要听一听。”

“我的上帝，还是免了吧。”他敢这么渎神是因为妈妈在花园里，爸爸和特里在车库里修“公路火箭III号”，而我们笃信基督的大哥已经不住在家里了。跟克莱尔一样，安迪也上了缅因大学（他说里面尽是些无所事事的嬉皮士）。

“不过阿康，你不介意我弹你的吉他吧？”

“你只管随便弹。”他说完就从我身边的楼梯上过去了。他一侧脸颊上有明显的擦伤，浑身是打球之后的汗臭。“不过你要是搞坏了，可是要赔的。”

“我不会把它弄坏的。”

我确实没弄坏，只是弄断了好多根弦。摇滚比民谣更伤琴弦。

• • ● • •

1970年，我开始在盖茨瀑布的安德罗斯科金河对面上高中。阿康已然是高年级生，由于他的体育才能和榜上有名的成绩，他成了位不折不扣的大人物，根本不把我放在眼里了。那样也好，无所谓。不幸的是，阿斯特丽德·索德伯格虽然在大教室里就坐我后面一排，而且上一年级英语课时挨着我坐，但她对我也不闻不问。她梳着马尾辫，短裙裙裾比膝盖高出至少两英寸。每次她跷二郎腿的时候，我都要窒息了。我比任何时候都更迷恋她，不过她和朋友们坐在体育馆的看台上吃午饭的时候，我偷听了她们的对话，知道她们只看得上高年级男生。我只是她们崭新而美妙的中学校园生活诗篇中的一个临时演员。

不过倒是有别人在注意我——一个身材瘦长、长发飘逸的学长，看上去像个安迪所谓的无所事事的嬉皮士。有一天我在体育馆里吃午饭的时候，他把我找了出来，阿斯特丽德和她那群爱笑的死党就在比我低两个露台的地方。

“你是杰米·莫顿？”他问。

我略带迟疑地承认了。他穿着宽松的牛仔裤，膝盖上打着补丁。他的眼睛下面是深深的黑眼圈，仿佛每晚只能睡两三个小时的觉，要么就是自慰过了头。

“到乐队练习室来。”他说。

“为什么？”

“因为我叫你这么做，新来的。”

我跟在他身后，迂回地从拥挤的学生中穿过，他们有的大笑，有的大叫，推推搡搡，有的在使劲捶打储物柜。我只求不要被暴打一顿。我可以想象由于一些鸡毛蒜皮的原因被高二学生暴打——高二学生戏弄高一新生是学校屡禁不止的——但被跨年级学长欺负却不多见。高年级学生通常直接无视新生，我哥就是个例子。

乐队练习室里空无一人，我松了口气。如果这个家伙打算修理我的话，好歹没有别的帮手。他没有暴打我，而是伸出手。我跟他握了手。他的手指柔软而湿冷。“诺姆·欧文。”

“很高兴见到你。”我不知道这是真话假话。

“新来的，我听说你会弹吉他。”

“谁告诉你的？”

“你哥，橄榄球先生。”诺姆·欧文打开一个储物柜，里面全是带盒子的吉他。他抽出一把琴，解开搭扣，露出来一把惊艳的纯黑色雅马哈电吉他。

“SA30，”他简短地说，“两年前拿到的，跟爸爸一起刷房子，整整刷了一个暑假。把功放打开。不，不是那个大的，就是你前面那个方块。”

我走到那个迷你功放前，四处找开关或按钮，却一个都没看到。

“在背面，新来的。”

“噢。”我找到了一个摇杆开关，把它掀了起来。红灯亮了，伴着低沉的嗡嗡声。我立刻爱上了那种嗡鸣，那是力量的声音。

诺姆从吉他柜里翻出一根线，把它插了进去。他用手指扫一下弦，小功放里传出短短一声“哐啷”，既无调也不成音乐，但是太美了。他把吉他递给我。

“什么？”我既紧张又兴奋。

“你哥说你弹节奏，弹点儿给我听。”

我接过吉他，我脚边的小功放再次传出那“哐啷”声。这把电吉他比我哥那把民谣吉他沉多了。“我从未弹过电吉他。”我说。

“一码事儿。”

“你要我弹什么？”

“《绿河》怎么样？你会弹吗？”他把手伸进宽松的牛仔裤的表兜里取出一块拨片。

我努力拿稳，没有掉下来。“E调？”连问都多余。这些破玩意儿都是E打头的。

“你定吧，新来的。”

我把带子绕过头，把垫子挪到肩上。那把雅马哈挂得太低了——诺姆·欧文个头比我高不少——但是我太紧张，没想到去调整背带。我弹了下E和弦，吓了一跳，声音在这关着门的乐队练习室里居然会这么大。这把他逗乐了，他咧嘴一笑，让我感觉好多了。他这一笑也暴露出他牙齿的问题，他如果不开始护理的话，日后肯定麻烦不少。

“门关着呢，新来的。调高音量，躁起来！”

音量原本是5，我调到7，嗡鸣响得很给力。

“我什么都不会唱。”我说。

“你不用唱，我来唱。你弹节奏就行。”

《绿河》基本是摇滚乐的节奏——不太像《樱桃，樱桃》，但差得不远。我又弹了一次E和弦，在脑中回想了一遍第一段，感觉没错。诺姆开始唱起来。他的声音几乎淹没在吉他声中，但我还是能听出他有一副好嗓子。“把我带到那凉水流淌的地方，耶……”

我转到A和弦，他停了下来。

“还是E？”我说，“不好意思，不好意思。”

前三行全是E和弦，可是当我再次换A和弦（摇滚乐基本上都这么走）时，还是不对。

“哪里？”我问诺姆。

他只是看着我，手插在裤子后兜里。我又回想着脑子里的音乐，重新开始。到第四行的时候，我换到C和弦，这下感觉就对了。我又从头来了一次，不过后面就是小菜一碟了。再配上架子鼓和贝斯……还有主音吉他（自然必不可少），就能直接上台了。“克里登斯清水复兴”合唱团的约翰·佛格堤弹的一手主音吉他是我做梦都无法企及的。

“把战斧给我。”诺姆说。

我把它递了过去，有点儿不舍。“谢谢你让我弹。”我说完朝门口走去。

“莫顿，等一下。”变化不算太大，不过称谓好歹从“新来的”升级了，“试音还没结束。”

试音？

他从储物柜里取出一个小琴盒，打开后拿出，拿出一把刮痕累累的凯氏（Kay）900G半空心电吉他。

“插到大功放里，不过得把音量调回4。凯氏的反馈噪声太他妈浑蛋了。”

我照做了。凯氏比雅马哈更符合我的身材；我不用弯腰就能正常弹吉他了。弦上别着块拨片，我把它取了下来。

“准备好了吗？”

我点了点头。

“一……二……一二三……走！”

我摸索着《绿河》的简单节奏进行，紧张得很，如果我当时知道诺姆弹得有多好，我可能压根儿不会班门弄斧，直接就夺门而逃了。佛格堤的主音他拿捏得恰到好处，弹着那首魔幻老歌里的过门。我已经不由自主全情投入。

“大点儿声！”他冲着我喊道，“音量高起来，让那反馈噪声见鬼去吧！”

我把大功放的音量调到8，重新进入状态。两把吉他同时演奏，加上功放的反馈就像警笛在鸣叫，诺姆的声音淹没在音响里。没关系，我就跟着套路走，沉浸其中让他的主音来带我。感觉就像在光滑如镜的波涛上冲浪一样，那是个一连两分半钟都没有打完的浪。

曲子结束，突然鸦雀无声。我的耳朵轰鸣着。诺姆凝视着天花板，若有所思，然后点点头。“不算太好，也不算太糟。再练习练习，没准儿你能弹得比小讨厌还好。”

“谁是小讨厌？”我问道，耳朵还嗡嗡地耳鸣。

“一个去了‘马杀猪塞州’的家伙，”他说，“我们试试《针和针》。你知道搜索者乐队吧？”

“E？”

“不，这个是D和弦，但不只是D，你还得取个巧。”他给我展示了如何用小指打E弦，我立刻就学会了。听上去跟唱片不完全一样，但也八九不离十了。演完之后，我浑身淌汗。

“好，”他边说边把吉他从肩上取下，“一起去趟吸烟区吧，我得来一根。”

• • ● • •

吸烟区在职业技术楼后面。瘾君子和嬉皮士就在这一带混，还有那些穿紧身裙、戴着大串耳环和浓妆艳抹的女人。有两个男的蹲在车间的尽头。我之前见过他们，正如我见过诺姆，但并不认识。其中一人有着淡黄褐色头发，一脸青春痘。另一个人头上有一撮红发向九个不同方向伸出。他们看起来就不正经，但我无所谓。诺姆·欧文看起来也不正经，但他是我听过最棒的吉他手，除了那些出唱片的人。

“这人怎么样？”淡黄褐色头发那人问道。后来知道他叫肯尼·劳克林。

“比小讨厌强。”诺姆说道。

头上一撮艳红头发的家伙笑了。“这不是屁话吗，哪个不比他强。”

“反正总得要个人，不然周六晚没法儿在田庄演出了。”他掏出一包酷（Kool）牌香烟，朝我这儿递过来。“抽吗？”

“不抽。”我说道。然后，虽然有点儿荒唐，但还是忍不住说了声“不好意思”。

诺姆不以为意，用芝宝打火机点了一根，打火机上印着条蛇，刻着“别踩我”几个字。“这个是肯尼·劳克林，弹贝斯。红头发那个是保罗·布沙尔，打鼓。这个小虾米是阿康·莫顿的弟弟。”

“杰米。”我说道。我急于让这些家伙喜欢我，接纳我，但又不想只被人看成橄榄球先生的小弟。“我叫杰米。”我把手伸过去。

他们握手像诺姆一样绵软无力。自从诺姆在盖茨瀑布高中的乐队练习室里给我试音后，我跟上百个乐手同台过，几乎所有人握起手来都像死鱼一样。仿佛搞摇滚的全都把力气留到上台演出时才用。

“你怎么样？”诺姆问我，“想加入乐队吗？”

那还用说？就算他说我要吃自己的鞋带作为入会仪式，我也会立即把鞋带从孔眼里扯出来开始嚼。

“当然，不过我不能去卖酒的地方演出。我才14岁。”

他们面面相觑，然后笑出声来。

“等我们混出了名气，要去霍利和‘24号’这种地方演出时再担心这个问题吧。”诺姆说道，鼻孔里喷出烟来，“现在我们只在青少年舞会上演出。比如尤里卡田庄这个。你就是从那边来的对不？哈洛镇？”

“哈洛——好low，”肯尼·劳克林边说边窃笑，“听着就土鳖。”

“听我说，你想弹吉他，对不？”诺姆说道。他抬起一条腿，好把他的烟藏进他那双破旧的披头士靴子里。“你哥说你弹他的吉布森吉他，那把琴没有拾音器，不过你可以用那把凯氏。”

“音乐系不管吗？”

“音乐系不知道。周四下午到田庄去，我会带上那把凯氏。你只要别把那反馈噪声的混账东西搞坏就行。我们会布置好，然后彩排。带上一个笔记本，把和弦记下来。”

打铃了。小家伙们把烟头踩灭，然后往学校那边跑了。其中一个女生跑过的时候，亲了诺姆一口，还拍了拍他屁股。他就像没注意到一样，我惊觉他真是个老手。我对他的敬佩又高了几分。

我的队友们仿佛对铃声充耳不闻，我只好自己先走。脑中突然出现一个想法，我回过头来：

“乐队名字叫什么？”

诺姆说：“我们以前叫‘佩枪者’，不过大家觉得这名字听上去有点儿太那个……军国主义。所以我们现在叫‘镀玫瑰’。那次我们在我爸家里嗑了药，一起看一档园艺节目，肯尼想出来的。挺酷的，是不？”

在往后的25年里，我跟“伊声调”“罗宾与杰伊”和“嗨-杰伊”乐队合作过（队长全是那个时髦的吉他手杰伊·佩德森）。我跟暖气片乐队、僵尸乐队、殡仪馆乐队、最后召唤乐队和安德森维尔摇滚者乐队合作过。在朋克的巅峰时期，我跟帕齐·克莱因的口红乐队、试管婴儿乐队、胎盘乐队和“世界全是砖”乐队合作过。我还跟一个叫“地瓜地瓜呼叫土豆”的乡村摇滚组合合作过。依我看，再没有比“镀玫瑰”更棒的乐队名字了。

“怎么说呢，”妈妈说道，她看上去并不生气，就是好像头痛要病倒的样子，“杰米，你才14岁。康拉德说那些孩子年纪比你大多了。”我们围坐在餐桌旁，克莱尔和安迪不在，桌子显得大多了。“他们抽烟吗？”

“不。”我说。

妈妈转过身去问阿康：“他们抽吗？”

阿康当时正把奶油玉米递给特里，丝毫没有犹豫：“不抽。”

我恨不得立刻拥抱他。这么多年来，我们也有我们的分歧，兄弟间自然都有，但关键时刻我们还是团结一致的。

“妈，又不是去酒吧，”我说道……虽然我直觉知道会是酒吧，而且远早于“镀玫瑰”最年轻的成员满21岁的时候，“只是田庄而已。我们这周四有排练。”

“对对，你可得多排练排练，”特里挖苦我，“再给我来一块猪扒。”

“特里，要说‘请’。”妈妈心不在焉地说。

“请再给我来一块猪扒。”

爸爸把盘子递过去，二话没说。这既可能是好兆头，也可能是坏兆头。

“你们怎么去排练？说起这个，你们怎么去演出地点？”

“诺姆有辆大众小客车。其实是他爹的车，不过他批准诺姆把乐队名字漆在车身上！”

“这个诺姆不可能超过18岁。”妈妈说道。她停下手里的餐具。“怎么知道他开车安不安全？”

“妈，他们需要我！他们的节奏吉他手搬到马萨诸塞州去了。没有节奏吉他手他们周六晚上就没法儿演出了！”一个念头像流星一样从我脑中闪耀而过：阿斯特丽德·索德伯格可能会去那场舞会。“很重要的！很大阵仗！”

“我不放心。”她现在开始揉太阳穴了。

爸爸终于开口了：“让他去吧，劳拉。我知道你担心，不过这是他擅长的东西。”

她叹了口气：“没错。说得也是。”

“谢谢妈妈！谢谢爸爸！”

妈妈拿起叉子，又放了下来：“你跟我保证你不会抽烟或吸大麻，而且不喝酒。”

“我保证。”我说道，这个诺言我遵守了两年。

差不多这么久吧。

● ● ● ● ●

对于尤里卡田庄7号的第一场演出，我记忆最深刻的就是我们四个上露天音乐台时，我一身汗臭。说到汗臭，谁也比不过14岁的青春期少年。在我的处女秀之前我足足洗了20分钟，直到热水用完，可是当我俯身去捡起那把借来的吉他时，我又吓出了一身臭汗。当我把凯氏挎到肩上的时候，它感觉至少有200磅重。我害怕自然是有原因的。即便摇滚本质上说相对简单，可是诺姆给我安排的任务——在周四下午到周六晚上学会30首歌——根本就不可能，我跟他也是这么说的。

他耸耸肩，给了我一条作为音乐人受益最深的忠告：怕弹错，就别弹。“而且，”他邪恶地一笑，露出他那口蛀坏的牙齿，“他们会把我的音量调得巨大，反正没人能听到你在弹什么。”

保罗打了一小段鼓来吸引听众的注意，以镲片的铿锵声结束。传来一阵短暂的预料之中的掌声。一双双眼睛在看着这小小的舞台（我感觉仿佛有上百万只眼睛），我们在聚光灯下挤在一起。我记得身上穿着镶嵌水钻的夹克要多傻有多傻（这是“佩枪者”更名为“镀玫瑰”时遗留下来的），而且一直感觉自己想吐。看来不大可能，因为我中午只挑着吃了一点儿，完全没机会吃晚饭，但真的感觉要吐。我突然明白，我不是要吐，而是要晕。没错，我要晕。

我真的可能会晕倒，但是诺姆没给我这个时间。“大家好，我们是镀玫瑰！大伙儿上来跳舞吧。”然后对我们说：“一……二……三……走你。”

保罗·布沙尔打完了《加油斯卢普》前面那段咚咚的鼓点后，我们就开始了。诺姆主唱，除了肯尼接手的两首歌外，他一直是主唱。保罗和我担任和声歌手。我一开始超级害羞，后来我听到自己的声音经过放大居然显得非常成熟，那种害羞的感觉就过去了。后来我明白其实没人会注意和声的……不过要是没了和声听众就难受了。

我看到大家成双成对到台前起舞。他们本就是来跳舞的，但是在我内心深处并不相信——不相信他们会听着我的音乐起舞。等到了基本没有悬念，知道我们不会被嘘下台后，我开始有一种陶醉感，接近狂喜。我后来嗑的药加起来都足够弄沉一艘战舰了，但哪怕是最强的药也无法匹敌那初次的快感。我们在弹奏，他们在起舞。

我们从7点演到10点半，9点左右有一段20分钟的休息时间。诺姆和肯尼抛下乐器，关掉功放，冲到外面抽一口烟。对我而言，那几个小时就像在梦里一样，演奏其中一首慢歌的时候——记得好像是《谁让雨停下》——爸妈跳着华尔兹翩然而至，我也没感到惊讶。

妈妈的头倚在爸爸肩上。她闭着眼睛，脸上露出梦幻般的微笑。爸爸的眼睛是睁着的，经过面前时，他朝我眨了眨眼。也无须因为他们在场而感到尴尬；刘易斯顿溜冰场的高中舞会本来是仅限青少年的，不过我们在尤里卡田庄或盖茨瀑布的鹿角场或美国退伍军人协会演出时，总有好些大人会来。第一场演出唯一美中不足的是，虽然阿斯特丽德的朋友们来了，但她本人没来。

我的家人先走了，诺姆开着他的旧小客车把我送回了家。我们都陶醉在成功的喜悦中，一路笑着，重温刚才的演出，当诺姆给我递一张10美元钞票时，我都没弄明白是怎么回事。

“这份归你，”他说，“我们这次演出出场费50美元。我拿20美元——因为开的是我的小货车，我弹的主音——剩下你们一人10美元。”

我拿了钱，依然感觉如梦如幻，用仍然发痛的左手把车门滑开。

“周四排练，”诺姆说道，“这次是放学后在乐队练习室。不过我没法儿送你回家了，我爹要我去罗克堡帮他漆房子。”

我说没问题。如果阿康不能送我，我就搭个便车。走9号公路往来盖茨瀑布和哈洛的人大多认识我，愿意捎上我。

“你得再练练《棕色眼睛的姑娘》。你慢了一大截。”

我说我会的。

“还有，杰米——”

我看着他。

“除了那首之外，你表现不错。”

“比小讨厌强。”保罗说道。

“比那傻×强多了。”肯尼补充道。

他的话几乎足以弥补阿斯特丽德没到场的遗憾。

爸爸已经上床睡觉，妈妈端着杯茶坐在厨房桌前。她已经换上法兰绒睡袍，但还没卸妆，我觉得她美丽动人。她笑起来的时候，我看到她眼里噙着泪水。

“妈？你没事儿吧？”

“没事儿，”她说，“我只是为你感到高兴，杰米。而且有点儿害怕。”

“别怕。”我边说边拥抱她。

“你不会跟那些孩子学抽烟吧？你跟我保证。”

“我已经保证过啦。”

“再保证一次。”

我照办了。对14岁的人来说，许诺实在是全不费力的事。

阿康在楼上躺在床上看一本科学方面的书。我很难相信有人会读那种书来消遣（尤其对一个橄榄球大腕儿来说），不过阿康真的是这样。他放下书说：“你弹得不错嘛。”

“你怎么知道？”

他笑了。“我匆匆看了一眼，就一分钟。你们在弹那首狗屁不通的烂歌。”

“《野东西》。”我连问都不用问。

• • ● • •

接下来那个周五晚上，我们在美国退伍军人协会演出，周六在高中舞会上演出。其间，诺姆把歌词“我不要再为她忧虑心焦”改为“我不要再为她卖力口交”。监督员没发现，他们从不注意歌词，不过孩子们注意到了，都很喜欢。盖茨体育馆够大，本身就是个很棒的扩音器，我们发出的声音大得惊人，尤其是《好好爱》那种大嗓门歌曲。容我化用斯莱德的一首歌名，“我们男生动静大”（原曲名为《你们男生动静大》）。休息期间，肯尼跟着诺姆和保罗去了吸烟区，我也跟着去了。

那里有几个女生，包括哈蒂·格里尔，在我试音那天拍了诺姆屁股的那个女生。她用胳膊勾住他的脖子，把身体紧贴着他身子。他把手插进她后裤兜，把她拉得更近。我努力不去看。

身后传来一个羞怯的声音。“杰米？”

我转身一看，是阿斯特丽德。她穿着白色直筒裙和一件蓝色无袖上衣。她的秀发不再像在学校里那样束着拘谨的马尾巴，而是披散下来。

“嗨。”我说道。感觉还不够，我又补充：“嗨，阿斯特丽德。我没看到你在里面。”

“我来晚了，我得跟邦妮一起坐她爸的车来。你们表演得真出色。”

“谢谢。”

诺姆和哈蒂正吻得忘情。诺姆亲得有声有色，声音就像家里那把伊莱克斯吸尘器。还有别人在亲热，只是没那么大声响，不过阿斯特丽德仿佛全没注意。她美目流盼，双眼没离开过我的脸。她戴着青蛙耳环。蓝色的青蛙，跟她的上衣很搭。这种时候一丝一毫都会看得清清楚楚。

同时她好像在等我说点儿什么，我只好把刚才的话又说一遍："真是谢谢。"

"你要来根烟吗？"

"我？"脑中闪过一个念头，她会不会是我妈派来的间谍，"我不吸烟。"

"陪我走回去吧？"

我陪着她往回走。吸烟区距离体育馆后门有400码的距离。我恨不得这段距离有四英里。

"你跟别人一起来的吗？"我问道。

"只有邦妮和卡拉，"她说道，"没跟男生一起。爸妈说15岁前都不让我跟男生交往。"

然后，仿佛为了向我证明她不在意爸妈的傻话，她牵起了我的手。我们走到后门的时候，她抬头看着我。我差点儿就亲上去了，但怯懦了。

男生有时候可以很白痴。

● ● ● ● ●

舞会后，当我们把保罗的架子鼓搬进小客车的时候，诺姆用一种严厉的、几乎是父亲式的口吻跟我说："休息过后，你弹什么都跑调。怎么回事儿？"

"不知道，"我说，"不好意思。我下次努力。"

"但愿如此。表现得好，我们就有演出。表现不好，就没演出。"他拍了拍那辆小客车生锈的门，"这车跑起来靠的不是泡泡，我也一样。”

“是那小妞儿害的，”肯尼说。“那个穿白裙子的金发小靓妹。”

诺姆看上去恍然大悟。他把手搭在我肩膀上，像父亲般轻轻摇我的肩膀，用父亲般的语气跟我说：“泡了她，小家伙。越快越好。这样你吉他就能弹好了。”

然后他给了我15美元。

元旦前夜我们在田庄演出。下着雪。阿斯特丽德也在。她穿着一件带着皮草衬里兜帽的派克大衣。我领着她进入防火通道，然后亲吻了她。她涂的是草莓味儿的唇膏。等我亲完抬头的时候，她用那双大眼睛看着我。

“我还以为你不会亲我呢。”她说完咯咯笑了。

“感觉怎么样？”

“再来一次我就告诉你。”

我们站在防火通道下亲吻，直到诺姆拍我肩膀。“小家伙，亲够了。是时候来点儿音乐了。”

阿斯特丽德亲了我脸颊一下。“弹《野东西》吧，我喜欢那首。”她说道，然后跑向后门，踩着她的舞鞋一路滑着走。

诺姆和我跟着往回走。“憋得蛋疼吧？”他问道。

“啊？”

“当我没说。我们先上她点的歌。你知道怎么说吧？”

我知道，因为乐队表演过很多点歌。我乐得如此，因为现在有凯氏电吉他在我面前，就像一把插了电的盾牌供我驱遣，我更自信了。

我们走上台。保罗照例打一小段鼓，示意乐队已归位，摇滚即将开始。诺姆朝我点点头，估计在拨弄那本来就调好的吉他背带。我上前一步到中央麦克风前，大声说道："这首歌献给点唱者阿斯特丽德，因为……'野东西，我爱上你了'！"尽管这通常由诺姆来做——这是他作为乐队队长的特权——不过这次是我来数的拍子：一……二……三……走你。台下，阿斯特丽德的朋友们跟她推搡打闹，尖叫起哄。她的脸颊通红，给我了一个飞吻。

阿斯特丽德·索德伯格给了我一个飞吻。

于是镀玫瑰乐队里的小伙子都有了女朋友。或许那些只是热情的女歌迷，又或许是二者兼有。在乐队里，有时候真的划不清楚界限。诺姆有哈蒂，保罗有苏珊·福尼尔，肯尼有卡萝尔·普卢默，我有阿斯特丽德。

我们去演出的时候，哈蒂、苏珊和卡萝尔有时候会挤上小客车跟我们一道。阿斯特丽德的爸妈不准她这么做，不过苏珊借到了她爸妈的车，阿斯特丽德获准跟姑娘们共乘。

她们有时候两两跳个舞，大多数时候则是像小团伙一样站着看我们。我的大部分休息时间是跟阿斯特丽德在亲吻中度过的，我开始从她的气息中闻到烟味儿，但我并不在乎。她发现之后（女生就是有种直觉），就开始当着我的面抽烟了，好几次接吻的时候她都把烟气吹进我的嘴里，让我立刻亢奋不已。

阿斯特丽德15岁生日过了一周后，她家人批准她坐我们的小客车去刘易斯顿的舞会。回家路上我们一路亲吻，我把手滑进她大衣里面，握着她比先前稍微丰满的胸脯，她没再像以前一样推开我的手。

"这感觉真好，"她在我耳边细语，"我知道这样不好，但这感觉好美。”

“或许这就是让你觉得爽的原因。”我说道。男生有时候也不白痴。

又过了一个月她才允许我把手伸进她文胸里，又过两个月她才准我肆无忌惮地摸索她的裙下风光，我的手摸进去后，她承认那感觉很美。不过她不许我更进一步了。

“我知道我准会第一次就怀孕。”她在我耳边小声说，那是一天晚上我们在停车的时候，双方都特别动情。

“我可以去药店买那个。我可以去刘易斯顿，那里没人认识我。”

“卡萝尔说有时候那东西会破。她跟肯尼那个的时候就破过一次，她吓坏了，整个月心神不宁。她说以为月经再也不会来了。不过我们可以玩别的。她告诉我的。”

玩别的也相当爽。

• • ● • •

我16岁的时候拿到了驾照，是我们家兄弟姐妹里唯一一个一次路考就过的。一部分归功于学车，更多要归功于西塞罗·欧文。诺姆跟他妈一起住在盖茨瀑布的家里，他妈是个染了一头金发的善心太太，不过他周末在他爸那儿过，他爸住在莫特恩毗邻哈洛的一个龌龊的拖车场里。

如果周六晚有演出的话，整个乐队，加上女友们，通常下午会到西塞罗的拖车屋里一起吃比萨饼。大家卷着大麻烟来吸，拒绝了一年之后，我终于放弃抵抗，试抽起来。一开始憋一口烟挺难的，不过想必许多人自己也有体会，这事儿是越来越容易的。那段岁月里我嗑的量不大，只是在上台前让自己松弛一下而已。嗑完药略带余醉的时候，我会表现得更好，我们在那个旧拖车屋里有过许多欢笑。

我跟西塞罗说我下周要去考驾照，他问我是去罗克堡考，还是到城里去考，城里指的是刘易斯顿-奥本。我回答“刘易斯顿-奥本”后，他睿智地点了点头：“也就是说你的考官会是乔·卡弗蒂。他干这份工作已经20年了。我在罗克堡当巡警的时候老跟他在醉虎酒吧里喝酒。那是好早以前了，罗克堡后来扩张，有了自己的常规警察局。”

很难想象西塞罗·欧文，一个灰白头发、眼睛红通通、身材瘦巴巴而且常年只穿那条破卡其裤和条纹T恤衫的家伙，居然做过执法的行当，不过人总是会变的：有时升，有时降。往下走的人往往会有药物相伴，比如他卷得顺手，还跟他儿子的伙伴分享的这种。

“老乔几乎不会一次就放人过，”西塞罗说道，“这是他的规矩，他不信有谁一次就能过。”

这我清楚，克莱尔、安迪和阿康都在乔·卡弗蒂手里栽过。特里是其他考官来考的（没准儿卡弗蒂先生那天病了），虽然他第一次握方向盘就已经开得很棒，但他那天紧张过头，平行泊车时居然倒车撞到消防栓上去了。

“想过的话有三点，”西塞罗边说边把卷好的一根大麻烟递给保罗·布沙尔，“第一，路考之前别碰这玩意儿。”

“好的。”这其实让我心下释然。我享受那玩意儿，但每抽一口我就想起我对我妈的承诺，失信于她……不过我自我安慰，说我抽的是大麻，依然没抽烟没喝酒，三样做到了两样。

“第二，管他叫先生。上车说一句‘谢谢，先生’，下车说一句‘谢谢，先生’。他吃这套。懂了吗？”

“懂了。”

“第三点，也是最重要的一点，把你那傻×头发给剪了。乔·卡弗蒂讨厌嬉皮士。”

这主意我一点儿都不喜欢。自从加入乐队，我长高了快10厘米，但我的头发却长得很慢。我留了一年，头发才到肩膀。我跟爸妈因为头发也没少拌嘴，他们说我看上去像个流浪汉。安迪的话更损：“你要是想打扮得像个女的，直接穿条裙子不就得了？”天啊，基督徒都不能好好说话吗？

“哎哟，哥们儿，我要是剪了头发，看上去会像个呆子！”

“你本来就像个呆子。”肯尼说道，大家都笑了，连阿斯特丽德都笑了（不过她后来把手放在我腿上安慰我）。

“不错，”西塞罗·欧文说，“不过你会是个有驾照的呆子。保罗，这烟是放那儿给你欣赏的吗，怎么还不点起来？”

• • ● • •

我把大麻烟停了；我管乔·卡弗蒂叫先生；我剪了个上班族的头，心都碎了，但我妈心花怒放。平行泊车的时候，我碰了后面那辆车的保险杠，不过卡弗蒂先生还是给我过了。

“孩子，我看好你。”他说。

“谢谢你，先生，”我说，“我不会让你失望的。”

• • ● • •

我17岁生日那天，大家给我办了场生日派对，在家里办的，门前已经是柏油路了——这就是前进的步伐。阿斯特丽德当然应邀而来，她送了我一件她亲手织的毛衣。我立刻就把毛衣穿上了，虽然那是热火朝天的8月。

妈妈送了我一套精装本肯尼斯·罗伯茨的历史小说（我还真读

了）。安迪送了我一本皮革精装的《圣经》，上面用金字盖了我的名字（我也读了，不过主要是为了气他）。扉页题词出自《启示录》第三章：“看哪，我站在门外叩门，若有听见我声音就开门的，我要进到他那里去。”言下之意是我已然离弃，这也并非无凭无据。

克莱尔那会儿已经25岁，在新罕布什尔州教书，她送了我一件帅气的夹克。阿康从来吝啬，送了我六套吉他弦。无所谓了，好歹还是牌子货。

妈妈拿出生日蛋糕，大家唱了传统的生日歌。要是诺姆在的话，他那副摇滚大嗓门肯定早把蜡烛吹灭了，不过他不在，我只好自己吹。妈妈给大家递盘子的时候，我才发现爸爸和特里都没送我礼物，连条花牌领带都没有。

蛋糕和雪糕（自然是“香巧莓”口味）过后，我看到特里给爸爸使了个眼色。爸爸看了妈妈一眼，她回以一个紧张的微笑。回头看过去的时候，我才意识到，看着孩子一天天长大，走进世界，妈妈的脸上其实常挂着那种紧张的微笑。

“到仓库来，杰米，”爸爸边说边站起来，“特里和我有样东西给你。”

“那样东西”竟然是辆1966年的福特银河。车洗过，打了蜡，白得就像月光洒在雪地上。

“我的天。”我声音都发颤了，大家都笑了。

“车身不错，但引擎费了点儿功夫，”特里说，“爸爸和我重磨了阀门，换了火花塞，塞了新电池……不少活儿呢。”

“还有新轮胎，”爸爸指着车胎说，“只是黑壁轮胎而已，但不是翻新胎哦。你喜欢吗，儿子？”

我扑过去拥抱他，把他们两个都抱了。

“只是你要跟我和你妈保证，要是喝了酒就别握方向盘。免得将来有一天，我跟她只能大眼瞪小眼，说我们送了你东西却让你去伤了别人或伤了自己。”

“我保证。”我说道。

阿斯特丽德——当晚开着新车送她回家的时候，我们合吸了一截大麻烟——这时紧紧攥着我的胳膊：“我会让他信守诺言的。”

往哈利家的池塘开了两趟后（必须得走两趟才能把大家都送回去），历史重演了。我感到有人拉住我的手，是克莱尔。就像雅各布斯牧师用电神经刺激器让阿康恢复嗓音那天一样，她把我拉进衣帽间。

“妈妈还要你保证另一件事，”她说，“不过她不好意思说，所以我来代她说。”

我等她把话说完。

“阿斯特丽德是个好姑娘，”克莱尔说，“她抽烟，我也从她的口气中闻到烟味儿，但这不表示她是个坏女孩儿。她也是个有品位的女孩儿，跟了你三年就足够证明了。”

我等她把话说完。

“她也很聪明。还有大学生活在等着她呢。所以，杰米，你要保证：别在那辆车的后座上搞大她的肚子。你能保证吗？”

我几乎笑出来。要是真笑出来，那一半儿是忍俊不禁，另一半儿则是苦笑。过去两年里，阿斯特丽德和我有个暗号——“小休”，指的是相互自慰。第一次那个之后，我跟她提了好几次安全套，甚至还买了一盒三个的特洛伊（Trojan）安全套（一个放在钱包里，另外两个藏在卧室护壁板的后面），但她坚持认为套子靠不住，要么会破要么漏。所以只好……“小休”。

“你生我气了对不？”克莱尔问。

“不，”我说，“克莱尔宝贝儿，我从来没生过你气。”我真的从来没有。我的怒气都留给了她后来嫁的那个禽兽，怒火从未消退。

我拥抱她，承诺绝不会让阿斯特丽德怀孕。这个承诺我坚持了，不过在天盖小木屋那天之前，我们又进了一步。

• • ● • •

那些年我偶尔会梦见查尔斯·雅各布斯——梦见他用手指插进我那座泥沙堆成的小山来挖山洞，梦见他做那次骇人的布道，头上有蓝色火焰盘旋，就像一个带电的皇冠——不过后来他几乎从我的意识中消失不见了，直到1974年的那一天。当时我18岁，阿斯特丽德也是。

放假了。“镀玫瑰”整个暑假排满了演出（包括酒吧里的几场，爸妈不情愿地给我写了书面演出许可），白天我在马斯特勒家的农场摊位上打工，跟过去几年一样。莫顿燃油经营得不错，爸妈承担得起我读缅因大学的学费了，但我自己也得出一部分。距离去农庄报到还有一周，所以我跟阿斯特丽德成天黏在一起。有时候在我家，有时候在她家。很多个下午，我们开着我那辆福特银河漫游在乡间小道上，找地方把车一停，然后……“小休”一下。

那天下午我们在9号公路一个废弃的砂石坑，轮着抽一根当地质量一般的大麻烟。天气闷热，西边暴雨云正在聚拢。雷霆轰鸣，肯定有过闪电。我没看见，不过仪表板上的无线电广播扬声器传来静电的噼啪声，偶尔干扰一下当时在放的《男厕抽根烟》这首歌，这是“镀玫瑰”那年每场演出都唱的歌。

就是那个时候，雅各布斯牧师重回我的脑海，仿佛一位久违的客人归来，我发动了车子。“把烟灭了，”我说，“咱们兜兜风去。”

“去哪儿？”

“很久以前某个人跟我说过的地方。如果这地方还在的话。”

阿斯特丽德把抽剩下那部分放进一个装润喉糖的铁盒子里，然后塞进了座子底下。我沿着9号公路开了一两英里，然后左转上了山羊山路。两侧都是密密麻麻的树，暴雨云逼近，本来就不多的朦胧日光也消失了。

“如果你想的是那个度假村的话，咱们进不去的，”阿斯特丽德说，“我爸妈把会员资格取消了。他们说要供我在波士顿读书，必须得省着点儿。”她皱起了鼻子。

“不是去度假村。”我说。

途经朗梅多，昔日的卫理公会青少年团契在那里举行年度烤香肠活动。人们焦虑地看着天，匆忙收起毯子和酒水冷柜，跑回车里。雷声这会儿更响了，滚滚乌云席卷而来，我看见一道闪电击中了天盖另一边的某个地方。我开始兴奋起来。太美了，查尔斯·雅各布斯走的那天曾这么说，又美又可怕。

我们经过一处路牌，上面写着：前方一英里山羊山门房请出示会员卡。

“杰米——”

“这里应该有条岔道是去天盖的，”我说，“也许不在了，不过……”

路还在，而且还是碎石。我转进去快了点儿，结果福特银河车身的后半段先是往一边打滑，然后又往另一边打滑。

“你心里还有数吧？”阿斯特丽德说。我们一路驶向仲夏雷暴雨，她的声音里并没有恐惧，反而听上去兴致勃勃，还有点儿兴奋。

“但愿如此。”

坡变陡了。福特银河的后轮偶尔在碎石上打滑，但大多时候还能稳稳抓地。顺岔路再开2.5英里后，树木开始稀疏，到达天盖了。阿斯特丽德深吸了一口气，坐直了起来。我踩了刹车，“吱”的一声把车停下。

车子右边是一个老旧的小屋，屋顶下陷，挂着青苔，窗户玻璃碎了。连墙上涂鸦都模糊得认不清了，纷乱地残留在灰色未刷漆的墙上。我们前方头顶是一个巨大的花岗岩隆起。隆起的顶部，正如雅各布斯在我半辈子之前告诉我的一样，一根铁杆直耸云霄，乌云压顶，低得仿佛触手可及。我们的左边，阿斯特丽德正在看的方向，是小山和田野，还有灰绿色的树林绵延到海边。太阳仍在那边发着光，照亮着世界。

“我的天哪，这东西一直在这儿？你居然都没带我来过？”

“我自己都没来过，”我说道，“我以前那个牧师跟我说——”

我还没来得及把话说完，天上下来一道耀眼的闪电。阿斯特丽德尖叫着双手抱头。有那么一瞬间——异样、恐怖而又美妙——我感到周遭的空气都换成了电油。我感到全身的毛发竖起，连鼻孔和耳朵里的细毛都发直。然后是“咔嗒”一声，仿佛一个隐形的巨人打了一声响指。第二道霹雳从天而降击中铁杆，使铁杆变成一种明亮的蓝色，就像我梦里看到查尔斯·雅各布斯头顶舞动的那种颜色。我赶紧闭眼以免变瞎。等我再次睁眼的时候，杆子已经发红，樱桃红。就像锻铁炉里的马蹄铁一样，他曾这样说过，分毫不差。雷声随后咆哮起来。

“要走吗？”我喊道。我耳鸣得厉害，不喊出来自己都听不到。

“不要！”她朝我喊道，“到那里去！”她指着那残破的小屋。

我本想跟她说在车里更安全——隐隐记得有说法称橡胶轮胎可以绝缘防电——不过天盖这里雷暴不下千万次，小屋却依然不倒。我们手牵手朝小屋跑去，我这才意识到这是有道理的。铁杆可以引电，至少之前都是这样的。

我们跑到那敞开的门前时，天下起了冰雹，鹅卵石大小的冰块打在花岗岩上“哐啷”作响。“哎哟，哎哟，哎哟！”阿斯特丽德叫道，不过她一路笑着。她冲进屋里，我紧随而入，这时雷声大作，仿佛末日战场上的炮火。这次打雷之前是“啪啦”一响为先导，而非之前的“咔嗒”一声。

阿斯特丽德抓住我的肩膀：“看！”

我错过了雷电对铁杆的二度袭击，但我清楚看到了后续的东西。圣艾尔摩之火（又称球状闪电）在堆满碎石的斜坡上跳跃滚落。足有五六个之多，一个一个消失不见了。

阿斯特丽德抱着我，但还不止如此。她的双手扣着我脖子，爬到我身上，大腿勾着我的屁股。“太精彩了！”她喊道。

冰雹化作倾盆大雨。天盖在水中模糊，但我们一直能看见那铁杆，因为它不断遭到雷击。先变蓝或变紫，然后发红，然后消退，等待下次被击中。

这样来势凶猛的雨一般持续不久。雨势渐缓，只见铁杆下的花岗岩坡变成一条小河。雷霆继续轰鸣，不过怒气已散只剩余威。耳听四处流水之声，仿佛大地在窃窃私语。太阳还在东边照耀大地，照亮了不伦瑞克、弗里波特和耶路撒冷镇[①]，我看到的不是一两道彩虹，而是五六道彩虹像奥运五环一样环环相扣。

阿斯特丽德把我的脸扭向她。“我跟你说个事儿。”她说。她的声音压得很低。

“什么事儿？”我突然确信她要跟我提分手，要让这绝美的瞬间

---

① 耶路撒冷镇（Jerusalem’s Lot），出自斯蒂芬·金1975年的恐怖作品《撒冷镇》。——译者注

荡然无存。

“上个月我妈带我去看医生了。她说她不管我们之间是不是认真的，这不关她事，不过她要我照顾好自己。她就是这么说的。‘你就跟医生说你月经不调而且痛经，需要买那个，’她说，‘医生看到是我陪你来的，就没事儿了。’”

我大概是有点儿迟钝，所以她照我胸口来了一拳。

“说的是避孕药，你个笨蛋。口服的那种。现在是安全期，因为我吃药后来过一次月经了。我一直在等一个正确的时机，如果这还不算的话，那就不可能有更合适的了。”

她看着我，眼里闪着光。突然低下眼睛，咬着嘴唇。

“不过……不过你别忘乎所以，好吗？想着我，温柔点儿。我好怕。卡萝尔说第一次痛死人。”

我们脱去彼此身上的衣服——终于一丝不挂——头上的积云散去，太阳穿透下来，潺潺水声就开始消失不见了。她的胳膊和腿上有晒痕，身上其他地方却白如初雪。她下面是纯金色的毛，没有隐藏她的私处，反而着重渲染了出来。角落里有个老床垫，那处的屋顶还完好——看来我们不是第一个用这小屋来做这事儿的人。

“噢，天哪！”

“疼吗？阿斯特丽德，疼不疼——”

“不疼，感觉棒极了。我想……你可以做了。”

我做了。我们俩做了。

● ● ● ● ●

那是我们爱的夏季。我们在好些地方做过——一次是在西塞罗拖车屋诺姆的房里，我们把他的床搞塌了，后来重新给他装好——但大多数是在天盖的小屋里。那就是我们俩的地方，我们把名字写在一面墙上，墙上还有别人的名字，不下半百。不过再没有遇到过一场雷暴。那年夏天再没有过。

那年秋，我去了缅因大学，阿斯特丽德去了波士顿的萨福克大学。我将这视作短暂的分别——我们假期会见面，在将来一个模糊不清的时间点，我们各自拿到了学位，就会结婚。自那之后，我了解到了一些两性之间的根本区别，其中之一就是：男人喜欢假定事情，女人往往不会。

雷暴雨那天，我们开车回家时，阿斯特丽德说："我很高兴第一次给了你。"我跟她说我也是，却完全没有深想她的潜台词。

并没有分手的大场面。我们只是渐行渐远，如果说这种疏离是有人策划的，那这个人就是迪莉娅·索德伯格，阿斯特丽德那漂亮的、话不多的妈妈，她言行举止总是那么亲切可人，但看我的时候总像店主在端详一张可疑的20美元钞票。也许没问题，店主琢磨着，不过就是……就是有什么地方不对劲儿。如果阿斯特丽德怀了孕，我之前对未来的假定可能就会成真。嘿，没准儿还快活得很：生三个娃，能停两辆车的大车库，后院建游泳池，还有别的。但我不这么看。频繁演出——还有那些总往摇滚乐队上凑的女生——会导致我们分手。回看过去，不得不说迪莉娅·索德伯格的怀疑不是没有根据的。我确实是张伪钞，我逼真得足以在很多地方过关，但她那家店不认。

跟"镀玫瑰"也没有什么散伙的大场面。我第一个周末从奥罗诺回到家，我周五晚跟乐队在美国退伍军人协会演出，周六在北康韦的摩托酒吧又演了一场。我们的表现一如既往，现在每场能收获150美元了。我记得我还在《舞起你的摇钱树》中唱主音，那段竖琴独奏也弹得不错。

不过等我感恩节回来的时候，我发现诺姆招了个新的节奏吉他手，乐队也改名为“诺姆骑士团”了。“对不起，哥们儿，”他边说边耸耸肩，“太多演出机会等着，我们三个人玩不来。架子鼓、贝斯、两把吉他——摇滚就是这样。”

“没事儿，”我说，“我懂。”我真懂，因为他说得没错。八九不离十吧。架子鼓、贝斯、两把吉他，什么玩意儿都是E打头的。

“我们明晚在温斯罗普的小野马演出，你要是想来坐坐的话就来，算是特邀吉他手之类的？”

“还是算了。”我说道。我听说过那个新的节奏吉他手。他比我小一岁，但已经弹得比我好了；他那手点弹技巧简直疯了。而且不去表演也就表示我周六晚可以跟阿斯特丽德一起过了。我的确是跟她一起过的。我怀疑她那时候已经跟别的男生在交往了——她长得太漂亮，待不住的——不过她很谨慎，也很体贴。那年感恩节过得不错。我一点儿都不怀念“镀玫瑰”（或“诺姆骑士团”，反正我也不必去接受这个名字，正好）。

其实，你懂的。

怎么可能不怀念。

圣诞假期前不久的某一天，我到缅因大学纪念联合会的熊窝小店买汉堡加可乐。出来的时候，我看了一眼公告板。除了一堆卖二手教科书、二手车的信息卡片，还有旅游求搭车之类广告外，我看到这条：

好消息！坎伯兰乐队准备复出！坏消息！我们还缺一名

节奏吉他手！我们是一个骄傲的翻唱乐队！如果你弹披头士乐队、滚石乐队、坏手指乐队、麦科伊乐队、野蛮人乐队、斯坦德尔斯乐队和飞鸟乐队等等，请来到坎伯兰堂421房间来，带上你的战斧。如果你喜欢“爱默生、雷克与帕玛”或者“血、汗、泪”，那你给我有多远滚多远。

那时候我有了一把亮红色的吉布森SG吉他，那天下午下课后，我背着吉他去了坎伯兰堂，在那儿遇到了杰伊·佩德森。因为自习时间有噪声限制，我们在他房里不插电弹了弹。当天晚上我们在宿舍的娱乐区域插上电，闹腾了半个小时，我拿到了这个位置。他比我强多了，不过我也习惯了，毕竟我是跟着诺姆·欧文开始搞摇滚的。

“我在考虑给乐队改名为‘暖气片’，”杰伊说道，“你怎么看？”

“只要我在一周里有时间学习，只要你分钱讲公平，你要取名叫‘地狱屁眼’我都无所谓。”

“好名字，跟‘道格与傻蛋’乐队有的拼，不过恐怕就没法儿在高中舞会上表演了。”他把手递过来，我轻轻扣住，彼此死鱼般地握了握手，“欢迎来到我们的乐队，杰米。每周三晚排练，不见不散。”

坏事儿我干过不少，但放鸽子不是我的风格。我到场了。几乎20年，在12个乐队和上百座城市里，我都如约到场。节奏吉他手总能找到工作，哪怕嗑了药人站不起来都行。归根结底两件事：人要到场，会弹E和弦大横按。

开始出问题是因为我人不到场了。

V

似水流年 / 闪电画像 / 毒瘾问题

从缅因大学毕业（平均学分绩点2.9，差一点儿就上院长荣誉榜了）那年，我22岁。再次遇到查尔斯·雅各布斯的时候，我36岁。他看上去比实际年龄要小，可能是因为我上次见他的时候，他因为悲伤而形容枯槁。到了1992年，我的外表比实际年龄老得多。

我一直是个影迷。20世纪80年代，我看了很多电影，大多是自己一个人看的。我有时会看着看着睡着（比如《希瑟姐妹》就是一部催眠烂片），但我就算嗑药后精神恍惚，也大多能把片子看完，听着噪音看着红红绿绿的画面，还有那些美得不可思议的暴露女郎。书是好东西，我也没少看；要是雷雨天困在汽车旅馆里，看看电视也行，但是对于杰米·莫顿来说，没什么比得过大屏幕上放的电影。就我一个，加上爆米花，还有我的超大号可乐。当然少不了我的海洛因。我一般会从小卖部多拿一根吸管，咬成一半儿，然后用吸管从手背上吸粉。我一直到1990年还是1991年都没上针头，但最终还是到了那个地步。大多数瘾君子都这样，这个你可以信我。

我觉得电影最有魅力的地方就是时间的流畅过渡。主角一开始就是个愣头青，没有朋友，身无分文，爸妈也不怎么样，突然摇身一变成了巅峰时期的布拉德·皮特。唯一将那呆瓜跟男神分开的就是一个过场字幕，上面写着：14年后。

“希望时间加快的想法是邪恶的。”母亲曾经教育我们家孩子——通常是我们在2月里渴望暑假，或者是天天盼万圣节的时候——很可能她是对的，但我就是忍不住觉得，对于一个过得不好的人来说，时间跳过一截未尝不是好事，而且在1980年里根上台到1992年塔尔萨州博览会之间的那段岁月里，我过得非常糟糕。只有意识中断，却没有过场字幕。那些年，日子得一天一天过，当我没法儿嗑药上脑的时候，有些日子仿佛有100个小时那么长。

淡入画面是这样的：“坎伯兰乐队”变成了“暖气片乐队”，“暖气片乐队”又变成了“伊声调乐队”。我们作为大学乐队的最后一次演出是1978年在纪念体育馆盛大而热闹的毕业舞会。我们从8点演到半夜2点。过后不久，杰伊·佩德森招了个当地的当红女乐手，她的中音和次中音萨克斯管无人能敌。她的名字叫罗宾·斯托尔斯。她跟我们乐队一拍即合，到了8月，“伊声调”就成了“罗宾与杰伊”。我们成了缅因州首选派对乐队之一。演出机会一大把，日子过得很美。

现在跟你讲讲好日子是怎么到头的。

14年后，杰米·莫顿在塔尔萨醒来。不是一家好宾馆，连一个马马虎虎的连锁汽车旅馆都算不上，就是个蟑螂窝，叫“展会旅舍”。这就是凯利·范·多恩所谓的厉行节俭。上午11点，床是湿的。我并不惊讶。在海洛因的作用下连睡19个小时，尿床是在所难免的。我估计即使人在药物深睡中死去，还是会尿床的，不过好处是不用穿着尿湿的内裤醒来。

我像僵尸似的走向卫生间，一直吸鼻子，眼里流着眼泪，边走边脱掉内裤。我首先去找我的剃须工具包，但不是为了刮掉胡楂儿。我的针具都还在工具包里，还有一个用胶带封好、装了几克白面的三明治袋子。没有人会闯进房里偷这么点儿微不足道的粉，然而对瘾君子来说，看到粉在才心安。

查完了粉，我去解决了大肠的需要，排掉自夜间事故后膀胱蓄下的水。我站在那儿的时候，才意识到把一件重要的事情给忘了。当时我正跟一个乡村流行乐队合作，前一天晚上接到安排，要在塔尔萨州际博览会的俄克拉何马大舞台上为索耶·布朗做开幕演出。那是一个绝佳的演出机会，尤其对于还没在纳什维尔走红的白色闪电乐队来说。

“5点钟调音，”凯利·范·多恩跟我说，“你会准时出现，没错吧？”

“当然，”我说，“你用不着担心我。”

糟糕。

走出洗手间，我看到门缝下面有张对折的字条。信中内容我都基本猜到了，但我还是捡起来看了看，确定一下。字条很短，语气生硬。

> 我打电话给联合高中的音乐系，刚巧遇上一个能弹节奏懂得滑奏吉他的娃，能帮我们过这关。他很乐意代你赚这600美元。你收到这个的时候，我们已在前往怀尔伍德格林的途中了。别想来追我们，你已经被开除了。非常抱歉，但我真受够了。
>
> 凯利
>
> 附言：我猜说了你也不会听，杰米，你如果不收敛一点儿，一年后你会蹲监狱的，那都算是你运气好了。运气不

好，死掉也不是没可能。

我想把字条塞进裤子后兜，结果字条却掉在了那脱毛的绿地毯上——我忘了自己身上什么都没有穿。我把字条捡起扔进了废纸篓，瞥了一眼窗外，庭院停车场空空如也，只有一辆旧福特和一辆农民开的破皮卡。乐队乘坐的探路者牌汽车，还有调音师开的那辆器材车都不在了。凯利没开玩笑，这帮跑调的疯子已经弃我而去。其实这样也好。我有时候觉得，再弹一首喝酒偷腥的歌，我连仅有的理智都会丧失。

我决定把续房作为我的首要任务。我无心在塔尔萨多住一晚，尤其是过一条街就是如火如荼的州际博览会，不过我需要点儿时间来想想就业，考虑下一步该怎么走。我还得买粉，你要是在州际博览会都找不到兜售毒品的人，那就是你没花心思了。

我把那条湿内裤踢到墙角——算是给女服务员的小费吧，我刻薄地心想——然后拉开了旅行包的拉链。里面除了脏衣服什么都没有（我昨天本来打算找家洗衣店的，又给忘了），不过虽然脏好歹是干的。我穿好衣服，跋涉穿过院子里破裂的沥青路面，朝着汽车旅馆的办公室走去。我的僵尸慢步缓缓提速为僵尸拖步。每次吞咽时我都喉咙发痛，真是雪上加霜。

坐办公桌的是个50岁上下的冷冰冰的乡下女人，头上纠缠的红发活像一座火山。在她的小电视里，一个谈话节目主持人映入眼帘，正与妮可·基德曼聊得火热。电视上面是一幅装框的画，画的是耶稣将小狗送给男孩女孩。我一点儿都不感到惊讶。在这个飞机从头顶直接飞过的乡下，大家连耶稣基督和圣诞老人都分不清楚。

“你那伙人已经结账离开了。”她在登记簿上找到了我的名字，然后说道。她有种地方口音，听起来像把严重走音的班卓琴。“两小时前走的，说他们要开车到北卡罗来纳。”

“我知道，”我说，“我不再是乐队的人了。”

她挑起一条眉毛。

“曲风不合。”我说。

她那条眉挑得更高了。

“我还要再住一晚。”

“嗯哼，行。现金还是信用卡？”

我身上有200美元左右现金，但大部分都是预备着在博览会上买白面的，于是把我的美国银行信用卡递了给她。她拨了号一直等着，电话筒夹在她耳朵和她肉肉的肩膀之间，边等边看着电视上的厨房纸广告，那厨房纸据说连密歇根湖都能吸干。我跟她一起看着广告。广告完毕继续谈话节目，妮可·基德曼身边多了汤姆·赛立克，这个乡下女人还夹着电话筒在等。她好像不急，但我急。痒痒又来了，我不好的那条腿开始跳动。刚要放下一段广告时，那乡下女人回过神来。她转了一下椅子，看着窗外俄克拉何马湛蓝的天空，简单跟电话里说了几句，然后挂了电话把信用卡还给我。

“被拒了。料你也取不出钱来，如果你卡里还有钱的话。”

这话真刺耳，但我还是报以最灿烂的微笑。“卡没问题的。他们出错了，常有的事。”

“那你换一家汽车旅馆去修正吧。”她说道。（修正！这种大词居然出自一个乡下女人之口！）“这条街往前走还有四家，但都不算大。”

是没法儿跟这家丽思卡尔顿大酒店相比，我心想，但嘴里说的是“再试试看”。

“亲爱的，”她说，“看你这模样我不用试都知道。”

我打了个喷嚏，扭头用身上那件查理·丹尼尔斯乐队的T恤短袖去接。无所谓，反正这衣服最近也没洗，而且所谓的最近其实不近。“这话什么意思？”

“我跟我第一任丈夫离了婚，因为他和他两兄弟都吸可卡因上了瘾。无意冒犯，但我一看就知道。昨晚的钱已经付过了，用的是乐队的信用卡，不过既然你现在单飞了，请1点钟退房。”

“门上写着3点。”

她拿劈了一块的指甲，指着日历左边的一个标志，那日历上画着“送犬耶稣”：州际博览会期间，9月25日至10月4日，“遢”房时间为下午1点。

“‘退房’写错了，”我说，“你得修正一下。”

她瞟了一眼，然后看回我。“是错了，不过时间那部分用不着修正。”她瞥了一眼手表。“你还剩一个半小时。别逼我报警，亲爱的。州际博览会期间，他们比新鲜狗粪上飞的苍蝇还多，一叫人就到。”

“瞎扯淡。”我说。

那是一段我记忆模糊的岁月，但她的回答我却记得清晰，就像她两分钟前在我耳边说过一样：“嗯哼，亲爱的，现实如此。”

然后她转头去看电视，有个傻瓜在跳踢踏舞。

• • ● • •

我不打算白天去买白粉，州际博览会上也不行，所以我在展会旅舍一直待到1点半（纯粹为了气那个乡下女人）。然后一手抓着旅行包，一手抓着吉他盒，步行出发。我在德士古加油站停下来，那是北底特律大道和南底特律大道的连接处。当时我已经只能歪着身子跛行了，屁股跟着心跳一起抽动。我找了个男厕，弄好针头，把一半儿存货注射进了我左胳膊的凹处，随即浑身舒泰。喉咙和左腿的痛感慢慢消退。

1984年一个阳光明媚的夏日，我左边那条好腿变成了坏腿。我骑着川崎摩托，对面一个老混蛋驾驶着一辆游艇那么大的雪佛兰轿车迎面朝我开过来。他开进了我这条车道，我只有两个选择：要么驶入路肩，要么正面碰撞。我做出了最直接的选择，安然避过那个混蛋。但我错就错在想以40迈的速度开回大路上。给所有新摩托司机一个忠告：以40迈的速度在砾石路面上转弯是绝对行不通的。我从车上摔下来，腿骨折了五处，屁股也粉碎性骨折。此后不久，我就发现了吗啡的乐趣。

• ● ⬤ ● •

腿感觉好点儿了，发痒抽搐的感觉也暂时没有了，我又能振作一下从加油站继续往前走。等我来到灰狗长途大巴终点站的时候，我问自己为什么跟了凯利·范·多恩和他的破烂乡村乐队那么久。唱一些哭哭啼啼的民谣（还是C调的，我的老天爷）根本不是我该干的事儿。我是一个摇滚歌手，不是个乡巴佬。

我买了第二天中午去芝加哥的大巴车票，也因此有权把我的旅行包和吉布森SG吉他——那是我唯一值钱的家当了——寄存在行李寄存间。车票花了我29美元。我坐在洗手间隔间的马桶上把剩下的算了算。剩159美元，跟我估计的差不多。感觉前途光明了起来。我肯定能在博览会买到白面，找到地方爽一把——可能是当地收容所，也可能是户外——明天我就坐灰狗大巴去芝加哥。跟大多数大城市一样，那儿有个音乐人交流处，表演者坐在一起，讲讲笑话，聊聊八卦，找演出机会。对于某些音乐人来说，机会不好找（比如手风琴手），但乐队总在找能胜任的节奏吉他手，而我比胜任还强那么一丁点儿。到1992年，如果有人点名要我的话，我都能弹主音了，当然前提是我没有嗑药上脑。关键就是要在凯利·范·多恩放话说我这人靠不住之前，赶到芝加哥找到演出机会，那个醉鬼真有可能这么做。

天黑前还有六个小时要打发，把我剩下的货全注射了，打进了最管用的地方。完事儿后，我在报摊买了一本平装的西部小说，坐在长凳上，书翻到中间某处，我打起盹儿来。当我连打几个喷嚏醒来时，已经是7点钟，白色闪电乐队前节奏吉他手是时候出发找货了。

我到博览会的时候，夕阳在西方是橙色的一条线。虽然我想尽可能省下钱去买那个，但我还是挥霍了点儿钱坐了出租车，因为我感觉实在不怎么好。不是通常那种药力过后的发痒和抽搐。喉咙痛又来了。耳中有种高声、酸痛的嗡鸣，我感觉浑身发烫。我跟自己说发烫是正常的，因为那晚真他妈热。而其他症状，我确信只要睡六七个小时就能不药而愈。我在长途车上就能补觉。我想在重新加入摇滚大军前尽可能恢复到最佳状况。

我绕过博览会正门，因为只有白痴才会在工艺品展或牲畜展场上找人买海洛因。后面是贝尔游乐园的入口。塔尔萨州际博览会的这个部分现在已经没了，但在1992年9月，贝尔游乐园可是人山人海嘈杂非凡，两列过山车——木制的芝果过山车和更现代的野猫过山车——都呼啸不停，每个急转弯和夺命俯冲之后都是一阵欢快的尖叫。水中滑梯、喜马拉雅大转盘和幻影鬼屋前都排着长长的队。

我目不斜视，穿过小吃铺子，漫不经心地沿着游乐园往下走，炸面团和烤肠的气味通常很诱人，但此刻却让我有点儿反胃。在“投球到你赢为止”的摊前，我看到有个家伙贼眉鼠眼有点儿像，不过当我靠近的时候，却察觉出了缉毒警察的气场。他穿的T恤衫上印着“可卡因！斗士的早餐！”，感觉这意图未免太明显。我继续走，穿过靶场、木瓶掷球、弹球机和命运之轮。我感觉越来越糟，皮肤越来越烫，耳鸣越来越响。喉咙太痛，每咽一下唾沫，我都会痛得龇牙咧嘴。

前方是一个精心设计的迷你高尔夫球场。里面大部分是欢笑的青少年。我大概已经到了中心。哪里有晚上出来取乐的年轻人，哪里就有商贩出没为他们锦上添花。没错，果然有两个家伙看上去有那么点儿意思。从他们闪烁的眼睛和常年不洗的头发你就能认出来。

游乐场到头是迷你高尔夫球场后面的T字路口，一条回到展场，另一条去赛道。这两个地方我都没心思去，但我一直听到右边有一种奇怪的电流噼啪声，然后是掌声、笑声和欢呼声。我走近路口，才发现每次噼啪声都伴随着明亮的蓝色闪光，让我想起闪电。确切地说，是天盖的闪电。我已经好多年没想起它了。不管那里玩的是什么戏法，反正人是吸引了不少。我觉得晚点儿再去高尔夫球场找那些毒贩子也不迟。这种人在关霓虹灯前绝对不会走，而且我想看看是谁在这个炎热晴朗的俄克拉何马之夜制造闪电。

一个经过扩音器放大的声音叫道：“现在你已经看到了我的闪电发生器，我向你保证这是举世无双的。接下来我给你们展示一下你只要花一张亚历山大·汉密尔顿（即10美元）就能买到的神奇画像；先来一次绝佳的演示，然后我会开放电力工作室，给你拍摄一辈子只能见到一次的画像！但我需要一名志愿者，这样你就能看到花这10美元你能得到什么了，这是你最值得花的10美元！有没有志愿者？哪位上台给我做志愿者？我向你保证，这绝对安全！来吧，伙计们，我听说俄克拉何马人民的勇气闻名全美！”

舞台高出平地，台前有规模相当大的观众，约五六十人。画布背景6英尺宽，至少有20英尺高。上面是一张几乎和电影屏幕一样大的照片。照片里是一个年轻的美丽女子站在舞池里。她的黑发卷了又卷，堆在她的头顶上，起码得花好几个小时才能编成那个样子。穿着一件低胸露肩晚礼服，双峰美妙曲线毕露。她戴着钻石耳环，涂着血红色的口红。

巨幅舞池女郎前面是一架老式相机，19世纪那种立在三脚架上，还带黑色帘子，摄影师可以把头伸进去的样式。根据相机摆放的位置，它只能拍到舞池女郎膝盖以下的部分。旁边的柱子上是一盘闪光粉。身着黑西装、头戴大礼帽的戏法大师一手轻轻搭在相机上，我一眼就认出了他。

这些都清清楚楚，但后面发生的事情我记得的内容就不大可靠了——我坦然承认。我依旧吸毒，两年前就落进针头注射的深渊，起初只是皮下注射，但越来越多的是静脉注射。我营养不良外加体重过轻。除此之外，我还发着烧。是流感，而且来势凶猛。那天早晨起床，我觉得自己只是像往常一样因为吸海洛因而抽鼻子，顶多是感冒而已，但是当我看到那台老式三脚架相机旁，印着“闪电画像”的巨幅少女背景前的查尔斯·雅各布斯时，我觉得我正活在梦里。看到老牧师我并不惊讶，他两鬓生了少许白发，嘴角周围出了道道细纹。如果我已故的母亲和姐姐与他同台，装扮成花花公子的兔女郎跟他搭档，我都不会感到惊讶。

几个男生举手来响应雅各布斯，要做志愿者，但雅各布斯指着肩膀后面的巨幅美女，笑道：“我知道你们这些家伙一身是胆，但你们穿低胸礼服恐怕没一个好看的。”

大家对此报以友好的笑声。

“我需要一名女性志愿者，”那个在我儿时给我展示太平湖的家伙说道，“我需要一个漂亮的姑娘！一个漂亮的‘抢先之州’[①]的姑娘！你们怎么看？赞成吗？”

大家用力鼓掌表示他们无比赞成。雅各布斯此时心里肯定有了人选，他用无线话筒指着前排的某个人。“小姐，你怎么样？你就是那个人见人爱的漂亮姑娘！”

我当时在后面，但是前面的人群仿佛为我一分为二，仿佛我有排山倒海的魔力。很可能我只是用肘推着一点一点往前面挤，但我没记得这段，要是有人往回挤我，我也完全不记得了。我似乎是往前漂的。所有的色彩都更加鲜艳，旋转木马的嘟嘟笛声和芝果过山车传来的尖叫声也放大了。我耳边的嗡鸣已经升级有调子的铃声：G7，我感觉是。我从香水、须后水和折扣店里廉价发胶混杂而成的香味气场中穿过。

那位漂亮的俄克拉何马女郎还在推辞，但是她的朋友们可不答应。他们把她推向前，她登上了舞台左侧的台阶，牛仔裙磨边的裙裾下晒黑的大腿时隐时现。裙子的上面是一件绿色的罩衫，上面高到脖子，下面却俏皮地露着一英寸肚子。她有一头长长的金色秀发。有几个男人吹起口哨来。

“每一个漂亮姑娘都自带正电荷！”雅各布斯告诉众人，然后摘下高帽。我看见他拿帽子的手紧紧攥着。那一刻，我有一种自离开天盖后再没有过的感觉：我的胳膊上鸡皮疙瘩四起，我颈背上的毛发竖起来，空气沉沉地压着我的肺部。然后，相机旁边托盘上有东西爆炸了，但肯定不是闪光粉，帆布背景上亮起一道耀眼的蓝色眩光。画布上

① 俄克拉何马州（Oklahoma）又名“抢先之州”（Sooner State）。——译者注

晚礼服女郎的脸模糊了。眩光退去的时候我看到——或是以为看到——她原来的位置上出现的是九小时前把我从展会旅舍里赶出去的那个50岁左右的乡下女人。然后那个穿着低胸亮晶晶礼服的姑娘又回来了。

众人惊呼叫绝，我也一样……但并没有大吃一惊。雅各布斯牧师只是故技重演罢了。他搂着那姑娘，让她把脸转向我们，我也没有感到吃惊，不过那一刻，我以为她是阿斯特丽德·索德伯格，重回16岁，紧张兮兮担心怀孕。阿斯特丽德有时朝我嘴里吹她抽的弗吉尼亚牌香烟，让我亢奋不已，久久不退。

幻觉过后，她又变回了那个俄克拉何马女郎，从农场过来，准备晚上消遣一下。

雅各布斯的助手，一个满脸青春痘、发型不佳的小伙子，拿着一把普通的木椅子跑出来，把它放在摄像机前，然后故意做了一个给雅各布斯外衣掸灰尘的滑稽动作。“坐下，亲爱的，”雅各布斯边说边引女郎坐到椅子上，“我保证你会有一个惊奇而美好的时光。”

他扬了扬眉毛和他的年轻助手做了一个触电发抖的动作。观众大笑起来。雅各布斯的双眼注意到了在第一排的我，眼睛移开，又回到我身上。考虑了一秒，然后又移走。

“会痛吗？”女郎问道，我现在看清了，她一点儿都不像阿斯特丽德。当然不会。她比我的初恋女友要年轻得多……无论阿斯特丽德人在何处，此刻估计也已经嫁人并从了夫姓。

“一点儿也不，”雅各布斯向她保证，“不同于其他敢于上前的女郎，你的画像……”

他的视线从她身上移开，回到人群中，这一次直接落在我身上。

“……完全免费。”

他让她坐在椅子上，继续喋喋不休，但却有点儿迟疑，仿佛乱了头绪。他的助理用白丝绸眼罩蒙住那女郎的眼睛时，他一直注视着我。即使他分心了，观众也注意不到；一个漂亮的小姑娘即将在巨幅美女的脚下拍照，还是蒙着眼睛的，这都很吸引人。吸引人的还有，现场的这个女生露着美腿，背景上那个女生秀着乳沟。

“谁会想要……”漂亮女生刚开始，雅各布斯立刻把麦克风凑到她嘴边，好让所有人听到她的问题，“……我遮着眼罩拍的照片？”

“你其余部位可没遮住哦，亲爱的！”有人喊，人群善意地欢呼。椅子上的姑娘把两膝并紧，脸上还挂着点儿微笑。是那种“我是开得起玩笑的人”那种微笑。

“亲爱的，你一定会感到惊奇。”雅各布斯说。然后他转身向人群说道：“电流！虽然我们觉得它随处可见，但它却是世界上最伟大的自然奇观！相比之下，吉萨金字塔只是一个蚁丘！电是我们现代文明的基础！有人声称自己明白，但是女士们先生们，没人理解‘奥秘电流’，那把整个宇宙结为和谐的整体的力量。我能否理解？不，我不懂，至少不全懂！而我却知道它有摧毁的力量、治愈的力量和创造魔力之美的力量！小姐，你叫什么名字？”

“凯茜·莫尔斯。”

“凯茜，有句老话说情人眼里出西施。今夜，你和我，以及现场每一个人都将见证这句话的真相。当你离开的时候，你会拿到一幅画像，一幅可以向子孙后代展示的画像。你的子孙后代可以向他们的子孙后代展示这张画像！如果那些尚未出生的子孙不为这张照片惊叹，我的名字就不叫丹·雅各布斯。”

你本来就不叫这个，我心想。

我左摇右晃，仿佛跟着汽笛风琴声和我的耳鸣声在起舞。我想停下来，却无能为力。我的双腿感觉异样沉重，仿佛骨头正一寸一寸被抽出来。

你是查尔斯，不是丹——你以为我不认得那个挽救了我哥哥的嗓音的人吗?

“现在，女士们，先生们，请把眼睛遮住！”

助理用夸张的舞台动作捂住自己的双眼。雅各布斯转身，把相机后面的黑色布罩扯下来，然后人到了布后面。“闭上你的眼睛，凯茜！”他叫道，“即使蒙上眼睛，强大的电脉冲仍然会令人眼花缭乱！我数到三！一……二……三！”

我又一次感到空气异常躁动，并不是我一个人，人群后退了一或两步，然后是猛地一下咔嗒声，好像有人用他的手指在我耳边打了个响指，世界被一束蓝色的光点亮了。

啊啊啊……群众大叫。等他们双眼恢复过来，看清背景画像发生的变化，他们又啊啊直叫！

晚礼服没有变，还是一样的低胸闪着银色亮片。诱人胸部的曲线没变，那复杂的发型也一样。不过乳房变小了，头发也成了金黄而非黑色，脸也变了。是凯茜·莫尔斯站在舞池里。我眨一下眼，那漂亮的俄克拉何马女郎就不见了，又成了16岁的阿斯特丽德，我日日的爱慕与夜夜的渴望。

人群发出一阵低声惊呼，我突然有一个既疯狂又可信的念头：他们都看见了过去的人，那些人要么已经与世长辞，要么已被逝水年华改变。

然后画像就变成了凯茜·莫尔斯，但足够让人震惊：她有20英尺高，穿着她现实生活中绝对买不起的昂贵礼服，戴着钻石耳环，虽然椅子上的凯茜口红是粉红色的，但巨幅幕布上的凯茜唇彩却是艳红色的。

而且没戴眼罩。

还是老牧师雅各布斯，人是同一个人，不过耍的把戏比以前的电动耶稣穿过太平湖，或是布腰带里藏马达什么的要酷炫多了。

他从黑色布罩下面出来，把布掀回去，从相机后面取出胶片。他向观众展示，观众又是一通惊叹。雅各布斯鞠了个躬，转身面向凯茜，她一脸迷惑。他把片子交到她手里，说："凯茜，你可以摘下眼罩了，现在安全了。"

她取下眼罩，看到片子：一个俄克拉何马女孩摇身一变成了法国的社交名媛。她下意识地伸手捂嘴，但雅各布斯的话筒就在她嘴边，大家都听到了她那句"噢，我的天哪"。

"转过身来！"雅各布斯大声说道。

她起身转过去，看到20英尺高的自己，装点得高端耀眼。雅各布斯用一条胳膊搂着她的腰，免得她站不稳。他握麦克风那只手里藏着什么控制机关，他用力一攥，这次台下群众就不只是惊叹了，尖叫声四起。

巨型的凯茜·莫尔斯做了一个时尚模特转身的慢动作，露出礼服的后背，开得比前襟还要低得多。她从肩膀侧过头来回眸眨了一下眼睛。

雅各布斯可没忘记他的麦克风——这方面他显然是老手了——人们听到了麦克风传来凯茜的又一声惊叹："哦！我的妈呀！"

观众大笑着！他们欢呼着！看到她脸上泛红晕，他们叫得更起劲了。在雅各布斯和女郎头顶上的巨幅凯茜正在发生变化。她的金发开始暗淡，五官开始模糊，不过红唇依然明艳，就像《爱丽丝梦游仙境》的笑脸猫一样，虽然身子不见了，但笑容还在。

又变回原来的姑娘了。凯茜·莫尔斯的倩影消失不见了。

"但这个版本永不褪色。"雅各布斯再次举起老式胶片，说道。

“我的助手会将它冲印出来，镶上镜框，你今晚回家之前就能领走。”

“小心着点儿！”前排有人喊道，“姑娘要晕倒了！”

但她没晕，只是脚底不稳。

晕倒的那个是我。

再次睁开眼睛的时候，我躺在一张大床上，毯子一直盖到我的下巴。我往右看，看到的是精致的仿木镶板，我往左看，眼前是一个整洁的厨房区域，有冰箱、水槽和微波炉。厨房往前是一条沙发，一个四把椅子的小餐桌，甚至在起居区还有一把安乐椅，对着嵌入墙里的电视。我无法抻长脖子看到驾驶室，但作为走过上万英里的巡回音乐人，这种装备我见惯了（虽然少有这样井井有条的），我知道自己在哪儿：我在一个大房车里，很可能是“边界”（Bounder）系列豪华房车里，所谓轮子上的家。

我很烫，发着烧，嘴干得像路上的灰土。而且毒瘾来了，要死要活的。我把毯子推下去，结果立即开始发抖。一道阴影笼罩了我。是雅各布斯，手里拿着一样好东西——一大杯橙汁，还插着折好的吸管。要说有什么能比这更好，那就是一支上满了药的针管，不过事情要一件一件来。我伸手想去接过玻璃杯。

他先把毯子给我拉上，然后单膝跪在床边。“慢点儿来，杰米。恐怕你已经是个美国病人了。”

我喝了下去，喉头感觉一阵清凉。我想拿起杯子一饮而尽，不过他又把杯子拿远了一点儿。“叫你慢点儿。”

我把手放下，他又让我吸了一口。喝下去很舒服，但到了第三口，我就感觉肠胃一阵收缩，又开始发抖。不是因为流感。

“我得嗑药。”我说。这绝非我所希望的跟前牧师和我的第一位成年朋友重逢寒暄的情景，但一个毒瘾发作的瘾君子是没什么可羞耻的。而且，他自己也有一两件见不得人的事儿。不然为何化名丹·雅各布斯，而不叫查尔斯？

“是的，”他说，“我看见针孔了。我打算把你留在这儿疗养，至少到你战胜体内的毛病。不然我喂你什么你就吐什么，那可怎么行？况且看样子你体重已经比常人轻了50磅。”

他从口袋里取出一个棕色药瓶，盖子上系着一把小勺子。我伸手去够。他摇了摇头，把瓶子拿远了点儿。

“跟刚才一样，我来喂你。”

他拧开瓶盖，舀出一小勺脏脏的白粉末，放在我鼻子底下。我用右鼻孔吸了一下。他再舀出一勺，我左鼻孔也吸了一下。这不是我要的，准确来说这还不够我所需要的，但是哆嗦已经开始减弱，而且不再有想把橙汁吐出来的感觉了。

“你可以再睡会儿了，”他说，“你们管这叫打盹儿是吧？我给你弄一碗鸡汤。只是坎贝尔牌那种现成的，不像你母亲以前做的那种，不过我这儿只有那个。”

“我不知道我能不能喝了不吐出来。”我说道，事实证明是可以的。他端着杯子，我把汤喝完了，我还要更多白粉。他又让我吸了两小勺。

“你从哪儿弄来的？”他把瓶子塞进了牛仔裤的前口袋里时我问道。

他笑了。整张脸亮了起来，仿佛重回25岁时的他，身边有他爱的妻子和他宠的儿子。“杰米，”他说，“我在游乐场和马戏团作秀很久了，如果我还不知道怎么弄到毒品，那我不是瞎子就是傻子了。”

“我还要。我要来一针。”

“不行，你是想来一针，但我不会答应的。我没打算让你爽，只是不想让你抽搐死在我车里。立即睡觉去吧，快半夜了。如果你明早能好些，我们还有很多要聊的，包括如何让你戒掉这毒瘾。你要是没好起来，我就得把你送到圣弗朗西斯或俄克拉何马州立大学医学中心了。”

“他们肯收我就怪了，”我说，“我身上剩不了几个钱了，我的医疗保险就是便利店里卖的泰诺。”

“用斯嘉丽·奥哈拉小姐的话来说，我们明天再去担心那些，因为明天又是新的一天。”

“瞎扯淡。”我用嘶哑的声音说。

“随你怎么说。”

“再给我来一点儿。”他给我的小小分量，就像给一个抽惯了切斯特菲尔德的老烟枪一支万宝路薄荷烟，不过这总比没有好。

他考虑一下，然后舀了一点点。比刚才给的那两勺还少。

“让流感重病患抽海洛因，”他说着自己咯咯笑起来，“我肯定是疯了。”

我瞄了一眼毯子里面，他已经把我脱得只剩下内裤。“我的衣服呢？”

“在衣橱里，我把它们跟我的衣服分开了，那几件实在不怎么好闻。”

“我的钱包在我的牛仔裤前面的口袋里。旅行包和吉他的寄存证也在那里。衣服不要紧，但吉他要紧。”

“汽车站还是火车站？”

“汽车站。”嗑的只是粉，剂量又小，却特别受用，要么就是货色很纯，要么就是我身体太需要它了。鸡汤暖了我的胃，我的眼皮开始发沉了。

“睡吧，杰米，”他说完轻轻捏了一下我的肩膀，“要跟疾病做斗争，你必须睡个好觉。”

我躺回枕头上，这枕头比展会旅舍那个软多了。“你为什么管自己叫丹？”

“因为我本名就叫这个，查尔斯·丹尼尔·雅各布斯。快睡觉吧。”

我是要睡，但还有一件事我非问不可。成年人长相会变，这没错，但若非遭受重大疾病或因事故毁容，总能认得出来。可是小孩子嘛……

“你认得我，我知道。你怎么认出是我的？”

“因为你母亲的样子就留在你脸上，杰米。我希望劳拉一切都好。”

“她死了，她和克莱尔都死了。”

我不知道他做何感想。我闭上眼睛，10秒之后就不省人事了。

● ● ● ● ●

我醒来时感觉凉快了点儿，但又哆嗦得厉害。雅各布斯在我额头上贴了一块药店测体温那种胶条，按了一分钟左右，然后点了点头。“你还有救，”他说道，又让我从棕色瓶里吸了两小口，“你能起来吃炒鸡蛋吗？”

“得先去趟卫生间。”

他指了指方向，我扶着东西走进了小隔间。我只想小便，但我无力站起来，所以就像女孩子那样蹲着。我出来的时候，他正在炒鸡蛋，嘴里吹着口哨。我的肚子咕咕叫，努力回想昨晚喝汤之前的上一次是什么时候吃的干货。想起两天前的演出，在后台吃了点儿冷盘。如果后来还吃过什么，我就实在记不得了。

“慢点儿咽，”他边说边把盘子放在小餐桌上，“你不想刚吃进去就吐出来吧？”

我慢慢地吃，把盘子里的东西吃得干干净净。他坐在我对面喝着咖啡。我跟他要咖啡时，他给我来了半杯，咖啡伴侣加了不少。

“拍照的把戏是怎么回事？”我问道。

“把戏？你这话可伤人了。背景图像上涂了磷光物质。那台相机同时是一个发电机。”

“这我懂。”

“那闪光却非常强大，非常……特殊。它把既定的图像投射到晚礼服女郎的相应部位。但持续不久，因为尺寸太大了。我卖的照片却能持续更久。”

“久到可以给她的孙子孙女看？真的假的？”

“其实，”他说，“是不行的。”

“能多久？”

“两年吧，或多或少。”

“两年后你就不在这儿了。”

“的确。不过重要的照片其实……”他敲了一下太阳穴，“在这里。对所有人都一样。不是吗？”

“可是……雅各布斯牧师……”

我眼前突然闪现约翰逊总统在任时上台做了“骇人的布道”的那个人。“别这么叫，叫我阿丹就成。我现在干的是这行，‘闪电画像师’阿丹。叫查理也行，你怎么顺就怎么叫。”

“可是她转身了。背景上那个姑娘转了360度呢。”

“动画投影方面的雕虫小技而已，”不过说这话时他把目光移开了，接着又回头看我，“你想好起来吗，杰米？”

“我已经好多了。肯定是过一夜就好的那种。”

“不是过夜就好的那种，你得的是流感，你要是现在就动身去坐大巴，那你的病到了中午就会全力反扑。你待在这儿，过几天就能好。不过我指的不是流感。”

“我挺好的。”我说道，这次轮到我把目光移开了。让我目光重新回来的是那个棕色小药瓶。他握着勺子，药瓶拴着银色链子摇摆，就像催眠师的道具一样。我伸手去抓。但他又拿远了一点儿。

“多久了？”

“海洛因？大约三年吧。”其实已经六年了。“我出过一次摩托车事故。屁股和腿都摔碎了。他们给了我吗啡——”

“那是肯定的。”

“——后来降级为可待因[①]。这玩意儿不行，于是我开始就着止咳糖浆吃药片。水合萜品，听过吗？”

“开什么玩笑，马戏班管那叫美国杜松子酒。”

“我的腿是好了，但没真的好。后来我在一个叫‘安德松维尔摇滚者’的乐队，好像那会儿他们已经更名为‘佐治亚巨人组合’了，有个家伙给我介绍了氢可酮。在止痛方面，这可是迈了一大步。我说，你真想听吗？”

“那是当然。”

我耸了耸肩，装作说不说无所谓一样，但其实说出来真是种解脱。在雅各布斯房车里这一刻之前，我从没跟人说过。我合作过的乐

① 可待因（Codeine）糖浆，治疗频繁剧烈干咳，鸦片类药物。——译者注

队里，大家只是耸耸肩然后眼睛往别处看。别的都不管，只要你按时到场，只要你记熟《午夜时分》的和弦——其实真没什么难的。

“那是另一种止咳糖浆。比水合萜品还强，不过你得懂得提取，要拿根绳子拴在瓶子的颈部，然后发疯似的摇它，离心力会将糖浆分成三层。好东西——氢可酮——是中间那层，你得用吸管来吸。”

“真了不起。”

其实没怎么样，我心想。“又过了一段时间，我还是痛，就开始注射吗啡了。后来我发现海洛因同样管用，价钱只要一半儿，”我微笑起来，“毒品也跟股票市场似的，你知道不。大家都开始嗑可卡因的时候，海洛因价格就暴跌了。”

“你那条腿看着还行，”他温和地说，“是有块疤，明显有肌肉损失，但不太多。那医生活儿还行。”

“我还能走路，这没错。用一条打满了金属夹子和螺丝钉的腿，一个晚上三小时，热热的灯照着你，身上还挎一把九磅重的吉他，你试试看？随你怎么说我。我最倒霉的时候，你把我捡了回来，我欠你的，但你别跟我讲什么叫痛。没人能体会，除非自己身上试过。”

他点点头。“我也是遭受过重大打击的人，我能体会。不过我敢打赌，其实你心里明白。痛的是你的大脑，但它却怪罪到你的腿上。大脑就是这么狡诈。”

他把瓶子放回口袋里（看着瓶子消失不见我很是遗憾），他身子前倾，眼睛紧盯着我。“但我相信我能用电疗法来给你治疗。效果不能保证，可能也没法儿根除你心理上对毒品的渴望，但至少让你在治病上抢回主动权。”

“就像你治阿康那样来治我，是吧。有个娃的滑雪杖打了他脖子那次。”

他愣了一下，然后笑起来："你还记得。"

"当然！这我哪能忘？"连那场骇人的布道之后，阿康无论如何不肯跟我一起去见他我都还记得。这跟彼得否定耶稣不完全一样，但性质相同。

"那顶多算是存疑的治疗吧，杰米。更多可能是安慰剂作用。不过我要给你的是真正的治疗，能够——至少我相信可以——让你绕过痛苦的戒断过程。"

"你肯定会这么说，不是吗？"

"你还是把我当成个变戏法的。杰米，那就只是个角色，仅此而已。当我没穿戏服来谋生的时候，我从来实话实说。其实我工作的时候，说的也大都是实话。那张照片绝对会让凯茜·莫尔斯小姐的朋友惊讶不已。"

"是啊，"我说，"反正两年嘛，或多或少。"

"不要回避我的问题。你想不想好起来？"

我脑中浮现凯利·范·多恩从门缝塞进的字条。你如果不收敛一点儿，一年后你会蹲监狱的，那都算是你运气好了，他这样写道。

"三年前我戒过。"不完全是假话，虽然我用的是大麻替代疗法。"正儿八经治过，打哆嗦、盗汗和拉稀都有过。我的腿状况太糟糕了，我连一瘸一拐地走路都做不到，是神经受了损伤。"

"这我相信我也能治好。"

"你以为你是谁，奇迹缔造者？你是要我信这个吗？"

他一直坐在床边地毯上，此刻站起身来："先说到这儿吧，你需要休息。你还远没有康复呢。"

"那就给点儿东西帮帮我。"

他没有异议，直接照办了，确实管用。就是量不够。到了1992

年，真正能满足我的就只有针管注射，别的都不行。不是挥一挥魔杖就能让毒瘾消失的。

我当时以为如此。

●●●●●

我在他的房车里待了大半个星期，靠汤水、三明治维生，以及鼻孔吸入定量海洛因，刚刚够我免于打哆嗦。他把我的吉他和旅行包取回来了。我在旅行包里备了一套针具，不过等我去找的时候（这是第二晚的时候，他正在做“闪电画像”秀），整套都不见了。我求他把针具还给我，再给我足够的海洛因，好让我能来一剂。

“不行，”他说，“你要是想静脉注射的话——”

“我只是皮下注射而已！”

他脸上一副“你省省吧”的表情。“你要是想要，就自己去找。你现在这个样子今晚是没法儿出去了，不过你明天就能好，而且在这里要找到绝非难事。不过踏出这门你就别回来。”

“我什么时候能接受奇迹治疗？”

“等你身子足够好，能够承受小小的脑前额叶电击的时候。”

我想想就怕。我把腿放下床（他一直睡在折叠沙发床上），看着他把戏服脱掉，小心翼翼地挂起来，然后换上普通的白色睡衣，看上去像是恐怖电影中精神病院场景里的那种病号临时演员的打扮。有时我怀疑他没准儿该住进精神病院里，但不是因为他表演嘉年华奇迹秀。有时候，特别是当他谈及电的治疗力量时，他会有种神志不清的眼神，就跟他在哈洛那次骇人布道中的神情一模一样。

“查理……”我现在管他叫查理，“你说的是休克疗法？”

他冷静地看着我，一边给他的白色病号服扣上扣子。“是也不是。当然不是传统意义上那种，因为我没打算用传统电流来给你治疗。我之所以夸夸其谈是因为顾客就爱听这种话。杰米，他们来这儿为的不是现实，他们为的是魔幻。但'奥秘电流'真实存在，而且用途广泛。只是我还没有全部发现，还包括最让我感兴趣的那种用途。"

"跟我讲讲？"

"不了，我今天表演了好几场，已经筋疲力尽。我要睡了。我希望你明天上午还在，不过如果你要走，也是你的选择。"

"很久以前你曾经说世上本没有选择，都是上帝的旨意。"

"我已经不再是那个人了，那个怀着天真信仰的年轻人。跟我道晚安吧。"

我跟他说晚安，然后在他让给我的床上睡下了。他不再是个传教士，但在很多方面仍然具备"好撒玛利亚人"的特征。我并没有赤身裸体，不像那个在去往耶利哥途中被歹徒袭击的人，但海洛因已经从我身上掠去太多。他管我吃，给我住，还给我足够的海洛因，免得我发疯。现在的问题就是我想不想给他这个机会，让他电得我脑电波发直。或许他百万伏特的"特殊电流"击中我脑袋时，我当场就身亡了。

有5次，也许10次或12次，我都想下床，拖着身子去游乐场找人卖货给我。那种需求就像一个钻头，在我脑中越钻越深。鼻孔吸入的海洛因没能去除这种需求。我需要大剂量的海洛因直接灌进我的中枢神经系统。有一次我真正双脚下地，伸手去拿衣服，下定决心去做了，但又躺下来，打哆嗦、出汗和抽搐。

我终于开始慢慢入睡，放松下来，心里想着，明天，我明天就走。但我还是留下了。第五天早上——我印象中是第五天——雅各布斯坐到他房车的方向盘后，拧钥匙发动引擎，说："咱们去兜兜风。"

我别无选择，除非我开车门跳下去，因为轮子已经转动起来了。

VI

电疗法 / 夜间出游 / 气急败坏的俄克拉何马老农 / 山地快车的车票

雅各布斯的电力工作室在塔尔萨西部。我不知道那里现在是什么样子，不过在1992年的时候，那里是一个百废待兴的旧工业区，很多工厂都在苟延残喘。他在奥林匹亚大街附近一条几近荒废的商业街上停下，把车停在了“威尔森汽车维修”的前面。

“这里闲置很久了，房地产经纪人跟我说的。”雅各布斯说道，他穿着褪色的牛仔裤和蓝色的高尔夫衬衣，头发干净且梳理过，眼里闪着兴奋的火光。光看着他这样我就紧张起来。“必须得签一年的合同，但还是便宜到家了。快进来吧。”

“你得把招牌拿下来，换上你自己的，”我用手比画着，就是有点儿哆嗦，“‘闪电画像，店主：查·丹·雅各布斯’，一定好看。”

他说：“我不会在塔尔萨久住。‘闪电画像’只是我做实验时候的谋生手段。距离那段牧师岁月，我已经变化太多，但还有很长的路要走。杰米，你不了解。先进来吧，快进来。”

他给门开了锁，引我进了一间没有家具的办公室，地上的油地毡上还留着以前桌脚留下的痕迹。墙上的挂历已经卷边，上面还是1989年4月。

车库是波浪形金属屋顶，9月艳阳下，我猜车库里应该热浪袭人，结果却惊人地凉爽。我可以听到空调的窃窃私语。雅各布斯轻叩一个开关，屋子里十几道亮光立刻打下来。开关应该是新换的，电线直接从墙洞里引出来，连插座都没有，明显是临时用用。要不是因为水泥地上沾了黑色油污，以及原本装电梯的地方留下了个长方形凹槽，你还以为这里是个营业中的剧院。

“在这里装空调肯定花费不少吧，而且你还装了那么多灯。”我说道。

“便宜得不能再便宜了。这里的空调是我自己设计的，耗电极少，而且绝大多数还是我自家发的电。我可以全用自家发的电，但我不想让塔尔萨电力局的人来这里探头探脑，查我是不是在偷电。至于这些灯，都是可以用手握住的，不烧人也不烫人。”

我们的脚步声和说话声在空荡荡的屋子里回响，仿佛有幽灵相伴。这只是我嗑药造成的，我不断告诉自己。

“我说，查理——你没有乱鼓捣放射性物质吧？”

他的脸扭曲了一下，摇着头说：“核能是我最不想碰的。它是傻子才用的能源，没前途的。”

“那你怎么发电的？”

“以电生电，前提是你要懂。我就不多说了。杰米，你到这儿来。”

屋子尽头有三四张长桌，上面摆满电器。我能认出一台示波器、一台分光仪，几样类似马歇尔功放的东西，不过可能是某种电池。有个几乎散架的主板，几个控制器堆在一起，刻度盘都黑了。粗粗的电线蜿蜒蛇行，有些进了密闭的类似工具箱的金属容器里，另一些则绕到了黑色器材的后面。

很可能全是幻觉，我心想。这些器材只会在他的想象中活化起来。不过“闪电画像”却是确凿无疑的。我不知道这些东西他是怎么弄出来的，他的解释十分含糊，但这些确实都是他弄出来的。而且即便站在灯的正下方，我也完全没感觉到任何热量打在身上。

“这里好像没什么东西嘛，”我感到怀疑，“我还以为会有别的什么呢。”

“能有什么？射灯，科幻小说里面那种控制面板上的镀铬闸刀开关？《星际迷航》里的荧光屏？瞬间移动的传送室，或是云空间里‘挪亚方舟’的全息投影？”他笑着揶揄道。

“不是那种，”我说，虽然他完全说中了我的心思，“就是东西有点儿少。”

“确实如此。我目前能做的都做了。我卖掉好些设备。其他东西——更具争议的那些——被我拆了收起来了。我在塔尔萨成效甚佳，尤其是在闲暇时间极少的情况下。赚钱糊口是很烦人的事儿，这你肯定懂。”

我当然懂。

“不过我还是向我的终极目标迈进了一些。我现在需要思考，但一个晚上六场秀，实在没这个精力。”

“你的终极目标是什么？”

这次他还是没有回答我的问题：“到这儿来，杰米。在我们正式开始前，你要不要提一下神？”

我不确定我想开始，但提神一下绝对是想的。我考虑夺过他的棕色小瓶子后撒腿就跑，已经不是第一次这么想了。不过他很可能会抓住我，然后把瓶子抢回来。虽然我年轻，而且感冒基本好了，但他状况还是比我好。他好歹没有开摩托车出车祸导致臀部和腿部粉碎性骨折。

他抓起一把溅了油漆的木头椅子，放在一个看上去像是马歇尔功放的黑盒子前面。“坐这儿。”

但我没听他的，至少没有马上照做。其中一张桌子上放着一个相框，是后面有楔形支架撑起来那种。雅各布斯见我伸手去拿，做了个手势似乎想制止我，但却站着没有动。

一首收音机里放的歌可以立刻让人猛地陷入回忆（幸好是短暂的）：初吻，和小伙伴开心玩耍，或是有人去世的伤感。我听到弗利特伍德·马克的《走自己的路》总难免想起母亲弥留的那几周；那年春天似乎每次开收音机都在放这首歌。照片也有同样效果。看着这张照片，我立刻回到了八岁。姐姐正在玩具角帮莫里摆多米诺骨牌，帕特里夏·雅各布斯正坐在钢琴凳上演奏《收禾捆回家》，身子轻摆，柔顺的金发左摇右晃。

这是一张摄影棚里拍的肖像。帕齐穿着多年以前就不再流行的带波纹到小腿的连衣裙，但是她穿起来还是很好看。坐在她膝上的小孩儿穿着短裤和毛线背心，后脑上一绺梳不平的乱发我还记得清清楚楚。

“我们以前都叫他小跟班莫里。”我一边说一边用手指轻抚相框上的玻璃。

“是吗？”

我没有抬头。他声音发抖，我怕从他眼中看到泪水。“是的。而且所有小男生都迷恋你太太。克莱尔也一样。我看她一直以雅各布斯太太为榜样。”

想到姐姐，我的眼睛也湿润了。我可以嘴硬，说我只是体虚，而且犯了毒瘾，也的确如此，但这并不是全部。

我用胳膊抹了一下脸，把相片放了下来。我抬头的时候，雅各布斯正在摆弄一个电压器，明显是为了摆弄而摆弄。“你一直没再婚？”

“没有，”他说，“八字都没一撇。帕齐和莫里就是我想要和我所需要的全部。我没有一天不想念他们，不梦见他们一切安好。我以为那次事故才是梦，然后我就会醒过来。杰米，跟我说说，你妈妈和你姐姐，你就没有想过她们去了何方？如果死后还存在的话。”

“没有。”那场“骇人的布道”之后，我一切残留的信仰都在高中和大学中枯萎了。

“哦，好吧。”他放下变压器，打开那台长得像马歇尔功放的东西——那是我所合作过的乐队都买不起的功放。它嗡嗡作响，但却不像马歇尔功放。它的声音更低，简直像有种旋律。“好，那我们开始吧，好吗？”

我看着那把椅子，却没有坐上去。“你刚才说要先让我爽一下。”

“我是说过。”他拿出棕色瓶子，想了想，然后整瓶递给我，说，“既然我们都希望这是你最后一次，这次何不让你自己来？”

我立马答应了。我吸了两大勺，要不是他把瓶子夺回来，我还要再吸。不过，一扇通往热带沙滩的窗户在我脑中开启，一缕清风吹拂进来。我的脑电波会怎样，我突然无所谓了。我坐在了那把椅子上。

他打开了墙上的某个橱柜，拿出了一副破旧的、耳垫上用透明胶粘住金属十字网的耳机。把耳机线插进那台功放一样的设备上，然后递给了我。

“要是让我听见《伊甸之园》这种破歌，我立马走人。”我说道。

他笑笑没说什么。

我戴上耳机，金属网贴到耳朵上，一阵冰凉。“你在其他人身上用过吗？”我问，“会疼吗？”

“不会。”雅各布斯跟我说，却回避了第一个问题。仿佛自打耳光，他又给了我一个篮球运动员戴的那种护牙套，看到我的表情，他朝我微笑。

“预防而已，戴上吧。”

我戴上了。

他从口袋里拿出一个门铃大小的白色塑料盒子：“我认为你会……”然后就按下了盒子上的一个按钮，之后我就失去了意识。

没有意识中断，没有感到时间流逝，没有任何不连贯的地方。只有咔嗒一声，很响，仿佛雅各布斯在我耳边打了个响指，不过他站的地方离我至少有五英尺远。可是突然，他不再站在那台类似马歇尔功放的东西旁，而是弯腰在探视我的状况。白色的小控制盒无影无踪，我的大脑一片错乱，就好像卡住了。

“出、”我说，“出、出、出、事儿、事儿、出事儿了，出事儿了、事儿了，出事儿了、事儿、出……”

“住嘴。你没事儿的。”不过声音并不肯定，略带恐惧。

耳机不见了。我想站起来，却把一只手快速举起了起来，就像一个抢答问题的二年级小学生一样。

“出、出、出、事儿、事儿、出事儿了。”

他狠劲儿地打了我一巴掌。我向后一个趔趄，差点儿摔倒，幸好椅子直接顶着工作室的金属墙。

我放下手，不再重复嘴里的话，只是看着他。

“你叫什么名字？”

我以为我会说我叫出事儿了，姓出，名叫事儿了。

但却没有。“杰米·莫顿。”

“中间名？”

“爱德华。”

“我叫什么？”

“查尔斯·雅各布斯。查尔斯·丹尼尔·雅各布斯。”

他掏出那小瓶海洛因递给我。我看了看，还了回去。“我现在不用。你刚才给过我了。”

“是吗？”他给我看他的手表。我们是上午10点钟左右到的，现在已经是下午两点一刻了。

“这不可能。”

他看起来饶有兴致。“为什么？”

“因为没过这么久。除非……除非真过了这么久。真的吗？”

“是啊。我们聊了好久。”

“我们谈的什么？”

“你的父亲，你的几个哥哥，你母亲是怎么去世的，还有克莱尔是怎么去世的。”

“我说克莱尔是怎么去世的？”

“她嫁给了一个虐待她的男人，而她沉默了三年，因为羞于启齿。最后她终于向你哥哥安迪吐露实情，后来——”

“他的名字叫保罗·欧弗顿，”我说道，“他在新罕布什尔州的一所很洋气的预科学校教英语。安迪开车过去，在停车场等着欧弗顿，他一出来就被安迪打得满地找牙。我们都爱克莱尔——人人都爱她，我想即使是保罗·欧弗顿也在以他的方式爱着她——但她和安迪是家里最大的两个孩子，也走得最近。我是这么跟你说的吗？”

“几乎一字不差。安迪说：‘如果你再敢碰她，我就宰了你。’”

“告诉我，我还说了什么。”

“你说克莱尔搬了出去，跟法院申请了保护令，并起诉离婚。她搬到了北康韦，找到另一份教职。六个月后，离婚判决终于下来了，欧弗顿开车找到她。她当时放学后在教室里改卷子，他开枪射杀了她，然后自杀了。”

是的，克莱尔死了。她的葬礼是我那吵吵闹闹、开开心心的一大家子最后一次聚头。那是10月一个阳光灿烂的日子。葬礼结束之后，我开车去了佛罗里达，因为我从没去过那里。一个月后，我在杰克逊维尔加入了帕齐·克莱因的口红乐队。天然气价格很高，气候跟往常一样温和，我卖了我的车，换了一辆川崎摩托。事后才知道这是个错误的决定。

房间一角有台小冰箱。他打开冰箱，给我拿来一瓶苹果汁。我连喝了五口全部喝光。

“看你站不站得起来。”

我从椅子上起身，摇摇晃晃。雅各布斯抓住我的胳膊，把我稳住。

“目前为止，一切都好。现在走到房间另一头。”

我照做了，起初颠三倒四像酒醉一样，往回走的时候就好了。稳稳当当。

“很好，”他说，“完全没有瘸腿的迹象。我们回游乐场吧。你需要休息一下。”

“真的出事儿了，”我说道，“到底怎么了？”

“我猜只是脑电波的轻微调整而已。”

“你猜？”

“是的。”

“也就是说你不能肯定？”

他考虑了一下，仿佛考虑了很久很久，虽然实际上可能只有几秒钟而已；我的时间感过了一周才恢复。最后他说：“有几本重要的书很难找齐，导致我的研究还有很长的路要走。这就意味着有时候要冒点儿风险，但只是可接受范围内的风险。你现在好好的，不是吗？”

我想说为时尚早，但没说出来。毕竟木已成舟。

“来吧，杰米。我还得工作整晚呢，我可得歇歇了。”

我们回到他的房车时，我试图去开门，却把手直直伸到了空中。肘关节卡住了，好像关节锈了铁。有那么可怕的一瞬间，我以为我的手再也放不下来了，我将以“老师，老师，让我来答”的姿势度过余生。接着又松开了。我放下胳膊，打开门，走了进去。

“会过去的。”他说。

“你怎么知道？你连自己做了什么都不完全清楚。”

“因为我之前见过。”

● ● ● ● ●

当他把车停在游乐场原来的位置后，又给我看了眼那小瓶海洛因。“想要的话你就拿去。”

但我没拿。我感觉自己像是个刚狼吞虎咽吃完感恩节九道大餐的人，而此刻正看着一只大香蕉船。明知道那甜甜的美食很不错，也知道在某些情况下自己会贪婪地大口吃掉，但不是在刚吃完大餐之后。一顿饕餮大餐之后，香蕉船不再是令人渴望的东西，就只是东西而已。

“待会儿再说吧。”我说道，然而所谓的“待会儿”却一直没来。如今，这个上了年纪、有点儿关节炎的人在书写着自己的过去，我更清楚这一刻不会来了。他治好了我，但用的是一种危险的疗法，而且他自己知道。当人们说“可接受的风险”时，总有一个问题要搞清楚，那就是所谓的“可接受”是对谁而言的。查理·雅各布斯是个“好撒玛利亚人”。他也是一个半疯的科学家，那天在被遗弃的汽车维修店里，我充当了他最新的一只小白鼠。他如果失手，我可能就没命了，有那么几次——其实很多次——我真希望死了算了。

• • ● • •

下午余下的时间我都在睡觉。当我醒来的时候，我感觉自己仿佛恢复到一个早期版本的杰米·莫顿，头脑清醒，活力十足。我把腿放在床边，看着雅各布斯穿上演出服装。“给我讲讲吧。”我说。

“如果你问的是关于我们在塔尔萨西部的那场小冒险，我宁愿不去谈它。我们何不观望一下，看看你能保持现状，还是会故态复萌……这该死的领带，我从来打不对，而那个布里斯科就是个废物。”

布里斯科是他的助手，这个家伙负责在关键时刻扮鬼脸吸引观众分神。

“别动，”我说，“你越弄越糟，我来吧。”

我站在他身后，手从他肩上伸过去，给他打好了领带。我的手不哆嗦了，打领带很轻巧。走路也一样，脑电波冲击消退后，脚底也稳了。

“你在哪里学来的？”

“事故之后，等我身体恢复，可以连弹几个小时不倒下之后，我跟殡仪馆乐队合作了一段时间。”算不上什么乐队，但凡我在里面算是最佳乐手的乐队都不是什么好乐队。“我们穿着燕尾服，戴着大礼帽和蝶形领结。鼓手和贝斯手为了一个女孩儿大打出手，结果乐队就散伙了，我离开了乐队，却学到了一项新技能。”

“好……谢谢。你想问我什么？”

“‘闪电画像’那把戏，你只拍女人的照片。在我看来，你是错失了50%的生意。”

他像孩子一样咧嘴一笑，就像他在牧师宅邸地下室领大家做游戏时那种微笑。“当我发明了那画像照相机后——其实就是一个发电机和投影仪的结合，这个你肯定是知道的——我确实尝试过给男人和女人都拍照，是在北卡罗来纳州一个叫欢乐园的海滨小游乐场里。现在已经倒闭了，杰米，不过那真是个迷人的地方。我很喜欢那里。我在欢乐园的娱乐场工作时——那里叫欢乐园大道——神秘魔镜古宅旁边有个叫‘盗贼画廊’的地方。画廊里面有真人大小的人物卡纸板，脸部是挖空的。有海盗，有持自动步枪的强盗，有持冲锋枪的硬派女郎，还有《蝙蝠侠》系列漫画里的小丑和猫女。人们会把脸伸进去，公园里所谓‘好莱坞女郎’的巡场摄影师会为他们拍照片。”

“你就是受它启发的？”

“没错。当时我把自己装扮成‘电先生’——算是向雷·布莱伯利致敬，但我怀疑那些乡巴佬有几个人知道他——虽然我当时已经发明出了投影机的原始版本，但我从来没想过将它用于表演。我主要是用特斯拉线圈和一个叫‘雅各的梯子’的火花生成器。杰米，我还是你们的牧师的时候，给孩子们展示过一个小型‘雅各的梯子’。我当时用化学物质来让火花变色。你还记得吗？”

我记得。

“‘盗贼画廊’让我意识到我的投影机所能带来的可能性，从而创造了‘闪电画像’。你会说，又是另一个骗人的花招罢了……但它还帮我推进了我的研究，而且现在依然如此。在欢乐园工作期间，我除了拿穿晚礼服的美女做背景外，还用打着昂贵黑色领带的男人做背景。有个别男士愿意上台，但数量少得出奇。我看是因为他们怕他们的乡巴佬朋友看到自己盛装打扮，会笑话他们。但女人就不会笑话女人，因为她们喜欢盛装打扮，再怎么隆重都不为过。而且当她们看完演示后，就会排起长队。”

“你演多长时间了？”

他眯起一只眼睛，计算起来，然后瞪大双眼，一脸惊讶：“已经快15年了。”

我微笑着摇了摇头：“你是从传教做到传销上去了啊。”

刚一出口我就觉得自己这么说未免刻薄，但一想到我的昔日牧师居然赚小费去了，还是有些吃惊。不过他并没有感到被冒犯。他只是照了照镜子，最后自我欣赏地看了一眼那打得完美的领带，朝我眨了眨眼。

“都一样，”他说，“不过都是糊弄乡巴佬的伎俩罢了。我得失陪了，我要卖闪电去了。”

他把那瓶海洛因放在房车中间的小桌子上。我偶尔瞥上一眼，甚至拿起来过一次，但却完全没有想吸的念头。实话说，我甚至想不通我怎么会在这东西上浪费了这么多生命。那些疯狂的需求对我而言就像是场梦。我在想是不是每个人冲动过后都有这样的感觉。我当时并不知道。

现在还是不知道。

• • ● • •

布里斯科追求新生活去了，嘉年华秀助理辞职是太频繁了，我问雅各布斯能不能让我来干，他马上同意了。其实没什么可干的，不过好歹免得他再花精力去雇个乡下佬，给他把相机抬上抬下，给他递礼帽，还有假装触电。他甚至建议我在他示范的过程中，用我的吉布森弹几个和弦。“带悬念那种，”他指示说，“要让这些乡巴佬感觉眼前的女孩儿真的会触电。”

小菜一碟。从Am到E和弦之间的切换总能预示大祸临头（就是《日出之屋》和《斯普林希尔矿难》的基础和弦，你要是感兴趣的话）。我乐在其中，不过我觉得大声而缓慢的一阵鼓点可以锦上添花。

“别对这份工作动感情，”查理·雅各布斯告诫我，“我准备上别处去了。展会一结束，贝尔游乐园就门可罗雀了。”

“上哪儿去？”

“还不清楚，但我已经习惯了独自旅行。”他拍了拍我的肩膀，“只是先跟你说一声。”

我其实早就知道。在妻子和孩子死后，查理·雅各布斯一直独来独往。

他去工作室的时间越来越短。他开始把一些设备带回去，存放在小拖车里，当他再次上路时，就会开着房车拉着拖车把东西带走。那台像功放又不是功放的设备没在，四个长金属盒中有两个他也没拿。我感觉他是打算从头开始，无论去到哪里都一样。仿佛他已经在一条路上走得够远了，想换一条路试试。

我不知道后面要怎么生活，我现在戒了毒（也不瘸了），但与高压电之王一起旅行可非我所愿。我对他心存感激，但是因为我已经无法真正回忆起海洛因上瘾时有多恐怖（就跟女人生完孩子就记不清分娩的疼痛一样），所以也并没有你想象中那么感激。而且他让我感到恐惧，他的“奥秘电流”也让我害怕。他用极尽奢靡的辞藻来阐述

"奥秘电流"——"宇宙之奥秘""终极真知的途径"——但他其实对这种电流的了解十分有限，就像一个蹒跚学步的孩子面对在爸爸的衣橱里找到的枪一样。

而且，说到衣橱……我偷看过，我还是承认吧。我发现了一本装满了帕齐、莫里和他们三人合照的相册。每页都翻了无数次，封面都松了。不用劳驾大侦探萨姆·斯佩德，连我都能推断出他常看这些照片，不过他从不在我在场的时候看。这个相册是一个秘密。

就跟他的电流一样。

10月3日的清晨，在塔尔萨州际博览会关闭年度摊位前不久，我又一次经历雅各布斯给我的脑电波冲击带来的后遗症。雅各布斯是给我付工资的（远高于实际服务应得的），我按周租了一间距离游乐场四个街区的房间。显然，不管他有多喜欢我（如果他真喜欢我的话），他还是希望独处，而且我觉得也是时候把床还给他了。

我大概是午夜时分上床睡觉的，大约是最后一场演出结束一小时后，我一闭眼就睡着了，几乎一向如此。没有毒品困扰，我睡得很安稳。不过那天凌晨，我两小时后就醒了，发现自己在杂草丛生的出租屋后院里。冰冷的月牙悬挂于顶。月色之下，杰米·莫顿赤身裸体地站着，只穿了一只袜子，肱二头肌上勒了一根橡皮软管。我不知道在哪里找到的它，不过软管勒住的地方血管毕露，条条暴起，随便一条都是扎针的好目标。软管下方，我的前臂惨白而冰冷，仿佛还在熟睡。

"出事儿了。"我说。我一只手拿着把叉子（天知道这又是从哪里来的），一下一下地猛戳我那条肿胀的胳膊，至少扎出了十几个孔，血珠从里面流出来。“出事儿，出事儿，出事儿了。妈呀，出事儿了。出事儿，出事儿……”

我想让自己停下来，但却停不住。确切地说，我并不是失控，只是无法自控。我想起那插电耶稣沿着一条隐藏的轨道漂过太平湖。我就是那样。

“出事儿了。”

戳一下。

“出事儿了。”

戳戳。

“出——”

我伸出舌头用力咬了一下。那咔嗒的声响再次回荡，不过不是在我耳边，而是在我脑袋深处。说话和戳自己的强迫行为都消失了，就是这样。叉子从我手中滑落。我解开那条临时止血带，血流涌回前臂，我感到一阵刺痛。

我仰望着月亮，瑟瑟发抖，在想到底是谁，或是什么东西控制了我，因为我刚才身不由己。回到房间的时候（庆幸没人看到我在微风中摆动的生殖器），我发现自己踩到了碎玻璃，把脚割伤了。这么痛应该立刻会醒，但我却没有，为什么？因为我并不是在睡梦中。对此我深信不疑。有种东西将我从我体内移走，然后占据了我的躯体，就像开车一样操纵着我的身体。

我洗了脚，回到床上。我从来没有跟雅各布斯说过这些经历——说了又有什么用呢？他会说，午夜漫游一下，把脚割伤了一点儿，只是医治海洛因毒瘾的一点儿微不足道的代价，而且他这么说也完全在情在理。不过还是：

出事儿了。

●●●●●

那一年，塔尔萨州际博览会闭幕日是10月10日。那天我来到雅各布斯的房车时是下午5点半左右，有足够的时间来给吉他调音和帮他打领带——这已经成了传统。我正给他打领带时，有人在外头敲门。查理蹙着眉头去应门了。他当晚有六场演出，包括午夜场的压轴，他不希望之前有人打扰。

他打开门，说：“如果没什么要紧事，我希望你晚些再来——”一个穿着背带裤、戴着棒球帽的农民（一个愤怒的俄克拉何马老农，再典型不过了）照他嘴上就是一拳。雅各布斯踉跄后退，结果被自己的脚绊倒，差点儿把脑袋结结实实撞到餐桌上，要真撞上没准儿会失去知觉。

不速之客闯了进来，弯下腰揪住雅各布斯的衣领。他和雅各布斯年龄相仿，但块头更大，而且怒气冲冲。这下麻烦了，我心想。麻烦当然是免不了，但我想的是要住院好一阵子那种。

“就是因为你，她才被警察抓去的！”他嚷道，“该死的，她会留下案底，跟她一辈子！就像狗尾巴上拴个汽水罐一样甩不掉！”

我不假思索地从水槽里抓起一个锅，飞快地朝他脑袋的侧面敲了下去。出手不重，但他松开了雅各布斯，惊奇地看着我。泪水开始沿着他大鼻子两侧的法令纹往下流。

查理连滚带爬地挪开了，鲜血从他的下嘴唇里淌出来，嘴唇裂成两瓣。

“你敢不敢找个跟自己块头差不多的来打？”我问他。这种话实在说不上理智，不过在这种情况下，校园打斗那种血气又回来了。

“她得去上法院！”他冲着我嚷道，操着一口走音班卓琴似的俄克拉何马口音。“这是那个浑蛋的错！就是那个逃得像个螃蟹似的遭天谴的家伙！”

他说遭天谴。他真的说了。

我把锅放在炉子上，亮出双手让他看到我没抄家伙。我用尽可能抚慰的语气说：“我不知道你说的是谁，而且我相信——”我差点儿漏嘴说成查理。“我相信阿丹也不知道。”

“我女儿！我女儿凯茜！凯茜·莫尔斯！他说照片免费，只要她上台就好，但那照片根本就不免费！那张照片让她代价惨重！她这辈子都毁了！都是那张照片干的好事儿！”

我小心地把胳膊搭在他肩上。我担心他会揍我，不过现在他一开始的愤怒已经发泄出来，剩下的只是伤心和迷惑。“到外面来，”我说道，“咱们到树荫下找条长凳坐下，你跟我从头好好说。”

“你是谁？”

我本想说我是雅各布斯先生的助手，但这一想就知道行不通。多年音乐人的经验给我救火了。“他的经纪人。”

“是吗？那你能给我补偿吗？因为我需要一笔钱。光是律师费就会要我老命。”他一根手指指着雅各布斯，“就是因为你！都是你惹的祸！”

“不知道你在说什么……”查理抹了抹下巴，满手都是血，“我不知道你在说什么，莫尔斯先生，实话如此。”

我已经把莫尔斯弄到门口了，好不容易才让局面稳住，我可不想失去战果。“我们到外面透透气，好好聊聊。”

他同意跟我出去了。员工停车场边上有个小吃铺，旁边有几张锈迹斑斑的桌子，上面还有破帆布伞来遮阴。我给他买了杯大可乐，递给了他。他晃洒了一点儿到桌子上，然后大口大口喝掉了半杯。他放下可乐，掌缘撑着额头。

“冷饮不能这么喝，我老记不住教训，”他说道，“就跟往脑袋里打钉子似的。”

“是的。”我说道，想起我站在惨淡的月光下，把叉子的叉齿戳进我那血液充盈的胳膊。出事儿了。看来不仅是我出事儿了，凯茜·莫尔斯也一样。

“跟我说说到底怎么回事儿。”

“他给她的照片，就是那照片惹的事儿。她去哪儿都拿着那该死的照片。她的朋友开始笑话她，但她不在乎。她跟别人说，‘我其实真的长这样’。有天晚上我摇摇她想让她摆脱这样的想法，她妈让我停下来，说她自己会好的。看起来是好了。她把照片搁在房间里，可能有两三天吧，不记得了。她继续去美发学校上学，没再拿那张照片。我们都以为就此没事儿了。

“结果不是！10月7日，就是三天前，她走进了简·戴维珠宝行，在布罗肯阿罗，塔尔萨东南部一个小镇。她拎着一个购物袋。两个售货员都认出了她，因为自从她在雅各布斯的游乐场一炮而红之后，她都去过那里好几次了。其中一人问她是否需要帮助。凯茜二话不说直接从他身边过去，走到装着最贵的破玩意儿的展示柜前。她从购物袋里掏出一把锤子，一锤子把柜顶玻璃砸碎，对警报器的尖锐叫声充耳不闻，胳膊上划开两道深得要缝针的口子她也完全不顾（‘肯定会留疤的。’她父亲难过地说），直接伸手去抓那对钻石耳环。

“‘这对是我的，’她说，‘跟我的裙子很配。’”

• • ● • •

莫尔斯故事刚讲完就过来两个壮小伙子，身上的黑色T恤衫上写着“保安”二字。“这儿有事儿吗？”其中一个问道。

“没事儿。”我说道，的确是没事儿了。故事讲完了，他的气也消了，这是好事儿。但他整个人萎靡下去，这可不大好。“莫尔斯先生这就走。”

他站起来，抓起剩下的可乐。指关节上查理·雅各布斯的血正慢慢变干。他看了看，仿佛完全不知道这血是哪儿来的。

“报警抓他也没什么用，对吗？”他说道，“他们会说，他只是给她拍了张照片。妈的，还是免费的。”

“走吧，先生，”其中一个保安说，“如果你想在博览会上再参观一下，我可以给你在手上盖个戳免费入场。”

“不用了，先生，”他说，“这个博览会已经把我们全家害得够惨了。我要回家了。”他走出去，又转过身来：“先生，这事儿他以前干过吗？像害我们家凯茜一样害过别人吗？”

出事儿了，我心想。出事儿，出事儿，出事儿了。

“没，”我说，“从来没有。”

“有你也不会告诉我，毕竟你是他的经纪人。”

然后他就走了，低着头，没再回头。

• • ● • •

在房车里，雅各布斯换掉了沾上血的衬衫，一块裹了冰的抹布敷在他肿起的嘴唇上。他听我说完莫尔斯跟我讲的话，然后说：“再帮我系一次领带好吗？我们已经迟到了。”

“慢着，”我说，“慢着，慢着，慢着。你可得给她治好啊。就跟你给我治一样，用耳机。”

他用近乎蔑视的眼神瞥了我一眼：“你以为她的宝贝老爹还会让

我靠近她吗？而且她的毛病……她的强迫症……会自己慢慢好的。她没事儿的，随便一个称职的律师都能说服法官她当时神志不清。小小惩戒一下就能放人。"

"看来这对你来说已经不是新鲜事儿了，是吧？"

他耸了耸肩，眼睛还是朝我这边看，但不再是直视我的眼睛："有时会有后遗症，这没错，但没有像莫尔斯小姐那样砸窗抢劫那么惊天动地的。"

"你是一直在自学，是吧？所有的顾客其实都是你的小白鼠。只是他们并不知情。我也是一只小白鼠。"

"你现在好了，不是吗？"

"是的。"除了偶尔在凌晨时分狂戳自己之外。

"那就请帮我打领带吧。"

我差点儿就不给他打了。我很生他的气——别的不说，他居然偷偷去叫了保安——但我毕竟是欠他的。他救了我一命，这很好。更好的是我现在过上了常人的生活。

所以我给他打了领带。我们完成了表演。事实上，我们完成了六场表演。当博览会闭幕烟花升起的时候，人们哇哇大叫，但远没有"闪电画像师"阿丹表演魔术时喊得那么响。每个女孩儿都梦幻地凝望着大背景上的自己，而我则在Am和E之间换着和弦，我在想，她们中有几个会知道自己已经丧失了一小部分的心智呢。

• • ● • •

一个信封夹在门缝里。"昨日重现，又来一遍"，棒球明星尤吉会这么说。不过这次我没有尿床，手术修复的腿也不痛了，没有犯感冒，也没有因为毒瘾发作而紧张痉挛。我弯下腰，把信捡起来，撕开信封。

我的“第五先生”不是那种把离别搞得很伤感的人。信封里装着美国客运铁路的一个火车票信封，上面别着一张信纸。纸上写着一个名字和一个科罗拉多州尼德兰镇的地址。雅各布斯在下面潦草地写了三句话：“只要你愿意，这人能给你一份工作。他欠我的。谢谢你帮我打领带。查·丹·雅。”

我打开美国客运铁路的信封，里面是从塔尔萨到丹佛的山地快车单程票。我对这张票注视良久，在考虑要不要拿去票务处退款变现，或者坐这趟车，到了丹佛就去找音乐人交流处。不过我得过段时间才能进入状态。我已经手生了，小过门也不行了。还有嗑药的事儿得考虑。人在道上走，哪能不嗑药。雅各布斯说，“闪电画像”两年后就会褪色，我怎么知道我的戒毒疗法会不会两年后就失效？他自己都不知道，我怎么会知道？

那天下午，我打了辆出租车去他在塔尔萨西部租的汽车维修铺。这地方已经被遗弃，剩下光秃秃的四壁。油污染黑的地上连一根电线都找不到。

我在这里出了事儿，我心想。问题是，如果给我重选的机会，我还会不会戴上那副改装后的耳机？我认为我还是会戴上的，不知道为什么，想清楚这个之后，我对这车票也有了决定。我坐了那趟车，到了丹佛之后乘公交车去了那坐落在落基山脉西坡上的尼德兰。在那里，我遇到了休·耶茨，第三次重新开始我的人生。

VII

归来 / 狼颌牧场 / 上帝医治疾同闪电 / 在底特律失聪 / 棱镜虹光

父亲是2003年去世的，活得比他妻子和五个子女中的两个都久。克莱尔·莫顿·欧弗顿被她那分居的丈夫夺取生命时，还不到30岁。我的母亲和大哥都是在51岁去世的。

提问：死啊，你的毒钩在哪里？

回答：他妈的无处不在。

我回哈洛参加父亲的追悼会。乡下的路大多已经铺上，不仅仅是那条通往我家的路和9号公路。我们以前去游泳的地方现在正在建房屋，在离示罗教堂不到半英里的地方开了一家大苹果便利店。不过小镇在一些主要方面还保留着原样。我们的教堂仍然屹立在玛拉·哈灵顿家那条路上（尽管她现在人已经不在了），家后院橡胶轮胎做的秋千还挂在那棵树上。特里的孩子应该玩过那秋千，但是现在他们也长大不玩了；秋千绳也被岁月磨得破损老旧。

我来换条新绳子吧，我心想……不过换来干吗？换了给谁用？反正不是我的孩子，因为我并没有孩子，而且这个地方也不再属于我。

唯一停在车道上的是辆破旧的福特51。它看上去就像原版“公路火箭”，但这显然是不可能的——杜安·罗比肖在罗克堡公路赛上第一圈就把它给报废了。虽然后备厢上贴着德尔科电池的贴纸，用血一样红的油漆漆着数字19。一只乌鸦飞了下来，落在车篷上。我想起父亲曾教我们冲着乌鸦伸出拇指、食指和小指做恶魔手势（没什么用，但宁可信其有，不可信其无，爸爸这么说），我心想：不妙，这感觉不对劲儿。

阿康还没到，这个我可以理解，因为夏威夷比科罗拉多远多了，不过特里上哪儿去了？他和他的太太安娜贝拉还在这儿住。那鲍伊家呢？克莱奇家、帕克特家，还有德威特家呢？莫顿燃油公司的旧部呢？父亲在那里老去，但总不至于活得比谁都长吧。

我熄了火，从车里走出来，车子已经不再是我从波特兰的赫兹租车公司租来的那辆福特福克斯了，而是我父亲和哥哥在我17岁生日时送的福特银河66。副驾座位上放着母亲送我的那套精装本的肯尼斯·罗伯茨小说《奥利弗·威尔》《阿伦德尔》和其余几本。

这是一个梦，我心想，是我做过的一个梦。

明白这一点却并没有给我带来解脱，反而更加恐惧。

一只乌鸦栖息在我曾住过的房子的屋顶上。另一只落在秋千系着的树枝上，枝上树皮全部脱落，仿佛伸出的白骨。

我不想走进去，因为我知道屋里有什么在等着我。但我的脚还是拖着我身子往里走。我踏上了台阶，尽管特里曾经给我寄过翻修过后的走廊照片，那是八年还是十年前的事了，脚下那块旧木板——倒数第二级台阶那块，踩上去还是跟原来一样暴躁地嘎吱作响。

他们在饭厅里等着我。并不是所有家人，只是死去的那几个。母亲形同干尸，那年寒冷的2月，她在床上垂死的时候就一直那么干瘪。父亲苍白消瘦，跟他心脏病发作前不久，特里给我寄的那张圣诞照片中的样子差不多。安迪胖得一塌糊涂——我那原本瘦瘦的哥哥中年发福，一发不可收拾。不过他脸上高血压导致的红晕已经褪去，换上了死人的蜡一样的惨白。克莱尔看上去最不成人形。她疯狂的前夫并不满足于杀死她——“她胆敢离开我，我要将她碎尸万段。”她的前夫在自杀之前，冲着她的脸开了三枪，打最后两枪时她已然倒在教室地板上死去。

“安迪，”我问他，“你是怎么回事？”

“前列腺，”他说道，“我本该听你劝的，我的好弟弟。”

桌上是一个发霉的生日蛋糕。我眼看着上面的霜糖拱起，破裂，一只胡椒瓶一般大的黑蚂蚁从里面爬出来。它爬到了我死去哥哥的胳膊上，又从肩膀爬到了他的脸上。母亲转过头来。我能听到她干瘪肌肉扭动发出嘎吱的声响，就像是生锈弹簧支着破旧厨房门的声音。

“生日快乐，杰米！”她说道。声音干涩，全无感情。

“生日快乐，儿子！”爸爸说。

“生日快乐，伙计！”安迪说。

克莱尔转过身来看我，不过她脸上只剩下血窟窿。“别说话，”我心想，“如果你开口，我会发疯的。”

但是她还是开口了，声音从那凝了血块、一口碎牙的嘴里发出来。

“别在那辆车的后座上搞大她的肚子。”

母亲就像口技演员的布偶一样不停地点头，那个腐败已久的蛋糕里继续有巨蚁爬出来。

我想遮住眼睛，但手重得抬不起来。他们绵软地靠在我身侧，我听到背后门廊台阶那块板子发出了暴躁的嘎吱声。而且不止一声，是两声。又来了两个，而且我知道来的是谁。

“别，”我叫道，“别再来了。求你们了，不要再来了。”

就在这时帕特里夏·雅各布斯的手搭在了我的肩上，小跟班莫里双手箍住我的腿，刚过膝盖的位置。

“出事儿了。”帕齐在我耳边说道。她的头发掠过我的脸颊，我知道是从她车祸中掀开的那块头皮上垂下来的头发。

“出事儿了。”莫里表示同意，他还一边还紧紧抱着我的腿。

接着他们开始合唱起来。是生日歌的调子，不过歌词全变了。

“出事儿出事儿……出事儿啦！出事儿出事儿……出事儿啦！出事儿出事儿，杰米呀，出事儿出事儿出事儿啦！”

就在这时我开始尖叫起来。

我是在去丹佛的火车上第一次做这个梦。梦里的尖叫嘶吼在现实中只是喉咙深处的闷哼——这对同车的乘客来说是件幸事。在接下来的20多年里，这样的梦我有过20多次。每次都是怀着惊恐万分的念头惊醒：出事儿了。

那时候，安迪还活得好好的。我开始不断给他打电话，让他去查前列腺。一开始他只是笑话我，后来开始不耐烦了，说咱爸现在还壮得像头牛，起码能再活20年。

“或许吧，”我跟他说，“不过咱妈早早就死于癌症，外婆也一样。”

“提醒你一下，她俩都没前列腺。”

“遗传之神可不管这个，”我说道，“他们只会把癌症往最热门的地方送。看在老天爷的分儿上，这有什么大不了的？不就是手指伸进后面吗？10秒钟就完事儿了。只要医生没有两手抱住你的肩，你还担心他夺走你的‘贞操’吗？”

“我到了50岁自会去检查，”他说道，“医生建议如此，我也打算如此，就此打住不要再说了。杰米，我很高兴你回到正轨，也很高兴你在音乐上保住了一份算是个成年人该做的工作。但这不代表你就有权干涉我的生活。我自有上帝看护。”

50岁就为时已晚了，我心想。等你50岁的时候，就已成定局了。

因为我还是爱我哥的（虽然在我看来，他长大后变成了一个挺招人烦的四处传教的人），所以我采取迂回战术，去找他妻子佛朗辛谈了谈。对她我就能说出安迪不屑一顾的话——我有一个预感，并且是极其强烈的预感。拜托你，佛朗辛，请你一定要让我哥去查一下前列腺。

安迪最后妥协（“好让你们俩闭嘴”）去做了PSA筛查。就在他47岁生日后不久，嘴里还不断抱怨说检查靠不住。也许如此，但即便是对我哥这种满嘴跑《圣经》又讳疾忌医的人，检验结果依然无可争辩：PSA指标稳稳是个10。接下来哥哥去了刘易斯顿找了泌尿科医生，做了手术。三年后医生宣布他癌症痊愈。又过了一年后——在他51岁那年——他在给草坪浇水时中风，救护车还没赶到，他就先投入了耶稣的怀抱。葬礼办在纽约上州。哈洛不再有追悼会了，我很庆幸。我梦里回家的次数太频繁了，这是雅各布斯的戒毒疗法造成的长期副作用。我对此毫不怀疑。

2008年6月一个阳光明媚的早晨，我再一次从这个梦中醒来，我在床上又躺了10分钟，身子才重新听使唤。呼吸终于平缓下来，也不再觉得只要张嘴就会不断重复那句“出事儿了”。我提醒自己我戒了毒，而且神志清醒，这才是我人生中最关键的，正因如此我的人生才往好的方面发展。我现在已不大做这个梦了，而且上一次醒来发现自己拿东西戳自己已经是四年前的事了（那次用的是塑料锅铲，零伤害）。这跟外科手术留疤其实是一码事儿，我这么告诉自己，而且通常也能这样说服自己。只有在我刚刚梦醒的瞬间，我能感觉有东西潜伏在梦境的背后，那是一种恶毒的东西，而且是一个女人。这我当时就能确定。

不过等我洗完澡穿好衣服，梦就已经化作青烟。很快它会消失得无影无踪，这样的体验我有过太多次了。

我在尼德兰的博尔德峡谷大道有一套二楼的公寓。到了2008年，我买得起房子了，但需要贷款，而这是我所不愿意的。对于一个单身汉来说，一套公寓就足够了。床是加大双人床，就跟雅各布斯房车里的一样，这么多年来我没缺过床伴。这些日子，女人是越来越少了，但我也料到了。我很快就要52岁了，用不上几年，再风流的登徒子都难免要变成糟老头儿了。

此外，多攒点儿钱也好。我绝非守财奴，但金钱对我来说也并非全不重要。在展会旅舍醒来、贫病交加的记忆从未离我而去。那个红头发乡下女人把我那张刷爆的信用卡还给我时，她脸上的表情同样让我至今难忘。再试试看，我跟她说。“亲爱的，”她回答我说，“看你这模样我不用试都知道。”

好啊，那你现在再看看我是什么模样，小妞儿，我一边沿着驯鹿路开着我的丰田“4号跑步者”（4 Runner）一边想。自从上次在塔尔萨见到查尔斯·雅各布斯后，我增重了差不多40磅。不过对一个一米八五的人来说，190多磅看上去挺好。好吧，我是有了点儿肚子，上次测胆固醇结果也令人担忧，可是我那时候看上去十足是个达豪集中营的幸存者。我是永远没法儿去卡内基音乐厅演出了，或者跟东大街乐队同台，但我还在弹吉他，而且弹得不少，这是一份我喜欢而且擅长的工作。如果有人连这都不满足，那他就是在自寻烦恼了。

所以，杰米，你别去自寻烦恼。如果你碰巧听到佩吉·李唱那首莱贝尔和斯托勒作的忧伤名曲《就只是这样而已？》，那就赶紧换个台，听听摇滚吧。

• • ● • •

沿着驯鹿路走了四英里，正要爬坡上山的时候，我在一个写着“狼颌牧场前方二英里”的标志牌处转了弯。我在门卫处输入密码后，把车停进标志着“雇员和艺人”的专用停车场上。唯一的停车场停满的那次就是蕾哈娜来狼颌录制EP（迷你专辑）的时候。那天停在便道上的车更多，一直顶到大门。那小姑娘的追随者还真不少。

“星灿佩甘”（真名希拉里·卡茨）两小时前估计已经给马喂了食，但我还是去了趟双排马厩，给它们喂了点儿苹果片和胡萝卜块。它们大多高大健美——我有时觉得它们就是长着四条腿的凯迪拉克高级轿车。我最喜欢的那匹却像是辆破旧的雪佛兰。巴特比，一头长着斑纹的灰马，没有血统可言，我当年拿着一把吉他、一个旅行包，紧张兮兮地来到狼颌的时候，它就已经在这儿了，而且那时候它年龄就已经不小了。它的大部分牙齿很多年前就像《蓝色绒面鞋》一样消失不见了，但它还是用仅存的牙齿嚼着苹果片，下巴懒洋洋地左右磨。它那双温驯的黑眼睛没有离开过我的脸。

“好家伙，巴特，”我说边说边摸着它的口鼻，“我就喜欢好家伙。”

它点点头，仿佛明白我的意思。

“星灿佩甘”——好友称她佩奇——在用围裙兜着饲料喂鸡。她没法儿挥手，于是朝我大喊一声“嗨”，接着哼起《土豆泥时间》的头两句。我跟着她一起哼起这首歌后两句：这是最新的，这是最棒的，诸如此类。佩甘以前是唱和声的，在她的鼎盛时期，她的歌喉就像“指针姐妹”组合中的一个。不过她抽烟像烟囱一样凶，到了40岁时，她嗓子听上去更像在伍德斯托克演出的乔·库克了。

1号录音棚门关着，里面黑着灯。我开了灯，看了看公告牌，查看当天的安排。一共四场：10点一场，2点一场，6点一场，还有一场9点的，估计要一直录到午夜。2号录音棚也安排满了。尼德兰是坐落在西坡上的一个小镇，人烟稀少，不足1500个固定住户，但却是个音乐重镇，影响力跟地方大小完全不成比例，汽车保险杠上常看到的“尼德兰！纳什维尔在此发狂！”可不是吹出来的。乔·沃尔什在狼颌1号录音棚录了他的第一张唱片，那时候这地方还是休·耶茨他爹来经营的，约翰·丹佛在狼颌2号录音棚录制了他的最后一张唱片。休有一次给我放了一段丹佛录音剪掉的片段，他跟乐队在聊他刚买的一种实验飞机，好像叫Long-EZ。听得我起鸡皮疙瘩。

市区里有九家酒吧，一周七天随便一晚你都能听到现场音乐。除了我们这儿之外，还有三家录音棚，不过狼颌牧场是最大的也是最好的。那天我怯生生走进休的办公室，跟他说是查尔斯·雅各布斯让我来的，墙上至少挂着两打照片，包括艾迪·范·海伦、林纳德·史金纳德、艾克索·罗斯（全盛时期）和U2。不过他最骄傲的一张，也是唯一一张自己出镜的，是“斯特普尔斯歌者”的那张。“梅维丝·斯特普尔斯真是个女神，”他跟我说，“全美最棒的女歌手。没有人能望其项背。”

我在道上赚出场费那些年也录制了不少廉价单曲和糟糕的独立专辑，但从没上过大唱片公司，直到那次我在尼尔·戴蒙德（Neil

Diamond）的录制中补一个节奏吉他手的缺，那个吉他手得了“接吻病”。我那天吓坏了——可以想象我头歪向一边吐得吉他上到处都是——不过之后我在很多录制中弹过吉他，大多数是补缺，但有时候是有人点名要我。给的钱说不上多，但也绝不吝啬。周末我跟室内乐团在当地一家名叫“科姆斯托克矿脉”的酒吧演出，偶尔也在丹佛走穴。我还给有志于走上音乐道路的高中乐手上音乐课，那是休的父亲死后，休做的一个暑期项目，叫作“摇滚原子”。

“这我做不来，”休建议将此加入我职责范围时我极力推辞，“我又不识谱！”

“你不懂的是五线谱，”他说，“但吉他谱你是认得的，这些娃关心的就只是吉他谱。这些娃只想学这个，这对我们和他们来说都是件幸事。这里不是搞西班牙吉他独奏的地方，老兄。”

他说的没错，等我不再害怕后，其实还挺享受上课的。其一是它让我回忆起“镀玫瑰”。另一点……或许说来惭愧，我感觉教这些孩子能给我一种快乐，就跟我早晨给巴特比喂苹果片和抚摸它的口鼻一样。这些孩子只想要摇滚，而且一旦他们掌握E和弦大横按，他们就会发现自己其实可以做到。

2号录音棚也是黑的，不过莫奇·麦克唐纳忘了关调音台。我把东西全关掉，记着要跟他讲讲这事儿。他是个调音好手，不过吸了40年大麻，脑子不记事儿了。我的吉布森SG吉他跟其他乐器都调好待命，因为那天晚些时候我会跟当地一个叫“我想我要”的乡村摇滚组合弹一个试音。我坐在小板凳上，不插电弹了十来分钟，弹着《高跟运动鞋》和《施放我的法力》，只是热热身。我现在比我在道上的岁月要强多了，但我永远成不了克莱普顿。

电话铃响了——在录音棚里不是真的响，只是边缘亮起蓝灯。我放下吉他，接了电话。“2号录音棚，我是柯蒂斯·梅菲尔德[1]。”

“柯蒂斯，阴曹地府快活吗？”休·耶茨问道。

“就是一片黑。好处是我的瘫痪治好了。”

“真不错。到大房子来，我有东西给你看。”

“老兄，我这儿半小时后还有人来录音呢。我记得是搞西部民谣那个长腿妹子。”

“莫奇会帮她安排好的。”

“他哪儿行，他人都没到。而且他忘了关2号录音棚的调音台，不是第一次了。”

休叹了口气。“我会跟他谈谈的。你过来就行。”

“行，我来。不过，休，这事儿我自己跟他说。这是我自己的事儿。成不？”

他笑了。“我有时想，当初我雇的那个愁眉苦脸一声不吭的家伙上哪儿去了，”他说，“来吧，看了会吓你一跳的。”

• ● ⬤ ● •

那座大房子是个四面延展的牧场，休的林肯大陆款老爷车就停在转角处。那家伙什么耗油的都想买，反正他花得起这钱。虽然狼颌牧场的入账只略微高于出账，不过耶茨家族老一辈在蓝筹股里投了大把钱，而休是家族的最后一支——他本人离过两次婚，两次都签了婚前财产协议，无儿无女。他养马、养鸡、养羊，还有几头猪，不过都只是兴趣而已。他收集轿车和大引擎皮卡车也是出于兴趣。他关心的是

---

① 柯蒂斯·梅菲尔德（Curtis Mayfield，1942—1999），美国灵乐、R&B歌手。1990年在一次演出中，他被掉落的照明灯具砸伤，导致颈部以下瘫痪。此处是杰米接电话后自报已故歌手的名字来打趣。——译者注

音乐，而且为之用心很深。他自称曾经是乐手，不过我没见他吹过小号或弹过吉他。

“音乐事关重大，”他有一次跟我说，“流行小说会消失，电视节目会消失，我敢打赌你说不出过去两年看过哪些电影。但音乐会流传下去，包括流行音乐，尤其是流行音乐。你大可以鄙视《雨点打在我头上》，但50年后还有人在听那破玩意儿。”

● ● ● ● ●

要回忆起我跟他初次见面那天并不难，因为狼颌看上去几乎一样，连停在前面的那辆后座带壁板小窗的午夜蓝的林肯老爷车都没变。只有我变了。1992年秋的那天，他来门口接我，握了我的手，引我到他的办公室。他一屁股坐到办公桌后面的高背椅上，那办公桌大得足够停下一辆派珀（Piper Cub）单螺旋桨飞机。我跟着他走进办公室时心里很紧张，等我看到墙壁上一张张名人的脸望着我时，我嘴里干得像棉花一样。

他上下打量着我——一个穿着脏兮兮的有AC/DC乐队标志的T恤衫的访客，下身的牛仔裤更脏——然后说：“查理·雅各布斯给我打了电话。这些年我一直欠老牧师一个很大的人情。这人情是我无以为报的，不过他说你可以把这个人情给抵了。”

我站在办公桌前，张口结舌。给乐队试音我懂，但这个完全不是那么回事。

“他说你以前是瘾君子。”

“是的。”我说。要否认也是白搭。

“他说是海洛因。”

“对。”

“不过你已经戒掉了？”

“对。”

我以为他会问我戒掉多久了，不过他没问。“坐下，别愣着。来杯可乐吗？啤酒？柠檬水？还是冰茶？”

我坐下来，但不敢靠着后背放松：“冰茶听起来不错。”

他拿起办公桌上的对讲机：“乔治娅？亲爱的，来两杯冰茶。”然后对我说：“这是一个牧场，杰米，不过我所关心的是那些背着乐器来的牲口。”

我试着微笑，但感觉很白痴，于是放弃了。

他似乎没注意。“摇滚乐队、乡村乐队、独奏艺人。这些人是我们的生计来源，我们也给丹佛电台录制商业广告歌曲，以及每年二三十本有声读物。迈克尔·道格拉斯在狼颌录了一本福克纳的小说，乔治娅都要尿裤子了。他是那种平易近人的公众人物，不过哎哟妈呀，在录音棚里那叫一个较真。”

我想不出什么回话，只好保持沉默，等待冰茶。我的嘴里干得就像沙漠一样。

他往前探了一下身子。“你知道牧场最需要什么吗？”

我摇摇头，不过还没等他进一步阐明，一个年轻漂亮的黑人女子用银托盘端来两高杯堆满冰的冰茶，每杯各有一小撮薄荷。我往茶里挤了两片柠檬，但没放糖。我嗑海洛因的那些年里，吃糖吃得特别凶，不过自从在修车铺里戴上耳机那天起，任何甜味儿都让我发腻。离开塔尔萨不久后，我在餐车上买了根好时牌巧克力棒，发现我根本吃不下去，光闻着那味儿我就想吐。

“谢谢，乔治娅。”耶茨说。

“乐意效劳。别忘了今天有访客，两点开始，莱斯可指望着你呢。”

“我记住了。”她走出办公室，轻轻关上门，休回过头来看着我，“每个牧场都需要一个领班。狼颌牧场这里负责农牧方面的是鲁珀特·霍尔。他一切都好，不过负责音乐方面的领班正在博尔德社区医院康复。莱斯·卡洛维，对这名字有概念吗？”

我摇摇头。

“那‘冲浪板好兄弟’呢？”

这个我有印象。“一个器乐组合对不？冲浪音乐，有点儿像迪克·戴尔和他的德尔音调（Del-Tones）乐队？”

“没错，就是他们。有意思的是他们都来自科罗拉多州，距离两边大洋都远得不能再远了。出过一首榜单前40名的，叫《阿隆纳·阿娜·卡亚》（*Aloona Ana Kaya*）。这是一句蹩脚的夏威夷话，意思是‘让我们做爱吧’。”

“对，我记得那首。”当然记得，我姐放了不下10亿次。“就是那首全程有个女人在笑的歌。”

耶茨咧嘴一笑：“他们一炮而红，出了一首人气单曲，靠的就是那笑声，把那段笑声录进去的老家伙就是我。其实也是事后才知道，当时是我父亲在经营这里，那个笑个不停的姑娘也在这儿工作，就是希拉里·卡茨，不过她现在管自己叫‘星灿佩甘’。她现在是头脑清醒了，不过那会儿她吸食笑气吸上瘾，笑得停都停不下来。我就是在录音间里录了她的笑声——她完全不知道。这一笑火了那张唱片，他们花了7000美元把她请进乐队。”

我点点头。摇滚的史册里写满了类似的意外走运。

“反正‘冲浪板好兄弟’巡演了一次，然后散伙两次。你知道那些事儿不？”

我当然知道，还亲身经历过。“破产了，就散伙了。”

“嗯哼。莱斯回老家，给我打工来了。他监制出的作品比他自己弹的好太多，他是我音乐方面的领班，干了有15年了。查理·雅各布斯打电话给我的时候，我想着让你当莱斯的替补，边学东西边赚钱，偶尔玩玩演出，诸如此类。我还是这想法，不过你可得抓紧学了，小伙子，因为莱斯上周心脏病发作，据说会好起来的，不过体重会减不少，还得吃一堆药，他说准备过一年左右就退休。我还有足够时间来看你行不行。”

我简直恐慌：“耶茨先生——”

“叫我休。”

“休，艺人和作品这块我是一窍不通。我唯一去过的录音棚就是我跟乐队一起按小时收费的那种。”

“大多是主音吉他手的溺爱父母在给孩子埋单，”他说，“要么就是鼓手的老婆，一天八小时在餐厅端盘子，站得脚痛就为了拿点儿小费。”

没错，基本就是这样。直到当老婆的醒悟过来，把老公扫地出门。

他往前靠了一下身子，双手握起来：“你要么学得会，要么学不会，老牧师说你能行，我有这句就够了。不行也得行，我欠他的。你现在要做的就只是给录音棚开灯，记录‘艺点’就好，这个你懂吧？”

“艺人钟点。”

“嗯，晚上把东西锁好。我这儿有个家伙，可以在莱斯回来之前带你一下，他叫莫奇·麦克唐纳。他做对做错的地方你都多加留心，一定能学到不少，不过无论如何别让他拿着日志。还有一件事儿，你要是想抽点儿大麻，那是你自己的事儿，只要你按时上班，不惹出什么乱子就好。不过如果让我听说你又吸海洛因……”

我看着他的双眼：“我不会走老路的。”

“说得勇敢，不过这话我听多了，好几个说过这话的人现在已经不在了。不过有些人确实说到做到了，我希望你是后者。丑话说在前：你要是复吸，就给我滚蛋，欠不欠人情都一样。清楚了吗？”

清楚。再清楚不过了。

• • ● • •

乔治娅·唐林2008年时还跟1992年时一样美丽动人，只是体重增了几磅，黑发上多了几缕银丝，还戴上了远近两用的眼镜。“你不知道他今早为何大发雷霆吧？”她问我。

“没什么头绪。”

“他开始骂脏话，然后笑了一会儿，然后又开骂。他说他早他妈料到了，说那人是个狗娘养的，然后听上去好像砸东西了。我就想知道是不是今天有人要被开掉了。如果是的话，我今天就请个病假。我真受不了那种冲突。”

“说这话的女人去年冬天还拿水壶来砸肉贩子呢。”

“那是两码事儿。那傻×二百五居然动了心思要摸我屁股。”

“还是个眼光不错的二百五呢，”我调笑道，她给了我个白眼，“说笑而已。”

“嗯。刚才几分钟安安静静的，但愿他别是给自己折腾得心脏病发作了。”

“没准儿是他在电视上看到了什么，或者是报纸上读到的？”

“我进去15分钟后电视就关了，至于《相机》和《邮报》，他两个月前就不订了。他说他现在什么都从互联网上看。我跟他说：‘休，互联网新闻全是毛都没长全的小男生和穿少女胸罩还没发育的小女生写的，根本不靠谱儿。’结果他把我当成个无知的老太太。他没这么说，不过我能从他的眼神里看出来。我好歹有个在科罗拉多大学读计算机的女儿好吧。就是我女儿布里告诉我别信博客上的屁话。去吧，进去吧。不过他要是在椅子上犯心脏病死了，你可别让我给他做人工呼吸。”

她走开了，高挑而有气度，她那流畅的步子跟16年前那个端冰茶进休的办公室的年轻女子别无二致。

我用指节在门上敲了一下。休没有死，不过他瘫坐在那张超大号办公桌后面，揉着太阳穴好像犯了偏头痛似的。他面前的笔记本电脑是开着的。

“你是要炒谁的鱿鱼吗？”我问道。

他抬起眼睛：“啊？”

“乔治娅说，如果你要炒人，她就请一天病假。”

“我没要炒人。简直荒谬。”

“她说你砸东西了。”

“扯淡。”他停了一下，“我是踢了一脚废纸篓，是我看到关于圣戒的狗屁说法之后。”

“跟我讲讲圣戒吧。我也给这废纸篓来上神圣的一脚，然后我好接着干活儿。我今天有无数件事儿要做，还包括学两首曲子到时候给‘我想我要’录音。来一脚废纸篓射门，刚好让我提提神。”

休继续揉着太阳穴：“我知道这会发生，我知道他心里是这样，但我没料到这事儿会……会这么大。不过俗话说得好——要么做大，要么回家。”

“完全不知道你在说啥。”

“你会知道的，杰米，你会的。”

我一屁股坐在他办公桌的一角上。

“每天早上我都一边做仰卧起坐和蹬动感单车，一边看6点新闻。主要是因为光看那个天气预报的小妞儿，身体就在做有氧运动了。今天早上，我看到一则广告，不同于平时那些神奇除皱霜广告和时代华纳黄金老作品合集。我简直难以置信。真他妈的难以置信。但其实又完全说得过去。”然后他就笑了，不是那种“真搞笑”的笑，而是那种“真他妈难以置信”的那种笑。“所以我关掉那傻×电视，上互联网进一步调查。”

我正要绕到他桌后，他举起手来阻止我。“首先我要问你一下，杰米，你愿不愿意跟我来个‘男人的约会’？去见一个人，一个几经挫折终于实现自己愿望的人。”

“好啊，我看行。只要不是贾斯汀·比伯的演唱会就行。我年纪太大，吃不消他那种。”

“哦，这可比那个好多了。来看一眼，别亮瞎你的眼睛。”

我绕过桌子，第三次与我生命中的“第五先生”相遇。我首先注意到的是那催眠师般做作的眼神。他双手在脸的两侧，五指分开，两根无名指各戴一只宽宽的金戒指。

那是网上的一张海报，标题为“牧师C. 丹尼·雅各布斯的医治恩典复兴之旅2008”。

老派帐篷复兴会！

6月13日至15日

诺里斯郡博览会

丹佛往东20英里

特邀前“灵魂歌手”阿尔·斯坦珀

特邀知更鸟唱诗班与

戴文娜·鲁滨逊

以及

福音传道人C. 丹尼·雅各布斯

《丹尼·雅各布斯福音大能医众生》主持人

用歌声更新您的灵魂

用医治重生您的信仰

为圣戒的故事而震撼

由牧师丹尼亲自分享

“领那贫穷的、残废的、瞎眼的、瘸腿的来……勉强人进来，坐满我的屋子。”（《路加福音》14: 21，14: 23）

见证神的大能

改变你的人生！

13日（星期五）：晚上7点

14日（星期六）：下午2点、晚上7点

15日（星期日）：下午2点、晚上7点

上帝言说温柔轻声（《列王纪上》19: 12）

上帝医治疾同闪电（《马太福音》24: 27）[①]

呼朋引伴！

一起参加！

洗涤心灵！

---

① 《圣经》中对应章节并没有与此完全相同的两句，此处可能是雅各布斯有意杜撰或演绎的内容。——编者注

下面是一张照片，照片中的小男孩儿抛开拐杖，教众在旁惊叹欢呼。照片下方说明为“罗伯特·里瓦德肌肉萎缩症得到医治，2007年5月30日，密苏里州圣路易斯”。

我当场惊呆，这种惊诧不亚于偶遇一个据称去世已久或犯下重罪入狱多年的昔日故友。然而，部分的我——被治愈的那部分——并不惊讶。那部分的我一直在等待这一刻。

休笑了，他说：“好家伙，你看上去就像一只小鸟飞进你嘴里结果你不小心给吞了。”然后他说出了我当时脑中唯一清晰的想法：“看起来老牧师又故技重演了。”

“是的，”我说道，然后指着海报上引的《马太福音》那句，“这句根本不是讲上帝给人治病的。”

他吃惊地睁大眼睛：“我怎么不知道你还是个《圣经》学者？”

“你不知道的还多咧，”我说，“因为我们从来没有谈过他。不过我去塔尔萨之前很久就认识他了。当我还是个小男孩儿的时候，他是我们教会的牧师。那是他第一份牧师工作，我本以为那也是他最后一份，直到刚才。”

他脸上的微笑消失了。“你唬我哪！他那会儿多大，18岁？”

“我看大概二十五吧。我当时只有六七岁。”

“他那时候给人治病吗？”

“完全没有。”当然，除了我哥哥阿康。“那时候他是个十足的卫理公会派教徒，圣餐时用的是韦尔奇牌葡萄汁而不是红酒。人人都喜欢他。”至少在那次骇人的布道之前。“后来发生了一起交通事故，他失去了妻子和儿子，之后他就走了。”

“老牧师结过婚？还有孩子？”

“对。”

休思考了一下。“所以他还是有资格戴一个婚戒的——如果那些真是婚戒的话。这我很怀疑。你看这个。”

他滚到页面回顶部横幅，将光标移到“奇迹见证”然后点了下去。屏幕出现一排YouTube视频，至少有一打。

“休，如果你想去见查理·雅各布斯，我乐意跟你走一趟，不过我今早真没时间跟你聊他。”

他把我细细打量了一番：“你看上去不像吞了只鸟，更像有人给你肚子来了一记重拳。看完这个视频，我就放你走。”

下面有个视频是海报上那个男生。当休点击的时候我看了一眼剪辑，比一分钟稍微长一点儿，超过10万人次的点击量。说不上是转疯了，不过也接近了。

画面开始动了，有人把印着KSDK的麦克风往罗伯特·里瓦德的脸上递。一个画外女声说道：“罗伯特，跟大家描述一下所谓的治疗是什么情况。”

“是的，女士，”罗伯特说，“他握住我的头的时候，我能感到两侧的神圣婚戒，就在这里。”他指着自己的太阳穴。“我听到啪嗒一声，就像火柴一样。我可能失去知觉长达一两秒钟。然后……不知道……感觉有种热度传到我腿上……然后……”男孩儿开始哭了起来。“然后我就站起来了。我能走了！我被治愈了！上帝保佑丹尼牧师！”

休靠回椅背上：“我没有看完其他的见证，不过我所看过的几乎一样。有没有让你想起什么？”

“或许吧。”我说，我很谨慎，“你呢？”

我们从来没有谈过休到底欠了老牧师什么人情——居然大到足以一个电话就让狼颌的老板雇用一个勉强戒掉海洛因毒瘾的人。

“你时间紧，回头说。你中午吃什么？”

“打电话叫比萨饼。等西部民谣小妞儿走之后，有个从朗蒙特过来的家伙，纸上说他用男中音来诠释通俗音乐……”

休一脸空白，待了一会儿，突然用手掌下缘打了一下前额：“我的天，是乔治·达蒙吗？”

“对，是这么个名字。”

“上帝，我以为那货已经死了呢。这都多少年了——都不是你这辈的事儿了。他跟我们录的第一张唱片叫《达蒙演唱格什温》。那会儿CD还远没有出现呢，不过可能有8轨磁带了。每首歌，真是他妈的每首歌，听起来都像凯特·史密斯在唱《天佑美国》。让莫奇来接手他吧，他俩以前有交情。如果莫奇搞砸了，你到混片的时候再修。”

“你确定？”

“确定。既然我们要去看老牧师的扯淡秀，我想先听听看你都知道他什么事儿。其实我们很多年前就该聊这个了。”

我考虑了一下：“行……不过有来有往。公平交换信息，毫无保留。”

他把双手手指交扣，搭在他西式衬衫下隆起的肚子上，椅子往后摇了摇。“倒不是有什么羞于启齿的，如果你是这个意思的话。只是比较让人……难以置信。”

“我信你。”我说道。

“或许吧。走之前，你先跟我说说《马太福音》那节说的是什么，你怎么知道的。”

“我没法儿逐字引述，大概是‘闪电从东边直照到西边，人子降临也要如此’。说的不是治病，而是世界毁灭前的大灾难。我之所以记得，是因为这是雅各布斯牧师最喜欢的几句之一。”

我看了一下时钟。那长腿乡下姑娘——叫曼迪什么的——每次都早到，估计这会儿已经背着吉他坐在1号录音棚外的台阶上了，但有件事我必须立刻问清楚：“你说怀疑那两枚不是结婚戒指是什么意思？”

“看来他没对你用戒指，是吧？他给你戒毒的时候？”

我想到了那个被遗弃的修车厂：“没。用的是耳机。”

“什么时候的事儿？1992年？”

“对。”

“我与老牧师的遭遇是在1983年。他肯定是后来更新了他的手法。大概又换回戒指了，因为这比耳机看上去更有宗教味道。不过我敢打赌，我那次之后……还有你之后，他又继续研究了。老牧师就是这种人，你说是不？总想更进一步。”

“你管他叫老牧师，你碰到他的时候，他跟你传道吗？”

“是，也不是，比较复杂。去吧，快走吧，那小妞儿还等着你呢。没准儿她会穿超短裙，这样你脑子里就不会去想丹尼牧师了。”

其实她还真穿了件超短裙，那两条美腿是相当销魂。不过我却全然没有注意，如果不查日志，我压根儿不知道她那天唱了什么。我满脑子都是查尔斯·丹尼尔·雅各布斯，就是“老牧师”，现在人称丹尼牧师。

莫奇·麦克唐纳默默听着我因为调音台的事儿骂他一顿，垂着头，偶尔点一点，最后保证下次改正。他也确实会。不过只是改正几次。然后再过个一两周，我又会发现1号录音棚、2号录音棚或两间录音棚的调音台都没关。我觉得因为吸烟就把人关进监狱，这是荒唐的，但多年以来每天吸烟绝对是导致健忘的原因。

我跟他说让他给乔治·达蒙录音时，他两眼发光。“我一直喜欢这家伙！”莫奇叫道，“他唱什么歌都像——”

“都像凯特·史密斯在唱《天佑美国》，我知道。祝你玩得开心。”

• • ● • •

大房子后面的桤木林里有一小块野餐区域。乔治娅和两个办公室里的女孩儿在吃午饭。休领我到一个离她们很远的桌子，从他的大包里取出两个包好的三明治和两罐汽水：“从塔比家的店里买了鸡肉沙拉和金枪鱼沙拉。你选一个。”

我选了金枪鱼。我们默默吃了一会儿，坐在大山的阴影下，休突然开口：“我也玩节奏吉他，我弹得还比你好不少。”

“比我好的大有人在。”

“在我的职业生涯的尾声，我在密歇根州一个叫‘约翰逊老猫’的乐队里。”

“20世纪70年代？穿军队衬衣，听起来像老鹰乐队的那帮家伙？”

“我们其实是80年代初散伙的，不过没错，说的就是我们。有过四首上榜歌曲，全是第一张专辑里的。你知道是什么让大家注意到那张专辑的吗？标题和封套，全是我想出来的。叫《你的杰克大叔弹热门曲子》，封面印的是我叔叔杰克·耶茨，坐在客厅弹着他的夏威夷四弦琴。里面有大量重金属和怪异的模糊音，难怪没有赢得格莱美最佳专辑奖。当时还是托托合唱团的时代。去他妈的《非洲》，什么破歌。”

他忧闷地沉思起来。

“话说回来，我当时在那个乐队已经两年了，那张唱片里面就有我。巡演演了头两天，然后我就被遣走了。”

“为什么？”我心想，肯定是吸毒，那时候都是因为吸毒。不过他的话让我吃了一惊。

“我聋了。”

• • ● • •

“约翰逊老猫”巡演从布卢明顿开始，然后到一号马戏团，然后到橡树公园的国会剧院。小场地，都是些热身性质的走穴，跟当地吉他手一起做开场表演。然后到了底特律，要闹出些大动静了：30个城市，“约翰逊老猫”来为鲍勃·西格和银弹乐队做开场表演。竞技场摇滚，真家伙。你梦寐以求的那种。

休的耳鸣是在布卢明顿开始的。起初，他没去管，他想着出卖灵魂给摇滚总要付出代价的——哪个认真玩音乐的不会时不时闹一下耳鸣？看看皮特·汤森、埃里克·克莱普顿，还有尼尔·杨。然后，在橡树公园，他开始感到眩晕和恶心了。演到半路，他跌跌撞撞从后台离开，冲到一个装满沙子的桶前。

“我还记得柱子上的标志，”他告诉我，“仅用于扑灭小火。”

他还是勉强完成了演出，鞠躬，然后下台。

“你搞什么鬼？”费利克斯·格兰比问他。他是主音吉他手兼主唱，对大多数人——至少是听摇滚的人——来说，他就是“约翰逊老猫”。“你是喝高了？”

“胃肠炎，”休说，“好点儿了。”

他以为是这样，功放关掉后，他的耳鸣似乎也逐渐消退。不过第二天早上，耳鸣又回来了，而且除此之外，他什么都听不见了。

“约翰逊老猫”的两名成员充分意识到迫在眉睫的灾难：费利克斯·格兰比和休本人。还有三天就是庞蒂亚克银顶体育馆的演出了。

能容纳九万人的场馆，有底特律最爱的鲍勃·西格领衔，场馆几乎爆满。“约翰逊老猫”正在成名的风口浪尖，在搞摇滚的路上，这种机会往往没有第二次。因此费利克斯·格兰比对休做了凯利·范·多恩对我做的事。

“我不怨他，”休说，“如果我们的位置颠倒过来，我可能也会这么做。他从底特律的‘爱情工作室’雇了一个钟点乐手，那个家伙当晚在银顶跟他们上台。”

格兰比亲自开除了他，不是用说的，而是写了字条举起来让休读。他指出虽然“约翰逊老猫”的其他成员出自中产家庭，但休却是大富之家的公子。他可以坐飞机头等舱飞回科罗拉多州，找所有最好的医生来为他诊治。格兰比最后的一句，全部用大写字母写成：你马上就能跟我们团聚。

“说得像真的一样。”休说道。当时我们坐在阴凉处，吃着塔比家的三明治。

“你还舍不得吧？”我问道。

“没有。”长长的停顿。“是舍不得。”

他没有回科罗拉多州。

“如果要回也不是坐飞机。我感觉如果上升到两万英尺的高空，我的脑袋会爆炸。而且，我想要的不是家。我只想自己舔舔伤口，这伤口还在流着血，要舔伤口在底特律又何妨。反正我是这么跟自己说的。”

症状并没有减轻：中度至重度的眩晕和恶心，地狱般的耳鸣，时而柔和，时而响得让他觉得脑袋会裂开。有时这些症状如同潮水般退去，而他则会一连睡10到12个小时。

虽然他住得起更好的，但他选了格兰大道上的一家廉价旅店。连续两周，他迟迟没去看医生，害怕被诊断出恶性和无法手术的脑肿瘤。他终于在英克斯特路上找了一家小诊所，一个看上去大概17岁的印度大夫听了听，点点头，做了几项测试，然后敦促他找一家正规医院多做几项测试，也好开一些他没法儿开出的实验性止吐药物，其他的就抱歉无能为力了。

没去大医院，休开始了漫长而无意义的旅途（当他不眩晕的时候），在底特律那条人称“8英里”的路上游荡。有一天他经过一家店面，蒙尘的橱窗里摆了收音机、吉他、唱片机、磁带机、功放和电视机。招牌写着“雅各布斯全新和二手电子产品”……虽然在休·耶茨看来，里面大多数东西都烂成渣了，根本没有什么看上去像新的。

“说不清我为什么会进去。或许是对那些音箱有点儿怀念不能自制吧。也许这是自虐，也许是我觉得那家店有空调，想纳凉一下吧——还真没错。又或许是因为门上的招牌。”

“上面说什么？”我问道。

休朝我笑了：“老牧师你信得过。”

他是唯一的顾客。货架上摆满了比橱窗里更新奇的设备。有些他是认得的：电表，示波器，伏特计和稳压器，振幅调节器，整流器和逆变电源。另一些东西他不认得。电线蛇行在地板上，到处都是挂起的线路。

老板穿过一个装饰了圣诞彩灯的门走出来。（“大概是我进门时有个铃铛响了吧，但我是没听到。”休说。）我的“第五先生”穿着条褪色的牛仔裤，白衬衫扣子系到领上。他的嘴在动，说“你好”，还有类似“有什么可以帮到你”之类的。休跟他挥一挥手，摇了摇头，自己浏览货架。他拿起一把斯特拉托卡斯特吉他，弹了一把，不知道音还准不准。

雅各布斯饶有兴致地看着他，并不担心，虽然休的一头摇滚长发没有洗过，已经打结垂到肩上，而他的衣服同样是脏兮兮的。过了大概五分钟，正当他意兴阑珊准备回那家廉价旅店的时候，眩晕突然袭来。他跌跌撞撞，伸出一只手，结果打翻了一个拆卸开的立体声扬声器。后来他快要从眩晕中恢复过来了，不过因为他没怎么吃东西，所以眼前的世界突然变灰了。就在他撞向店里那扇积灰的木门之前，眼前就变黑了。然后就跟我的故事一样了，只是地点不同。

当他醒来时，人在雅各布斯的办公室，头上顶着一块凉毛巾。休立即道歉，表示他愿意赔偿他所损坏的一切东西。雅各布斯退了一步，眨着眼仿佛吃了一惊。这种反应休在过往几周已经屡见不鲜了。

“抱歉我说话声音太大，”休说道，“我听不见自己说话。我是个聋子。”

雅各布斯从他凌乱的办公桌最上面的抽屉里翻出一个记事本（我可以想象那张桌子上堆满了剪断的电线和各种电池）。他写下几个字然后把笔记本举起来。

“最近聋的？我看你会玩吉他。”

“是最近，”休同意道，“我得了所谓的美尼尔氏综合征。我是一个音乐人。”他想了想，笑起来……对他自己的耳朵，那是无声的笑，不过雅各布斯报以微笑。“曾经是吧。”

雅各布斯在笔记本上翻过一页，简短写了写，然后举起来：“如果是美尼尔氏，我也许能帮到你。”

• ● ⬤ ● •

“显然他是给你治好了。”我说。

午饭时间结束了，那几个女人都回办公室了。我也有大把事情要做，但是在我听完剩下的故事前，我完全没有要走的意思。

“我们在他办公室里坐了很久——其中一人得用写字来交流，所以聊天很缓慢。我问他能怎么帮我。他写道，他最近开始进行‘经皮神经电刺激实验’，简称‘TENS’。他说使用电流来刺激损坏的神经这种方法可以追溯到几千年以前，是由一个古罗马人发明的——”

我记忆中一扇布满灰尘的门开启了。“一个叫斯克瑞博尼的古罗马医生。他发现一个腿脚不好的人踩在电鳗上，疼痛有时就会消失。这所谓‘最近开始’纯粹是屁话，休。你的牧师开始玩‘TENS’的时候，这东西还没正式命名呢。”

他盯着我，眉毛上扬。

“接着说。”我说。

“好，但我们待会儿接着说回这个话题，好吗？”

我点点头：“你跟我说你的，我跟你说我的。咱们说好的。我给你透露一下：我的故事里也有过短暂的眩晕。”

“好吧……我跟他说美尼尔氏病是一个谜——医生并不清楚这跟神经有没有关系，是不是病毒引起液体在中耳慢性累积，或是某种细菌导致，也可能是遗传问题。他写道，所有疾病的本质都是电。我说这是疯话。他只是微微一笑，在笔记本上翻了下一页，这次写得更久。然后将本子递给我。我记不清原话了——好久好久了——但我永远忘不了第一句：电是所有生命的基础。”

没错，这就是雅各布斯。这句话比指纹更有识别度。

“剩下的大概就是，以心脏为例，它靠的是微伏电来运动。电流由钾提供，钾是一种电解质。你的身体将钾转换成带电离子，一种带电粒子，用它们来规律你的心、脑，以及其他一切。

“这几个词是大写强调的，他还圈了起来。我把本子递回去后，他在上面快速画了点儿东西，然后指着我的眼睛、耳朵、胸口、肚子和腿。然后他给我看了他画的东西，是一道闪电。”

毫无疑问。

“拣重点说吧，休。”

“好吧……”

• • ● • •

休说他得考虑一下。他没说出来（但肯定在想）的是，他跟雅各布斯素未谋面，这家伙可能就是个每座大城市里都有的那种疯子。

雅各布斯写道，他能理解休的迟疑，他也有他的顾虑：“提出要帮你，我心里也有些忐忑，毕竟你我素昧平生。”

“危险吗？”休提问的语气已经失去了语调和抑扬顿挫，像机器人一般。

老牧师耸耸肩，写道：

“不骗你，直接通过耳朵上电流，是有一定风险的。不过电压很低，明白？我猜最糟糕的副作用就是你可能会尿裤子。”

“这太疯狂了，”休说，“我们光是聊这个就已经够疯狂了。”

老牧师又耸耸肩，不过这次没写东西，只是看着。

休坐在办公室里，手里攥着布（还是潮的，不过已经温了），严肃地考虑着雅各布斯的提议，内心有许多顾虑，这都非常正常，即便他们才刚刚认识。他是一个音乐人，耳朵却聋了，被他所协助创立的乐队抛弃，而这个乐队即将走红全国。有其他乐手和至少一个伟大的作曲家——贝多芬也忍受着耳聋，但休的苦处却不光是失去了听力，他还遭受着眩晕、颤抖和间歇的视力丧失，以及恶心、呕吐、腹泻和脉搏过速，最糟糕的是那几乎不断的耳鸣。他一直以为耳聋意味着一片寂静，然而并非如此，至少他的情况不是这样。休·耶茨的脑中一直有一个防盗报警器在刺耳地叫。

还有另一个因素，一个在那之前他都不愿面对的真相，虽然时不时会从他眼角浮现。他留在底特律是为了鼓起勇气。在“8英里”上有许多典当行，家家都卖枪。跟拿一把0.38英寸口径的手枪卡在两排牙之间，对着上腭来一枪比起来，这家伙的提议还能坏到哪儿去?

只听他用机器人的语调大声说：“去他妈的。来吧。”

休凝视着远处的山，一边讲着余下的故事，一边用右手抚摸着右耳。我猜这是他下意识的动作。

“他在窗户上挂起‘关门’的牌子，把门锁好，然后拉下百叶窗。然后他让我在收银机旁一把厨房椅上坐下，把一个军用手提箱大小的铁盒子放在柜台上。里面是两枚看似被金色网状材质包裹的戒指，大小就像乔治娅打扮时戴的那种垂挂下来的大耳环。你知道我说的是哪对吗？”

“当然。”

“每一枚戒指底部都有一个塑料的东西，里面有电线出来。电线连到一个不到门铃大小的控制盒。他打开盒底，给我看了里面，像一节7号电池。我这就放松了。这东西能造成多大伤害，我心想，不过我看到他戴上橡胶手套——就像是女人洗碗时戴的那种——还用钳子来夹起戒指，我又不淡定了。”

“我认为查理的7号电池跟你从商店买到的那种不是一回事，”我说，“他的电池要强大得多。他有没有跟你聊过‘奥秘电流’？”

“噢，上帝，太多次了。他就好这个。不过那是后来的事儿了，而且我一直云里雾里的。而且我也不清楚他是真懂假懂。他有种眼神……”

“迷惑的眼神，”我说道，“迷惑、担忧而又兴奋，同时出现。”

“对，就是这个。他把戒指顶着我的耳朵——用钳子夹住，然后让我去按控制器上的按钮，因为他已经没有手来按了。我几乎按不下去，但是典当行窗口的手枪从我眼前闪过，我按了下去。”

“然后就晕了。”我没有问出来，因为我很肯定。不过他让我吃了一惊。

“会有意识中断，没事儿的，还会有我所谓的棱镜虹光，不过这些后来才有。就在当时，我脑中‘啪嗒’一声巨响。我双腿跳起，双手高举过头，就像小学生急着回答老师的问题。”

这勾起了我一些回忆。

“还有，我嘴里有股味道，就好像我一直在吮硬币似的。我问雅各布斯能不能喝口水，结果听到了自己问的这句话，当场眼泪就下来了。我哭了好一会儿。他抱着我。”休的目光终于离开远山，他望向我，“那次之后，杰米，让我为他做什么都愿意。无怨无悔。”

“我知道这种感觉。”

“当我恢复镇定后，他领我回到店里，给我戴上一副科斯耳机。他把耳机插进FM电台广播，不停地调低音量，不断问我还是否听得见。我一直都能听见，直到他调到零，但我敢发誓，即便到了零我还是能听见。他不仅让我重获听觉，而且甚至使我的听力比我14岁第一次玩乐队时还精准。”

● ● ● ● ●

休问雅各布斯他要如何来报答大恩。老牧师，当时还是个衣衫褴褛的家伙，急需理个发、洗个澡，他思考了一下。

“这么说吧，”他终于开口，“这里实在没什么生意可做，而且好些在这儿游荡的人感觉让人不太放心。我得把这里所有东西搬到北侧的一个仓库里，然后我再考虑下一步怎么走。这个你可以帮到我。”

“我能做到的远不止这个，”休说道，他还在玩味着自己的嗓音，“仓库我来租，我可以雇一队工人来搬所有东西。我看上去不像有财力承担得起的样子，但我其实可以的，真的。”

雅各布斯仿佛被这个主意吓到了：“千万不要！我放在这儿出售的东西大多数都是废品，不过我的设备却很有价值，而且后面——也就是我的实验室——里边的东西都是精密仪器。你能帮我这个忙作为回报就绰绰有余了。不过你得先休息一下，吃点儿东西，多长几磅肉。你这些日子可是受苦了。耶茨先生，你有没有兴趣给我当助手？”

“只要你想要，”休说道，“雅各布斯先生，我还是难以置信，你在说话，而我却听得见。”

“再过一周你就习以为常了，”他淡淡地说，“奇迹都是如此。无可抱怨，毕竟人的天性如此。不过既然我们在汽车城市为人遗忘的一角，共同分享了一个奇迹，你就别叫我雅各布斯先生这么见外了。叫我老牧师吧。”

“老牧师？”

“没错，”他说罢咧嘴一笑，“查尔斯·丹·雅各布斯牧师，现任电学第一教堂首席牧师。我保证不会让你过劳的。不着急，我们慢慢来。”

●●●●●

“我敢打赌你们肯定是要多慢有多慢。”我说道。

“这话怎讲？”

“他不想让你给他雇运输队，他也不想要你的钱。他要的是你的时间。我想他是在研究你，看看有没有后遗症。你怎么想？”

“那时候？什么都没想。我开心得上天了。如果老牧师让我去抢劫底特律第一银行，我也很可能会去试。回头看来，我觉得你可能是对的。毕竟，其实真没什么工作要做，他说到底其实没什么要卖的。他后面的房间里东西多一点儿，不过只要用一辆足够大的搬家拖运车（U-Haul），我们只要两天就能把全部家当搬走。不过他把活儿分摊到一周来做。”他思考了一下。“对，好吧，他是在观察我。”

“是研究，在看有没有后遗症。”我瞟了一眼手表。我必须在15分钟内赶到录音棚，如果我在野餐区停留过长就得迟到了。“陪我走到1号录音棚，跟我讲讲都有哪些后遗症。”

我们走着，休跟我讲了雅各布斯电击医治耳聋后出现的意识中断。头几天里短暂而频繁，而且自己并不觉得失去知觉，只是发现自己出现在别的地方，或者发现过了五分钟自己却不知道，也有时是十分钟。有两次发生在他和雅各布斯装卸器材和二手货品到车上的时候，那是一辆雅各布斯跟别人借来的旧下水道供应封闭式小货车（可能是跟他另一个奇迹治愈的人借来的，不过就算是这样，休也不会知道，因为老牧师对这种事守口如瓶）。

“我问他我意识中断时是什么情况，他说没什么，我们就是照常搬东西，还聊着天。”

“你信他吗？”

“当时我信，现在就不知道了。”

休说一天晚上，术后五六天的样子，他坐在那廉价旅店的椅子上，在读一本书，突然发现自己站在房间角落里，面对着墙壁。

“你当时嘴里在说话吗？”我问道，心里想着，出事儿了。出事儿了，出事儿了，出事儿了。

“没有，”他说，“不过……”

“不过什么？”

他冲那回忆摇摇头：“我当时把裤子脱了，又把运动鞋穿上了。我当时就站在那儿，穿着我的赛马短裤和锐步球鞋。听着很疯狂吧？”

“很疯狂，”我说，“这些小规模发作持续了多久？”

“到第二周就只有两次了，到了第三周就都没了。但是别的东西持续了更久，跟我眼睛有关。一些……事件，棱镜虹光。我不知道还能怎么叫。在接下来的五年里发生了十几次。之后就再没有过。”

我们已经走到了录音棚。莫奇在等着我们，他那顶丹佛野马队棒球帽往后戴，整个人看上去就像全世界最老的滑板男。“乐队在里面，正在练习。”他压低了声音，“哥们儿，他们太他妈烂了。”

“跟他们说我们要延迟，”我说，“后面会给他们加时补回来。”

莫奇先看我，再看休，然后又看回我——想搞清楚我们是不是情绪不佳：“嘿，不会有人要被炒鱿鱼吧？”

“只要你别再放着调音台不关，就不会有人被炒，”休说道，“快进去吧，大人们要接着说话了。”

莫奇敬了个礼，然后走了进去。

休转身对着我：“棱镜虹光比意识中断更诡异，我都不知道该怎么描述。你非得人在那儿才能懂。”

“说说看。”

“它要发生的时候我总能知道。我就干着我该干的事儿，一切照旧，突然，我的视力开始变得更为敏锐。”

“就跟你术后的听力一样？”

他摇摇头。“不，听力是真的。我的耳朵现在还比老牧师给我治疗之前要灵，我知道做一个听力测试就能证实，但我一直懒得去做。视力是另一回事……你知道癫痫患者发作前会感到手腕刺痛或幻嗅吗？”

“前兆。”

“没错。我视觉强化就是一种前兆，之后出现的就是……颜色。”

“颜色。”

“所有东西的边缘都会出现红色、蓝色和绿色，整个物体被颜色填充。颜色会来回变化。感觉就像透过棱镜看东西，不过这个棱镜放大对象的同时还把对象粉碎成片。”他拍拍自己前额，表示无奈，“我只能描述成这样了。出状况的30到40秒内，我仿佛可以看穿这个世界，看到这世界后面还有另一个世界，一个更真实的世界。”

他用一种很冷静的眼神看着我。

“这就是棱镜虹光。我从来没有告诉过别人，直到今天。这东西真把我吓死了。”

“你没告诉过老牧师？”

“我想的，不过第一次发生的时候他就已经走了。没有什么盛大的告别，他只是留了张字条，说他在乔普林有一个商业机会。这是奇迹治愈后六个月左右的事儿了，我已经回到尼德兰了。棱镜虹光……从某种意义上说，它美得让人无法形容，不过我只求它别再出现。因为如果真有另一个世界的话，我可不想见到。如果只是我想出来的，那还是留在我脑袋里吧。”

莫奇出来了："杰米，他们准备好了。我来弹也行，如果你想的话。我是没法儿搞砸的，因为跟这些家伙比，'死亡送奶工'乐队简直堪比披头士了。"

或许如此，但他们毕竟是付了现金来录音的："不，我这就进去。让他们再等两分钟。"

他走了。

"好，"休说道，"你听了我的故事，我还没听你的。我可等着呢。"

"我今晚9点左右有一个小时。我去大房子找你说，不会说很久。我的故事跟你的大同小异：治疗、痊愈、后遗症出现然后减退，然后完全消失。"不完全如此，不过我还有一场录音要做。

"没有棱镜虹光？"

"没有，是其他东西。比如妥瑞氏症，但不是下意识冒粗口那种。"我决定还是别说梦见死去亲人的事儿了，至少现在不说。也许这些梦境就是我所瞥见休所谓的另一个世界。

"我们应该去看看他，"休抓住我的胳膊，"真得去一趟。"

"我觉得没错。"

"不过别搞那种团圆聚餐，行不？我不想跟他说话，只想在旁边看看。"

"行，"我说道，低头看了一眼他的手，"快松手，胳膊要被你弄淤血了。我还得录歌呢。"

他松手了。我进了录音棚，里面有当地朋克乐队在弹唱"皮夹克加别针"那类东西，雷蒙斯合唱团在20世纪70年代就已经比他们强太多了。我回头看肩膀后方，休还站在那里看着远山。

世界尽头的另一个世界，我思忖道，我努力不去想它，好开始工作。

• • ● • •

接下来一年我都没下决心买一台自己的笔记本电脑，不过1号和2号录音棚里不缺电脑——到了2008年，我们录歌基本用的都是苹果电脑的应用程序——5点左右我有个空档，我上谷歌搜索了查·丹尼·雅各布斯，发现有成千上万条参考资料。显然自从“查·丹尼”10年前的全国首次亮相后，我错过了不少东西，但我并不怪自己。我不怎么看电视，我对流行文化的兴趣仅限于音乐，而我去教堂更是很久以前的事儿了。难怪我错过了这个被维基百科誉为“21世纪奥罗·罗伯特”①的布道大师。

他并没有创立大型教派，不过从东岸到西岸，他每周一次的《福音大能医众生》节目在有线电视传播甚广，在那些买入时段价格低但“爱的供养”回报高的频道上放。节目是在他的“老派帐篷复兴会”里拍的，全国巡回（除了东岸，那里的人不那么好骗）。从这些年拍下的照片里，我看到雅各布斯逐渐变老，头发变白，但他的眼神不曾改变：狂热中带点儿受伤的感觉。

• • ● • •

在休跟我出发到雅各布斯的老巢看他的一周前，我打电话给乔治娅·唐林，问能不能要她女儿的电话，她那个在科罗拉多大学读计算机系的女儿。她女儿名叫布里安娜。

布里跟我一拍即合。

---

① 奥罗·罗伯特（Oral Roberts，1918—2009），美国著名卫理公会-圣灵降临教派电视福音传道人，后成立奥罗·罗伯特大学。——译者注

VIII / 帐篷秀

尼德兰距离诺里斯郡博览会70英里，让我跟休有足够的时间交谈，然而一直到丹佛东部，我们之间都几乎沉默不语，只是坐着欣赏沿途风光。除了阿瓦达上空挥之不去的烟雾，这个夏末的一天堪称完美。

休突然关掉了一直在放KXKL电台老歌的收音机，问道："你哥哥康拉德被老牧师治愈了咽喉炎之后，有没有留下后遗症，或者其他毛病？"

"没有，但也不奇怪。雅各布斯说，那次医治是骗人的，一针安慰剂而已，我一直都觉得他说的是实话，很可能真的如此。毕竟是他的早期岁月了，别忘了，他那时想的大项目不过是改善电视信号而已。阿康只是心理上需要一道批准才敢痊愈。"

"信念的力量真强大，"休赞同道，"信仰也是如此。想想那些排着队来我们这里灌制CD的乐队和独奏者，这年头谁还买CD啊。你调查过查·丹尼·雅各布斯吗？"

"查了不少。乔治娅的女儿在帮我。"

"我自己也调查了一下，我敢说他医治的很多病例和你哥哥如出一辙。那些因心理问题产生疾病的人，被丹尼牧师的上帝戒指触摸一下，就自认为已经痊愈了。”

可能真是这样，不过看了雅各布斯在塔尔萨博览会的手法后，我确信他掌握建立心理暗示的秘密：光有声势不够，还得来点儿实在的。女人声称偏头痛治愈，男人惊呼坐骨神经痛消除，这些都不错，但这些东西没什么视觉冲击力。可以说，这些不是“闪电画像”那种。

至少有24个网站在揭穿他，其中一个叫“查·丹尼·雅各布斯：信仰骗子”。成百上千的人在这些网站上发帖，声称丹尼牧师取出的“恶性肿瘤”是猪肝和羊杂。虽然查·丹尼在治疗过程中禁止观众使用相机，而且“接待员”一旦看见有人拍照就会没收胶卷，但依然有很多照片被泄露出去。有好些照片跟发布在查·丹尼的网站上的官方视频相互印证。而另一些照片里，丹尼牧师手里的闪亮亮黏糊糊的东西看上去的确就像羊杂。我猜那些肿瘤肯定是假的，这部分真是假得不能再假了，然而这并不意味着雅各布斯所做的一切都是假的。此刻坐在林肯大陆系列豪车上的两个男人就能够证明。

“你的梦游症和无意识行为，”休说，“据医疗网站的说法，叫肌阵挛。在你这病例中属于短暂症状。拿东西戳自己的需要，说明内心深处还是有注射毒品的欲望。”

“全对。”

“我有过那种意识中断，就是说话和走动全无意识，就像喝酒喝断片的感觉一样，只是没有喝酒。”

“还有棱镜虹光。”我说。

“嗯哼。还有你跟我说过的那个塔尔萨的女孩儿，偷耳环的那个。全世界最有胆量的砸窗抢劫犯。”

“她认为耳环是她的，因为它们出现在老牧师给她拍的照片里。

我敢打赌她还在塔尔萨的各个精品店里徘徊，寻找那条裙子。”

“她记得自己砸橱窗的事儿吗？”

我摇了摇头。凯茜·莫尔斯出庭受审的时候，我早就离开塔尔萨了，不过布里安娜·唐林在网上找到了一条跟她相关的简讯。凯茜声称什么都不记得，而法官相信了她。他要求对她做心理评估，然后放她回家让父母监护，之后她就从人们的视野中消失了。

休沉默了一会儿。我也一样。我们注视着绵延的山路。开出山区后，道路笔直如绳子般一直延伸到地平线尽头。他终于开口，说：“杰米，你说他这么做是为了什么呢？是为钱吗？要把戏作秀干了几年，突然有一天说：‘唉，这钱真少得可怜，我何不去搞医治恩典，赚他一笔？’”

“也许吧，但我从不认为查理·雅各布斯贪图钱财。而且他也不再信上帝了，他搅黄了在我那个小镇的牧师神职，除非他后来态度又来了个大转变，反正我在塔尔萨的时候没感觉他还有什么宗教情结。不过他深爱他的妻子和儿子，我在他的房车里发现的照片簿，他看了一遍又一遍，简直都要翻散架了——我确信他还关心他的实验。每每提及‘奥秘电流’，他就变得好像开汽车的蟾蜍先生[①]一样。”

“没懂你的意思。”

“痴迷。要我猜的话，我认为他是需要钱财来继续他的各类实验。这不是他要把戏作秀就能满足的。”

“所以治愈不是终点？并不是他的目标？”

我不能确定，但我不认为治愈是目标。无疑，搞帐篷复兴会就像对他所拒斥的宗教在开无情的玩笑，同时，也以“爱的供养”为手段

---

① 出自格雷厄姆的《柳林风声》。——译者注

快速生财，但他不是为了赚钱才救我的，他只是像基督徒一般施以援手，他拒绝贴上基督徒的标签，但却无法背弃基督教的两大信条：慈善和怜悯。

“我不知他要何去何从。”我说。

“你觉得他知道吗？”

“我觉得他知道。”

“是‘奥秘电流’。我甚至怀疑他是否真懂。”

我甚至怀疑他是否真的在乎。想想就可怕。

诺里斯郡博览会通常在9月下旬开，几年前我曾与一位女性朋友光顾过那里，博览会规模相当壮观。时值6月，除了一顶帆布大帐篷外，博览会场空空如也。最恰当不过了，这顶大帐篷就是博览会搞起来之后最低俗的娱乐——做了手脚的赌博游戏和脱衣舞。大的停车位上都停满了车和皮卡，许多烂车的保险杠上贴着类似“耶稣为我而死，我要为他而活”之类的东西。帐篷顶冠，大概是用螺栓跟中心柱子固定在一起的，是一个巨大的十字架，裹着发廊霓虹灯一样的红、白、蓝三色彩灯。里面传出插电的福音爵士乐队的声音，还有观众跟着节奏打的拍子。人潮依旧在汹涌而入。大多是头发花白的人，但也不乏年轻人。

“听上去他们挺乐在其中的。”休说。

“是啊。弟兄之爱的巡回救赎秀。”

帐篷外，凉风从平原上吹拂而来，恰好是宜人的65华氏度，不过帐篷内至少得高出20华氏度。我看到穿围兜背带式工装裤的农民和上了年纪的太太满面红光，一脸幸福。我也看到西装革履的男人和衣着入时的女人，仿佛是从丹佛下班后直接过来的。有一队大牧场来的奇卡诺人（墨西哥裔美国人），手插在牛仔裤兜或工作服口袋里，有些人卷起袖子露出监狱文身一般的刺青，还有几个墨迹未干的。他们前面是推轮椅志愿者。乐队六人组正摆动身体，弹着小过门。他们前面是六个穿着宽松唱诗袍的壮硕的女孩儿，她们跺脚打着拍子，这正是戴文娜·鲁滨逊和知更鸟唱诗班。她们亮着洁白的牙齿，映衬着棕色的脸庞，双手举过头顶鼓掌。

戴文娜在前面领舞，手持无线麦克风，亮了一嗓子媲美艾瑞莎全盛时期的声音，然后开始放歌。

“我让耶稣进驻我心，
我愿意，我愿意，
我将荣归天堂，你也可以同往！
天堂之门为我开，
因为我罪已洗白，
我让耶稣进驻我心，我愿意！”

她鼓励信徒们跟她一起唱，他们都兴奋地唱起来。休和我选择了靠后的位置，这个至少挤了1000人的帐篷里，只够站着的位置了。休靠着我，贴着我的耳朵吼道：“好嗓子！她真不错！”

我点了点头，开始跟着鼓掌。总共五节歌，穿插大量的“我愿意”，等戴文娜唱完，她脸上已经开始淌汗，就连“轮椅大队”都很投入。她高举麦克风，又来了一嗓子艾瑞莎式的高喊，将演绎推向高潮。风琴手和主音吉他手拖着最后一个和弦不肯松开。

等他们终于肯松手，她喊道：“亲爱的，我要听到‘哈利路亚’！”

他们照做了。

“再来一次，让我听到上帝对你们的爱！”

他们又来了一次，仿佛喊出上帝对他们的爱。

这次满意了，她问大家准备好了没有，要不要请出阿尔·斯坦珀。他们表示早就准备好了。

乐队开始演奏起舒缓而悠扬的曲子。观众们在折叠椅上落座。一个光头黑人大步流星地走上台，身上拖着300多磅肉，但却轻松自如。

休靠接近我，可以放低音量来说话了：“70年代他曾经是沃-利特斯（Vo-Lites）乐队的一员。那时候他骨瘦如柴，编着一大头非洲蓬松鬈发，下面藏个鸟窝都行。我以为他早挂了。吸了那么多可卡因，不挂都怪。”

斯坦珀立即证实了这点。“我是一个大罪人，”他对观众坦白，“不过现在，感谢主，我只是一个大吃货。”

观众笑了，他也跟着笑，接着再度严肃起来。

“承蒙耶稣的恩典，是丹尼·雅各布斯牧师治好我的毒瘾。可能你们中一些人还记得我在沃-利特斯乐队时唱的世俗歌曲，少部分人可能还听过我单飞之后的歌曲。我现在不唱那些了，我曾一度拒斥的上帝恩赐的曲子——”

“赞美耶稣！”观众席上有人喊道。

“没错，弟兄，赞美他的名字，这正是我接下来要做的。”

他开始演唱起《你的光当照耀》，一首我的童年时期的赞美诗，嗓子如此低沉浑厚，引得我都想跟着唱。他唱完之后，大多数信众还在跟着吟唱，目光闪烁。

他又唱了两首（第二首的旋律和基调强节奏跟阿尔·格林的《我们在一起》近似得让人起疑），接着他重新请出知更鸟唱诗班。她们唱歌，斯坦珀与之相和；她们发出愉快的声响来献给主，催促信众一起唱着歌颂主耶稣之类的东西。人群站立，鼓掌鼓到手心发红时，帐篷里灯光变暗，只留下一束追光打在舞台左侧，查·丹尼·雅各布斯由此登场。果然是我的老查理和休的老牧师，不过跟我们上次见面相比变化不少。

他穿着宽松的黑色外套，就像约翰尼·卡什的舞台装扮，多少掩盖住了他如今消瘦的身材，但他憔悴面容仍然道出了真相，以及其他真相。在我看来，大多数人曾遭受过命运重创——或经历重大悲剧——的人会走到一个人生的十字路口。或许不是当时，而是冲击过后；或许是几个月后，或许是几年之后。他们或许因为这段经历而变得丰满，或许会因此而萎缩。如果这听上去很像“新时代”的说法，我不否认，也不会为之道歉。我知道自己在说什么。

查尔斯·雅各布斯萎缩了。他的嘴抿成一条惨白的线，蓝色眸子熠熠生辉，却被囚在如网般的皱纹里，显得小了许多，仿佛有种遮掩。那个在我六岁时帮我在骷髅山挖洞的开朗年轻人、那个亲切耐心地听我诉说阿康失声的人……现在却像一个旧式新英格兰校长，随时准备抽打顽劣的学生一样。

他微笑起来，让我暗自期望那个曾经与我交好的年轻人此刻还存在于这个福音嘉年华秀表演者的内心某处。那微笑让他整个人容光焕发。群众掌声雷动。我想大概是都松了口气。他举起双手，接着手掌朝下按。“请坐，兄弟姊妹们。请坐，男孩女孩们。让我们彼此结成团契。”

人群落座发出一阵窸窣的动静。帐篷里安静下来，大家的目光都集中在他身上。

“我为你们带来一则你们都知道的讯息：上帝爱你们。是的，爱你们每一个人。无论是光明磊落的人，还是那些罪孽深重的人。‘上帝爱世人，甚至将他的独生子赐给他们’——《约翰福音》（3：16）。上十字架的前夜，他儿子还‘只求你保守他们脱离那恶者’——《约翰福音》（17：15）。当上帝纠正世人，给我们烦恼和苦楚时，他是出于爱——《使徒行传》（17：11）[①]。他是不是也可以出于爱，消除这些烦恼和苦楚？”

“是的，赞美主！”轮椅那一排发出一阵欢喜的叫声。

“我就站在你对面，一个美利坚大地上的流浪者，一个承载上帝大爱的容器。你会像我接纳你一样接受我吗？”

人群喊道他们会的。休和我都汗流满面，我们两旁的人也一样，但雅各布斯的脸上却是干的，而且闪着光，尽管他在聚光灯下温度只会更高，更别说还穿着那件黑色大衣。

“我结过婚，有过一个小男孩儿，”他说道，“出了一次可怕的事故，他们溺水身亡了。”

听到这句话，我仿佛被冷水泼脸。他这是在撒一个没有必要的谎，至少我看不出任何理由。

观众窃窃私语——几乎是在悲叹。许多妇女都在哭泣，还有几个男人也哭了。

“那时候我背弃了上帝，我在心里咒骂他。我在荒野中游荡。哦，游荡在纽约、芝加哥、塔尔萨、乔普林、达拉斯和蒂华纳，游荡

---

① 《使徒行传》对应章节并无此句，可能是雅各布斯有意杜撰或演绎的内容。——编者注

在缅因州的波特兰，游荡在俄勒冈州的波特兰，但处处一样，都是荒野。我背离了上帝，但却不曾走出妻子和儿子的记忆。我放下了耶稣的训诫，却放不下他们。”

他抬起左手，露出一个金环，明显比一般的婚戒要更宽更粗。

“我曾被女人诱惑——当然如此，我是一个男人，而波提乏之妻总在我们之中——但我忠于自己。”

“赞美主！”一个女人喊道。她大概以为自己能从穿着得当的女人里认出波提乏之妻。

“有一天，当我抵抗住了一次异常致命的……异常迷人的诱惑后，我得到了上帝的启示，就像扫罗在通往大马士革的路上受到上帝的启示一样。”

“是神谕！”一个男人喊道，举起双手十指向天（向天不好说，至少是向帐篷顶）。

“上帝告知我，我还有工作，我的工作就是为他人减轻负担和苦痛。他来到我梦中，让我戴上另一枚戒指，一枚能代表我通过上帝的圣言和他儿子耶稣基督的训诫，与上帝的垂训相结合的戒指。我当时在菲尼克斯，在一个不信神的嘉年华秀工作，上帝让我走进沙漠，不带水和食物，就像每个《圣经·旧约全书》中的朝圣者那样在路上走。他告诉我，在荒原里，我会找到象征我第二段也是最后一段婚姻的戒指。他告诉我，只要我忠于这段婚姻，我就能与我的妻儿在天堂团聚，而我们真正的婚姻将在他的圣座和圣光下重新变得神圣。”

哭泣与失声叫喊越来越多。一位穿着齐整套装、褐黑色长筒袜、时髦低跟鞋的女人，直接在过道跪下，用一种仿佛只有元音的语言在做见证。她身边的男人，可能是丈夫或男友，跪在她身边，用手在地上帮她垫着头，温柔微笑，鼓励着她。

“他一句真话都没说。”我说道。我都震惊了。“每个字都是谎言。他们应该能听出来。”

但他们没听出来，而且休也没听见我的话。他目瞪口呆，动弹不得。帐篷里欢声雷动，雅各布斯的声音盖过了他们的“和撒那”赞美上帝之声，仰仗的是电流（和无线麦克风）。

“我走了一整天。我翻找垃圾箱里别人吃剩的食物来果腹，喝别人丢弃在路边的半瓶可乐。然后上帝让我离开那条路，尽管黑夜即将来临，而且大有比我经验丰富的旅行者死在那个沙漠里，但我还是照做了。”

我心想，估计是走到郊区去了吧。或许是走到斯科茨代尔北部去了，那里是富人住的地方。

“夜色漆黑，乌云密布，星辰遁迹。但是午夜刚过，乌云便散去，一缕月光洒向石堆。我朝石堆走去，在石堆下面我发现了……这个。”

他举起右手，无名指上戴着另一枚厚重的金戒指。观众席爆发出阵阵掌声和声声“哈利路亚”。我一直试图搞明白怎么回事，但就是做不到。这些人都惯于通过电脑和朋友保持联系、获取当日新闻，也对气象卫星和肺移植习以为常，他们的寿命估计能比他们的曾祖父母长三四十年。然而这些人却会上这种故事的当，圣诞老人和牙仙都比这种故事显得真实可信。雅各布斯给他们喂的是鬼话，而他们却非常享受。有个想法令我不安，或许雅各布斯对此也很享受，这就更糟了。这不是我在哈洛镇认识的那个人，也不是那晚在塔尔萨留宿我的那个，尽管一想到他是如何对待凯茜·莫尔斯那迷茫而心碎的农民父亲的，我就不得不承认这个人当时就已经往这个方向发展了。

我不知他是否憎恶这些人，但我想他对他们一定是鄙夷的。

或许也不尽然。也许他根本不在乎这些人，他在乎的就只是表演过后在募款篮子里的东西。

与此同时，他还在继续做见证。他还在说话，乐队开始演奏起来，进一步煽动观众的情绪。知更鸟唱诗班摆动着身体，一直鼓掌打拍，观众纷纷加入。

雅各布斯谈及他第一次使用他这两枚婚戒（一段世俗婚姻和一段神圣婚姻）给人疗伤时的犹豫不决。谈及他意识到上帝要借他之手，广布大爱，治疗惠及更广大的群众。谈到他跪地不起无比痛苦，一再宣称他无法担此重任。上帝回复他说，如果真是如此，他就不会赐他这两枚戒指了。雅各布斯描述得好像他和上帝在天堂吸烟室针对这些问题促膝长谈一样，没准儿还一边吞云吐雾，一边看着天堂里延绵起伏的远山。

我厌恶他现在的样子，那张如教书先生般的尖嘴猴腮的脸，还有他眼光中闪烁的幽蓝，也憎恶他那黑色的外套。在嘉年华会上，这种外套被称为“走秀夹克”。这是我在贝尔游乐园里跟雅各布斯合作“闪电画像”时学来的。

“让我们一起祈祷，好吗？”雅各布斯问道，他双膝跪地，仿佛因为疼痛而眯了一下眼。是风湿病还是关节炎？“丹尼牧师，先给自己治治吧！”我在心里说。

于是，又是一阵窸窣的动静和赞美的低语，场上信众也纷纷跪地。我们这些站在帐篷的后面的人也照做了。我几乎要抗拒——连我这种堕落的卫理公会派教徒都能嗅到整件事里作秀渎神的味道——然而此刻我最不希望的就是吸引他的注意，就像在塔尔萨那次一样。

“他好歹救过你的命，”我心想，“救命之恩不能忘。”

是啊，之后这些年都是幸福美好。我闭上眼，不是祈祷而是困惑。真希望我没来这里，但也真的别无选择。这不是第一次了，我后悔当初联系上乔治娅·唐林那精通电脑的女儿。

但已经太迟了。

丹尼牧师不仅为在场的人祈祷，也为那些卧病在家无法到场的人祈祷。他为那些善男信女而祈祷，为美利坚合众国而祈祷，祈祷上帝将智慧赐给美利坚的领袖。然后他着手办正事了，他祈祷上帝通过他的手和圣戒治愈患者，因为这是上帝属意的。

乐队继续演奏着。

“你们之中有没有要被治愈的人？”他问道，一脸痛苦地挣扎起身。阿尔·斯坦珀上前想扶他，不过雅各布斯挥手让他退下。“你们之中有没有希望卸下重担、免除病痛的人？”

信众大声附和说有。前两排的坐轮椅的和慢性病患者都为他如痴如醉。后面几排的人也是如此，他们之中许多人形容枯槁，看起来病入膏肓。有打着绷带的，有身体畸形的，有戴氧气面罩的，有肢体不全的，还有拄着支架的。也有不停痉挛和颤抖的人，仿佛他们麻痹受损的大脑开着不怀好意的玩笑。

戴文娜和知更鸟唱诗班开始唱《耶稣喊你上前》，歌声犹如春风温柔拂过沙漠。穿着齐整的牛仔裤、白衬衫、绿色背心的接待员魔幻般出现。有人开始将那些怀揣康复期望的人在中间过道排成一列。其他穿绿背心的人——相当多——拿着裙撑一样大的柳条编织的募款箱四处穿行。我听见零星的钱币的叮当声此起彼伏，但大多数人是往里头扔钞票——作秀的人管这叫“真家伙”。那个讲异国语言的女人在不知是男友还是丈夫的搀扶下坐回折叠椅上。她的头发松散地垂在那泛着红晕的两颊旁边，外衣上满是灰尘。

我也觉得自己满身是灰，不过我期待的好戏这才开始。我从口袋里掏出一个笔记本和一支法国比克笔。上面已经记了几条，一些是我查到的，更多的是出于布里安娜·唐林的帮助。

“你在做什么？”休低声问我。

我摇了摇头。治疗即将开始，我在丹尼牧师的网站上看了太多录像，早就了如指掌。“这太老套了！”布里看过几段视频后这么说。

一个女人摇着轮椅上前。雅各布斯问她的名字，然后将麦克风对着她的嘴。她用颤抖的声音说道，她名叫罗伊娜·米图尔，一位从得梅因来的教师，因为重度关节炎而无法行走。

我把她的名字记在笔记本上，上一个是一个月前在阿尔伯克基治愈了脊髓损伤的梅布尔·杰根斯。

雅各布斯把麦克风插在他那走秀夹克的外口袋里，双手握着她的头，用戒指顶着她的太阳穴，将她的脸抵到他胸前。他两眼紧闭，口中默默祈祷……又或是哼着什么儿歌，这我就不得而知了。她突然抽搐起来，双手向两侧伸出，如同白鸟拍打翅膀。她直直地盯着雅各布斯的脸，瞪目而视，不知出于是惊愕还是电击后的余波。

然后她站了起来。

众人放声“哈利路亚”。她抱住雅各布斯，狂吻他的脸颊，几个男人将帽子抛到半空，这种场面除了电影里我还从未在实际生活中见过。雅各布斯握住她的肩膀，让她面朝观众——台下人人都万分激动，我也一样——然后熟练地掏出麦克风，就像一个作秀老手。

“罗伊娜，走到你丈夫身边！”雅各布斯对着麦克风大喊，“走向他吧，每走一步就赞美耶稣一遍！每走一步就赞美耶稣一遍！赞美他的圣名！”

她踉跄地走向她的丈夫，伸出双臂以保持平衡，边走边掉眼泪。一个穿着绿背心的接待员推着轮椅紧随其后，以防她两腿发软突然跌倒，然而并没有。

这场面持续了一个小时。音乐从未休止，提着募款大篮子的接待员也没有停歇。雅各布斯没能治好每一个人，但我敢说他的工作人员无疑刷爆了那些乡巴佬的信用卡。很多坐轮椅的人被圣戒接触后仍无法站立，但有六个人的确做到了。我写下所有人的名字，划掉了那些治了跟没治一个死样的人。

一位患白内障的女人声称她重见光明了，亮光下，那层奶白色的膜状物似乎真的不见了；一个人一条弯曲的胳膊可以重新伸直了；一个患有某种心脏缺陷的婴儿突然不哭了，就像合上开关一样；一位拄着加拿大式拐杖、垂着头的男人上前接受治疗后扯掉了颈托，抛掉了拐杖；一位身染晚期慢性阻塞性肺病的女人摘掉了氧气面罩，声称可以自由呼吸了，胸前的负重感也一去不返。

许多医治效果可能都无法量化，很有可能其中一些是托儿。比如一个自称身患胃溃疡三年的男人，说自己的胃第一次感觉不同了；还有一个患糖尿病的女人，一条腿的膝盖以下做了截肢，宣称重新能感觉到双手和剩下那条腿的脚趾了；还有两个慢性偏头痛的患者做见证说头痛已经消除了，感谢上帝，完全不痛了。

反正他们报上自己的姓名和家乡时，我都记下来了。布里安娜·唐林很在行，她对这个项目很感兴趣，我想给她提供尽可能多的资料。

那天晚上，雅各布斯只摘除了一个肿瘤，那家伙的名字我都懒得写，因为我看到雅各布斯在使用魔戒前把手快速伸进了走秀夹克里。他给台下喘着粗气、欣喜若狂的观众所展示的肿瘤在我看来出奇地像超市里卖的小牛肝。他把肿瘤交给其中一个“绿背心”，那人接过后迅速丢进一个罐子里，急急忙忙拿走了。

最后雅各布斯宣布医治神力当晚已经耗尽。耗没耗尽我不清楚，不过他看上去是筋疲力尽了，其实是面无血色。他的脸依然是干的，但衬衫已经紧贴前胸了。那些没有得到治疗的人不情愿地散去（许多无疑会追随他到下一次复兴大会），雅各布斯后退回来，脚底踉跄了一下。阿尔·斯坦珀伸手抓住他，这次他没有拒绝。

“让我们祈祷吧。”雅各布斯说道。他一时喘不过气，我难免担心他当场昏厥或者心力衰竭。“让我们感谢上帝，我们将重担给了他。感谢过后，兄弟姊妹们，阿尔和戴文娜，还有知更鸟唱诗班，会用歌声伴我们退场。”

这次他没有试着跪下，但众人都跪了，包括一些不曾想象有生之年还能跪下的人。传来衣服的窸窣声，几乎把我身边的呕吐声掩盖住。我回过头，刚好看到休的格子衬衫消失在帐篷入口处的门帘之间。

• • ● • •

我在15英尺外一个路灯下找到了他，他深深弓着腰，抓着自己的膝盖。夜晚温度骤降，他两脚之间的水坑微微冒汽。我走到休的跟前，他还在狂吐，地上那摊越来越大。我碰碰他胳膊，他猛地一惊，一个趔趄差点儿跌进自己的呕吐物里，果真那样的话，回家途中可要“宝马雕车香满路”了。

他看我时那种慌张神色就像一头被森林大火包围的动物。他放松下来，直起身子，从后兜里抽出一条老式牧场主的大手帕，擦了擦嘴。他的手一直颤抖不停，面容惨白。无疑这一部分是由于路灯发出的强光，但并非全部原因。

“对不起，杰米。你吓了我一跳。”

“我注意到了。”

“我猜是太热导致的。我们走吧，你说呢？离开这群人。”

他开始朝那辆林肯走去。我碰到了他的手肘，他把手肘撤开。不过不完全如此，他其实是缓缓挪开。

“究竟怎么回事？”

他一开始没有回答，只是径直走向停车场的另一端，他那辆从底特律开过来的豪车就停在那里。我走在他旁边。他走到车前，把手放在那露水打湿的引擎盖上，为了舒缓一下。

“是棱镜虹光，好久没有出现过了。在他治疗最后一个——那个自称车祸后腰部以下瘫痪的人时，我就感受到了。当他从椅子上站起来时，一切都变得清晰，变得锐利了。你知道吧？”

我不知道，但还是附和地点了点头。身后的信徒们依旧欢快地一边鼓掌，一边撕心裂肺地高唱《深爱我主耶稣》。

“然后……当老牧师开始祈祷时……那些颜色……”他盯着我，嘴角不停颤抖，看上整个人好像老了20岁，“颜色特别明亮，把一切都粉碎了。”

他伸出手用力拽住我的衬衫，抓得如此之紧，竟扯掉了我两粒纽扣。这是即将溺死之人的用力一握。他眼睛睁得巨大，充满恐惧。

“然后……然后所有的碎片重新拼凑在一起，但颜色却没有消失。那些颜色舞动着和扭曲着，像北极冬夜里的极光。而那些人……他们不再是人了。”

“那他们是什么呢，休？”

“是蚂蚁，”他低声说，“巨型蚂蚁，只在热带森林里生活的那种。有棕色的、黑色的和红色的。它们睁着毫无生气的眼睛盯着他，嘴里还沁着它们的毒液——蚁酸。”他长长地吸了一口气：“如果我再看到这种东西，我就不活了。”

“已经消失了，对不？”

“是的，消失了。感谢上帝。”

他从裤兜里拽钥匙，结果钥匙掉到了地上。我捡起来，说：“我来开吧。”

“好，你来开。”他走向副驾驶座位，然后看着我说，“你也是，杰米。我转身找你，结果旁边是一头巨蚁。你转过身……看着我……”

“休，不是我。我差点儿没看到你出去。”

他仿佛没有听到。“你转过身……看着我……我猜你是想朝我微笑。你周身五光十色，但双眼却毫无生气，跟其他人一样，还含着满嘴的毒液。”

他一路沉默无语，直到我们回到通向狼领的大木门。门是关着的，我下车去开门。

“杰米。”

我转过头看他。他恢复了几分血色，不过只是一点点。

“永远不要再跟我提他的名字，永远不要。一旦你提了，你就别在这儿待了。清楚了吗？”

我清楚，但这并不意味着我会就此罢休。

IX

枕畔读讣告 / 又见凯茜·莫尔斯 / 铁扉公寓

2009年8月初，一个星期天的清晨，我和布里安娜·唐林在床上浏览着讣告。多亏了她那电脑达人才能掌握的技巧，她从十几家主流美国报纸中收集到了讣告，按字母顺序排序方便浏览。

这不是我们第一次在如此惬意的条件下“共事”了，但我们都知道离最后一次越来越近了。9月份布里安娜就会动身前往纽约去面试IT工作，是那种入门级就能给出六位数高薪酬的公司——她已经在日程表上排好了四个面试，我也有我自己的打算。不过我们共处的时光对我来说各个方面都很美好，我也没有理由不相信她说她也乐在其中。

我不是第一个跟年龄不到自己一半儿的女人厮混的男人，如果你说我是老色鬼、老糊涂，我也不跟你争辩，不过有时候这种关系是过得去的，至少短期来说。我们都没有过度依赖，也没幻想会长久。它就那么发生了，还是布里安娜迈出的第一步。这是发生在诺里斯郡复兴帐篷会三个月之后的事（也就是我们网上调查的第四个月）。我不是一个很难搞定的人，尤其是当晚她在我公寓里脱掉衬衫和裙子之后。

“来真的？”我问道。

“当然。”她露齿一笑，“我很快就要去更广阔的世界闯荡了，在这之前我最好先把恋父情结给解决掉。”

“你恋的父是个白人前吉他手？”

这把她逗笑了：“杰米，关了灯还分什么黑白。那我们还要不要往下继续？”

我们往下继续了，感觉非常棒。要是说她的年轻肉体没能让我兴奋，那我绝对是在撒谎——她才24岁，但要是说我还能想来就来，那我也是没说实话。头个晚上我四仰八叉地躺在她身边，梅开二度后筋疲力尽，我问她乔治娅会怎么看。

“她反正不会从我这儿知道。她会从你那儿知道吗？”

“不会，不过尼德兰只是个小镇。”

“话是不错，在小镇上，再谨慎也有限。如果她敢问我，我就提醒她，说她以前可不光是给休·耶茨算账这么简单。”

“你说真的？”

她咯咯笑了：“你们白人男孩儿还真傻得可以。”

她那边床头放着咖啡，我这边床头放着茶，我们支着枕头坐起来，她的笔记本电脑就放在我们之间。夏日的阳光——晨光尤其美妙——在地板上投下一道椭圆。除了一件我的T恤衫外，布里身上什么都没穿。她短短的头发，就像一顶带卷的黑帽子。

“没有我，你也一样能查，”她说，“你只是假装电脑盲——这样你好把我留在身边，晚上折腾我，不过使用搜索引擎其实没那么难。而且你已经搜得差不多了，不是吗？”

其实，的确如此。我们是从丹·雅各布斯奇迹见证网页上的三个名字开始的。罗伯特·里瓦德，圣路易斯一名肌肉萎缩症得到治愈的男孩儿，是名单上的第一位。布里往这份三人名单上加上了我在诺里斯郡的复兴大会上确认的名字——例如罗伊娜·米图尔，她的突然治愈是难以辩驳的。如果她踉踉跄跄、哭哭啼啼地走向她丈夫的那一段是演出来的，那她当之无愧可以拿奥斯卡奖了。

布里一直在追踪丹尼·雅各布斯牧师的医治复兴之旅，从科罗拉多州到加利福尼亚州共10站。我们一起看了他的网页上“奇迹见证”栏目里最新添加的YouTube视频，热情不亚于海洋生物学家研究新发现的鱼类品种。我们逐个辩论其可信度（先是在客厅里，然后是在这张床上），最终归出四类：绝对扯淡、基本扯淡、无法确定和不信都难。

在这个过程中，一份主要名单慢慢浮现。在那个8月里阳光明媚的早上，在我那个二楼公寓的卧室里，我们的名单上共有15个名字。这些医治案例是我们觉得98%可靠的，是从一个几乎有750人的名单逐步拣选出来的。罗伯特·里瓦德在名单里，来自阿尔伯克基的梅布尔·杰根斯在名单里，还有罗伊娜·米图尔和本·希克斯——那个在诺里斯郡博览会帐篷里摘掉颈部支架，丢弃拐杖的男子。

希克斯是一个有意思的案例。雅各布斯继续巡回医治数周后，《丹佛日报》有文章见报，而希克斯本人和他妻子都确认了报道的真实性。希克斯是丹佛社区学院的历史系教授，声誉无可挑剔。他自称是宗教怀疑论者，把自己出席诺里斯郡复兴会视作万不得已的“最后一招”，他太太确认了这一点。“我们又震惊又感恩。”她说道。她还说他们又重新开始去教堂了。

里瓦德、杰根斯、米图尔和希克斯，以及我们主要名单上的每个人都被雅各布斯的“圣戒”接触过，时间都在2007年5月到2008年12月之间，医治复兴之旅最后一站是圣迭戈。

布里一开始是以一种轻松的心态来跟进的，但是到了2008年10

月，她的态度沉重起来。那是在她从门罗郡的《电讯周报》找到一篇有关罗伯特·里瓦德的报道之后——其实只是一篇讽刺小品，说“奇迹男孩儿”以“无关乎他早先肌肉萎缩症的原因”住进圣路易斯儿童医院。

布里四处查询，电脑和电话双管齐下。里瓦德的父母拒绝跟她说话，但是当布里跟该儿童医院的一名护士说她在努力揭发丹尼·雅各布斯的骗局后，护士终于同意开口。严格说来这并非我们的本意，但却很有效。布里再三保证她不会在任何文章或书中提及她的名字后，护士说罗伯特·里瓦德被送入医院是因为一种“连锁头痛”，医院还给他做了一系列测试来排除脑肿瘤的可能性。脑肿瘤的可能性被排除了，但最后这个男孩儿被转院送进密苏里州奥克维尔的加德岭。

“那是什么类型的医院？”布里问道。

“精神病院。”护士说。布里还没来得及消化完，她又说：“进了加德岭的人，几乎没有出来的。”

她试图查探加德岭的更多信息，却一筹莫展。考虑到里瓦德是我们头号患者，我亲自飞到圣路易斯，租了一辆车，开到了奥克维尔。在医院旁边的酒吧里消磨了多个下午后，我终于找到一个收60美元就肯开口的勤杂工。那名勤杂工说罗伯特·里瓦德走路没问题，但从未走出过病房的角落。走到角落后，他就只是站在那儿，像孩子犯错之后面壁思过一样，一直站到有人把他领回床上或者附近的椅子上。状态好的时候他会吃东西，状态不好的时候——这种情况更多见，他只能靠导管喂食。他被列入半紧张性精神分裂症。用那名勤杂工的话来说就是：植物人。

“他还遭受连锁头痛吗？”我问他。

勤杂工耸了耸他厚实的肩膀：“谁知道呢？”

的确如此，谁能知道。

• • ● • •

从目前状况看来，九个在我们主要名单上的人都状态良好。包括罗伊娜·米图尔，她又恢复了教学，还有本·希克斯，在2008年的11月，也就是他被治愈的五个月后，我亲自采访了他。我没有跟他和盘托出（比如，对于电我只字未提，无论是家用电还是奥秘电流），但是我分享了足够的信息来证明我的诚意：比如在20世纪90年代早期被雅各布斯戒除毒瘾，后来出现一系列后遗症，这些后遗症逐渐减少并最终消失。我想知道的是他是否也遭受了一系列后遗症——意识中断、眩光、梦游或是偶发妥瑞氏症。

一项都没有，他实在好得不能再好了。

“我不确定是不是上帝经由他来显示奇迹，”希克斯在他办公室里边喝咖啡边告诉我，“我妻子很肯定，随便她了，我无所谓。反正我现在没病没痛，每天走两英里路。再过两个月，我估计就康复到可以打网球了，只要是双打就行，这样我只要跑几步就好。我就只在乎这些。如果他真像你说的那样治愈了你的病，你就能懂我的意思。”

我懂，但我还知道更多。

比如罗伯特·里瓦德正在精神病院里接受治疗，通过静脉注射葡萄糖，而不是和他的朋友们喝可乐。

比如帕特里夏·法明戴尔，她在怀俄明州的夏延市治愈了周围神经病变，但却往眼睛里撒盐，明摆着想弄瞎自己。她不记得做过这件事，更想不起为什么。

比如来自盐湖城的斯特凡·德鲁据称脑肿瘤得到治愈后，暴走不停。他有时候一走就是15英里的马拉松，而且不是在意识中断时出现的；他就是有冲动要走，他说他非走不可。

比如来自阿纳海姆的韦罗妮卡·弗里蒙特，曾经遭受间歇性视觉中断，导致她有一次跟一辆车低速碰撞。她的毒品和酒精测试结果都是阴性，但她还是上交了自己的驾照，以免类似情况再发生。

比如在圣迭戈，埃米尔·克莱因的颈伤治愈后，却发了周期性的强迫症，要去后院吃土。

还有拉斯维加斯的布莱克·吉尔摩，他宣称查·丹尼·雅各布斯在2008年夏末治好了他的淋巴瘤。一个月后他丢掉了21点发牌手的工作，原因是朝顾客骂脏话，比如“抽你妈的烟”“你个没用的死屁眼”之类的话。当他开始朝他的三个子女骂这种话时，他被老婆轰了出去。他搬去了时装秀大道北边的一个没人知道的汽车旅馆。两周以后，他被发现死在浴室的地板上，手里拿着一瓶万能胶。他用这瓶万能胶把自己的鼻孔和嘴巴封了起来。他并不是布里使用搜索引擎找到的唯一跟雅各布斯相关的死讯，但却是我们唯一肯定两者有关的。

直到发现凯茜·莫尔斯的案例。

● ● ● ● ●

虽然喝了一大杯早餐红茶，我又开始昏昏欲睡。我把这怪罪到布里的笔记本电脑的自动滚屏功能。虽然很有帮助，但也很催眠。

“亲爱的，容我化用阿尔·乔尔森的一首歌名：‘你还啥都没看到呢’，”她说，“明年苹果会出一款像记事本那么大的电脑，将会革新——”她话还没说完，“叮”的一声自动滚屏停住了。她看了一眼屏幕，有一行用红色高亮了起来。“啊噢，这是我们最开始的时候你给过我的一个名字。”

“啥？”我想说的是“谁”。我当时只给了她几个名字，其中一个还是我的哥哥阿康。雅各布斯声称那个只是安慰剂，不过——

“拿好你的水，我来点链接。”

我凑过去看。我第一感觉是松了口气：不是阿康，当然不是。第二感觉却是阴沉恐怖。

这则讣告来自塔尔萨的《世界报》，是关于凯茜·莫尔斯的，享年38岁。讣告说她死得很突然，以及“凯茜悲伤的父母表示，与其送鲜花，更希望哀悼者捐助自杀防治行动网站，捐款可以抵税”。

“布里，”我说道，“转到上周的——”

“我知道该怎么做，我来吧。”然后，她又看了一眼我的脸，“你还好吧？”

“还好。”嘴上这么说，心里其实不确定。我一直在回想多年以前凯茜·莫尔斯一步一步走上“闪电画像”舞台时的情景，一个漂亮的“抢先之州”的小妞儿，磨边牛仔裙下晒黑的双腿时隐时现。“每一个漂亮姑娘都自带正电荷！”雅各布斯说道，然而在某个时刻，凯茜的能量变成了负电荷。没有提到丈夫，不过这么好看的女生一定不乏追求者。也没有提到孩子。

或许她喜欢女人，我想，但这个想法很蹩脚。

“亲爱的，你要的在这儿，”布里说道，她把笔记本电脑转过来方便我看，“同一份报纸。”

“女子跳下赛勒斯·埃弗里纪念大桥身亡”，标题这样写道。凯茜·莫尔斯没有留下任何字条，让她悲伤的父母困惑茫然。“我不知道是不是有人推了她。”莫尔斯太太说，不过根据文章报道，他杀的可能性得到排除，虽然没有具体说怎么排除的。

“先生，这事儿他以前干过吗？”莫尔斯先生早在1992年时问我。这是在他用拳头招呼我的“第五先生”，打裂他的嘴唇后说的。“像害我们家凯茜一样害过别人吗？”

干过，我现在心想。是的，先生，他干过。

“杰米，你又没法儿确定，”布里摸着我的肩膀说，“16年太长了。可能完全是出于别的原因。她可能是诊断出癌症或其他绝症，感觉无望和痛苦。”

“是他，”我说道，“我知道，而且我相信你现在也知道了。他的大多数研究对象刚开始都好好的，但是有些人脑中有个定时炸弹。凯茜·莫尔斯就有，而且爆炸了。未来10到20年，还有多少人脑中的定时炸弹要爆炸？”

我心想我自己可能就是其中之一，布里当然也知道。她不知道休的事儿，因为轮不到我来说闲话。帐篷复兴会那晚之后，他的棱镜虹光也没有复发——那一次很可能是压力导致的，不过也可能复发过，只是我们未曾谈及，我确信他跟我都心知肚明。

定时炸弹。

“所以你打算去找他。”

“你说中了。”凯茜·莫尔斯的讣告就是我所需要的最后一条证据，是它让我最终下定决心的。

“还要劝他停手。”

“如果我能做到的话。”

“如果他不肯呢？”

“那我就不知道了。”

“如果你想的话，我可以跟你一起去。”

但她并不想，全都写在她脸上呢。她一开始参与是出于一个聪慧女生纯粹的研究热情，还有床笫之欢来助兴，不过现在研究已不再单纯，她也看到了太多足以把她吓坏的东西。

“不许你靠近他，”我说，“不过他已经退隐八个月了，他的每周电视节目也开始重播了。我需要你帮我查出他最近在哪儿落脚。”

“这我可以做到。”她把笔记本电脑放在一边，伸手到被子下面，“不过我想先做点儿别的，如果你也有兴致的话。”

我很有兴致。

• • ● • •

劳动节前不久，布里·唐林和我在同一张床上道别。是一场非常肉欲的道别，我们都很满足，但同时也很难过。我比她更难过，我认为。她展望着在纽约的漂亮、独立职业女性的新生活；而我还有不到两年就55岁了。我想这辈子不会再有年轻靓丽的女子了，而事实证明我猜得没错。

她溜下床，双腿修长，裸着动人的身体。“我找到了你想要的，”她边说边开始在梳妆台上翻她的钱包，“这比我预料的要难，因为他目前用的是丹尼尔·查尔斯这个名字。”

“就是他。说不上是化名，不过也差不多。”

“我看更多是出于预防吧。就像名人入住酒店会用假名，或者真名的变体，以避免狗仔队。他是用丹尼尔·查尔斯的名字租的房，这在法律上说得过去，只要他有一个银行账户，而且支票不跳票就行。不过有时候为了守法，不得不用真名。”

“你指的是哪种情况？”

“他去年在纽约州波基普西买了一辆车——不是什么豪车，就是一辆普普通通的福特金牛座，注册用的是真名。”她回到床上，递给我一张纸条，“帅哥，这就是你要的。”

纸上写着“丹尼尔·查尔斯（又名查尔斯·雅各布斯，以及C.丹尼·雅各布斯），铁扉公寓，铁栓镇，纽约12561”。

“铁扉公寓是个什么鬼？”

“是他租的房子。其实是一个庄园，有门禁的那种，所以你小心点儿。铁栓镇在新帕尔茨往北一点儿，邮政编码不变。在卡茨基尔镇里面，就是瑞普·凡·温克尔当时跟小矮人打保龄球的地方。不过——嗯，你的手好暖——那时候他们管这叫‘九柱戏’。”

她依偎得更近了，我说了我这个年纪的男人越来越常说的一句：好意心领，但我恐怕力不从心。回想起来，当时真该再努把力。最后要是再来一次该多好。

“没关系，亲爱的。抱着我就好。”

我抱着她。我们好像睡了过去，因为等我醒来的时候，阳光已经从床上移到了地板上。布里一跃而起，开始穿衣服。“得赶紧了。今天还有好多事儿要做呢。”她把胸罩钩上，从镜子里看我。“你准备什么时候去找他？”

“大概10月之后吧。休那边有个人正从明尼苏达过来接我的活儿，但10月前到不了。”

“你可要跟我保持联系，电子邮件和电话。你去了那边之后可得每天跟我联系，不然我会着急的。我可能还会开车去找你，好确保你没事儿。”

“千万别这样。”我说道。

“你只要别失踪，我就不会。”

她穿好衣服，坐在床边。

“其实你并不是非去不可。你想过这点吗？他没有计划新的医治之旅，网站也停滞了，他的电视节目现在除了重播也没新内容了。我前几天还看到一篇博文，叫作《丹尼牧师去哪儿了？》，后面跟帖讨论有好几页。”

“你想说的是……？”

她拉着我的手，跟我十指紧扣。“我们知道——好吧，说不上知道——不过可以肯定的是，他帮助别人的时候，也伤害到了一些人。这没错，木已成舟。不过只要他停止医治，就不会伤害到更多的人。既然如此，又何必跟他当面对质？”

“他要是停止医治，只是因为他赚够了钱要干别的去了。”

“什么别的？”

“不清楚，不过从他这一路看来，肯定是什么危险的事情。还有，布里你听我说。”我坐起来，拉起她另一只手，“别的不说，总要有人来让他为他的所作所为负责。”

她举起我的双手，一边亲了一下：“不过，亲爱的，这个人一定要是你吗？毕竟你是他的成功案例之一。”

“我想恰恰是因为这个原因。而且查理和我……说来话长。确实说来话长。”

我没有去丹佛国际机场给她送行，是她妈去送的。不过她着陆后给我打了电话，可以感觉到她既紧张又兴奋。她在展望未来，而不是回首过去。我为她高兴。20分钟后，我的电话再次响起，我以为又是她，结果不是。这次是她母亲。乔治娅想找我谈谈，一起吃个午饭。

这下不好了，我心想。

我们在麦基餐厅吃的饭，吃得不错，聊得挺愉快，主要是关于音乐方面的业务。我们饭后没要甜点，而是要了咖啡，乔治娅将她丰满的胸脯往桌上一靠，开始切入正题了。“嗯，杰米。你们俩算完事儿了？”

“我……呃……乔治娅……”

“天啊，别跟我吞吞吐吐的。你清楚得很，我又不会把你给吃了。我要是真想这样，去年就下手了，她跟你第一次上床的时候。”她看着我的表情，微笑起来，“别乱猜，她没有跟我说，我也没问。问都不用问，她在我面前就像白纸一样。我敢打赌，她肯定跟你说我以前跟休也有一腿。对不？”

我在唇边做了一个拉拉链的手势。她的微笑变成了大笑。

“噢，这个好。我喜欢。而且我也喜欢你，杰米。我第一次见到你就对你印象不错，当时你瘦得像铁轨一样，还在跟你体内的毒品抗争。你长得像比利・爱多尔，不过是从下水道拖上来的那种。我对跨种族没意见，年龄方面我也不介意。你知道我够年纪拿驾照开车的时候，我爸给了我什么吗？”

我摇摇头。

“一辆1960年的普利茅斯老爷车，前面格栅缺了一半儿，轮胎都磨光了，车门槛板都锈掉了，而且特费机油。他管那车叫垃圾车。他说每个新司机都该找辆破车上路，然后再升级到一辆像样的车。你懂我意思不？”

再清楚不过了。布里也不是修女，在我出现之前，性爱方面她该玩的都玩过了，不过我是她的第一段长期交往。到了纽约，她会找个更好的——就算不是跟她同肤色，肯定年龄会跟她更近。

“我只是想先把这个说清楚，然后才跟你说我真正想说的。”她又往前靠了一点儿，丰满的胸脯差点儿把她的咖啡杯和水杯掀翻。“她不肯告诉我她为你所做的研究，不过我知道这事儿把她吓坏了，有一次我去问休，他恨不得把我给生吞了。”

蚂蚁，我心想。在他眼里，所有聚众看上去都像蚂蚁。

“跟那个牧师有关。这个我知道。”

我一直沉默。

“你哑巴了？”

“你这么说也没错。”

她点点头，坐了回去。“没关系。随你便。不过从今往后，我希望你别再把布里安娜搅进去。能做到吗？看在我之前从没开口让你别碰我女儿的分儿上？”

“她已经不插手了。我们达成了共识。”

她一本正经地点了点头。然后说：“休说你要度假。”

“是的。”

“你要去找那个牧师？”

我一直沉默。这等于是默认了，她明白。

“小心点儿。”她把手伸过桌子来跟我十指紧扣，她女儿也喜欢这样。“我不知道你跟布里在调查什么，不过她为此忧心忡忡。”

● ● ● ● ●

10月初的一天，我飞到纽堡的斯图尔特机场。树木开始变色，往铁栓镇一路的风光很美。等我到达的时候，已经暮色四合，我入住了一家当地的6号汽车旅店。那里面拨号网络都没有，更别说Wi-Fi了，导致我的笔记本电脑无法跟屋外的世界互联了。但我不需要Wi-Fi也能找到铁扉公寓，因为布里已经帮我找好了。就在铁栓镇中心以东4英里，27号公路上，一度归祖上显赫的范德·赞登家族所有。到了20世纪初，显然是祖上余荫用尽了，因为铁扉公寓被卖掉，转型成了高价疗养院，专养醉酒的绅士和超重的贵妇，一直持续到21世纪初。然后又开始待价租售。

我以为我会失眠，没想到一闭眼就睡着了，心里还在盘算着见到雅各布斯时该说什么，如果能见到的话。醒来时是另一个秋高气爽的日子，我决定到时候看情况，见机行事。我想，如果我不设定轨道，就不可能脱轨（这逻辑可能站不住脚）。

我9点的时候取了我租的车，驱车四英里，什么也没发现。又开了一英里左右，我在一个卖时令农产品的摊位停了下来。他家的土豆在我这种乡下人看来真是小得可怜，不过南瓜却令人咋舌。摊位由一对青少年来看管。从他们相似的长相看来，应该是姐弟。他们的表情看似又笨又无趣。我问他们铁扉公寓怎么走。

“你已经过了。”姑娘说。她年纪较大。

“我猜也是。我只是不知道我是怎么错过的。我也是按照指引来走的，而且那地方也应该不小。”

“那里以前有个牌子，”男孩儿说，“不过新租客把牌子给摘了。我爹说，他大概不愿意被人打扰。我娘说他八成自负得很。”

“闭嘴，威利。先生，你要买东西吗？我爹说我们今天要卖掉30美元的东西才能收摊儿。”

“我买一个南瓜吧，如果你能给我指指路的话。”

她夸张地叹了口气：“一个南瓜，才1.5美元。真了不起……”

“那一个南瓜卖5美元怎么样？”

威利和他姐姐交换了一下眼神，然后她笑了。“这还差不多。”

我那昂贵的南瓜坐在后座上，像一个橙色的小月亮，我按原路开了回去。女孩儿让我留意一块喷着“金属乐队万岁”的大石板。我看到了石板，减速到每小时10英里。大石板过了一点儿，我来到先前错过的岔路。路是铺好的，但入口处杂草丛生，堆满了掉落的树叶。

看上去仿佛有意掩护。我问了摆摊儿的那两个孩子知不知道新住户是做什么的，他们只是耸耸肩。

“我爹说他可能在股市赚了钱，”女孩儿说，“住那地方肯定很有钱。我娘说那里至少有50间房。”

“你去找他干吗？”男孩儿问。

姐姐给了他一肘子：“真没礼貌，威利。”

我说：“如果他真是我想找的那个人，那我们认识已经很久了。而且多亏了你们，我还能给他带份礼物。”我掂了掂南瓜。

“这么大个儿的南瓜可以做很多个南瓜派了。”男孩儿说道。

做南瓜灯笼也行，我边想边转进了去铁扉公寓的小道上。树枝擦过我的车的两侧。灯笼里不搁蜡烛，要放电灯，就放在雕刻出的两个眼睛后面。

这条路——过了高速公路的交叉口之后，宽敞而且铺设得很好——往上爬坡，有好几个S形转弯。还有两次我得停车，因为有鹿从我车前跳过。它们看着我的车却毫不在意。我猜这片树林里已经很久没有人狩猎了。

前行四英里，我来到了一扇关闭的锻铁大门前，侧面贴着告示，左侧写着“私人住宅”，右侧写着“请勿擅闯”。一个粗石柱子上有一个对讲机，上面有个摄像头朝下拍着访客。我按下了对讲机上的通话键。我心跳得厉害，汗流浃背：“你好？有人在吗？”

一开始没回应。终于有个声音说：“有什么可以帮到你吗？”清晰度远胜于大多数对讲系统，其实效果相当好，不过鉴于雅各布斯爱好这些，我并不感到吃惊。这不是他的声音，但听着耳熟。

“我来找丹尼尔·查尔斯。”

“查尔斯先生不会见没有预约的访客。”对讲机跟我说。

我考虑一下，然后再次按下通话键。“那丹·雅各布斯呢？那是他在塔尔萨用的名字，他那时候经营一个嘉年华秀，叫‘闪电画像’。”

对讲机中的声音说：“我不知道你在说什么，我确信查尔斯先生也不知道。”

谜底揭开，我知道这饱满的男高音是谁了：“斯坦珀先生，告诉他，杰米·莫顿来访。跟他说，他第一次施展医疗奇迹的时候，我就在现场。”

接下来是一阵长长的停顿。我以为对话已经结束，而我则像是被丢进了一条没有桨的船，在河上不知所措。除非我想拿租来的车去撞这铁门，不过这种对抗下，我估计赢的是铁门。

我正要转身离开，阿尔·斯坦珀说：“哪个奇迹？”

“我哥哥康拉德失声了。雅各布斯牧师让他重新开口说话。”

“抬头看摄像头。”

我照办了。过了几秒钟后，对讲机里传出另一个声音。“进来吧，杰米，”查尔斯·雅各布斯说道，“见到你真好。”

电动马达开始转起，铁门沿着一条隐藏的轨道打开。就像耶稣漂过太平湖，我一边开车一边想。前面又是50码左右的急转弯上坡，我还没转过去，就看到大门开始关上了。这让我联想到伊甸园的原住民吃了不该吃的苹果被赶了出去——有这种联想我并不惊讶，我毕竟是读着《圣经》长大的。

• • ● • •

铁扉公寓里面很大，可能原本是维多利亚风格，扩建之后混进了其他实验性建筑元素。有四层楼，许多山墙，西侧有一个玻璃圆拱，俯瞰哈得孙河谷的山谷和池塘。27号公路就像是一个色彩斑斓的风景画上的一条黑线。主建筑表面贴板条，外围嵌饰白线，还有几幢附属建筑与之相配。我想知道哪一个是雅各布斯的实验室。肯定有一个是，这个我可以肯定。建筑后面，土坡更加陡峭，往后就是树林了。

一度供服务生给温泉爱好者和酒鬼的车卸货的门廊下面，停了一辆毫不起眼的福特金牛座，雅各布斯是用真名来注册的。我把车停在其后，走着台阶上了一个像足球场那么长的走廊。我伸手想按门铃，但我还没来得及按，门就自己开了。阿尔·斯坦珀穿着20世纪70年代的灯笼裤和一件扎染T恤衫站在我面前。他比起我上次在帐篷复兴会上见到时又发福了，体形看上去就像一辆搬家卡车。

“你好，斯坦珀先生。我是杰米·莫顿。我是你的早期作品的忠实粉丝。”我把手伸过去。

他没跟我握手：“我不知道你想要什么，但雅各布斯先生不希望任何人打扰。他有很多工作要做，而且他健康状况不佳。”

“你怎么不叫他丹尼牧师？”我问道。（其实更是揶揄。）

“到厨房来。”嗓音是温暖而饱满的“灵乐教父”的声音，但脸上表情却在说，你这种人去厨房就够了。

乐意如此，对我这种人来说，厨房已经够好了。不过在他带我前去之前，传来另一个声音，一个我熟悉的声音惊呼道：“杰米·莫顿！你来得真是时候！”

他来到大厅，稍微跛足，而且略向右倾。他的头发几乎全白，已经退到太阳穴后面，露出光亮的头皮。他那双蓝眼睛却依然犀利如初。微笑时嘴唇后收，看上去（至少在我看来）仿佛有点儿贪婪的味道。他越过斯坦珀，视那个大块头如无物，然后伸出右手。他今天右手上没有戴戒指，不过左手上戴了一个朴素的金戒指，很细且有划痕。我确信与之相配的那枚戒指已经埋在哈洛镇公墓的土壤之下，而戴着戒指的手指也不过是白骨而已了。

我跟他握了握手："查理，我们离塔尔萨真是好远好远了，你说是不？"

他点点头，不住地握我的手，仿佛政治家在拉选票。"好远，好远。你多大了，杰米？"

"五十三了。"

"家人呢，还好吗？"

"我跟他们聚得不多，不过特里还在哈洛，跑燃油业务。他有三个孩子，两个男孩儿一个女孩儿，都长大了。阿康还在夏威夷观星。安迪几年前去世了，是中风死的。"

"很抱歉。不过你看上去好极了，健健康康的。"

"你也是。"这就是当面谎言。我念头一闪，想起美国男性的三个年龄段——青少年、中年和"你看上去真棒"的时期。"你都多大岁数了，七十？"

"差不多。"他还在握着我的手。他握得很有力，但我仍能感到有点儿颤抖，仿佛潜伏在皮肤之下。"那休·耶茨呢？你还在给他打工吗？"

"是的，他很好。隔壁房间有针掉下来都能听见。"

"真好，真好。"他终于松开了我的手，"阿尔，杰米跟我有很多要聊的。你给我们倒两杯柠檬水好吗？我们会去图书馆。"

"你可别累着，好吗？"斯坦珀说完，用不信任和反感的眼神看着我。他这是嫉妒，我心想。自从上次巡回之旅之后，他就一个人霸占着雅各布斯，他希望不要变。"你得留着体力来工作。"

"我没事儿，再没有比老朋友更好的补药了。跟我来，杰米！"

他领我下到大堂，经过一个饭厅，左边有普尔曼式列车那么长，右边有三个客厅，中间那个有一盏巨大的吊灯，看上去就像詹姆斯·卡梅隆拍《泰坦尼克号》用剩下的道具。我们穿过一个圆形大厅，木地板在这里换上了光滑的大理石，落脚之处还有回音。天气很暖和，房子里却很舒服。我能听到空调的轻声低语，心想在8月天里给这个地方制冷得花多少空调费，当时的天气可不只是暖和而已。回想起塔尔萨的车房，我估计当时花的钱很少。

图书馆是房子尽头的圆形房间。转角书架上放着几千本书，不过这里风景如此之美，谁还有心思读书呢。西侧的墙完全是玻璃制成，可以远眺哈得孙河谷几英里远，尽头是钴蓝色的河水闪闪发光。

“治疗回报甚丰啊。”我又想起山羊山，那里的富人乐园修起铁门来把莫顿家的乡下人挡在外面。有些风景只有钱能买到。

“方方面面都是如此，”他说，“我不用问你有没有复吸，我从你的脸色就能看出来，还有你的双眼。”提醒完我欠他的债，他请我坐下。

人到了这里，在他跟前，我却不知从何说起了。尤其是阿尔·斯坦珀——助理兼管家——随时会端着柠檬水进来，我也没打算要开口。结果却不成问题。我还没来得及找一些无意义的闲聊来打发时间，沃-利特斯乐队的前主唱就进来了，脾气看上去前所未有地差。他在我们之间的一张樱桃木桌上放下一个托盘。

“谢谢你，阿尔。”雅各布斯说道。

“乐意效劳。”他只跟老板说话，全然不理我。

“裤子不错嘛，”我说道，“让我想起比吉斯乐队不搞超验音乐转投迪斯科的那段时期。你得找双复古的厚底鞋来搭配。”

他给我了一个不怎么友善（简直有违基督教）的眼神，然后走了。他是大踏步离开的。

雅各布斯拿起柠檬水小口喝了起来。从上面浮起的果肉看来，这应该是现做的柠檬水。从他放下杯子时冰块的碰撞声听来，我之前猜他中风也是分毫不差。福尔摩斯那天都相形见绌。

“杰米，这可真无礼啊，”雅各布斯说，不过听上去仿佛他也被逗乐了，“尤其作为一个来客，还是个不速之客。劳拉都要害臊了。”

他提及我母亲，显然是有意为之，但我不去理会：“不管是请来的还是不请自来的，你看到我似乎很高兴。”

“当然。为什么不呢？喝口柠檬水，你看上去很热。而且，实话说，你看上去感觉不大自在。”

我是不大自在，但好歹我并不惧怕。其实我是心里有气。我现在坐在这个巨型豪宅里，四周是巨大的庭院，无疑还包含巨大的泳池和高尔夫球场——或许杂草丛生无法打球了，但仍是这庄园的一部分。这是查尔斯・雅各布斯晚年用作电学实验的豪华之家。而此刻，罗伯特・里瓦德正站在一个角落里，很可能还穿着尿布，而他现在有远比尿裤子要严重得多的问题。韦罗妮卡・弗里蒙特正坐公交车去上班，因为她不敢开车。而埃米尔・克莱因可能还偶尔拿泥土当零食。还有就是凯茜・莫尔斯，那个娇俏的俄克拉何马州姑娘，现在已经躺在棺材里了。

悠着点儿，白人男孩儿，耳畔响起布里的忠告。悠着点儿！

我尝了口柠檬水，然后将它放回托盘上。我可不想污损了那昂贵樱桃茶几的桌面，这破玩意儿搞不好还是件古董呢。好吧，也许我心里还是有恐惧，但至少杯子里的冰块没有响个不停。雅各布斯把右腿翘到左腿上，但我注意到他要用手来帮忙。

“关节炎？”

“对，但不算太糟。”

“真稀奇，你怎么不用你的圣戒来给你自己治治，还是说这么做算是自虐？”

他凝望窗外的美景，没有作答。又浓又粗的灰色眉毛——一字眉，在他那双凌厉的蓝眼睛上拢了起来。

“还是因为你害怕后遗症？”

他举手做了喊停的手势：“别含沙射影了。杰米，你跟我不必来这套。你我命运纠缠至此，根本用不着来这套。”

“我不相信命运，正如你不相信上帝。”

他转身对着我，再一次给我那种只有牙齿没有热度的微笑。“我再说一次：够了。你告诉我你为何而来，我告诉你我为何见到你很高兴。”

除了直说还真没别的办法。“我是来让你停止你的治疗的。”

他继续小口喝着柠檬水：“我为什么要停止，杰米？我的治疗不是对很多人大有好处吗？”

你其实清楚我为何而来，我心想。接着我又有了一个让我更不自在的想法：你其实一直在等我。

我让自己忘了那个念头。

“对其中一些人并不那么好。”我屁股兜里揣着主要名单，但没必要拿出来了。人名和后遗症我都记住了。我先用休的案例来讲，说他眼前穿插的棱镜虹光，以及他在诺里斯郡帐篷复兴会上发作。

雅各布斯耸耸肩不以为然：“不过是压力所致，后来还有过吗？”

“他没告诉我。”

“我觉得如果有他会告诉你，既然上次发作时你在场。休没事儿的，我确定。你呢，杰米？目前有后遗症吗？”

“噩梦。”

他发出一声礼貌的嘲讽：“人人都会时不时做个噩梦，我也如此。不过你以前有过的意识中断没再发生过吧？没有强迫性说话，肌阵挛性运动，或戳自己皮肤了吧？”

“没有。”

“嗯。你看到了，就跟接种疫苗后手臂酸痛一样。”

“噢，我看你的某些追随者所遭受的后遗症比这要糟糕一些。例如罗伯特・里瓦德，你还记得他吗？”

“有点儿印象，但我治疗过的人太多了。”

“密苏里的那个？肌肉萎缩症？他的视频还挂在你的网站上。”

“哦，对，我想起来了。他的父母给了好慷慨的一笔‘爱的供养’。”

“他的肌肉萎缩症好了，但他的心智也没了。他现在就是个植物人。”

“很遗憾听到这个消息。”雅各布斯说道，他又继续看风景去了——纽约州中部的秋景。

我继续讲完其他案例，显然我所说的他都很清楚。唯一让他吃惊的，是最后我提到的凯茜・莫尔斯的情况。

“我的上帝，”他说，“就是有个愤怒老爹的那个姑娘。”

“我猜那个愤怒老爹这次就不是照你嘴上来一拳那么简单了，当然前提是他要能找到你。”

“或许如此，不过杰米，你没往大处去看。”他往前俯了一下身子，扣着双手，夹在瘦骨嶙峋的双膝之间，“我治疗了太多可怜的人。那些心理问题产生疾病的人，其实是自己把自己治好的，这你肯定知道，但其他人是靠着‘奥秘电流’的力量治愈的。不过功劳最后当然都归了上帝。”

有一阵冷冷的微笑，短暂地露出了他的牙齿。

“让我问你一个假设问题。假设我是一个神经外科医生，你患有恶性脑瘤，过来找我，手术不是不能做，但是非常困难，风险很大。假如我说你死在手术台上的概率为……25%，你还会不会做手术？明知道不做手术的结果就是痛苦一段时间然后必然会死，你当然选择做。你会求着我给你做手术。”

我无话可说，因为这个逻辑不容置辩。

“告诉我，你觉得我用电击法干预治疗过多少人？”

“我不知道。我跟我助手只记录了我们能够肯定的案例，名单很短。”

他点了点头。“很好的研究方法。”

“很高兴你能认同。”

“我有我自己的名单，比你这个长得多。因为治疗的时候我心里清楚，你懂吗？起作用的时候，我从不怀疑。而且基于我的跟进追踪，只有少部分后来有副作用。3%，或者5%。跟我刚才给你的脑肿瘤例子相比，这些结果可以说很了不起。”

他在给病人做“跟进”，而我这个病人却自己找上门了。我只有布里安娜，他有成百上千的追随者在关注他的医治结果，他只要开口找人问即可。“除了凯茜·莫尔斯，我所引用的每个案例你其实都清楚对不对？”

他没回答，只是看着我。他的脸上没有怀疑，只有确凿的肯定。

“你当然清楚，因为你有记录。在你看来，他们就是实验室里的小白鼠，谁在乎小白鼠病几只死几只？”

“这么说就不公道了。”

“我不这么认为。你上演宗教戏码，因为你知道如果你在实验室里这么做——我确定你在铁扉公寓里也有——政府会因为你做人体实验并导致有人死亡而将你逮捕。”我身子往前靠，眼睛盯着他的双眼，“报纸会管你叫约瑟夫·门格勒[1]。”

“难道神经外科医生只因为没治好几个病人就被人称为约瑟夫·门格勒吗？”

“他们不是带着脑肿瘤来找你的。”

“有些人是的，而且其中许多人现在活得好好的，而不是躺在地下。我在作秀的时候是不是也展示过假肿瘤？没错，这并不值得骄傲，但这是必要的。因为肿瘤没了你拿什么来给人看？”他思考了一下，“的确，大多数来帐篷复兴会的人并非身患绝症，但有时候这种非致命的身体缺陷却更糟糕。是那些让他们长命百岁却病痛相伴的痛苦，有时候是苦不堪言，而你却站着说话不腰疼。”他悲伤地摇摇头，眼中却无悲伤之意。他眼里是愤怒。

“凯茜·莫尔斯并没有病痛，她也没有自愿上台。你把她从人群里挑出来，是因为她很性感，在那群乡巴佬眼里秀色可餐。”

正如布里先前说过的，雅各布斯指出，莫尔斯的自杀有可能是其他原因造成的。16年可是一段很长的时间，什么都可能发生。

“你自己清楚。”我说。

他从杯里喝着柠檬水，放下杯子的手现在明显在颤抖：“这番谈话没有意义。”

“因为你不会停手？”

“因为我已经停手了。查·丹尼·雅各布斯不会再搞帐篷复兴会了。现在互联网上对这个人还有一定的讨论和猜测，但群众的注意力

---

① 约瑟夫·门格勒（Josef Mengele，1911—1979），人称“死亡天使”，德国纳粹党卫队军官和奥斯威辛集中营的囚犯医师，曾对集中营里的人进行残酷、科学价值不明的人体实验。——译者注

是短暂的，他很快就会淡出公众视线。”

若真如此的话，我这一趟就像是砸开一道没上锁的门一样多余。我没有感到放心，反而更加不安。

“再过六个月，或者一年，网站就会宣布雅各布斯牧师由于健康不佳而退休，然后网站就会关闭。”

“为什么？是因为你的研究已经完成？”不过我内心不认为查理·雅各布斯的研究真有完成的一天。

他又继续看风景了。他把翘起的腿放下来，然后按着椅子扶手，努力站了起来。“跟我出来一趟，杰米。我有东西要给你看。”

• • ● • •

阿尔·斯坦珀站在厨房桌旁，活像穿着20世纪70年代迪斯科裤子的一座肉山。他正在给邮件分类。他面前是一叠烤华夫饼，上面滴着牛油和糖浆，旁边是一个酒水包装盒。地上椅子旁边有三个美国邮政的塑料箱子，里面的信件和包裹堆得老高。我看着斯坦珀撕开一个马尼拉纸信封，从里头抖出一封字迹潦草的信、一张坐轮椅的小男孩儿的照片和一张10美元钞票。他把那张钞票放进那个酒水包装盒里，扫了一眼那封信，还有声有色地嚼着一块华夫饼。站他身边的雅各布斯显得无比瘦小。这次我想到的就不是亚当夏娃，而是儿歌里的瘦子杰克·斯布拉特和他的巨型太太了。

“帐篷收起来了，”我说，“但‘爱的供养’还源源不断啊。”

斯坦珀给了我一个恶毒而不屑的眼神——两种眼神匪夷所思地结合起来——然后继续拆信和分类，手里的华夫饼也一刻没停。

“每封信我们都读，”雅各布斯说道，“你说是不是，阿尔？”

“是的。”

“你每封信都回吗？”我问道。

“我们应该回信的，”斯坦珀说道，“反正我是这么觉得。其实完全可以做到，只是我需要帮手。再招一个人就够了，还要再添一台电脑，补上丹尼牧师搬进工作室的那台。”

“阿尔，这事儿我们聊过了，”雅各布斯说道，“一旦我们开始跟请愿者通信……”

“这事儿就没完了，这我懂。可是神的活儿谁来做？”

“你不是正在做吗？”雅各布斯说道。他的声音很温柔，眼中仿佛带着乐趣：就像在看一条狗表演杂技。

斯坦珀没有回答，只是开了下一封信。这次没照片，只是一封信和一张五美元钞票。

“来吧，杰米，”雅各布斯说，“让他接着干活儿。”

• ● ⬤ ● •

从车道看来，附属建筑看着规整干净，走近才发现板条开裂，嵌线也得补漆了。我们脚底踩的百慕大草——庄园上次做景观时肯定为此花费不菲——需要修剪了。如果再不修剪，后面两英亩草坪很快就要变成草场了。

雅各布斯停下了脚步：“你猜哪个是我的实验室？”

我指了指谷仓。那是最大的一个，跟他在塔尔萨租的汽车维修铺大小相仿。

他笑了。“你知不知道第一颗原子弹在白沙试射之前，参与曼哈顿项目的人员持续缩减？”

我摇摇头。

“等原子弹爆炸的时候，原本给工人建的临时宿舍已经空了。这是科学研究界一条鲜为人知的规律：研究者逐步靠近他的终极目标的时候，他所需要的辅助设备往往越来越少。”

他引我来到一个不起眼的工具室，拿出一串钥匙，然后开了门。我以为里面会很热，结果却跟大房子一样凉快。左手边是一列工作台，上面只放了几个笔记本和一台苹果电脑，屏幕上正放着万马奔腾的屏幕保护。苹果电脑前面放着一把符合人体工程学的可调节座椅，一定价格不菲。

库房右边架子上堆满了盒子，一条条像镀了银的长条烟盒……不过烟盒可不会发出那种功放才有的嗡鸣。地上是另一个箱子，刷了绿漆，跟酒店里的迷你冰箱一般大小。上面是个电视显示器。雅各布斯轻轻拍了一下手掌，显示器亮了起来，上面显示出一系列竖条，有红的、蓝的和绿的，起起伏伏就像呼吸一样。

“你在这儿工作？”

“是的。”

“设备呢？你的工具？”

他指着那台苹果电脑，然后指向显示器。“那儿呢。不过最重要的部分……”他指着自己的太阳穴，用手做了一个对着脑袋开枪的动作：“是这儿。你现在就站在世界上最先进的电子研究中心。我在这个房间里做出的发现足以让爱迪生的门洛帕克实验室里的发明黯然失色。这是足以改变世界的东西。”

不过这改变是朝着更好的方向吗？我思忖道。房间在我来看仿佛空空如也，但他环视四周，脸上露出那种他特有的梦幻般的表情，让我有点儿不安。但我却不能将他的话视作妄想。银色匣子和冰箱大小的绿箱子让人感到一种沉睡中的力量。人在这库房里，仿佛站在一个全功率的电厂附近，近到可以感到溢出的电伏打击着你嘴里的金牙。

“我目前是通过地热来发电，”他拍了拍那个绿箱子，“这是一台地球同步发生器。下面有个井管，并不比一个中型乡下牛奶厂用的井管要大。然而在半功率下，这台发生器可以产生足够的过热蒸汽，不仅能为铁扉公寓提供能源，为整个哈得孙河谷提供能源都不成问题。在全功率下，它可以把整个含水层烧开，就像茶壶里煮水一样。不过这就跟我们降温的目的背道而驰了。”他开心地笑了。

“不可能。”我说道。不过，当然了，使用圣戒来治愈脑肿瘤和切断的脊髓同样不可能。

“我向你保证，这是有可能的，杰米。只要给我一个再大一点儿的发生器——组装材料我可以轻松邮购买到——我就能照亮整个东岸。”他说话的语气十分平淡，没有吹嘘，仿佛只是在陈述事实。“我没这么做是因为我对创造能源不感兴趣。让这个世界自食恶果吧，反正在我看来他们罪有应得。而就我的目的来说，地热能是一条死路。它还不够。”他若有所思地看着电脑屏幕上的奔马：“我原来指望这儿能更好，尤其是夏天，不过……不提也罢。”

“你说是它们运行靠的都不是常规电流？”

他给了我一个又好笑又鄙视的眼神：“当然不是。”

“这儿靠的是‘奥秘电流’。”

“没错，就是我所谓的‘奥秘电流’。”

“一种自斯克瑞博尼后无人发现的电流，直到你的出现——一个以制作电动玩具为爱好的牧师。”

“噢，有人知道的。至少以前有过。15世纪末，路德维希·普林的《蠕虫的秘密》中有所记载。他管这叫‘宇宙驱动力’。普林其实引用的是斯克瑞博尼的想法。自从我离开哈洛，追寻‘供给宇宙之力’，追寻如何驾驭这种力量，成了我生命的全部。”

我多想将这视作疯人疯语，但他所进行的治疗和他在塔尔萨所制造的诡异三维画像都是有力的反证。或许这并不重要。或许唯一重要的是，他会不会真像他说的那样把查·丹尼·雅各布斯封存起来。如果他洗手不干了，那我的任务也就完成了。不是吗?

他换上了一种教书式的语调："要了解我如何能独立取得如此大的进步，如何做出这么多的发现，你必须先认清楚，科学在很多方面其实像时装界一样善变。美国在白沙引爆第一颗代号'三位一体'的原子弹是在1945年。苏联人在谢米巴拉金斯克引爆第一颗原子弹是四年之后。电最早是1951年在爱达荷州的阿科由核裂变生成的。半个世纪以来，电一直是那不起眼的伴娘，而核能才是所有人赞叹的新娘。很快，裂变会降级为不起眼的伴娘，而聚变成为美丽的新娘。而在电理论方面，经费和补助都已耗尽。更主要的是，人们在这方面的兴趣已经殆尽。电已经被视为古董，尽管所有现代能量来源必须先转化为安培和伏特！"

教书式的语气变成了狂怒。

"虽然它拥有杀人和救人的巨大力量，虽然它重塑了地球上每个人的生活方式，虽然它仍有很多未解之谜，但这个领域的科学研究却已不被人当回事！中子很性感惹火！电很无趣，就像一个蒙尘的储藏室，所有值钱的东西都被人取走了，里面只剩下垃圾杂物。不过这并不是个空房。背面还有一扇不为人知的门，穿过这扇门是见所未见的房间，里面全是稀世奇珍！而这个房间大得没有尽头！"

"查理，你让我开始紧张起来了。"我本想显得轻松随意，结果话说出口却无比严肃。

他并没有注意，只是开始跛着脚在工作台和书架之间来回踱步，盯着地板，每次经过那个绿箱子都用手摸一下，仿佛为了确认它还在。

“对，还有别的人进过这些房间。我不是第一个。斯克瑞博尼是一个，普林又是一个。但大多数人选择了保守秘密，和我一样。因为这种力量太强大了，深不可测，真的。核能？呸！太小儿科了！”他摸了摸那个绿箱子，“这里的设备，如果连接到一个足够强大的来源，可以让核能显得像儿童玩具枪一样微不足道。”

我后悔没把那杯柠檬水拿上，因为我现在口干舌燥。我必须清清嗓子才能说话：“查理，就算你跟我说的都是实话，你清楚自己在跟什么打交道吗？知道它怎么运作吗？”

“问得好！那让我反问你一个问题。你清楚按下墙上开关后会发生什么事吗？你能说出电灯发光之前具体经过的步骤吗？”

“不能。”

“你知道你用手指按下开关是在闭合电路还是在断开电路吗？”

“不知道。”

“但你从没有因此而不去开灯，对吗？或是上台表演而不敢给电吉他插电？”

“没错，可我从来没有要把吉他插进强大到足以照亮整个东岸的功放里去。”

他用一种阴暗到近乎偏执的怀疑目光看着我：“就算你有道理，恕我不能接受。”

我相信他说的是实话，而这可能恰恰是最可怕的地方。

“算了。”我握住他的肩膀，让他别再四处踱步，然后等着他抬头看我。可是即便他双眼盯着我的脸，眼神却穿透了过去。

“查理，如果你不准备再治疗别人了，而你又不打算结束能源危机，你到底想要什么？”

他一开始没有作答，仿佛出了神一般。然后他挣脱开我的手，又开始踱步，恢复到了讲堂教授的状态。

“那些传输设备——我用在人类身上那种，经历过多次迭代。当我给休·耶茨治愈耳聋时，我用的是镀了金和钯的大环。它们现在看上去老土得可笑，就像电脑下载时代里的录像带一般。我用在你身上的耳机更小，也更强大。等你带着海洛因问题出现的时候，我已经用锇取代了钯。锇没那么贵——对一个预算有限的人来说是个优点，我当时情况如此。耳机也很有效，但是在复兴大会上用耳机看上去不妥吧，你说呢？你听说过耶稣戴耳机吗？”

“没听说过，”我说，“但也没听说过耶稣戴过婚戒啊，他可是个单身汉。”

他没有理睬。他来回踱步，就像是牢房里的犯人，又像是大城市里往来的偏执狂，那些大谈中情局、国际犹太阴谋论和玫瑰十字会秘密的人。“于是我又用回戒指了，而且编了一个故事，让我的信众听着……比较顺耳。”

“换句话说，就是推销。”

这句话让他回到了现实和当下。他咧嘴一笑，有那么一瞬间，他又变回了我儿时所记得的雅各布斯牧师。“是的，好吧，是推销。不过那时候我用了钌和金的合金，所以戒指尺寸小了不少，甚至更加强大了。杰米，要不我们走吧？你看起来有点儿不安。”

“的确，你的电我搞不懂，但我能感觉得到，就像我的血液里起泡泡似的。”

他笑了：“没错。这里的氛围确实带电！哈！我喜欢这样，不过毕竟是习惯了。来吧，我们出去呼吸一下新鲜空气。”

●●●●●

外面的世界闻上去前所未有地香甜，我们一路散步走回房子。

“查理，我还有一个问题，如果你不介意的话。”

他叹了口气，但并非不悦。走出那个让人幽闭恐惧的小房间后，他仿佛神志又清楚了：“如果我知道答案，一定乐意回答。”

“你跟那帮乡巴佬说你妻子和儿子是淹死的，你为什么要撒谎？我看不出用意何在。”

他停下来，低下了头。当他再次抬头的时候，我看到他神情一变，如果之前还冷静正常的话，此刻已一去不返。他脸上的愤怒如此之深，如此阴暗，我不禁倒退一步。微风将他稀疏的头发吹上了皱纹密布的额头。他将头发捋回来，然后双掌按着太阳穴，仿佛头痛难忍。可是当他开口的时候，他的声音低沉而没有声调。要不是看着他脸上的神情，光听这语调我还误以为他能听得进道理。

“他们不配知道真相。你管他们叫乡巴佬，你叫得太对了。他们有脑子却不用，他们之中有些人真不缺脑子，但却把信仰全投在这个名为宗教的巨型诈骗保险公司里了。宗教给他们许诺来世永恒的喜悦，只要他们能在这一世按规矩生活，他们很多人在身体力行，但这样还不够。当疼痛来临时，他们想要奇迹。对他们而言，我不过是一个巫医，不过我用的是魔力指环，而不是巫医手里摇的骨头。”

“难道没有人发现真相？”我与布里一同做的这些研究让我确信，《X档案》里的福克斯·穆尔德说的一句话是对的：真相就在那里，这个时代大家都住在玻璃房子里，随便一个人只要有电脑和互联网就能找到真相。

“你没听我说话吗？他们不配知道真相，而且没关系，因为他们不想要真相。”他露齿而笑，上下齿相抵，“他们也不想要《所罗门之歌》的八福。他们只想得到治疗。”

• • ● • •

我们穿过厨房的时候，斯坦珀连眼睛都没抬。已经有两箱邮件被清空了，他正在处理第三箱。酒盒看上去也满了一半儿。里面有几张支票，但大多是皱巴巴的纸币。我想到雅各布斯之前说过的巫医。要是在塞拉利昂，他的顾客会在门外排起长队，手里拿着农作物和刚拧断脖子的鸡。其实都是一回事。

回到图书馆，雅各布斯坐下来，脸部表情扭曲了一下，他把剩下的柠檬水喝完了。“我整个下午都得跑厕所，”他说，“这就是老年人的诅咒。杰米，我见到你之所以很高兴，是因为我想要聘用你。”

“你想要啥？”

“你没听错。阿尔很快就要走了。我不知道他自己是否清楚，但我了解。他不想参与我的科研工作，虽然他知道这是我医治的根源；他认为这些东西令人厌恶。”

我差点儿脱口而出，万一他是对的呢？

“他的工作你可以做——每天拆信，把来信人的姓名和抱怨内容编目记录好，把‘爱的供养’放一边，每周开车去一趟铁栓镇把支票存起来。你要帮我审查访客——人数越来越少了，但每周至少还有一打——然后统统挡驾。”

他转身直接面朝着我。

“你还能做阿尔拒绝做的事——陪我走完最后几步，实现我的目标。我已经离目标很近了，但我不够强壮。助理对我来说是非常宝贵的，而且我们之前合作也很愉快。我不知道休付你多少钱，但我出双倍——不，我出三倍。你怎么看？”

一开始我说不出话来，我只是怔住了。

“杰米？我等你答复呢。”

我拿起那杯柠檬水，这次轮到我杯子里的冰块叮当响了。我喝了一口，然后放下杯子。

“你提到目标，告诉我是什么。”

他思考了一下，或是故作思考了一下：“还不是时候。来给我打工，再进一步了解‘奥秘电流’的力量和动人之处。或许到时候我就可以告诉你了。”

我起身，把手伸过去。“很高兴再次见到你，”又是那种随口说说的话，缓解尴尬的润滑剂，不过这个谎言比夸他健康的假话要假多了，“多多保重！”

他站起来，却没有握我的手。“我对你很失望。而且，我承认，我相当生气。你长途跋涉过来骂一个疲惫的老人，而且还是一个救过你一命的人。”

“查理，如果你的‘奥秘电流’失控了怎么办？”

“不会的。”

“我敢打赌切尔诺贝利核事故前他们也这么说。”

“这话就太下作了。我允许你进我家门，是因为我以为你懂得感恩和理解。看来我这两点都猜错了。阿尔会送你出去。我需要躺一躺。我很累了。”

“查理，我是心存感激，感激你为我所做的一切。但是——”

“但是，”他的脸阴沉发灰，“总有个但是。”

“‘奥秘电流’且不说，我没法儿给一个拿脆弱百姓来复仇的人工作，只是因为他没法儿找上帝去报杀妻杀子之仇，就拿百姓来泄愤。”

他的脸色从发灰变成发白：“你胆敢说这种话？你好大胆！”

“你可能是治好了其中一些人，”我说，“但你却鄙视所有人，我这就走，不劳斯坦珀先生来送。”

我开始朝前门走。我穿过圆形大厅，鞋跟踩在大理石上咔嗒作响，他在后面朝我喊话，声音被敞开的空间放大了数倍。

“杰米，我们还没完。我跟你保证，离完还早得很呢！”

● ● ● ● ●

我也不用斯坦珀来给我开大门，因为我的车子靠近之后门就自动开了。我在进出通道底下把车停下，看到手机有信号，就给布里打了电话。才响了一声她就接了，我还没开口她就问我是否还好。我说还好，然后告诉她雅各布斯给了我一份工作。

“你说真的？”

“没错。我拒绝了——”

“那是肯定的！”

“不过关键不是这个。他说他不做‘复兴之旅’了，也无意再医治病人了。从那个前沃-利特斯乐队主唱、现任查理私人助理的阿尔·斯坦珀的不满态度来看，我相信他的话。”

“那就是结束了？”

“正如独行侠对他的忠实印第安帮手常说的那句：‘汤头，咱们在这儿已经大功告成啦！’”只要他别让“奥秘电流”闹出世界大爆炸就好。

“你回科罗拉多州后给我打电话。”

“我会的，亲爱的。纽约怎么样？”

“棒极了！”她声音里的热情，让我听着觉得自己远不止53岁。

我们聊了聊她在大城市里的新生活，然后我的车子又跑起来，上了高速，直奔机场。开了几英里后，我看了一眼后视镜，发现那个橙色的小月亮还坐在后座上。

我忘了把南瓜送给查理。

X

如何煮青蛙 / 婚礼钟声 / 回乡聚会 / “这封信你要读一读。”

尽管在过去的两年里我经常和布里通话，但我是到了2011年6月19日那天才再次见到她的。那是在长岛的一个教堂里，她在那天结了婚，成为布里安娜·唐林-休斯。我们的大多数通话是关于查尔斯·雅各布斯和他那令人担忧的治疗恩典——我们又发现了六七个可能正备受后遗症煎熬的人——但是随着时间流逝，我们谈话的内容渐渐转移到她的工作和乔治·休斯身上。这个男人是她在一个聚会上认识的，很快他们就同居了。他是一个如日中天的大企业律师，非裔美国人，刚过三十。我十分确定布里的妈妈对乔治方方面面都十分满意，或者说作为一个独生女的单亲妈妈，她别无所求了。

与此同时，丹尼牧师的网站销声匿迹了，网络上关于他的流言蜚语也日渐稀少。有猜测说，他要么就是死了，要么就在某家私人养老院里，顶着个假名字，饱受阿尔茨海默病之苦。到2010年年底，我只收集到两条可靠情报，都很有趣，但都并没有什么启示性。阿尔·斯坦珀发行了一张传福音专辑叫作《感谢你耶稣》（特别嘉宾包括休·耶茨的偶像，梅维丝·斯特普尔斯），铁扉公寓再次招租，可供“符合条件的组织或个人”租用。

查尔斯·丹尼尔·雅各布斯彻底从公众视线中消失了。

• • ● • •

休·耶茨为婚礼包下了一架湾流飞机，把狼领牧场的每个人都搭上了。莫奇·麦克唐纳在婚礼上惊艳重现了20世纪60年代的衣着风：带大波浪袖口的佩斯利衬衫、瘦腿裤、小山羊皮的披头士短靴和头上一块幻彩头巾。新娘的妈妈相比就不怎么起眼了，她穿着一件寄售的复古安·洛连衣裙，新人互致新婚誓言时，她泪流满面，打湿了胸前的小花束。而新郎就像从诺拉·罗伯茨的小说中走出来的人物：高大英俊，皮肤黝黑。在聚会不可避免地从微醺的交谈变成醉鬼的舞会之前，我们俩在婚宴上有过一次愉快的交谈。我不觉得布里跟他说了我是她学习枕边功夫的那辆破车，没准儿有朝一日她会说的——说不定是在一场酣畅淋漓的性爱之后，很有可能。不过我无所谓，还免得看他的白眼。

从尼德兰过来的那帮人坐美国航空回科罗拉多了，因为休送给这对新人的礼物是坐那架湾流飞机去夏威夷度蜜月。当他在致祝酒词时宣布时，布里像个九岁的小女孩儿一样尖叫出声，跳起来拥抱他。我敢肯定，在那时，查尔斯·雅各布斯早已被她抛至九霄云外。理应如此。但他在我脑中却挥之不去，无法完全释怀。

天色渐晚，我看见莫奇对乐队的领队耳语了几句。这是一支过得去的摇滚加蓝调乐队，主唱有实力，乐队也懂不少老歌。乐队的领队点了点头，来问我愿不愿意上台弹吉他跟乐队合作一两首。我心动了，不过那天我心中的“好天使”打赢了“坏天使”，我再三推辞。再老都可以玩摇滚，但是年岁越长，手上技巧流失越快，出洋相的机会也越来越多。

我也不是完全当自己已经退休，但是我已经一年多没在观众面前现场表演了，只进过三四次录音室，而且全是非常紧急的情况下去救场。没有一次可以说是顺利过关。其中一次，我看见鼓手脸部扭曲了一下，仿佛一口咬到什么酸东西似的。他发现我看着他，就说是贝斯走音了。其实根本不是，我们心知肚明。如果一个50岁的男人和一个小得能当自己女儿的姑娘玩枕边游戏很荒唐的话，那这个人拿着斯特拉吉他一边高抬腿一边弹《脏水》也同样荒唐。尽管如此，我还是怀着期待和满满的怀旧，看着这些家伙纵情演出。

有人拉住我的手，我四下看了看，发现是乔治娅·唐林。她说：“很舍不得吧，杰米？”

“与其说是不舍，不如说是尊重，”我说，“这就是为什么我坐在这儿当观众。这些家伙很不错！”

“那你是不行了？”

我回忆起了那天走进我哥阿康的卧室，听到了他那把不插电的吉布森对我耳语，说我能弹《樱桃，樱桃》。

“杰米？”她在我眼前打了个响指，“想什么呢，杰米？”

“自娱自乐还行，”我说，“但是我抱着吉他在人前表演的岁月已经过去了。”

事实证明我说错了。

2012年的时候，我56岁。休和他的长期女朋友约我出去吃饭。回家路上我想起了一个民间说法——你很可能听过——是关于如何把青蛙煮熟的。你把青蛙放进冷水里，然后一点点升温。只要你慢慢调温，青蛙就傻呆呆地不会跳出去。我不知道这是真是假，不过我觉得这是个关于变老的绝佳隐喻。

当我是个小年轻的时候，看到50多岁的人就感到同情和不自在：他们走路慢，说话也慢，在家看电视而不出去看电影或音乐会，他们所谓很爽的聚会就是和邻居吃个火锅，然后看完11点新闻就上床睡觉。不过——就像其他大多数五十几、六十几甚至七十几岁，但身体状况尚佳的人——当这一天来到时，我并不那么介意。因为大脑不会变老，虽然对世界的想法可能会固化，而且怀念过去美好时光的话张口就来（我可以免于这样，因为大多数我所谓的美好时光，就是在得克萨斯彻头彻尾当瘾君子的岁月）。我觉得对于大部分人来说，人生的虚幻假象从50岁开始消退。时间过得快了，病痛加倍了，步速变慢了，但也有弥补之处。冷静下来就懂得感恩，于我还有一点，就是决心在剩下的时间里做点儿好事。也就是每周在博尔德的流浪者收容所给流浪汉舀汤，以及为三四个主张科罗拉多不应铺路这种激进想法的政治候选人效力。

我还偶尔约会一下女人。每周打两次网球，每天至少骑行六英里，保持小腹平坦和脑内啡活跃。确实，我刮胡子的时候，发现我的嘴角和眼角又多了几条皱纹，但是总体来说，我觉得自己看起来和以前没什么两样。这当然是一个人晚年的美好幻觉罢了。我是2013年夏天回到哈洛才明白这个道理的：我不过是锅里的又一只青蛙罢了。好消息是到现在为止“温度”只开到了中火，坏消息是升温是不会停的。人生真正的三个年龄段就是：青年、中年，以及“我他妈怎么老得这么快”。

• • ● • •

2013年6月19日，布里嫁给乔治·休斯两年后，也是生下第一个孩子的一年后，我结束一次不太成功的录音回来，发现信箱里有一封装饰了气球图案的喜气信封。回信地址很熟悉：缅因州哈洛卫理公会路农村邮政信箱2号。我打开信封，映入眼帘的是哥哥特里一家的照片，标题是：两个总比一个好！请参加我们的聚会！

打开邀请函前我顿了一下，注意到了特里花白的头发，安娜贝拉的便便大腹，还有三个已经长大成人的孩子。以前那个只穿着松松垮垮的蓝妹妹内裤，跟草坪洒水器追逐玩耍的小姑娘，现在已经是个美妇人了，怀里抱着我的外侄孙女——卡拉·琳内。其中一个侄子，瘦巴巴的那个，长得像阿康。壮实的那个长得跟我们的爸爸惊人地相似……还有那么一点儿像我，可怜的娃。

我打开了邀请函。

和我们一起庆祝这两个大日子！

2013年8月31日

特伦斯和安娜贝拉35周年结婚纪念日暨

卡拉·琳内1周岁生日！

时间：中午12点开始

地点：先在我们家，然后去尤里卡田庄

食物：管饱！

乐队：罗克堡全明星阵容

自备酒水：万万不可！啤酒、葡萄酒供应不断！

下面还有一张我哥写的字条。尽管还有几个月就是他60岁生日了，他的字还是像小学时候猫爪挠出来的一样。因为他的字，一位老师曾经在他的成绩单上用别针别了一张字条：“特伦斯的书法亟待提高！”

> 嘿，杰米！务必来参加我们的聚会好吗？给了你两个月时间来安排你的日程，所以一切借口拒不接受。阿康人在夏威夷都能来，你在科罗拉多就更别说了！我们想死你了，弟弟！

我把邀请函扔进了厨房门后的柳条篮子里。我把它叫作“再议篮”，因为里面全是我隐隐觉得自己会回复的信件……实际上如你所料，其实就是石沉大海永无回复。我告诉自己，我无意回哈洛，这一点虽然不错，但是家族的牵绊还在。斯普林斯汀写下那句什么血浓于水的歌词时，估计是说中了什么。

我雇了一个清洁工，叫达琳，每周来一次吸尘、除灰、换洗床单（让人代劳这件事我还是有点儿愧疚，因为小时候的教育是要自己来）。她是个一脸阴沉的老太太，她来打扫我就有意出门。某一天达琳打扫完，我回去时发现她把邀请函从“再议篮”里拣了出来，而且打开放在了厨房桌子上。她之前从未这样做过，所以我觉得这是种预兆。当晚我坐在电脑前，叹了口气，给特里发了一封只有四个字的邮件：算我一个。

• • ● • •

这个劳动节长周末很尽兴。我很投入也很享受，难以置信我差点儿就没来……或者默拒了，果真如此的话，我本来几近断裂的家族纽带可能就彻底断裂了。

新英格兰很热，由于气流不稳，周五下午在波特兰国际喷气机机场的降落格外颠簸。我开车向北去卡斯特尔郡，一路开得很慢，但却不是因为堵车。我看见了每个老地标：农场、石墙、布朗尼小铺（现在已经关门，里面黑漆漆的），不禁惊叹不已。仿佛我的童年还在那里，仿佛隔着一层塑料片但模糊可见，然而经过岁月洗礼，这块塑料片已经满是划痕和尘迹。

我到家的时候已是晚上过6点了。原来的房子扩建了，是原来面积的两倍。车道上有一辆红色的马自达，一看就是机场租的车（跟我开那辆三菱伊柯丽斯一样），草坪上还停着莫顿燃油的卡车。卡车用大量绸纱纸和鲜花装饰起来，看上去就像一辆游行的花车。一个巨大的牌子靠在前轮上，写着："特里和安娜贝拉得分35分，卡拉·琳内得分1分！都是赢家！聚会就在这里！快进来！"我停好车，走上台阶，弯着手指敲了敲门，心想这是干什么，我可是在这儿长大的，于是信步走了进去。

有一瞬间我觉得仿佛穿越了，回到年龄还是一位数的那段岁月。家人围坐餐桌旁，就跟20世纪60年代一样，争着同时说话，欢笑，斗嘴，互相传猪排、土豆泥，还有一个盖了湿洗碗巾的大盘子，装着玉米棒子，洗碗巾是用来保温的，妈妈以前就这么做。

最开始我没认出来坐在餐桌靠客厅那头的灰发男人，当然也不知道他旁边那个满头黑发的帅气壮小伙儿是谁。突然一个退休教授模样的男人瞥见了我，他站起来，脸上发光，我认出他是我哥阿康。

"杰米！"他大声喊了出来，一路蹭过来，险些把安娜贝拉从椅子上撞下来。他一把抓住我，给了我一个熊抱，在我脸上一通狂亲。我笑了，拍拍他后背。然后特里也过来了，抱着我们俩，我们三兄弟笨拙地跳起"米兹瓦·坦兹"舞，把地板震得山响。我看到阿康哭了，我也有点儿想哭。

“快给我停下，你们这些家伙！”特里说道，虽然他自己还在跳，“我们非掉进地下室不可！”

我们又跳了一会儿，我感觉非要这样不可，这样很对。这感觉很妙！

• • ● • •

阿康把那个壮小伙儿介绍给我，他估计比阿康小20岁，是他“夏威夷大学植物学系的好友”。我和他握了握手，想着他们会不会多此一举在罗克堡旅馆订两间房。今时今日，大概是不必了。我都不记得是什么时候第一次发现阿康是同性恋了，可能是他读研究生的时候。我那时还在缅因大学和坎伯兰乐队演奏《千人共舞》。我确定爸妈肯定更早就发现了。他们并没有小题大做，于是我们也都没有。子女从无声的例子中学到的比口头的教条更多，至少对于我是这样的。

父亲对二儿子的性取向只拐弯抹角地提过一次，是20世纪80年代末的事儿了。那次肯定给我留下了极深的印象，因为那正是我的颓废时期，而我几乎不给家里打电话。我想让我爸知道我还活着，但又怕他从我声音里听出我快死了（我已经放任自流）。

“我每天都为阿康祈祷，”他那次电话里说，“该死的艾滋病，简直是有人在故意传播。”

阿康没得艾滋病，现在看上去健健康康的，但是他上了年纪是无法掩饰的事实，尤其是跟坐他旁边的植物学院的朋友比起来。我脑海中突然闪现出阿康和罗尼·帕克特在客厅沙发上并肩坐着唱《日出之屋》的情景，不记得他们有没有试过和声，反正就算有也很失败。

我一定是脸上露出了陷入回忆的神情，因为阿康一边擦眼睛一边咧嘴笑道：“咱们俩好久没有为轮到谁去给妈妈收衣服而吵嘴了吧？”

“好久好久了。”我同意道，又一次想起那只笨到没发现灶台上的“池水”变热的青蛙。

特里和安娜贝拉的女儿唐恩抱着卡拉·琳内加入了我们。小婴儿眼睛的颜色是妈妈以前说的“莫顿蓝”。“您好呀，杰米叔叔。这是您的外孙侄女。她明天就一岁了，而且还要长牙了。”

“她可真漂亮。我能抱抱她吗？”

唐恩朝我羞涩一笑，上次见我的时候，她还戴着牙套。“您可以试试，不过陌生人抱她，她通常会号啕大哭。”

我接过孩子，准备好她一哭我就把她还回去。但她没哭。卡拉·琳内打量着我，伸出一只小手拧了拧我的鼻子，然后她笑了。家人欢呼鼓掌。小家伙四下看看，有点儿受惊，然后又看着我。我敢发誓，那双眼睛跟我妈的眼睛一模一样。

然后她又笑了。

第二天才是真正的聚会，阵容没变，只是配角多了几个。有一些人我一下子就认出来了；另一些看起来有点儿熟悉，我知道有几个是父亲前员工的子女，现在为特里工作。特里的“帝国”已经发展壮大：除了燃油生意之外，他在新英格兰有很多家连锁便利商店，叫作莫顿便利店。字写得差并不妨碍他成功。

从罗克堡来的餐饮服务人员负责四个烧烤架，提供汉堡和热狗，还有一系列让人惊叹的沙拉和甜点。铁桶里装满啤酒，木桶里葡萄酒飘香。我正在后院大嚼一个塞满培根的“卡路里炸弹”，特里的一个销售人员——醉醺醺、兴高采烈而且很健谈——告诉我弗赖堡的水上乐园和新罕布什尔州的利特尔顿赛道也是特里的。“那个赛道一点儿也不挣钱，”销售人员说，“但是你了解特里的——他就喜欢赛车。”

我想起他和父亲在车库里鼓捣一代又一代的“公路火箭”，他们俩都穿着油腻的T恤衫和松松垮垮的连身工作服，突然意识到我这乡下老哥过得不错，甚至跻身富人行列了。

每次唐恩抱着卡拉·琳内过来的时候，这个小女孩儿就会对我伸出手。几乎整个下午我都在抱着她溜达，最后她终于在我肩上睡着了。看见她睡着，她爸过来接手。“我很惊讶，”他边说边给她裹好毯子，放在院里最大的那棵树的阴凉下，“没见过她那么喜欢别人。”

“万分荣幸。”我说完亲了亲她因长牙而红彤彤的脸颊。

我们追忆往昔，聊了很多，就是当事人觉得很有趣，局外人觉得特别无聊的那种。我滴酒未沾，所以当大伙儿转移到四英里外的尤里卡田庄时，我是指定司机人选，开着一辆燃油公司的尼桑豪豹帝货车，一边换挡一边找路。我有30年没开普通型汽车了，我醉醺醺的乘客们——加上卡车后斗里的六七个人，总共不下12个——每次我踩离合器，卡车突然往前的时候，都会大笑大叫。没人从后面摔出去倒是挺稀奇的。

餐饮服务人员在我们之前就到了，舞池四周已经摆好餐桌。这个舞池我记得很清楚。我一直站在那里，看着地上那一大片抛光木地板，直到阿康捏了捏我的肩膀。

“满满的回忆，是吧，小弟？”

我想起第一次走上舞台，都快吓死了，还闻到了我腋下一波波蒸腾起来的汗味。而且后来，当我们演奏《谁让雨停下》时，爸妈跳着华尔兹翩然而至。

“比你知道的要多得多。”我说。

“我有啥不知道。”他说道。他拥抱了我，在我耳边又说了一遍：“我有啥不知道。”

• • ● • •

中午在家吃午饭的大概有70人；到了7点，尤里卡田庄7号的人数翻了一倍。这地方真需要查尔斯·雅各布斯的魔术空调来代替一下天花板上那些懒洋洋的吊扇。我拿了一个哈洛特有的甜点——柠檬果冻，里面是星星点点的罐头水果——出去了。我走过大楼的拐角，拿着一把塑料勺子小口小口地吃。那个安全出口还在那儿，就是我第一次亲吻阿斯特丽德·索德伯格的地方。我还记得她那天穿的皮草派克大衣如何把她完美的椭圆形脸庞勾画出来，记得她那草莓唇膏的滋味。

“感觉如何？”我问她。她回答说：“再来一次我就告诉你。”

“嘿，新来的。”有人突然出现在我背后，把我吓了一跳，“今晚想不想玩玩音乐？”

一开始我没认出他来。昔日瘦削、长发的年轻人，那个把我招募进“镀玫瑰”去弹节奏吉他的人，现在已经地中海式秃顶，两侧发灰了，炫耀着从他系紧的裤带上垂下来的便便大腹。我盯着他看，手上装着果冻的纸碟子都耷拉下来了。

“诺姆？诺姆·欧文？”

他开怀大笑，嘴咧得我都能看见他嘴巴最里面的金牙了。我扔下果冻拥抱了他。他大笑着回抱了我。我们都说对方看上去不错，说真的是好久不见。我们当然缅怀了一下往日。诺姆说他把哈蒂·格里尔的肚子搞大了，然后就娶了她。这段婚姻只维持了几年，离婚后有过一段恶语相向的阶段，后来决定冰释前嫌，做了朋友。他们的女儿丹妮丝，快40岁了，在韦斯特布鲁克有一家自己的美发沙龙。

“我现在自由又轻松，银行贷款也还清了。我和第二任妻子又生了两个儿子，但是我只跟你说啊，丹妮丝才是我最心疼的那个。哈蒂和她的第二任丈夫也有了个儿子。”他凑近了些，冷笑着说，“进了监狱又出来了，一枪送他下地狱都嫌费事儿。”

“肯尼和保罗怎么样？”

肯尼·劳克林，我们的贝斯手，也跟他“镀玫瑰”时期的小甜心结了婚，现在还在一起。“他在刘易斯顿有一家保险公司，干得很不错。他今晚也在，你没看见他？”

“没有。”没准儿我看见了，只是认不出来；又或者是他没认出我来。

“至于保罗·布沙尔嘛……”诺姆摇摇头，“他去阿卡迪亚国家公园爬山，结果摔了下来，在医院里躺了两天，去世了。1990年的事儿了。也算是老天慈悲了。医生说他如果活着，脖子以下全部瘫痪，就是所谓的高位截瘫。”

有那么一瞬间，我想象着我们的老鼓手活下来会怎样。躺在床上，靠呼吸机呼吸，看着电视上的丹尼牧师的节目。我赶紧把这个想法去掉。“阿斯特丽德怎么样了？你知道她在哪儿吗？”

“东边什么地方吧，卡斯汀？罗克兰？”他摇了摇头，“记不起来了。我记得她退学结婚了，父母气坏了。她离婚的时候估计爸妈更是暴跳如雷。我记得她好像经营一家餐厅，龙虾小屋之类的，真说不准。你们那时候爱得死去活来是吧？”

“是的，”我说，“可不是嘛。”

他点点头："情窦初开，没什么能比的。不知道她现在什么样子了，想当年她可是美得不行。美翻了，你说是不？"

"是的。"我说道，心里想着天盖旁的破屋，还有那根避雷针，和闪电击中时它闪耀的红光。"是的，真的很美。"

我们俩都沉默了一会儿，然后他拍了我肩膀一下："不说这个了，怎么样，要不要跟我们来一曲？你最好答应，因为没了你，这个乐队屁都不是。"

"你还在乐队里？罗克堡全明星？肯尼也在？"

"当然了。我们不怎么演了——今非昔比嘛——但这场演出我们无法拒绝。"

"是我哥特里让你来邀请我的？"

"他可能有意让你来一两首，不过他没让我来找你。他只是想找一个以前的乐队，而我和肯尼可能是老熟人里为数不多的依然健在，还在这鬼地方混，而且还在玩音乐的了。我们的节奏吉他手是个从里斯本福尔斯过来的木匠，上周三他从屋顶上摔下来，两条腿都断了。"

"哎哟！"我说道。

"我因他的祸而得福了，"诺姆·欧文说，"我们本来打算搞三重奏，这个你懂的，简直弱爆了。原'镀玫瑰'四名成员有了三个，还算不错，想想我们的最后一场演出，那都不止是35年前的事儿了。来吧，再聚首之旅。"

"诺姆，我没有吉他。"

"卡车里有三把，"他说，"挑一把你喜欢的。记住，我们还是以《加油斯卢普》开场。"

• ● ⬤ ● •

我们大步上台，台下酒精过后的观众掌声异常热烈。肯尼·劳克林，依然很消瘦，脸上还长了几颗碍眼的痣，调好了贝斯的背带后跟我击拳示意。我不紧张，我拿着吉他第一次站上这个舞台时可是紧张坏了，但我感到我像是在做一场无比真实的梦。

诺姆单手调试了一下麦克风，就像他以前一样，然后跟场下急于互动的观众致开场辞：“伙计们，架子鼓上写的是‘罗克堡全明星’，不过今晚我们有一位特邀嘉宾作为节奏吉他手，在接下来的几个小时里，我们是‘镀玫瑰’。来吧，杰米！”

我想起在安全出口下亲吻阿斯特丽德，想起了诺姆生锈的迷你巴士，想起他父亲西塞罗，坐在他那辆老拖车弹簧坏掉的沙发座上，用“锯齿形”（Zig-Zag）烟纸卷大麻烟，跟我说要是想路考一次就拿到驾照，最好先把头发给剃了。我想起了在奥本的罗洛多姆的青少年舞会上演出，想起爱德华·里特尔高中、里斯本高中、刘易斯顿高中和圣多姆学校之间爆发的不可避免的斗殴，而我们却一直没中断演出，只是把音量调大而已。我想起在我意识到自己是锅中之蛙前，生活是什么样的。

我喊道：“一……二……三……走你！”

我们走起了。

E调。

所有破玩意儿都是E打头的。

• ● ⬤ ● •

20世纪70年代的时候，我们还能一直演奏到1点宵禁，但是现在不是70年代了，11点的时候我们就满身大汗，筋疲力尽了。倒也没关系；依特里的要求，啤酒和葡萄酒在10点的时候就已经撤下了，没有烈酒助兴，人们也陆续离开了。没走的人大多数回到座位上，乐意继续听歌，但却没力气跳舞了。

“你比以前强多啦，新来的！”我们收乐器的时候，诺姆说道。

“你也是啊。”这跟“你看起来真不错”的谎言如出一辙。14岁的时候，我不敢相信有朝一日我这一手摇滚吉他能弹得比诺姆·欧文还要棒，然而这一天真的来了。他朝我微笑，寓意一切尽在不言中。肯尼也过来了，我们三个“镀玫瑰”的老成员依偎相拥，这是我们在高中时所谓“基佬才会做的事”。

特里和他的大儿子小特里也加入了我们。我哥看起来很疲惫，但是同时又特别高兴。“听我说，阿康和他朋友载了一帮开不了车的醉鬼回了罗克堡。我让小特里给你当副驾，你能用豪豹帝货车皮卡捎上几个哈洛人吗？”

我说乐意效劳，在和诺姆、肯尼最终告别（伴以乐手之间死鱼一样的诡异握手）后，我把那帮醉鬼弄上车，上路了。一开始我的侄子还给我指路，当然并没什么用，因为即使是在黑暗中我也认得路。等我把最后几个醉鬼从车上“卸”到斯塔克波尔路上后，他就没了声音。我侧过头去看，发现这孩子已经倚着车窗睡着了。到了卫理公会路上的家后，我叫醒了他。他亲吻了我的脸颊（我心里有多感动他绝对无法想象），然后摇摇晃晃进了房子，他可能会睡到周日中午才醒，就跟多数青春期的孩子一样。我想着他会不会睡我原先的卧室，然后觉得应该不会；他估计是在房子扩建的那边。时间会改变一切，其实这也无妨。

我把豪豹帝货车的车钥匙挂在大厅的挂物架上，朝我租的车走去，我看到谷仓里还亮着灯。我走过去，偷偷瞄了一眼，发现特里在里面。他已经脱下了聚会的衣服，换上了连体工作服。这是他的新宝贝，一辆20世纪60年代末或70年代初的雪佛兰SS，在顶灯的光亮下像蓝宝石一样闪耀着光芒。他正在给它打蜡。

我进来的时候他抬了一下头：“这会儿还睡不着，太兴奋了。我再擦擦这宝贝，然后就去睡。”

我抚摸着车盖：“真漂亮。”

“现在是漂亮了，你没看见我当初从朴次茅斯拍卖会上把它捡回来时的样子。对当时很多竞拍者来说它就像是废物一样，但我觉得我可以让它重现光辉。”

“让它复活。”我说道。这话其实不是跟特里说的。

他若有所思地看了我一眼，然后耸了耸肩：“你这么说也行。等我装一个新收音机进去，它就基本恢复原貌了。跟咱们的‘公路火箭’可不一样，是不？”

我哈哈大笑：“你还记得在赛道上翻车的第一代吗？”

特里翻了个白眼：“第一圈。该死的杜安·罗比肖。他的驾照是在百货公司里考的吗？”

“他还健在吗？”

“没，10年前挂了，至少10年了。脑癌，发现的时候，这可怜虫就已经没救了。”

“假设我是一个神经外科医生，”我想起雅各布斯那天在铁扉公寓跟我说，“假如我说你死在手术台上的概率为25%，你还会不会做手术？”

“真命苦。”

他点了点头：“还记得我们小时候怎么说的吗？啥叫命苦？人

生如此。啥是人生？一本杂志。多少钱一本？50美分。我只有10美分。算你命苦。啥叫命苦？人生如此。如此循环往复。”

“我记得，那时我们还当这是个笑话。”我犹豫了一下，“特里，你还老想起克莱尔吗？”

他把抹布扔到一个桶里然后去水池边洗了洗手。以前那里只有一个水龙头——只出冷水——但是现在有两个了。他打开水龙头，拿起熔岩牌肥皂，打起肥皂泡来，一直搓到手肘，就像父亲以前教我们的一样。

“天天想。我也想安迪，但是没那么频繁。我猜这可能就是所谓的自然规律，不过他要是不那么贪吃的话，估计还能活久一点儿。可是发生在克莱尔身上的事儿……那实在太他妈浑蛋了。你说是吗？”

“是。”

他靠着车盖，两眼空洞。“还记得她有多美吗？”他缓缓摇了摇头，“我们美丽的大姐。那个狗娘养的，那个畜生，夺走了她未来的日子，然后又选择了懦夫的出路。”他用一只手擦了擦脸：“不该谈论克莱尔的，弄得我又来情绪了。”

我情绪也有点儿波动。克莱尔比我年长，足够让我将她视作妈妈二号。克莱尔，我们美丽的大姐，从没有伤害过任何人。

我们走过门廊，听蟋蟀在高草丛中歌唱。它们通常在8月末9月初唱得最欢，仿佛它们知道夏天即将逝去。

特里在台阶处停下来，他的眼睛还是湿润的。他度过了美好的一天，但是也是漫长而压抑的一天。我刚才在最后一刻提起克莱尔的。

“今晚就住下来吧，小弟，那张沙发拉开就是床。”

“不了，”我说，“我答应了阿康明天会跟他和他爱人在旅馆共进早餐。”

“爱人，”他说，又翻了个白眼，“少来。”

“别来劲，别来劲，特伦斯。不要还像个20世纪的人一样。现在同性恋可以在很多个国家登记结婚了，只要他们愿意。这一对也可以。”

“哦，这个我无所谓，谁和谁结婚都不关我事儿，但那家伙可不是什么爱人，不管阿康怎么想。是不是小白脸，我一眼就能看出来。老天，他的年龄只有阿康的一半儿。”

这话让我想起了布里安娜，她年纪还不到我的一半儿呢。

我抱了抱特里，在他脸上轻轻吻了一下：“明天见，午饭时候吧，我下午去机场。”

“好的。还有，杰米，你今晚的吉他弹得太出彩了。”

我道了谢，然后朝我的车子走去。我打开车门的时候他忽然叫住了我，我回过头来。

“你还记得雅各布斯牧师在讲道台的最后一个周日吗？就是人称‘骇人的布道’那天？”

“记得，”我说，“太记得了。”

“我们那时都震惊了，后来都将其归因于他丧妻丧子之痛。不过你猜怎么着？当我想到克莱尔的时候，我就想找他握握手。”特里的双臂——粗壮结实，像父亲一样——在胸前交叉，“因为我现在觉得他能说出那些话真的很勇敢。我现在觉得他说的每一个字都是对的。”

• • ● • •

特里可能已经很富有了，但是他仍然很节俭，我们的周日午餐吃的是聚会剩下的。进餐时，我把卡拉·琳内抱在腿上，我一小口一小口地喂她吃东西。到我该走的时候，我把她递给唐恩，她又对我伸出了小手。

“不，宝贝儿，”我说，亲吻了她无比光滑的额头，“我得走了。”

她当时只懂几个单词——而其中一个是我的名字——不过我读到过文章，说小孩子的理解能力其实比表达能力要强得多，她知道我在跟她说什么。她的小脸皱了起来，再次对我伸出了手，泪水充盈了她那双蓝色的眼睛，和我死去的母亲和大姐一样的蓝眼睛。

“快走吧，”阿康说，“再不走你就得领养她了。”

于是我走了。回到我租的车，回到波特兰喷气机机场，回到丹佛国际机场，回到尼德兰。但是我一直在回想她伸出的那双圆滚滚的胳膊，还有那双含着泪水的“莫顿蓝”眼睛。她只有一岁大，但却想让我留下来。这就是回到家的感觉，无论你背井离乡多久。

家就是有人想让你留下来的地方。

2014年的3月，大多数滑雪女郎已经离开韦尔、阿斯彭、斯廷博特斯普林斯和我们的埃尔多拉山，这时传来了特大暴雪将至的消息。著名的极地涡旋已经在科罗拉多州中北的格里利下了四英尺厚的雪。

我一天大部分时间都在狼颌，帮助休和莫奇给录音棚和大房子钉板条，迎接暴风雪。我一直待到开始起风，第一阵风雪开始从铅灰色的天幕中降下。然后乔治娅出来了，穿着一件麂皮大衣，戴着护耳套，还有一顶狼颌牧场的帽子。她显得盛气凌人。

“放他们回去吧，”她对休说，“除非你想让他们在路边困住，一直困到明年6月。”

“就像唐纳大队[①]一样，”我说，“但我可不吃莫奇，他的肉太硬。”

“你们俩走吧，快给我走，”休说，“走的时候顺便看看录音棚的门关好了没有。”

我们照做了，还检查了一下谷仓，以防万一。我甚至还抽出时间给马儿分了苹果片，虽然我最爱的巴特比已经在三年前去世了。我把莫奇载到他住的地方的时候，雪开始下大了，11级暴风已经刮了起来。尼德兰市中心看上去一片萧索，交通信号灯被吹得来回摇晃，积雪已在因天气原因早早关门的商店门廊上堆了起来。

“快回家去！”大风里莫奇只能用大喊才能让我听见。他把大手帕打了结，捂住嘴巴和鼻子，看上去就像个上了年纪的亡命之徒。

我快快回到家，一路上狂风就像个暴脾气的恶棍一样把我的车子推来推去。我下了车朝家走的时候，自动加快了脚步，竖起衣领贴着脸，我脸上刮得很干净，没留胡子，完全没有做好抵御科罗拉多寒冬的准备。我得用双手猛力拽才能把走廊门关上。

我查了一下信箱，里面有一封信。我把信取出，只瞥了一眼就知道这是谁寄来的。雅各布斯的字迹开始发颤，又像蜘蛛网一样，但依然清晰可辨。唯一让我惊奇的是寄信人地址：缅因州莫特恩，存局候领。不在我家乡，但就在旁边。在我看来，近得让人不放心。

我捏着信在掌上敲了敲，差点儿就要由着自己的冲动把信撕碎，打开门丢进风里。我现在还忍不住想象——每天都想，时时刻刻都

---

① 唐纳大队（Donner Party），1946—1947年从东部往西部移民的一个队伍，遭遇风雪困阻，幸存者靠吃同伴活下来。——译者注

想——如果我真这么做了，后果会有什么不同。但是我没有那么做，我把信翻转过来。同样是不稳的笔迹，只写了一句话：这封信你要读一读。

我不想读，但还是撕开了信封。抽出一张信纸，里面还裹着一个小信封。第二个信封上写着：先看信再打开。我照做了。

谢天谢地，我照做了。

2014年3月4日

亲爱的杰米：

我已经取得了你的电子邮箱地址、工作地址和家庭住址（你也知道，我有我的办法），但我现在老了，老人有老人的做事方式，我相信重要的个人事务还得通过信件来完成，而且尽可能要手写。如你所见，我还是可以“手写”的，不过我不知道还能写多久。2012年的时候我有过一次小中风，去年夏天又来了一次，要严重得多。字迹拙劣，还请见谅。

我采用书信方式，还有另一个原因。要删除一封电子邮件太容易了，要毁掉一个人费心费力用笔墨写出的书信则稍微难一些。我会在信封背面加一句话，提高你读这封信的概率。如果没收到你的回复，我就不得不派遣专人了，但我不愿这样，因为时间很紧。

专人，听着就不舒服。

上次我们见面的时候，我要你做我的助手，你拒绝了。我现在再问你一遍，这次我有信心你会答应我。你一定要答应，因为我的工作现在到了最后阶段。就只剩最后一个实验了。我很肯定实验会成功，但我不敢独自完成。我需要帮助，同样重要的是，我需要一个见证人。相信我，这个实验对你对我同样重要。

你以为你会拒绝，但是我太了解你了，我的老朋友，我确信当你读完内附的这封信后，你会回心转意的。

最美好的祝愿

查尔斯·丹·雅各布斯

外面狂风呼啸，大雪打门板的声音就像沙子一样。去博尔德的路即便还没封也离被封不远了。我拿着那个略小的信封，心里想着，出事儿了。我并不想知道出了什么事儿，但现在回头为时已晚。我在通往我公寓的台阶上坐下，打开了里面那封信，这时一阵尤为狂暴的风撼动了整幢楼。上面的字迹和雅各布斯的字迹一样发颤，一行行向下倾斜，但是我还是一眼就认出来了。我当然能认出来了；我曾收到过情书，其中一些还很火辣，就是出自此人手笔。我感觉肚子发软，有一瞬间我以为我会晕过去。我低下头，用空着的那只手拢着眼睛揉了揉太阳穴。待到眩晕感过去，我几乎难过起来。

我读了这封信。

2014年2月25日

亲爱的雅各布斯牧师：

您是我最后的希望了。

这么写我感觉真是疯了，但却是实话。我想方设法联系您，因为我朋友珍妮·诺尔顿敦促我那么做。她是一名注册护士，她说她从不相信什么奇迹疗法（虽然她相信上帝）。几年前她去了您在罗得岛的普罗维登斯的一个复兴治疗会，您治好了她的关节炎，她之前的状况糟糕到根本没法儿张开和合拢她的双手，而且离不开奥施康定[①]。她对我说：“我告诉自己我只是去听阿尔·斯坦珀唱歌的，因为我有所有他跟沃-利特斯的老专辑，但是我的内心深处肯定是清楚自己为什么会来，因为当他问在座有谁想得到治疗时，我排起了队。”她说您用戒指触碰她的太阳穴后，不仅她双手和手臂的疼痛消失了，连奥施康定她都不需要了。我觉得这比治愈关节炎更让人难以置信，因为我住的地方好多人用那个，而且我知道那玩意儿很难“戒掉”。

雅各布斯牧师，我患有肺癌。放射治疗让我失去了头发，化疗让我呕吐不止（我已经瘦了60磅），但是在这些地狱般的治疗过后，癌症还在。现在我的医生想让我接受手术，取出一个肺，但是我的朋友珍妮让我坐下，对我说：“亲爱的，我要告诉你一个你难以接受的事实。他们走到那一步的时候，大多数时候已经为时已晚，他们也知道，但依然这么做，因为这是他们最后能做的了。”

我翻过一页，脑袋“嗡”地一声。这么多年来第一次，我希望自己此刻嗑了药。因为如果嗑了药，没准儿看到信末署名时我能抑制住尖叫的冲动：

① 奥施康定（OxyContin），是一种鸦片速效药，用于止痛，容易上瘾，又称“土海洛因”。——译者注

珍妮说她在网上查过您的治疗，除了她这一例，还有许多其他成功病例。我知道您已经不再全国巡游。您可能退休了，也可能是病了，还有可能去世了（尽管我祈祷并非如此，既是为您也是为我）。不过即使您还好好地活着，您可能也不再查信了。所以我知道此举无异于在漂流瓶里放一封信然后丢进海里，但是有些事——不仅仅是珍妮的事——敦促我要试一试。毕竟，有时候瓶子会被冲到岸上，有人能读到瓶中的信。

我已经拒绝了手术。您真的是我最后的希望了。我知道这个希望很渺茫，可能也很愚蠢，但是《圣经》上说：“你若能信，在信的人，凡事都能。”我会等待您的回音，无论有无。不管怎样，愿上帝保佑并陪伴您。

在希望中等候的，

阿斯特丽德·索德伯格

缅因州，芒特迪瑟特岛，摩根路17号

邮编04660

（207） 555-6454

• ● ⬤ ● •

阿斯特丽德，上帝啊！

这么多年过去，阿斯特丽德又出现了。我闭上眼，脑海中浮现出她站在消防通道的样子，她年轻美丽的脸庞，派克大衣的领子捧着她的脸。

我睁开眼睛，读了雅各布斯在她地址下面添加的留言：

> 我看了她的病历和最近的扫描片子，这点你可以信我；正如我在附函里所说，我自有办法。放射治疗和化疗让她肺部的肿瘤变小了，但是并没有根除，她右肺上出现了更多阴影。她的情况很严重，但我能救她。这一点你也可以相信我。但是这种癌症就像是干树丛里起火——扩散极快。她时日无多了，你必须当机立断。

如果真他妈的时日无多，我心想，你怎么不打电话呢，好歹用快递把你这魔鬼交易的条件发过来啊！

但我知道，他希望时间缩短，因为他在乎的根本就不是阿斯特丽德。阿斯特丽德只是一个小卒，而我才是棋盘后排的大子。不知道为什么，但是我知道就是这样。

读到信上最后几行时，我的手已经发抖：

> 如果你答应做我的助手，帮助我完成今年夏天的工作，你的故友（或者说，你的老相好）就能得救，将癌症消灭。如果你拒绝，我就让她自生自灭。当然你听着会觉得残酷，甚至没有人性，但是如果你知道我所做的工作有多重要，你就会另当别论。是的，连你都会！我的电话号码，座机和手机，都在下面写着。写信此刻，我手边就有索德伯格的电话号码，如果你打电话给我——给我满意的答复——我就给她打电话。
>
> 决定权在你手里，杰米。

我在台阶上坐了两分钟，深呼吸，希望我的心跳放缓。我不断想起我们的身体紧紧相依，我的心脏剧烈跳动，她一边把烟气吹进我嘴里，一边用手轻抚着我的后颈。

最后我站了起来爬向我的公寓，两封信在手中摇摆。阶梯不长也不陡，因为长期骑自行车我的身材保持得很好，但是在爬到顶之前我还是两次停下来缓口气，我掏出钥匙开门，但是握钥匙的手抖得厉害，不得不用另一只手去稳住它才能将钥匙对准钥匙孔。

天光昏暗，我的公寓被阴影笼罩，但我无心开灯。我需要速战速决。我从腰带上取下手机，跌坐在沙发上，拨通了雅各布斯的电话。电话只响了一声就被接听了。

“你好，杰米。”他说道。

“你个，”我说，“你个浑蛋狗娘养的。”

“我很高兴得到你的音讯。那你的决定是……？”

他知道多少我们的事儿？我跟他说过吗？阿斯特丽德说过吗？如果都没有，他挖掘出了多少？我不知道，这也不重要。从他的语气听上去，他不过是象征性地问问而已。

我跟他说我会尽快过去。

“如果你愿意过来，那是当然。很开心你能过来，不过我其实7月份之前都用不到你。如果你不想看到她……现在的样子，我指的是——”

“天气变晴后，我会搭最早的航班过去。如果你能在我到之前就给她治病，那就赶紧。不过我人到之前，你不能放她走，无论如何都不行。”

“原来你不信任我？”他的语气仿佛很受伤，但我并没当回事。在渲染情绪方面，他是行家里手。

“我为什么要信任你，查理？我又不是没见过你作秀。”

他叹了口气。风更大了，摇撼着整栋楼，顺着屋檐咆哮。

“你在莫特恩什么地方？”我问道，不过就跟雅各布斯一样，只是为问而问。人生就像是一个轮子，总是转回开始的地方。

XI 山羊山 / 她在等待 / 密苏里传来的噩耗

于是，那次“镀玫瑰”再聚首不到六个月后，我再次来到波特兰喷气机机场，又一次往北踏上了去往卡斯特尔郡的旅程。但这次不去哈洛。在离家五英里的地方，我从9号公路掉头，上了山羊山路。天气很暖和，不过缅因州前几天也被春雪袭击，现在到处是融雪和径流的声音。松树和云杉依然密密麻麻排在路边，枝条被雪压得垂了下来，但是道路上的雪已被铲干净，在午后阳光下闪着湿润的光。

我在朗梅多停了几分钟，那里是儿时卫理公会青少年团契野餐的地方；在天盖的支路上逗留了更久。我无暇重访阿斯特丽德和我失去童贞的那间破败小屋，即便有时间也进不去了。石子路现已铺成大路，雪也被清干净了，但是前路被一扇结实的木门给阻挡住了，门闩上带着一把大锁，有兽人的拳头那么大。仿佛是怕上锁意思还不够清楚，又竖了一个大牌子，上面写着：“不得擅闯，违者必究。”

再向上一英里，我来到了山羊山的门房。这条路没有被拦住，不过有个穿棕色制服外披薄夹克的保安。他敞着夹克，也许是因为天气和暖，也许是为了让停下来的人看见他腰间的佩枪——看上去是把大家伙。

我降下车窗，不过保安还没来得及问我的名字，门就开了，查理·雅各布斯出来了。厚重的派克大衣并没能掩盖他瘦得不成人样的身形。上次我见他的时候，他就已经很消瘦，现在则是骨瘦如柴。我“第五先生”的跛足越发严重了，他可能以为笑脸相迎足够热情，殊不知他左脸肌肉并未上提，看上去反倒更像是冷笑。肯定是因为中风，我心想。

“杰米，见到你真好！”他伸出手，我跟他握了手，虽然心下仍有保留，“我以为你明天才到呢！”

“暴雪停止后，科罗拉多机场很快就开放了。”

“我知道，我知道。我能坐你的车上去吗？”他朝那边的保安点点头，“萨姆用高尔夫球车把我带下来的，门房那儿还有一个小型取暖器，但是我还是很容易受凉，即使是在这样一个春意盎然的日子里。你还记得我们以前管春雪叫什么吗，杰米？”

“穷人的肥料，”我说道，“来吧，上车。”

他一瘸一拐地绕过车头，当萨姆要扶他胳膊时，他很干脆地甩开了。他脸部肌肉有问题，跛行其实更像是蹒跚，但却依然充满活力。这是一个有使命感的人啊，我想。

他上车后松了口气，调高了暖气，在副驾驶的空调通风口前搓着他粗糙的手，就像对着篝火取暖一样。“希望你不介意。”

“随你便。”

“这条路有没有让你想起去铁扉公寓的路？”他问道，还在搓手，发出一阵搓纸一样的恼人声响，“反正我觉得有点儿像。”

“嗯……除了那个。”我往左边一指，那里曾经是一个中级滑雪道，叫斯莫基小径，或者叫斯莫基旋转道。现在有一条索道电缆掉了下来，几个缆车座椅埋在雪堆里，估计还会再冻五周，除非天气一直这么暖和。

“一团糟，”他表示同意，“但没必要收拾。雪一化我就把这些电梯全弄走。我看我滑雪的日子已经结束了，你说是不？你小时候来过这里吗，杰米？”

我来过，五六次吧，跟着阿康、特里以及他们的“平地”好友一起来的，但我无心跟他闲聊：“她在吗？”

“在，大概中午时候过来的。她的朋友珍妮·诺尔顿带她来的。她们本来希望昨天过来的，不过东部地区的暴雪更厉害。我知道你接下来要问什么，没有，我还没给她治疗。那可怜的姑娘已经筋疲力尽了。明天有足够时间给她治疗，也有足够时间让她见你。不过，如果你愿意的话，你今天就能看到她，在她吃饭的时候，她吃得不多。餐厅里装了闭路电视。”

我开始跟他说我对这件事儿的看法，但他举起一只手来：

“少安毋躁，我的朋友。闭路电视不是我装的，我买下这地方的时候就已经装好了。我猜是管理层希望用它来监督服务人员，看他们服务是否到位。”他的半边脸微笑看上去更像冷笑了。或许只是我的心理作用，但我不这么认为。

“你是在自鸣得意吗？”我问道，“你终于把我弄过来了，你满意了？”

“当然不是。”他半转过身去看两边融化中的雪丘离我们而去。然后又转过来对着我。“好吧，是有一点儿。我们上次见面时你是如此自命清高，如此不可一世。”

我现在一点儿也没有自命清高，更没有不可一世。我觉得我掉进了一个陷阱里。毕竟我到这儿是为了一个我40多年未见的女人。她的厄运是自己买来的，一包一包，从便利店里买回来的。或是罗克堡的药店里，在柜台前就能买到烟。你要是想买药，反而得绕到后面去拿。人生的又一讽刺。我想象着把雅各布斯扔在门房，然后开车走人。这个邪恶念头还真有点儿吸引我。

“你真会眼睁睁地看她死吗？”

“是的。”他还在通风口前暖手。我现在想象的是抓住他的一只手，然后像掰断面包棍一样折断他骨节嶙峋的手指。

“为什么？我他妈的为什么对你这么重要？”

“因为你是我命中注定的那个人。我觉得我第一次见你时就知道了，你当时在门前跪着刨土。”他像一个真正的信徒一般耐心地诉说着，或者说像疯子一般，或许两者实际没有差别，“当你在塔尔萨出现时，我就更确定了。”

“查理，你到底在干吗？今年夏天你要我做什么？”这不是我第一次问他这个了，但是还有一些我不敢问出口的问题：有多危险？你知道吗？你在乎吗？

他似乎在思考要不要告诉我……但是我从来都不知道他在想什么，从来都没真正知道过。接下来山羊山度假村映入眼帘——比铁扉公寓还要大，但很丑陋，而且充满现代设计感。或许它在20世纪60年代过来玩的有钱人眼里看上去曾经很现代，甚至有点儿超前。但它现在看上去就像安装了玻璃眼球的立体恐龙。

“啊！”他说，“我们到了。你可能想放松一下，休息一下。反正我得休息一下。有你在真的太开心了，杰米，不过我体力跟不上了。我给你在三楼的斯诺套房办理入住了。鲁迪会带你过去的。”

• ● ⬤ ● •

鲁迪·凯利壮得像座肉山，穿着褪色牛仔裤、松垮的灰色工作服上衣，和白色绉胶底的护士鞋。他说他是一名护工，也是雅各布斯先生的私人助手。从他的体形来看，我觉得他可能还是雅各布斯的保镖。他的握手可不像那些音乐人那样死鱼一般有气无力。

我小时候来过这个度假村的大堂，还一度跟阿康和阿康朋友一家一起吃午餐（整顿饭我都诚惶诚恐，害怕用错叉子或是把汤滴到衣服上），但我从未去过上层。电梯是叮当作响的、恐怖小说里常在楼层之间卡住的那种古董设施，我决定在这期间全走楼梯。

这地方暖气很足（无疑是仰仗查理·雅各布斯的“奥秘电流”），我能看出有些地方修过，不过感觉只是随便修修而已。所有灯都能亮，地板也没有嘎吱作响，但是空气中破败的感觉却无法忽视。斯诺套房在走廊的尽头，那宽敞的客厅视野就像天盖一样好，不过墙纸有几处水渍，一股隐隐的霉味取代了大堂里地板蜡和新刷油漆的味道。

“雅各布斯先生想邀请您6点到他的公寓共进晚宴。”鲁迪说。他声音温柔，毕恭毕敬，但他看上去却像是监狱电影里的那种囚犯——不是计划越狱的那个，而是谁阻碍他逃狱就杀谁的那种死囚。“您看可以吗？”

“好的。”我说，他离开之后我就把门锁上了。

我洗了个澡——热水很充足，一打开就有——我换了一身干净衣服。完事儿之后，为了打发时间，我在大床的床罩上躺下来。我昨晚没睡好，飞机上从来睡不着，所以小憩一下应该不错，但我就是睡不着。我脑中全是阿斯特丽德——包括曾经的她，以及想象中的她现在的模样。阿斯特丽德，就跟我在同一栋楼里，就在三层下面。

当鲁迪差两分钟6点来敲门的时候，我已经起床穿好衣服了。我建议走楼梯，他快速地微笑了一下，仿佛在说他能一眼看穿一个胆小鬼："电梯非常安全，先生。雅各布斯先生亲自监督了部分检修，那个老电梯就是他监督的几项重点之一。"

我没反对。我在想我的"第五先生"已不再是神职人员，不再是传道人，不再是牧师了。在他生命的尽头，他又变回了一个纯粹的老先生，由一个长得像面部提拉失败后的范·迪塞尔一样的护工来给他量血压。

雅各布斯的公寓在大楼西翼的第一层。他已经换上了一身黑色的西装，开领白衬衫。他站起来迎接我，露出半边脸的微笑："谢谢你，鲁迪！麻烦你跟诺尔玛说一声我们15分钟后开始用餐好吗？"

鲁迪点了点头，然后离开。雅各布斯转过来面对着我，还在微笑，又在搓他的双手，制造出那种不怎么悦耳的搓纸声。窗户外面，一条滑雪坡道没入黑暗，没有灯光将其照亮，没有滑雪者在上面划出痕迹，就像一条不通向任何地方的高速公路。"不好意思，恐怕只有汤和沙拉了。我两年前就不再吃肉了，肉类会在大脑里造成脂肪堆积。"

"汤和沙拉就好。"

"还有面包，诺尔玛的酵母面包特别好吃。"

"听上去不错。查理，我想见阿斯特丽德。"

"诺尔玛会在7点左右为她和她朋友珍妮·诺尔顿送餐。她们吃完之后，诺尔顿小姐会给阿斯特丽德止痛药，然后帮助她在睡前上厕所。我告诉诺尔顿小姐，鲁迪可以代劳，但她不听。唉，珍妮·诺尔顿好像不再信任我了。"

我回想起阿斯特丽德的信："即便你治愈了她的关节炎？"

"对，不过当时我还是丹尼牧师。因为我放下了所有宗教的包装——我跟她们这么说的，感觉有必要说清楚——结果诺尔顿小姐就起疑了。真相就是这样，杰米。真相让人起疑。”

“珍妮·诺尔顿遭受过后遗症吗？”

“一点儿也没有。不过去掉了那些关于奇迹的鬼话之后，她觉得不自在了。既然你提到后遗症，移步到我书房来一下，我想给你看点儿东西，在我们的晚餐上桌之前，刚好还有时间。”

书房是套房客厅下面的一个凹室。他的电脑开着，超大号屏幕上万马奔腾。他坐下来，因为不适而面部扭曲了一下，然后按了一个键。那些马不见了，取而代之的是蓝色的桌面，上面只有两个文件夹，标为“A”和“B”。

他点开“A”，里面是一份按照字母排序的人名和地址。他点了一个按钮，名单开始以中速滚动。“你知道这些是什么吗？”

“我猜是治愈的病例。”

“是验证有效的治愈病例，全是对脑部施加电流造成的——不是一般电工能识别的那种电流。总共超过3100例，你相信我的话吗？”

“我信。”

他转过身来看我，虽然这个动作让他疼痛不已：“此话当真？”

“当真。”

看上去心满意足，他关闭了“A”文件夹，打开了“B”。又是按字母排序的人名和地址。这次滚动速度较慢，我还能从中认出几个来。斯特凡·德鲁，那个强迫症步行者；埃米尔·克莱因，吃土的那个；帕特里夏·法明戴尔，曾经往自己眼睛里面撒盐的那个。这份名单比上一份短多了。在它滚动完之前，我看到罗伯特·里瓦德的名字一闪而过。

“这些是遭遇严重后遗症的人，一共87个。上次见面时我就跟你说过，有后遗症的不到总人数的3%。‘B’文件夹里曾经有170多个名字，但是许多人不再有问题了，后遗症消除了，就像你一样。八个月前，我停止跟进我的治疗了，但如果我继续的话，这份名单还会越来越短。人类身体从创伤中恢复的能力大得让人难以置信。将这种新电流正确施加到大脑皮质和神经树的话，这种能力不可限量。”

“你想要说服谁？说服我还是你自己？”

他厌恶地吐了口气：“我只想让你的精神放松一下。我需要的是一个心甘情愿的助手，而不要一个勉为其难的。”

“我人在这儿，我会信守承诺……只要你能治好阿斯特丽德。这就够了吧？”

有人在轻声敲门。

“进来。”雅各布斯说道。

进屋的那个女人有着童话书里慈祥老奶奶的宽厚身材，和一双百货公司防盗员一般明亮的小眼睛。她把一个盘子放到了客厅的桌子上，然后站起来双手规矩地在她的黑裙子前交扣。雅各布斯站起来，脸上又扭曲了一阵，脚步踉跄了一下。作为他的助手的第一个反应——至少这个新的生命阶段——我抓住了他的手肘，稳住了他。他道了声谢，然后引我出了书房。

“诺尔玛，我给你介绍一下，杰米·莫顿。他至少到明天早餐都会跟我们在一起，然后夏天会回来在这边久住。”

“非常荣幸！”她说道，然后伸出了手。我和她握了握手。

“你不知道这个握手对诺尔玛而言是多大的胜利，”雅各布斯说道，“从孩童时期开始，她就对与人触碰有着深深的厌恶。是不是，亲爱的？这不是生理问题，而是心理问题。不过无妨，她已经被治愈了。我觉得很有意思，你觉得呢？”

我告诉诺尔玛我很高兴见到她，又多握了一会儿她的手。看到她越发不安，我就松了手。看来她虽被治愈了，但可能没有完全根除，这也很有意思。

“诺尔顿小姐说她今天可能会早点儿带您的病人去吃饭，雅各布斯先生。”

“好的，诺尔玛，谢谢你！”

她离开了。我们吃饭了。吃得很清淡，但却很顶饱。我的神经仿佛都冒出来了，我的皮肤在灼烧。雅各布斯吃得慢条斯理，仿佛故意在逗我，但最后他还是放下了他的空汤碗。他仿佛准备再拿一片面包，但在看了一眼手表后，他推开桌子站了起来。

“跟我来，”他说，“我看是时候让你看看你的老朋友了。”

大堂另一头的门上写着“仅限度假村员工”。雅各布斯带我穿过一个很大的外部办公室，里面只有桌子和空架子。通往内部办公室的门锁着。

他说：“不像那些提供一周7天、一天24小时门卫的安保公司，我的工作人员只有鲁迪和诺尔玛。尽管我信任他们俩，我觉得也没有必要给他们诱惑来考验他们。窥探那些完全不知情的人，这个诱惑可不小，你说是不？”

我没说话，我不确定我是否说得出话。我嘴里就像一块旧地毯那么干。办公室里面共有12个监视器，一共3行，每行4个。雅各布斯打开了餐厅3号摄像头的开关：“我想这就是我们要看的那个。”语气欢快，仿佛丹尼牧师变身成了游戏节目主持人。

等了好久好久才出现黑白影像。餐厅很大，至少有50张桌子，只有一张桌子有人。两个女人坐在那儿，但一开始我只能看见珍妮·诺尔顿，因为诺尔玛弯腰给她们递汤碗的时候遮住了另一个。珍妮很漂亮，深色头发，55岁左右。我看见她的口形在说谢谢，虽然听不见声音。诺尔玛点点头，直起身来，从桌边走开，我看到了我初恋残留的容颜。

如果这是一部浪漫小说，我可能会说，“纵使岁月不可避免地改变了她，疾病让她容消色减，但仍能看出是个美人”。我多希望我能这么说，但如果我现在开始撒谎，我之前所说的也都变得毫无价值了。

阿斯特丽德是一个坐在轮椅上的干瘪老太婆，她的脸苍白松弛，一双深色的眼睛无精打采地盯着面前的食物，显然毫无食欲。诺尔顿小姐在她头上扣了一顶毛线帽——那种大毛线帽，不过帽子滑向一边，露出了她只剩一些白色头发楂的秃头。

她用皮包骨头、青筋遍布的手拿起勺子，然后又放了下来。那个深色头发的女人劝了劝她，这个苍白的女人点了点头。帽子在她点头时滑落，但她仿佛没注意到。她把汤勺伸进碗里盛了一勺，缓缓把勺子送到嘴边。抬勺子的过程中汤就几乎洒光了。她啜了剩下的那点儿，嘴唇嘟起来，让我想起已故的巴特比从我手上吃苹果片的样子。

我的膝盖有点儿支撑不住了，要不是显示器前面有把椅子，我可能就直接摔到地上了。雅各布斯站在我旁边，骨节嶙峋的手交扣在背后，踱来踱去，面带微笑。

因为这是纪实，而非浪漫小说，所以我必须补充一下，当时我暗暗松了口气。我觉得不用遵守这笔魔鬼交易中我的那部分了，因为轮椅上的那个女人不可能活回来。癌症是所有疾病中的斗牛犬，它已经把她咬在嘴里，啃噬着她，撕扯着她，直到她变成碎片。

“关了吧。”我轻声说。

雅各布斯往我这边靠了一下：“你说什么？我老啦，耳朵不中用了——”

“查理，我说了什么你听得一清二楚。把它给关了！”

他照办了。

雪纷纷扬扬地下，我们在尤里卡田庄7号的安全出口接吻。阿斯特丽德一边把烟吹进我嘴里，舌头还一边在我嘴里来回游走，先是吻着我的上唇，然后伸进去，轻轻挑逗我的牙床。我的手揉捏着她的胸部，不过其实摸不到什么，因为她穿着一件厚厚的派克大衣。

就这么一直吻下去吧，我心想，一直吻下去，这样我就不用目睹岁月将你我带去何方，又将你变成何种模样。

但是没有什么吻可以直到永远。她把头后撤，我看见她毛皮兜帽下面那张灰白的脸，浑浊的双眼和松弛的嘴唇。刚刚在我嘴里游走的舌头，其实已经发黑脱皮。我在亲吻一具尸体。

也许还不是，因为那双唇咧开一笑。

“出事儿了，”阿斯特丽德说，“对吗，杰米？出事儿了，妖母就要来了。”

我倒吸一口气，猛地醒来。我是穿着内裤上床的，但此刻却赤身裸体站在镜子前。我右手拿着床头桌上放的那支笔，一直在用它猛戳我的左上臂，留下了大片星星点点的蓝色。笔从手中掉落，我跌跌撞撞地后退开去。

是因为压力，我心想。是因为压力，所以休才会在诺里斯郡的复兴会上看到棱镜虹光，今晚这样也是因为压力。但毕竟不是往眼里撒盐，或者在外头吃土。

现在是4点15分，这该死的钟点，接着睡嫌晚，起床又嫌早。我有两个袋子随行，我从较小那个里面取出一本书，坐在床边，把书翻开。我看着书上的字就跟吃诺尔玛做的汤和沙拉一样：食不知味。我最后放弃了，只是看着窗外的黑暗，等待黎明。

真是漫长的等待。

• ● ● ● •

我在雅各布斯的套房里吃了早餐，如果只吃了一片吐司加半杯茶也能叫吃过早餐的话。查理则相反，吃了什锦水果杯、炒蛋和一堆诱人的炸薯条。像他这么瘦的人，真不知道食物都吃到哪里去了。门边的桌上有一个红木盒子，他说他的医疗器材就在里面。

“我已经不用戒指了。用不着了，因为我的表演生涯已经结束了。”

“你准备什么时候开始？我想快点儿搞完好离开这里。”

“很快就开始。你的老朋友白天总打瞌睡，晚上却睡不好，昨晚可能尤其难熬，因为昨晚我让诺尔顿小姐给她停了夜间止痛药——这种药会抑制脑电波。我们会在东厢房进行治疗。这是我一天中最喜欢的时段。”

他向前靠过来，真诚地看着我。

“这部分你可以不必参与，我看到你昨晚很沮丧。我今年夏天才需要你的帮忙，今天早上有鲁迪和诺尔顿小姐协助我就够了。你何不明天再回来？今天去哈洛走一趟，拜访一下你哥哥和家人。等你再回来，你就会看到一个焕然一新的阿斯特丽德·索德伯格。”

其实，这恰是我最害怕的，因为自从离开哈洛，查理·雅各布斯就以作秀为业，化名丹尼牧师，他曾向观众展示猪肝，然后宣称这是从患者体内取出的肿瘤。他的过往经历让人不太容易信任。我能百分之百确定轮椅上那个形容枯槁的女人真的是阿斯特丽德·索德伯格吗？

我的心告诉我是的，但大脑却告诉我的心，要警惕，不要轻信。诺尔顿可能是个帮凶——用行骗术语来说叫“托儿”。接下来的半个小时会十足煎熬，但我无意逃避，不能任由雅各布斯去上演虚假的治疗。当然，他需要真的阿斯特丽德在才能成功，但是这么多年的帐篷复兴会后，他赚得盆满钵满，完全有可能做到，尤其是如果我的初恋女友晚年手头拮据的话。

当然了，这种情况不太可能。归根结底是我觉得我有责任一直目睹到最后，虽然结局恐怕注定悲惨。

“我会留下。”

“随便你。”他笑了，尽管他不好使的那边嘴角依然不配合，但这个笑里却全无嘲讽之意，“能和你再度合作感觉真好，就像我们在塔尔萨那会儿一样。”

有人轻轻敲门，是鲁迪。“她们已经到东厢房了，雅各布斯先生。诺尔顿小姐说她们已经准备好，就等您了。她说请您尽快，因为索德伯格小姐非常不舒服。”

• • ● • •

我和雅各布斯并肩走下大堂，胳膊下夹着那个红木盒子，一直走到大楼东翼。就在那时我的神经不堪重负，我让雅各布斯先进去，自己在门口站着缓一缓。

他并没有在意，他所有的注意力——和他的强大的魅力——都在那两个女人身上。“珍妮和阿斯特丽德！”他热情地说道，“两位我最爱的女士！”

珍妮·诺尔顿伸手象征性跟他握了握——足够让我看出她的手指可以伸直，仿佛不受关节炎的影响。阿斯特丽德根本没有试图去抬手，她弯腰驼背坐在轮椅里，抬着头恍恍惚惚地看着他。她脸的下部被氧气罩遮住了，身边是个带轮子的氧气罐。

珍妮对雅各布斯说了什么，声音太低我听不见，他拼命点头。“是的，我们不能再浪费时间了。杰米，你能不能——”他环顾四周，没看见我，不耐烦地示意我进去。

走到房间中心不过十几步路，房间里洒满灿烂的晨光，但走完这十几步却要好久好久，仿佛我在水下行走一样。

阿斯特丽德瞟了我一眼，全然不感兴趣，看得出抵抗疼痛已经用尽她全部气力。她没有认出我来，只是再次低头看着自己的腿，那一瞬间我如释重负。紧接着她猛地抬起头来，透明氧气罩下的嘴张了开来。她双手遮住脸，把氧气罩拨到了一边。部分是因为难以置信，而更多则是恐惧——竟然让我看到她现在这番模样。

她可能本想在双手后面多藏一会儿，但却没有气力，双手颓然滑落到腿上。她在哭泣，眼泪洗净了她的眼睛，让她的双眼焕发青春。我对她身份的任何怀疑都一扫而空。这就是阿斯特丽德，没错。还是那个我曾爱过的小姑娘，现在活在一个病弱老妇人的躯壳里。

“杰米？”她的声音就像寒鸦一样粗哑。

我单膝跪下，像个准备求婚的情郎：“是我，宝贝儿。”我拿起她的一只手，翻转过来，亲吻了她的掌心。她的皮肤冰凉。

“你走吧！我不想让你看到……”她吸气时发出咝咝的气声，“……让你看到我这个样子。我不想让任何人看到我这个样子。”

“没关系的。”因为查理会让你好起来的，我本想添这句，但没有说，因为阿斯特丽德已经回天乏术了。

雅各布斯已经把珍妮引开了，一直在和她说话，好让我们俩有片刻独处。跟查理相处的可怕之处在于有时候他可以无比温柔。

“烟，”她用那种寒鸦般粗哑的声音说，“多么愚蠢的自杀方式。我其实早就知道，所以更愚蠢。其实谁不知道呢！你知道吗，可笑的是我现在还想抽。”她笑了，但很快转变为一连串刺耳的咳嗽，显然喉咙生疼。“我偷偷弄了三盒进来，珍妮发现后全拿走了。其实到了这个地步，还有什么区别。”

“嘘！”我说。

“我戒过，戒了七个月。如果孩子还活着的话，我可能就再也不抽了。有时候……”她呼哧呼哧地深吸了一口气，“天意弄人。就是这样。”

“见到你真好！”

“你可真会骗人，杰米。你有什么把柄在他手里？”

我没说什么。

“好吧，不说就算了。”她的手在我脑后肆意摸索，就像我们俩以前亲热时那样，有那么一瞬间，我还怕她要用那垂死的嘴来吻我。“你的头发还在，又漂亮又厚密。我的都掉光了，都是化疗害的。”

“会长回来的。”

“不会的。这……”她环顾四周，她的呼吸粗重得就像小孩儿的玩具口哨，“不过是徒劳而已。”

雅各布斯把珍妮带回来了。“是时候开始了，”然后他对阿斯特丽德说，“不会太久的，亲爱的。而且一点儿也不疼。你可能会暂时昏厥，但大多数人事后都没有印象。”

“我希望昏过去就不要醒来。”阿斯特丽德说罢疲倦无力地笑了。

“别胡说。我从来不打包票，但是我相信，再过一小会儿，你就会感觉舒服多了。我们开始吧，杰米。把盒子打开！”

我依言照做了。盒子里面，每样东西都嵌进天鹅绒衬里的专属凹槽中，有两根顶端裹着黑色塑料的短粗钢棒，还有一个白色控制盒，顶端装有滑动开关。那个控制盒看上去就跟我和克莱尔带阿康去他家时那个一模一样。有个念头在我脑中一闪而过：屋子里这四个人，三个傻一个疯。

雅各布斯把钢棒从绒槽上取下，然后让两个塑料尖端触碰一下。“杰米，你把控制盒拿出来，开关往上拨一点点。一点点就好，你会听到‘咔嗒’一声。”

我把开关上推的时候，他把两根钢棒分开，拉出一条耀眼的蓝色火花，然后是一阵简短而有力的“嗡”声。不是从钢棒上发出的，而是从房间另一头传来的，仿佛某种诡异的口技表演。

“棒极了，”雅各布斯说道，“准备就绪。珍妮，你把手压在阿斯特丽德肩上，她会痉挛，我们可不希望她摔在地板上吧？”

“你的圣戒呢？”珍妮问道。这一刻她的神色和语调充满怀疑。

“比圣戒好用，更强劲——更神圣，如果你更喜欢这个讲法。把手放到她的肩上。”

“你可别电死她！”

阿斯特丽德用她那寒鸦般粗哑的声音说道：“珍妮，这是我最不担心的。”

“不会的，”雅各布斯用那他种讲堂发言般的语气说道，“不可能的。在ECT疗法中——外行人所谓电击疗法——医生会用150伏电，导致癫痫大发。不过这个……”他把钢棒的头又碰到一起，“即使开到最大，电工用的电流计指针也难动一动。我所要借助的能源——也就是此刻在这个房间里环绕我们的能源——是一般仪器测不出来的，它实际上是不可知的。”

“不可知”可不是一个我想听到的词。

“赶紧来吧，”阿斯特丽德说，“我好累，心里像憋了一只老鼠，还是一只着了火的老鼠。”

雅各布斯看看珍妮，她犹豫了：“复兴会上可不是这样的，完全不是这么回事。”

“或许不同，”雅各布斯说道，“但这就是复兴，你等着瞧吧。珍妮，把你的手放到她的肩膀上，准备好用力下压。你不会伤到她的。”

她依言照做了。

雅各布斯的注意力转到我身上：“我把钢棒的顶端抵在阿斯特丽德的太阳穴上后，你就滑动开关。你数着往上提挡时的‘咔嗒’声，到了第四下就停下，等我进一步指示。准备好了吗？开始。”

他把钢棒的顶端抵住阿斯特丽德头部两侧太阳穴，蓝色静脉微微搏动的位置。阿斯特丽德小声说：“能再次见到你真好，杰米。”然后闭上了眼睛。

“她可能会乱动，准备好按住她，”雅各布斯跟珍妮说，然后说，“可以了，杰米。”

我向上推动开关。一下……两下……三下……四下。

● ● ● ● ●

什么也没发生。

全是老头子的错觉，我心想。不管他以前有多大能耐，反正现在是不行了——

“麻烦再往上两挡。”他的声音干脆而自信。

我照办了，还是什么都没发生。珍妮的手按在她肩上，阿斯特丽德看上去蜷缩得更厉害了。她呼哧呼哧的呼吸声让人听着就心疼。

“再上一挡。”雅各布斯说道。

“查理，快到头了——”

“你没听见我的话吗？再上一挡！”

我推了一下开关，又是“咔嗒”一声，这次房间另一头传来的嗡鸣更响了，不是“嗡嗡嗡”而是“哇啦哇啦”了。没看见任何闪光（至少我记得是这样），但有一瞬间我头晕目眩了，就像是一个深水炸弹在我的大脑深处引爆了。印象中珍妮·诺尔顿叫了起来。隐约看见阿斯特丽德在轮椅上猛地一颤，一阵猛烈痉挛，把珍妮——并不轻的一个人——向后抛出去了，几乎摔倒。阿斯特丽德病弱的双腿弹出，软下来，然后又弹出。警铃一通狂响。

鲁迪跑了进来，诺尔玛紧跟在后。

“我跟你说过在开始前把那玩意儿给我关了！”雅各布斯对着鲁迪吼道。

阿斯特丽德双臂猛地向上伸直，其中一条胳膊刚好竖在珍妮面前，珍妮刚过来准备再次按住她肩膀。

“对不起，雅各布斯先生——”

“立即给我关掉，你个白痴！”

查理从我的手中夺过控制盒，把开关滑到关闭一挡。阿斯特丽德开始发出一连串干呕的声音。

“丹尼牧师，她要窒息了！”珍妮大叫。

“别犯傻！”雅各布斯立即打断。他红光满面，眼睛发亮，看起来像是年轻了20岁。“诺尔玛！给门房打电话！告诉他们警铃只是个意外！”

“我要不要——”

“快去！快去！妈的，赶紧啊！”

她走了。

阿斯特丽德睁开了眼睛，不过没有瞳仁，只有凸出的眼白。她又来了一阵肌痉挛的抽搐，然后向前一滑，双腿又蹬又抽搐，双臂乱挥像溺水的泳者。警铃一直狂响。在她摔下地之前，我抓住她屁股，把她塞回轮椅上。她松垮的裤子裆部颜色变深，我能闻到浓重的尿味。我向上看的时候，只见白沫从她一边嘴角往下流，流经下巴，流到上衣的领子上，把领子也染深了。

警铃停了。

“感谢上帝帮了个小忙。”雅各布斯说。他向前弯着腰，手支着大腿，观察着阿斯特丽德的惊厥，关注而无关切。

“我们得叫医生！”珍妮喊道，“我按不住她了！”

“胡扯。”雅各布斯说道，又是一个半边脸的微笑挂在他脸上，这是他唯一能做到的了。“你以为这是容易的活儿吗？老天爷，这可是癌症。再给她一分钟，她就能——”

“墙上有道门。”阿斯特丽德说道。

声音已不再粗哑，她的眼睛转了回来……但不是同时转回来的，是一个一个转的。转回眼眶后，双眼盯着雅各布斯。

“你看不见的。它很小，还覆盖着常春藤，常春藤都枯死了。她在另一头等待，在那个破败城市之上，在纸天空之上。”

血是不会冷的，不会真的变冷，但是我的似乎变冷了。出事儿了，我心想。出事儿了，妖母就要来了。

“谁？”雅各布斯问道，他抓起她的一只手。他那半边脸的笑容消失了。“谁在另一头等着？”

“没错，”她的眼睛盯住他的双眼，“是她。”

“谁？阿斯特丽德，是谁？”

她一开始什么都没说，然后突然诡异地咧开嘴，张嘴之大足以让人看清她的每一颗牙齿：“不是你想见的那个。”

他扇了她一巴掌，阿斯特丽德的头甩向一边，唾沫四溅。我震惊地喊出来，他正要再扇她一巴掌时，我抓住了他的手腕，使了好大劲才制止住他。他强壮得不可思议，是那种歇斯底里的爆发力，或是压抑已久的愤怒。

“你怎么可以打她！”珍妮吼道，她放开了阿斯特丽德的肩膀，绕到轮椅前面跟他对峙。“你个疯子，你不能打——”

“住嘴。”阿斯特丽德说，她的声音很虚弱，但是很清晰。“住嘴，珍妮。”

珍妮环顾四周。她吃惊得两眼发直，因为她看到：阿斯特丽德的苍白脸颊上仿佛铺上了一层薄薄的粉色。

“你为什么对他大吵大嚷的？出什么事儿了吗？”

是的，我心想。出事儿了，肯定是出事儿了。

阿斯特丽德转过去对雅各布斯说：“你什么时候开始？你最好赶紧，因为我痛得……”

我们三个都盯着她。不对，是五个，鲁迪和诺尔玛已经溜回东厢房门口，也在盯着她。

“且慢，”阿斯特丽德说道，“再等一分钟。”

她摸了摸胸口，捧了捧下垂的胸部，又按了按自己的肚子。

“你已经做完了，是不是？我知道肯定是，因为已经一点儿都不疼了！”她吸了一口气，吐气时发出难以置信的笑声，“我可以呼吸了！珍妮，我可以呼吸了！”

珍妮·诺尔顿双膝跪下，把手举到头两边，然后开始背诵主祷文，快得就像磁带机快进一样。另一个声音加入了祷告，是诺尔玛，她也跪了下来。

雅各布斯朝我投来一个迷惑不解的眼神，含义很好理解：看见了吧，杰米？什么活儿都是我干的，功劳却全给了更高级别的人。

阿斯特丽德想要从轮椅上下来，但她无力的双腿却支撑不起她的身体。我在她正要跌倒前将她抓住，双臂环抱着她。

“别急，亲爱的，”我说，“你身子还太弱。”

我把她放回轮椅上，她瞪大眼睛看着我。氧气罩已经缠成一团，挂在她脖子左边，被人遗忘了。

“杰米？怎么是你？你在这儿干吗？”

我看着雅各布斯。

“治疗后短暂失忆是很正常的，”他说，“阿斯特丽德，你能告诉我现任总统是谁吗？”

她看起来仿佛觉得这个问题莫名其妙，但毫不犹豫地回答了出来。“奥巴马，副总统是拜登。我真的好了吗？会维持多久？”

“你已经好了，会维持很久的，但先别说这个，告诉我——”

“杰米？真的是你吗？你怎么头发都白了！”

“是的，”我说，“白了不少。听查理说话。”

“我对你可着迷了，”她说，“虽然你弹得好，但是你跳舞很烂，除非是嗑药之后。我们音乐会后在星岛吃的饭，你点了……”她停下来舔了舔嘴唇：“杰米？”

“在呢。”

“我能呼吸了，我真的又能呼吸了！”她哭了出来。

雅各布斯在她眼前打了个响指，就像舞台上的催眠师一样：“集中精神，阿斯特丽德。是谁带你来这儿的？”

“珍……珍妮。”

“你昨晚吃了什么？”

“滩，滩和沙拉。”

他在她游移不定的双眼前面又打了个响指，使得她眨了眨眼，瑟缩了一下。她的皮肤仿佛就在我眼皮底下开始变得紧致饱满，又惊奇又可怕。

“汤，汤和沙拉。”

“很好。墙上的门是怎么回事儿？”

“门？我没——”

“你说门上覆盖常春藤，你说门的另一边是一个破败的城市。”

“我……不记得了。”

“你说她在等待，你说……”他凝视着她一无所知的脸，叹了口气，“算了。亲爱的，你需要休息。”

“我看也是，”阿斯特丽德说，“但我真的好想跳舞，为欢乐起舞。”

“会有机会给你跳的。”他拍了拍她的手。他拍的时候面带微笑。但我觉得他因为她回忆不起门和城市的事儿而深深失望。我却没有。我不想知道当查理的“奥秘电流”流经她大脑最深处时她看到了什么，我也不想知道她说的那扇隐蔽的门后面有谁在等，但恐怕我是知道的。

妖母。

在纸天空之上。

● ● ● ● ●

阿斯特丽德睡过了整个早上，又睡到下午。醒来之后狂喊饿。这让雅各布斯很高兴，他让诺尔玛·戈德斯通给“我们的病号”上一份烤芝士三明治和一块刮掉糖霜的蛋糕，糖霜对她空荡荡的肠胃来说未免太过。雅各布斯、珍妮，还有我，看着她吃下整个三明治和半个蛋糕，然后放下叉子。

“剩下的我也想吃，”她说，“但我很饱了。”

“慢慢来。”珍妮说。她在腿上垫了一块餐巾，一直在扯它。她并没有长时间盯着阿斯特丽德，但一眼都不看雅各布斯。来找他本是她的主意，看到自己的好朋友突然好起来，她无疑很开心，但是很明显她在东厢房看到的一切深深震撼了她。

“我想回家。”阿斯特丽德说。

“哦，亲爱的，我不知道……”

“我感觉已经好了，真的。”阿斯特丽德满怀歉意地看了雅各布斯一眼，“不是我不知感恩——我这辈子都会为你祈祷，但是我想待在自己家里。除非你觉得……”

“不，不。”雅各布斯说。完事儿之后，我看他巴不得赶紧甩开她。“我想不出比自家的床更好的药了，如果你尽快启程，天黑不久就能到家。”

珍妮没有进一步表示反对，只是继续扯她的餐巾。但是在她低头之前，我看见解脱的神情在她脸上一闪而过。她像阿斯特丽德一样想走，不过原因却不一样。

阿斯特丽德脸色恢复只是她了不起的变化之一。她在轮椅上坐直身体；目光清澈，眼神集中。“我知道千恩万谢都不够，雅各布斯先生，而且我无以为报，但是如果你有任何需要，而我又能办到，你只管开口便是。”

“确实有那么几件事，”他用右手扭曲的手指数着那些事，“吃饭、睡觉、运动来恢复力气。你能做这些事吗？”

“我会的，而且我以后再也不碰烟了。”

他挥挥手：“你不会再有抽烟的想法了。你说是不，杰米？”

“大概不会了。”我说。

“诺尔顿小姐？”

她身子扭了一下，仿佛有人拧她屁股。

“阿斯特丽德必须找一个物理治疗师，或者你必须代替她物色一名。她越早抛开轮椅就越好。趁热打铁，你说是吗？”

“是的，丹尼牧师。”

他皱了下眉头，但并没有开口纠正她：“还有一些事你们两位优雅的女士可以为我做到，而且这件事极为重要——别提我的名字。在接下来几个月里，我有很多工作要做，最不希望的就是有大群病人怀着治疗的希望到我这里来。明白了吗？”

“明白。”阿斯特丽德说。

珍妮点了点头，没有抬眼。

“阿斯特丽德，你的医生看到你，肯定会很惊讶，你所要告诉他的只是你请求上帝宽恕，结果得到了上帝的回应。他自己信或不信，觉得祈祷灵不灵并不重要；无论如何，看到磁共振造影的影像证据后，不由得他不接受；更别说看到你开心的微笑，看到你开心而健康的微笑。”

“好的，如你所愿。”

“我来推你回套房，”珍妮说，“如果要走的话，我最好收拾一下。”潜台词：快放我走。在这一点上，她和雅各布斯想到一起了，都想趁热打铁。

“好的，”阿斯特丽德羞涩地看着我，“杰米，你能帮我拿一罐可乐吗？我想跟你说说话。”

“好的。”

雅各布斯看着珍妮推着阿斯特丽德穿过空荡荡的餐厅，走向远处的门。他们走后，雅各布斯转过来跟我说：“那我们达成交易？”

“是的。”

“你可别给我玩消失。”

“玩消失”是作秀这行的术语，就是突然不见人了。

“不会的，查理，我不会玩消失。”

“那就好，”他看着刚才那两位女士从门口出去，“诺尔顿小姐因为我离开了耶稣的队伍就不怎么喜欢我了，是吧？”

“她更像是怕你。”

他耸耸肩，不以为然，就跟他的微笑一样，他耸肩也只能耸一边。“十年前，我都没法儿治好咱们的索德伯格小姐，估计五年前也不行。不过现在事情进展得快。到今年夏天……”

“到这个夏天就怎么样？”

“谁知道呢？”他说，“这个谁知道？”

你知道的，我心想，查理，你一定知道。

● ● ● ● ●

“你看，杰米。”我拿着可乐过来找她时，阿斯特丽德跟我说。

她从轮椅上起来，摇摇晃晃走了三步，来到卧室窗边的椅子旁。她抓住椅子帮助她在转身时保持平衡，然后坐进那把椅子里，轻松欢快地松了口气。

“我知道这没什么——”

“开什么玩笑？已经很厉害了！”我递给她一杯加了冰的可口可乐。我还为了增加些好运，在杯缘夹了一片柠檬。“你会一天一天进步的。”

房里只有我们两个。珍妮借口收拾行李出去了，虽然在我看来她已经收拾好了，阿斯特丽德的大衣就放在床上。

“我觉得我欠你的不比欠雅各布斯少。”

“没有的事儿。”

“别撒谎，杰米，说谎的话鼻子会变长，蜜蜂叮膝盖。他肯定收到成千上万封请求治疗的信，估计现在还是。我不认为他是刚好选出我那封的，是你负责看信的吗？”

“不，看信的是阿尔·斯坦珀，是你的好友珍妮的前偶像。查理是后来才联系的我。”

“你就来了，”她说，“都这么多年过去了，你却来了。为什么？”

“因为我必须来。想不出更好的解释，除了在曾经一段时间里，你就是我的整个世界。”

“你没有答应他什么吧？没有……所谓的一物换一物？”

“完全没有。”我一口气说出来完全不带卡壳的。在我还是瘾君子的那段岁月里，我变成了一个说谎老手，可悲的是这种技能是跟你一辈子的。

“过来，离我近一点儿。”

我走了过去。全无犹豫或尴尬，她把手放在了我牛仔裤的裆部。“你这方面很温柔，”她说，“很多男生没那么温柔。你并没有经验，但却知道怎么对人好。你也曾经是我的整个世界。”她把手放下来，双眼盯着我看，眼神不再迟钝和被病痛占据，她的双眼现在充满了活力，还有焦虑。“你肯定答应了什么，我知道你肯定有。我不会问你是什么，但是看在你爱过我的分儿上，你一定要对他小心点儿。虽然我欠他一条命，说这话很不厚道，但我觉得他是个危险的人。我知道你也这么认为。”

看来我并没有想象中那么擅长撒谎，又或是因为她被治愈之后看清了更多。

“阿斯特丽德，你没什么好担忧的。”

“我在想……杰米，能亲我一下吗？现在只有我们两个，我知道我不好看，可是……”

我单膝下跪——再次感觉像浪漫小说里的情郎，然后吻了她。是的，她现在是不好看，但是跟她那天早上看起来相比，她现在美翻了。不过，只是蜻蜓点水的一吻，死灰已经无法复燃了。至少对我而言是这样。但是我们之间羁绊很深，这点没变。雅各布斯就是那个结。

她轻抚我的后脑。“还有那么好的头发，不论变白与否。生活给我们留下的东西太少了，但至少给你留下了这个。再见了，杰米。还有，谢谢你！”

●●●●●

我出去的时候，和珍妮简短聊了一下。我最想知道的是她住得离阿斯特丽德有多近，是否方便监督她的康复进展。

她笑了："阿斯特丽德和我是'离婚之友'，从我搬去罗克兰，在医院上班开始，已经认识10年了。她生病之后，我就搬去和她一起住了。"

我给她留了我的手机号码，还有在狼颌的座机号码："可能会有后遗症。"

她点点头："丹尼牧师跟我说了。他现在是雅各布斯先生了，要改口还真不习惯。他说她很可能会梦游，直到她的脑电波恢复到正常频率，需要四到六个月。我看见过这种行为，服用安必恩和舒乐安定过量的人就会这样。"

"是的，最有可能是那样。"虽然还有吃土、强迫步行、妥瑞氏症、窃盗癖，还有休·耶茨的棱镜虹光。据我所知，安必恩是不会引起上述任何一种症状的。"不过万一有其他症状……给我打电话。"

"你有多担心？"她问道，"告诉我可能会出现什么。"

"我也不知道，她估计不会有事儿。"他们大多数人都没事儿，毕竟根据雅各布斯的说法是这样的。虽然我一点儿都不信任他，但事已至此，我只能指望他说了实话，因为木已成舟。

珍妮踮起脚来吻了吻我的脸颊："她好起来了。这是上帝的恩赐，杰米。无论雅各布斯先生怎么想，反正他已经沉沦。要不是他——要是没有主，阿斯特丽德活不过六个星期。"

● ● ● ● ●

阿斯特丽德坐着轮椅下了残疾人通道，不过独立上了珍妮的那辆斯巴鲁，雅各布斯为她关上车门。她从开着的窗户伸出手来，双手抓住雅各布斯的一只手，再次感谢了他。

“乐意效劳，”他说，“只是别忘了你的承诺。”他把手抽出来，好将一根手指搭在她嘴唇上。“我们说好的。”

我弯下腰亲吻她的额头。“好好吃饭，”我说，“好好休息，多做复健，享受你的生活吧。”

“遵命，长官。”她说道。她看到我背后的雅各布斯已经慢慢爬上门廊的台阶，再次跟我四目相对，重复着她之前说的话：“小心点儿。”

“别担心。”

“我怎么能不担心。”她看着我的双眼，满是真挚的关切。她老了，我也老了，不过病魔驱赶出体内后，我眼前又看见了那个跟哈蒂、卡萝尔和苏珊娜一起站在舞台前面的姑娘，在“镀玫瑰”演奏《吉人天相》或《纳特布什城疆》时摆动着自己的身体；那个我在安全出口下亲吻的女孩儿。“我会担心你的。”

我跟查理·雅各布斯在门廊会合，我们看着珍妮·诺尔顿的那辆斯巴鲁傲虎开往大门，变得越来越小。今天是个冰雪消融的好天气，雪霁初晴，露出已经开始转绿的草地。穷人的肥料，我心想，我们以前管春雪叫这个。

“那两个女人会把嘴闭严实吗？”雅各布斯问道。

“会的，”不见得会永远保密，但至少能坚持到他工作完成，假如果真像他说的离完成已不远的话，“她们承诺了。”

“那你呢，杰米？你会信守诺言吗？”

“会的。”

他似乎满意了：“何不再留一晚？”

我摇了摇头：“我在尊盛酒店订了房间，明天一早的班机。”

我迫不及待要离开这里，就像我那天迫不及待要离开铁扉公寓一样。

我没说出来，但我确信他心里明白。

“随你，只要你在我打电话给你的时候做好准备就行。”

“查理，你还要啥？要我给你写书面保证吗？我说了会来，就一定会来。”

“好的。我们这辈子就像一对撞球一样分分合合，不过快到头了。到了7月底，最晚到8月中，我们就算两清了。”

这一点他说对了。感谢上帝，他是对的。

当然了，前提是真有上帝。

即便在辛辛那提转了一趟飞机，我还是在第二天下午1点之前回到了丹佛——要说时空穿梭，没有什么能胜过搭乘一班向西的喷气式飞机[①]。我打开手机，看到两条信息：第一条是珍妮发来的，她说她昨晚在上床睡觉前给阿斯特丽德锁好房门，但是整夜婴儿监视器一点儿动静都没有，她6点半起床时，阿斯特丽德还在昏睡。

“她起床后吃了一个溏心蛋和两片吐司。她看起来……我得反复告诉自己这不是幻觉。”

---

① 指由于时差原因时间要往回调。——译者注

这是好消息。坏消息是布里安娜·唐林发来的（现在是布里安娜·唐林-休斯了），是在我的美联航班机降落前几分钟发来的。“罗伯特·里瓦德去世了，杰米。我不知道细节。”不过到了当晚，她就打探到了细节。

有护士告诉布里，大多数进加德岭的人就再也出不来了。丹尼牧师的确治愈了他的肌肉萎缩症。他们在他房里找到了他的尸体，悬在他用牛仔裤打的套索上。他留下了一张字条，上面写着：“我总看见那些死人，那条队没有尽头。”

XII

禁书 / 我的缅因假期 / 玛丽·费伊的悲剧 / 暴风雨来临时

大概六周之后，我收到了来自前研究搭档的一封信。

收件人：杰米
寄件人：布里
主题：仅供参考

你去过纽约上州的雅各布斯家后，在一封邮件里说他提到过《蠕虫的秘密》（*De Vermis Mysteriis*）这本书。这书名在我脑中挥之不去，很可能是因为我高中拉丁文的水平刚好够用，我知道这书名翻译过来就是“蠕虫的秘密”。我想在深入调查雅各布斯方面，我已经积习难改，因为我在上面投入了很多心力。补充一句，我没有告诉我的丈夫，因为他相信我已经把雅各布斯的一切抛诸脑后。

无论如何，这是件沉重的事。根据天主教派，《蠕虫的秘密》是六大禁书之一。这六本书统称“魔典”。其他的五本分别是《阿波罗尼奥斯之书》（他在基督在世时期是一个医生）、《阿尔贝特·冯博尔斯塔之书》（咒语、护身符、与死者对话）、《雷蒙盖顿》、《所罗门之钥》（据传是出自所罗门王手笔），还有《贤者之志》。最后一本，与《蠕虫的秘密》一道被认为是霍华德·菲利普·洛夫克拉夫特的虚构古卷《死灵之书》的原型。

除了《蠕虫的秘密》外，所有的禁书都有版本流传。根据维基百科，天主教派的秘密使者在19世纪20世纪之交已经烧毁大量《蠕虫的秘密》，只留下六七本存世。（顺带一提，教皇的手下现在拒绝承认有这本书存在。）剩下几本已经下落不明，据推测已被销毁或者是被私人收藏家所有。

杰米，所有的禁书都在讲力量，以及如何通过炼金术（我们现在所谓“科学”）、数学和某些龌龊的秘术法式来获取力量。这些很可能都是屁话，但它让我感到不安——你曾跟我说过雅各布斯终其一生研究电的现象，从他在医治上取得的成就看来，我不得不认为他可能已经掌握某种神奇的力量。这让我想起一句古老的箴言：“骑虎难下。”

还有一些别的事情供你参考。

第一，直到17世纪中叶，天主教徒一旦被发现在研究“宇宙驱动力”就要被逐出教会。

第二，维基百科声称——虽然没有参考资料证实，我得补充一下——多数人记得出自洛夫克拉夫特虚构的《死灵之书》的那个对句，其实是从《蠕虫的秘密》上抄来的（他看过这本书，却不曾拥有过，因为他穷困潦倒无力购买这种稀世之宝）。这个对句是：“那永恒长眠的并非亡者，在奇妙的万古之中，即便死亡亦会消逝。”这让我噩梦连连。我没在开玩笑。

有时你把查尔斯·丹尼尔·雅各布斯叫作“我的第五先生”。杰米，我希望你跟他已经两不相欠。曾几何时我对这些一笑了之，但曾几何时我也认为复兴大会上的治疗奇迹全是扯淡。

找时间给我打个电话，好吗？告诉我，雅各布斯的一切对你而言都已成过去。

挚爱，不曾改变的，

布里

我把这封信打印出来，读了不下两次。然后我上网查了《蠕虫的秘密》，找到了布里在信中告诉我的一切，还有一件事她没说。一个叫作“魔法与咒语的黑暗古卷”的古书籍研究博客中，有人称，路德维希·普林那部遭到查禁的古卷是“人类写下的最危险的书”。

我离开公寓，走了一条街去买了一包烟，这是自从大学期间我跟烟草的一段露水情缘后，第一次自己买烟。我的楼里禁止吸烟，所以我坐在台阶上把烟点着。我吸第一口的时候就咳了出来，脑袋像进水了一样，我心想，要不是查理的介入，这玩意儿就把阿斯特丽德给弄死了。

是的，查理和他的奇迹治疗。查理就是那个骑虎难下的人。

出事儿了，阿斯特丽德在我的梦里这样说，当时她咧嘴一笑，昔日的甜美却全荡然无存。出事儿了，妖母就要来了。

当雅各布斯把“奥秘电流”注入她的脑中后——墙上有道门，门上覆盖着常春藤，常春藤都枯死了，她在等待。雅各布斯问“她”指的是谁——“不是你想见的那个”。

我丢掉烟，心想，我大可以不遵守诺言，反正又不是第一次失信。

话是不错，但这次不行。这个诺言要遵守。

我走进房里，把那盒烟揉成一团扔进邮箱旁边的垃圾桶里。走上楼，我给布里的手机打了电话，本想留言的，但她却接了。我对她发来邮件表示感谢，然后说我无意再见查尔斯·雅各布斯。撒这谎的时候我全无负罪感，也毫不犹豫。布里的丈夫说得对，她不应该再跟雅各布斯的一切沾边儿了。我到时候回缅因州履行诺言的时候，出于同一个原因，我也会对休·耶茨说谎。

从前，有两个年轻人爱上彼此，很深，只有年轻人才能爱得那么深。几年后，他们在一个雷电交加的日子在一间破败的小屋里做爱了——那么像维多利亚·霍尔特笔下的爱情小说。许久之后，查尔斯·雅各布斯救了他们俩，让他们免于为自己的病、瘾付出最终代价。我对他的亏欠是双倍的。我猜你也知道，我本可以不提，不过这样做会遗漏一个更深层的真相：我自己也好奇。上帝保佑，我想看着他打开潘多拉的盒子，然后偷看一下里面。

“你不会是想用这种蹩脚的方式来告诉我你想退休吧？”休是故作开玩笑的语气，但眼中充满顾虑。

“当然不是。我只想要两个月假。或许六周就好，要是我感觉无聊就提前回来。我想趁我还能走动，回缅因州跟家人聚聚。我都一把年纪了。”

我没有打算在缅因州见亲人。他们一如既往，离山羊山近得不能再近了。

“你还是个娃，”他闷闷不乐地说，“今年秋天，我就七十六了。今年春，莫奇辞职已经够糟了。如果你也走了不回来，我这里不关门都不行了。”

他重重叹了口气。

“我本该生几个孩子的，这样等我不在了，这里还能有人接管，但这种事儿靠谱儿吗？未必。当你说你希望他们继承家业的时候，他们会说‘对不起，爸爸，我要和高中时你不同意我们来往的那个抽大麻的家伙一起去加州制造带Wi-Fi的冲浪板了’。”

“你抱怨得差不多了吧……”

“好，好，回你老家去吧，随你高兴。跟你的小侄女玩拍手板，帮你哥翻新他的下一部老爷车。你知道这里夏天是什么样子。”

我当然知道：无所事事。夏天意味着连最烂的乐队都能充分就业，乐队都在科罗拉多州和犹他州的各种夏季音乐节上表演，没人来录音棚花钱买钟点。

“乔治·达蒙将会来，”我说，“他还真是复出了呢。”

“是的，”休说，“全科罗拉多州就他一个能把《我会来看你》唱得像《天佑美国》一样。”

“没准儿全世界就他一个。休，后来没再有过棱镜虹光了吧？”

他一脸惊奇：“没有。怎么突然说起这个？”

我耸耸肩。

“我没事儿。每晚起来几次，每次尿半杯，在我这个年纪估计也是情理之中。不过……要不要听一个有意思的事儿？不过这事儿对我来说更多的是诡异。”

我不怎么想听，不过不听不行。那时是6月初，雅各布斯还没打电话给我，但他肯定会的。我知道他会的。

“我一直重复做这个梦。梦里我不在狼颌，而是在阿瓦达，那个我小时候住的房子里。有人敲门。不过不是敲门而已，而是在用力砸门。我不想开门，因为我知道门外是我妈，而且她已经死了。这想法很傻，因为在阿瓦达那段日子里她壮得像头牛；但我就是知道门外是已经死了的她。我走到前厅，我并不想开门，却身不由己，我的双脚不停地往前走——你知道梦都是这样的。那时候，她已经是在用拳头砸门了，那听起来很像我高中英语课老师逼我们读的恐怖故事，好像叫《八月热浪》。”

不是《八月热浪》，我心想，是《许愿猴爪》，砸门情节是那个故事里面的。

“我伸手去握门把手，然后就醒了，浑身大汗。你怎么解读？是我的潜意识想让我做好人生谢幕的准备？”

“或许吧。”我表示同意，但我的心已经不在这个对话上了。我在想着另外一扇门，一扇被枯死的常春藤覆盖的小门。

雅各布斯在7月1日给我打了电话。我在其中一间录音棚里，正在更新苹果加强版（Apple Pro）软件。听到他的声音后，我在控制台前坐了下来，透过玻璃看前面的隔音彩排室，里面空空如也，只有一套散架的架子鼓。

“你兑现承诺的时候到了。”他说。他的声音很迷糊，就像喝了酒一样，不过我从未见他喝过任何比黑咖啡更强的东西。

“好的。”我的声音很冷静。为什么不呢？我等这个电话很久了。“你想让我什么时候过去？”

“明天。最迟后天。我猜你不想跟我待在度假村，至少一开始的时候……”

“你猜对了。”

“不过我需要你待在离我不超过一小时车程的地方。我打给你，你就来。”

这让我想起了另外一个恐怖故事，叫作《哦，吹口哨吧，我的情郎，我会来到你身边》。

“好的，”我说，“不过查理……”

“怎么了？”

“我有两个月的时间给你，就这么多。到劳动节的时候，不论怎样我们都两清了。”

又一阵停顿，我能听见他的呼吸声。听上去很吃力，让我想起阿斯特丽德在轮椅上的喘息。“可以……接受。”接……受。

“你还好吧？”

“中风又来了。”中……风。“我说话不像以前那么利索了，但我向你保证，我的头脑跟以前一样清楚。”

丹尼牧师，治治你自己，这不是我第一次这么想了。

“告诉你个消息，查理。罗伯特·里瓦德死了。记得那个来自密苏里的男孩儿不？他上吊自杀了。”

“很遗……憾听到这个消息。”他听上去并不遗憾，而且连细节都懒得问。“你到了之后，打电话告诉我你在哪儿。记住，不超过一小时车程。”

“好的。”我说完挂了电话。

我在这个静得不正常的录音棚里坐了好几分钟，看着墙上装框的专辑封面，然后给身在罗克兰的珍妮·诺尔顿打了个电话。只响了一下她就接了。

“我们的姑娘怎么样了？”我问道。

“很好。没那么瘦了，还能每天走一英里。看上去年轻了20岁。”

“没有后遗症？”

“没有。没有癫痫，没有梦游，也没有失忆。我们在山羊山上的事儿她记不太清了，不过我觉得这倒是件好事儿，你说呢？”

“你怎么样，珍妮？你还好吗？”

“挺好，不过我得挂了。医院今天忙死了。感谢上帝我快要休假了。”

“你不会自己去度假，把阿斯特丽德一个人留下吧？这恐怕不妥——”

“不，不，当然不会！”从她声音里能听出点儿什么，有种紧张。“杰米，我接到一个传呼，我要走了。”

我坐在变暗的控制台前。我看着专辑封面——现在其实是CD封面了，跟明信片一般大的小玩意儿。我想起收到生日礼物，有了自己第一辆车——福特银河66之后不久的那段时光。跟诺姆·欧文一起驾车，他怂恿我在9号公路被我们称为“哈洛直路”的那段两英里的路上把油门踩到底。看看这车子会怎样，他说。开到时速80英里后，车子前端开始晃了，但我不想像个娘们儿似的——17岁的时候，像不像个娘们儿可是件大事，于是我踩着油门不松脚。时速到85英里后，晃动逐渐消失了。到90英里时，福特银河开始梦幻般轻飘飘的，因为它跟道路的接触少了，我知道再往下就快失控了。千万别碰刹车，这是我从父亲那儿学来的，高速下踩刹车可是会出事儿的，我松了油门，银河开始慢了下来。

真希望我现在也能这样。

• • ● • •

喷气机机场旁的尊盛酒店，我在见证阿斯特丽德奇迹复原后住了一晚，感觉还行，于是再次入住。我想过在罗克堡客栈里消磨时间，不过在那儿遇到诺姆·欧文一类的老熟人的概率实在太大了。如果真发生的话，必定会传到我哥特里那儿。他一定会问为什么我到了缅因却不住在他那儿。这些都是我不想回答的问题。

过了几天。到了7月4日，我跟几千人一起在波特兰海滨大道上看了烟花，人群啊啊大叫，看着牡丹、菊花和王冠烟花在头顶绽放，烟花倒影在卡斯科湾，随波荡漾。接下来几天，我去了位于约克的动物园，肯纳邦克波特的海岸有轨电车博物馆，以及沛马奎特角的灯塔。我参观了波特兰艺术博物馆，那里正在展出怀斯祖孙三代的画作；在奥甘奎特剧场看了《巴迪·霍利传》的日场演出——主演/主唱不错，但毕竟不如加里·布西。我狂吃龙虾，直到我再也不想看到它们。我沿着礁石岸边漫步。我一周去两次缅因商场的“百万书店”（Books-A-Million）闲逛，买平装书回来在房里读，读到困为止。我去哪儿都带着手机，等着雅各布斯来电话，但他一直没打来。有两次我想打给他，不过我惊讶自己居然有这个想法，真是疯了。为什么要去踢醒正在睡觉的狗？

天气就像画一样完美，湿度很低，晴空万里，气温70华氏度出头，就这样日复一日。偶尔下点儿阵雨，通常是夜里。有天晚上我听到电视天气预报员乔·卡波称它为“贴心的雨”。还说这是他35年天气预报生涯里最美的夏天。

全明星赛在明尼阿波利斯举行，常规棒球赛季恢复，8月临近，我开始暗暗希望不用去见查理就能直接回到科罗拉多。我曾想过，他可能第四次中风，而且是灾难性的一次，于是我一直关注着《波特兰新闻先驱报》的讣闻页面。说不上是盼着，不过……

去他的，没什么好掩饰的。我就是在盼着他死。

在7月25日的当地新闻中，乔·卡波遗憾地通知我和其他缅因南部观众，好景不常在，目前正在烘烤中西部的热浪，周末将会移动到新英格兰。整个7月最后一周，温度将会达到95华氏度左右，看上去8月并不会好些，至少一开始是这样。“伙计们，检查一下你们家的空调还灵不灵吧，”卡波建议道，“俗称三伏天不是没道理的。”

雅各布斯那晚打来了电话。“星期天，”他说，“我希望你在早上9点之前到。”

我告诉他我会的。

乔·卡波对热浪的预测是正确的。热浪是周六下午抵达的，等我周日早上7点半，进我租的车时，空气就已经很潮湿了。路上没车，我很快就到了山羊山。去山羊山大门的途中，我发现去往天盖的岔道又开放了，厚重木门往里拉开了。

保安萨姆在等着我，不过没再穿保安制服。他坐在塔科马皮卡放下来的后挡板上，穿着牛仔裤，在吃硬面包圈。我停下车时，他小心翼翼地把面包圈放在餐巾纸上，然后踱步到我车旁。

“你好呀，莫顿先生，来得真早！”

“路上没车。”我说道。

“是的，这是夏天出行的最佳时段。稍后就有大拨儿的车上路，全是往沙滩去的。”他望着天空，蓝色褪去，变得白蒙蒙的。“让他们烤着去，不得皮肤癌才怪。我准备回家看球，享受空调去了。”

“马上要换班了？”

“不用再轮班了，”他说，“等我打完电话，告诉雅各布斯先生你来了，我就算交差了。没我事儿了。”

“好，尽情享受夏日余下的时光吧。”我把手伸出车窗。

他跟我握了握手：“你知道他在搞什么名堂不？我会保密的；之前都签过协议。”

“我知道的估计你也都猜到了。”

他朝我眨了眨眼，仿佛在说大家心知肚明，然后挥手示意通行。我转弯前看了一眼后视镜，他抓起硬面包圈，砰地一下关上后挡板，然后进了驾驶位。

交差了。没我事儿了。

真希望我也能说这话。

• • ● • •

雅各布斯小心翼翼地下了走廊台阶来见我。他左手拄着手杖，嘴部前所未有地扭曲。我在停车场只看见一辆车，是辆我认得的车：干干净净的斯巴鲁傲虎。后窗上贴着一张贴纸，上面写着：救活一条命，你是个英雄。救活千条命，你是个护士。我心头一沉。

“杰米！见到你太好了！”他吐字都不清楚了。他伸出没拄手杖的那只手，明显很吃力，但我还是无视之。

“要是阿斯特丽德在这儿，放她走，立刻放她走，”我说，“你要是觉得我只是说说而已，那咱们走着瞧。”

“杰米，冷静一下。阿斯特丽德离我这儿130英里呢，她还在罗克兰北部舒适的小窝里继续她的复健运动呢。她的朋友珍妮出于善意，答应在我这儿协助我完成工作。”

“恐怕不是出于善意这么简单吧？我要是说错了，还请指出。”

“进来吧，外头好热。你晚些再去挪车吧。”

虽然拄着手杖，他爬楼梯还是很慢，他脚步踉跄时我得伸手扶他。我握住的胳膊仅仅是皮包骨而已。我们走到上面的时候，他已经气喘吁吁。

“我需要休息一分钟。”他说完跌坐进走廊那排摇椅上。

我坐在扶手栏上注视着他。

“鲁迪去哪儿了？我以为他才是你的护工。”

雅各布斯朝我做了一个他特有的怪异微笑，不过这次更是只有一边在动。“我在东厢房给索德伯格小姐会诊后不久，鲁迪和诺尔玛一起提出了辞职。杰米，这年头帮手可不好找啊！当然，除了我面前这位。”

“所以你雇了诺尔顿。”

“是的，而且还升了一档。鲁迪・凯利学过的护理知识还不如诺尔顿忘掉的多。帮我一把，好不？”

我拉了他一把，帮他站了起来，然后我们进了凉快的地方。

“厨房里有果汁和早餐糕饼。请自便，吃完来主客厅找我就好。”

糕饼就免了，不过我从那个巨型冰箱里取出饮料瓶，给自己倒了一小杯橙汁。等我把瓶子放回去的时候，我清点了一下存货，发现这里的东西足够吃10天。规划好的话，吃两周都没问题。这就是我们在这儿要待的时间？还是珍妮・诺尔顿或者我需要去雅茅斯买食品杂货？估计雅茅斯是距离这里最近的有超市的小镇了。

保安工作完事儿了。雅各布斯换了护士——我也说不上大吃一惊，因为雅各布斯的情况日渐恶化，但却没招管家，这就意味着（别的工作之外），珍妮还得给他做饭加换床单。我原以为就只有我们三个。

其实是个四重奏。

主客厅的北面是整块玻璃，朗梅多和天盖的景色一览无遗。看不到小屋，但却能瞥见那根铁杆指向雾蒙蒙的天空。看到这根铁杆，我感觉线索总算拼凑到了一起……不过还是很慢，因为雅各布斯还藏着最关键的一点，有了这一点，一切就能豁然开朗。你可能会说我早该想到，所有线索本来就都在摆在我面前，不过我可是个弹吉他的，不是侦探，逻辑推理本就不是我的强项。

“珍妮去哪儿了？”我问道。雅各布斯坐在沙发上；我坐在他对面的一把沙发椅上，仿佛整个人要被椅子吞掉一样。

“在忙。”

“忙什么？”

“现在还不关你事儿，不过很快就有关系了。”他身子前倾，手紧握住手杖的顶部，看上去像一只猛禽，一只老得快要飞不动的猛禽。“你心里有疑问。我比你想象中还明白，杰米——我知道，很大程度上，是好奇心把你带来的。到时候你就知道答案，但恐怕不是今天。”

“什么时候？”

“不好说，但快了。在这期间，你要给我们做饭，而且我摇铃你就得随叫随到。”

他给我看了一个白色盒子——跟我那天在东厢房用的那个看上去没什么不同，不过这个上面是按钮而非滑动开关，还有一个凸起的商标：诺提弗雷克斯（Notiflex）。他按了一下按钮，铃声大作，回声在楼下的大房间里回荡。

“我不用你扶我上厕所——我可以自理——但我洗澡的时候，恐怕需要你在旁候着，以防我滑倒。有个处方药膏，你要帮我擦后背、屁股和大腿，每天两次。哦，你还得一天多次往我的套房里送饭。不是因为我懒，也不是要把你变成我的私人管家，而是因为我极容易疲倦，需要保存体力。还有一件事等待我去做，是件大事，至关重要，时机到的时候，我必须有足够体力去完成。”

“我乐意给你做饭、送饭，查理，不过护理方面，这更像是珍妮·诺尔顿在行的——”

“她在忙，我说过了，你得代她完成……你干吗这么看着我？”

“我在回忆初次见你那天。我只有六岁，但我记得清楚清楚。我用泥土筑了座小山……”

“可不是， 我也记得清清楚楚。”

“我还在玩我的玩具兵。一个阴影把我笼罩，我抬头看，那就是你。我在想的是，你这个阴影笼罩了我整个人生。我现在该做的就是马上开车离开，走出你的阴影。”

“但你不会的。”

“是的，我不会。但我跟你说，我还记得你曾经是个怎样的人——你当时跪下来跟我一起玩。我记得你当时的微笑，而你现在的笑里只有讥讽。你现在说话，我听到的只有命令：做这个，做那个，我回头再告诉你原因。查理，瞧瞧你变成了什么样子？”

他挣扎着从沙发起来，我上前想扶他，他挥手让我走开：“你何不问问，一个聪明的小男孩儿为什么长大后如此愚蠢？！至少我失去妻儿的时候，没有选择吸毒。”

“你有你的‘奥秘电流’，那就是你的毒品。”

“谢谢你宝贵的见解，这个谈话没有任何意义，咱们就到此为止好吗？二楼好些房间已经整理好，总有一间合你口味。午餐我想要一份鸡蛋沙拉三明治，一杯脱脂牛奶，一个葡萄干麦片曲奇。医生说粗粮对我的肠道好。”

“查理——”

“不要说了，”他说完蹒跚地走向电梯，“很快你就会知道一切。在此之前，你自命清高的审判还是留给你自己吧。午餐是中午。把东西拿进库珀套房。”

他把我一人留在原地，那一刻我震惊得说不出一个字。

• • ● • •

三天过去了。

外面热得发烫，持续不断的湿气让地平线都模糊了，度假村里面却凉爽而舒适。我给大家做饭，他第二个晚上下来跟我共进晚餐，其他时候他都在套房里独自进餐。当我进房送饭时，发现电视声音大到刺耳的地步，看来他的听觉也走下坡路了。他看上去尤其喜欢天气频道。我敲门的时候，他总是先关掉电视再让我进去。

那段日子我就像是在上实用护理入门课一样。他早上还能自己脱衣服，自己开水龙头洗澡——浴室里有张残疾人用的淋浴椅，供他坐下来打肥皂和冲洗。我坐在他床上，等他叫我。等他叫我之后，我会关水，扶他出来，给他擦身。他的身体状况，跟他做卫理公会牧师的时候和他表演嘉年华秀的时候完全不能比了。他凸起的髋骨就像感恩节拔毛火鸡的骨架子；每根肋骨下面都有一道影子；屁股不比饼干大多少。我扶他回床上时发现，因为中风，他右半边身子都往下塌。

我帮他涂扶他林药膏来缓解酸痛，然后给他取药，他的药片放在一个塑料盒子里，里面分出很多小格子，就像钢琴上的琴键一样多。等他吃完了药，如果扶他林开始管用的话，他就能自己穿衣服——除了没法儿给右脚穿袜子之外。所以必须我来帮他穿，不过我总是等到他自己穿好四角裤之后才帮他穿。我可不想跟他的裸体面对面。

“行了，”等袜子拉到他骨瘦如柴的脚踝后，他会这么说，“剩下的我自己来。谢谢你，杰米！”

他总会说谢谢，只要门一关，电视就会接着放。

那段日子度日如年。度假村的泳池里水已经抽干了，在地上走实在太热。不过有个健身房，当我不读书的时候（那里有个不像样的图书馆，里面大多是厄尔·斯坦利·加德纳、路易斯·拉穆尔的作品和过期的《读者文摘》合集），我会开着空调，自己运动。我在跑步机上慢跑，在动感单车上骑行，在楼梯机上爬楼梯和举哑铃。

我住处的电视只能收到8号频道，而且信号很差，画面模糊惨不忍睹。落日酒廊的挂墙电视也是这样。我猜这里肯定有个卫星接收器，但只有查理·雅各布斯房里的电视连上了。我想过问他能不能分享一下信号，但还是没问。他可能会答应，这样一来，他就算是满足我的要求了，而他的馈赠可是有标价的。

运动是不少了，但睡眠质量还是奇差。我消失多年的梦魇又回来了：死去的家人围坐在家里的餐桌前，一个霉烂的生日蛋糕，里面生出巨型的虫子来。

• • ● • •

7月30日，我在早上5点过不久就醒了，好像听到楼下有动静。我以为这是在梦里，于是又躺下来，合上双眼。我正迷糊欲睡的时候，又来了一阵声响：像是厨房锅子碰撞发出声音，又被止住了。

我赶忙起床穿上牛仔裤，跑到楼下。厨房里没人，但我透过窗户瞥见有人正通过装卸处一旁的后楼梯往下走。等我下去的时候，珍妮·诺尔顿刚坐到一个高尔夫电瓶车的方向盘后面，车上印着山羊山度假村。她旁边的座位上放着一个碗，里面有四个鸡蛋。

“珍妮！等一下！”

她吓了一跳，看到是我，微笑了一下。我愿意给她所做的努力打满分，但这个微笑实在不怎么好看。她看起来比我上次见她老了10岁，从她的黑眼圈看来，我并不是这里唯一失眠的人。她不再给自己染发了，她油亮黑发的根部至少有两英寸是灰白的。

“是不是我把你吵醒了？不好意思，不过这是你自己的责任。碗碟架上摆满了锅碗瓢盆，我的手肘撞上了。你妈没教过你怎么用洗碗机吗？”

回答是没有，因为我们家从没有过洗碗机。妈妈教我的是，只要东西不多，晾晾自然干就好。但我想聊的不是厨房卫生。

“你来这儿干吗？”

“我来拿鸡蛋。”

“你知道我问的不是这个。”

她回避我的眼神。“我不能告诉你。我做过保证，其实还签了协议。”她笑了，却全无笑意。“恐怕也不会走到上法庭这步，但我还是想信守承诺。我欠他人情，跟你一样。而且，你马上就知道了。”

“我现在就想知道。”

“杰米，我要走了。他不希望我们说上话。要是被他发现，他会生气的。我只想拿几个鸡蛋，再让我吃麦片或甜甜圈我就得发疯了。”

“只要你的车不是电池没电，你大可以去雅茅斯的超市，想买多少鸡蛋就买多少鸡蛋。”

“完事儿之前我不能走，你也一样。别问我别的了，我需要遵守诺言。”

“为了阿斯特丽德。”

“怎么说呢……他给了我一大笔钱来做一点点护理工作，多得够我退休了，不过主要是为了阿斯特丽德，没错。”

“你在这儿的时候，谁来照顾她？最好有人在照顾她。我不管查理怎么跟你说的，但他治疗之后真的有后遗症，而且——”

“她自有人照顾，你不用担心。我们圈子里……有很好的朋友。”

这次她笑得更浓，也更自然了，至少我确定了一件事。

“你们是恋人对吧？你和阿斯特丽德？”

“伙伴。缅因州同性恋婚姻合法化不久之后，我们就择日领证了。之后她就病了。我只能跟你说这么多。我要走了，我不能离开太久。我给你留了足够的鸡蛋，不用担心。”

“你为什么不能离开太久？”

她摇摇头，没看我的眼睛：“我要走了。”

“我们通话的时候，你就已经在这儿了吗？”

“没有……不过我知道我会来。”

我看着她开着电瓶车下了山坡，高尔夫小车在钻石般的晨露上留下了车辙。露珠留不了太久；新的一天才刚开始，现在就已经热到我手臂和额头冒汗的地步了。她消失在树林里。我知道只要我往下走，就会找到一条小路。顺着小路走，就会找到一间小屋。一个在前尘往事中，我与阿斯特丽德·索德伯格赤身相对的小屋。

• ● ⬤ ● •

那天早上刚过10点，当我还在读《斯泰尔斯庄园奇案》（我去世的姐姐最喜欢的小说之一），一楼里充满了雅各布斯呼叫按钮的铃声。我起身去库珀套房，希望不要看到他摔坏了屁股躺在地上。我是多虑了，他穿好了衣服，拄着手杖，望着窗外。当他转身面朝我的时候，他的双眼十分明亮。

“我想今天可能就是我们的大日子，”他说，“做好准备。”

然而并不是。我给他送晚餐时——麦片汤和奶酪三明治——没有电视声，他不肯开门。他在门里面喊让我走，听上去就像个任性的孩子。

“你好歹吃点儿东西，查理。”

“我只想静静！别管我！”

大概10点的时候，我又回来一趟，只想在门外听听有没有电视的声音。如果有的话，我就问他睡前要不要吃片面包。电视是关着的，但雅各布斯却醒着，用耳朵快聋的人才有的那种大嗓门儿在说电话。

“我准备好之前，不能让她走！你给我看好了！我花钱雇你就是为了这个，你必须给我办到！”

出问题了——好像是珍妮出事儿了，我一开始是这么认为的。她正在崩溃的边缘，觉得受够了，想要去什么地方。估计是回她跟阿斯特丽德在东部的家，直到我猛然意识到电话另一头的人可能就是珍妮。这就意味着？脑中唯一想到的就是那个“走”字，查理·雅各布斯这个年纪的人所谓的“走”，往往指的是……

我离开他的房间，而没有敲门。

他所等待的——我们所等待的——在第二天来临了。

• • ● • •

下午1点的时候，就在我给他送完午餐后不久，他的呼叫铃声响了。他套房的房门开着，走近的时候，我听到天气预报员在讲墨西哥暖流，及其预示着飓风季节的来临。然后播报员的话被一阵刺耳的铃声打断。等我走进去的时候，我看到屏幕底部有一条红色告示，我没来得及读就已经消失了，不过一看就知道是天气预警。

炎热期的极端天气必然是雷暴，雷暴意味着有闪电，对我而言，闪电就意味着天盖有事儿。我打赌，对雅各布斯而言也是。

他又一次全副武装："这次不是假警报，杰米！风暴单体目前在纽约州北部，正在成群向东移动并且逐渐加强。"

警报又响了，我能读出屏上缓缓滑过的字：约克、坎伯兰、安德罗斯科金、牛津和卡斯特尔郡天气预警直到8月1日凌晨2点，有90%的可能性出现严重雷暴。这种风暴可能会造成强降雨、强风和高尔夫球大小的冰雹，不建议户外活动。

就是啥也干不了呗，我心想。

"这些风暴单体不会消散也不会改道。"查理说道。他说话时异常冷静，这种冷静的语气如果不是疯了，就是绝对肯定。"它们不会的。她撑不了多久了，而我年老体弱，没法儿再找一个重新开始了。你开一辆高尔夫电瓶车到厨房的装卸处，然后随时待命。"

"去天盖。"我说。

他又做出那种半边脸的微笑："去准备吧。我得盯着这些风暴。它们每小时在奥尔巴尼地区制造100多次闪电，太美妙了！"

我不会用这个词来形容闪电。我不记得他以前说过一道闪电可以产生多少伏电压了，我只记得很多很多。

数以百万计。

●●●●●

查理的呼叫铃声再次响起，是下午5点刚过的时候。我往楼梯上走，一方面希望看到他情绪低落气馁，另一方面却前所未有地好奇。我猜后一个会得逞，因为西边的天空很快就暗下来了，我已经可以听到闷雷滚滚，从远处传来却在逼近。这是一队天兵天将。

雅各布斯还是向右倾斜，但很兴奋，其实是兴奋满溢，使他看上去年轻了好几岁。他的红木盒子在茶几上。电视已经关了，他改用笔记本电脑。“快看这个，杰米！太美了！”

屏幕显示的是美国海洋及大气管理局预测的夜间天气，上面是一个逐渐收紧的橙色和红色的锥体，正在卡斯特尔郡上空，时间轴预测最恶劣天气会出现在七八点之间。我看了一眼我的表，现在是5点15分。

“可不是吗？真美啊。”

“查理，你要这么说也行。”

“请坐，不过请先给我倒杯水。我需要给你解释一下，现在是时候了。不过我们得赶紧出发，没错，我们要走了。用作秀这行的术语来说，就是要玩消失了。”他咯咯地笑起来。

我从小冰箱里取出一瓶水，倒进沃特福德玻璃器皿里——库珀套房里的客人享受的自然是最好的。他咂着嘴，享受着杯中的饮品，让人听不下去。雷霆滚滚，他往响声的来处望去，脸上的微笑仿佛是在期待一位故友的来临。他的注意力又回到我身上。

“我扮演丹尼牧师赚了很多钱，这你知道。不过我没把钱花在私人飞机、空调狗舍和镀金马桶上，我把钱花在了两样东西上。一样是隐私，我可不想一辈子被喊着耶稣名字的异教徒骚扰。另一样是私人调查公司，一共12个，精英中的精英，分布在12个美国的主要城市里。我让他们去寻找并追踪患某种病的某类人，罕见程度不同，一共8种病。”

“你追踪的是病人，而不是你治愈的患者？你上次可是这么跟我说的。”

“哦，他们也跟踪一定量的治愈者——你不是唯一一个对后遗症感兴趣的人，杰米；但那不是他们的主要任务。从10年前开始，他们就找到了几百个这种不幸的患者，不断跟我汇报他们的新状况。阿尔·斯坦珀一直在处理档案，直到他离开；之后我就自己在做。这些不幸的人许多都去世了，又添了许多新患者来补上。人生来就有病痛和悲哀，你懂的。”

我没有作答，但是雷声代我回答了。西面的天空暗了，有大雨将至的倾向。

“随着我的研究取得进展——”

“有一本叫作《蠕虫的秘密》，是不是也是你的研究对象，查理？”

他看上去吃了一惊，然后又放松下来：“不错嘛。《蠕虫的秘密》不仅是我研究的一部分，更是我研究的基础。普林后来疯了，你知道吧。他最后的岁月在一个德国的城堡中度过，研究深奥的数学，还吃虫子。他留了长长的指甲，有一晚用指节撕开了自己的喉咙，死的时候才37岁，死前还用血在房间地板上写公式。”

“真的？”

他耸了耸一边肩膀，然后是咧半边嘴笑了笑：“谁能确定？如果是真的，这就是一个富于告诫意味的故事，不过这种有远见之人的经历，往往是由那些旨在确保后人不会步他们后尘的人来写的。大多是那些搞宗教的，天堂保险公司的工头。不过现在别管这个，我们回头找一天再聊普林。”

还有这一天吗？我心想。

“随着我的研究取得进展，我委托的调查员开始做筛选步骤。几百个变成了几十个。今年年初，几十个变成了10个。6月份，10个变成了3个。”他身子向前倾了一下。“我在找那个我心目中的最终病号。”

“你的最后一次治疗。”

这个说法让他很想发笑：“可以这么说。对，有何不可？这就说到了玛丽·费伊的悲伤故事，在我们移步工作室之前，我刚好有时间来讲这个故事。”他干笑几声，让我想起了阿斯特丽德接受治疗前的声音。“估计也是最终工作室了。不过这个工作室还是个设施完善的医院套房。”

“由珍妮护士来打理。”

“她可真是个宝贝，杰米！要是鲁迪·凯利来做，肯定摸不着头脑，像个耳朵里进了只黄蜂的狗一样只会乱吠。”

“跟我讲讲故事吧，”我说，“让我知道我都卷进了什么事情里。”

他坐下来：“很久很久以前，在20世纪70年代，一个叫富兰克林·费伊的男人娶了一个叫贾尼丝·谢利的女人。他们都是哥伦比亚大学英语系的研究生，然后又一起教书。富兰克林是一个有著作的诗人——我读过他的作品，写得非常好。如果他时间再多一些，定会成为大诗人之一。他的夫人论文写的是詹姆斯·乔伊斯，教英国和爱尔兰文学。在1980年，他们有了一个女儿。”

“玛丽。”

“对。1983年，他们获得了到都柏林的美国大学教书的机会，是一个两年交换项目的一部分。还跟得上吗？”

“没问题。”

“1985年的夏天，当你还在搞音乐，我还在嘉年华马戏团搞‘闪电画像’的时候，费伊全家决定在回美国之前周游爱尔兰。他们租了一辆野营车，英国人和爱尔兰人管那叫篷车，然后就出发了。有一天他们停在奥法利郡一家酒馆吃午餐。离开后不久，他们正面撞上了一辆运农产品的卡车。费伊先生和太太当场身亡。这个孩子，坐在后面而且固定在儿童座上，虽然受了重伤却活了下来。”

这几乎就是他妻子和儿子丧命的那场车祸的重演。我当时想着他肯定知道，但现在又不确定了。有时候就是擦肩而过。

“其实他们是开到逆行车道上去了。我的理解是富兰克林贪杯，啤酒或葡萄酒喝多了，忘了身在爱尔兰，结果又习惯性地靠右侧行车。同样的事情好像也发生在一个美国演员身上，不过我想不起名字了。”

我知道是谁，但我懒得打断他。

“在医院里，小玛丽·费伊接受了多次输血。你能猜到后面怎么发展的吗？”我摇头，他接着说，“血被污染了，杰米，是被导致克雅二氏病，俗称疯牛病的朊病毒污染的。”

又是几阵雷声。现在是雷声隆隆，而不再是闷雷滚滚了。

“玛丽是由叔叔阿姨养大的。她在学校很出色，成了一个法律助理，回学校继续攻读法律学位，读了两个学期后又放弃了这个项目，最后重操旧业，做回她先前的助理工作。这是2007年的事儿。她体内携带的病毒是潜伏的，一直潜伏到去年夏天，她开始遭受吸毒、精神崩溃或是吸毒加崩溃才会出现的症状困扰。她辞职了。她的钱开始不够用了，到了2013年10月，她还出现生理症状：肌阵挛、运动失调和癫痫。朊病毒完全苏醒，而且威力惊人，在她的大脑里吞噬出许多空洞。脊椎抽液和核磁共振最终查出了罪魁祸首。”

“上帝啊。”我说。一些旧新闻片段开始在我眼前回放，可能是我四处漂泊的岁月，在什么汽车旅馆房间里看过的：一头牛在一个肮脏的牛棚里，四条腿张开，仰着头，双眼打转，盲目地“哞哞”叫着，好像在找自己的脚一样。

“上帝帮不了玛丽·费伊。”他说。

“但你能。”

他给我的回答是一个我读不懂的神情，然后他转过头来打量逐渐暗淡的天空。

“扶我起来，我不想错过跟闪电的约会。我这辈子都在等这一刻。”他指着茶几上的红木盒子，“拿上它，我要用到里面的东西。”

“魔棒代替了魔戒。”

但他摇了摇头：“都不是。”

我们进了电梯。他进到大堂，然后在没有火的壁炉附近的一排椅子上坐下：“到东翼走廊尽头的供应室去，你会在里面找到一个我一直避而不用的器材。”

那是一个旧款的带藤条座和铁轮子的轮椅，转起来刺耳得像鬼叫一样。我把它推到大堂，扶他坐上去。他伸手示意要取红木盒子，我递了过去，心里多少有些顾虑。他就像抱孩子一样把它捧在怀里，当我推着他穿过餐厅，进入弃置的厨房时，他以一个问题继续讲他的故事。

“你能猜出为什么费伊小姐从法学院退学了吗？”

“因为她病了。”

他不以为然地摇摇头："你没听我讲吗？朊病毒那时还只是潜伏而已。"

"她发现自己不喜欢？成绩不够好？"

"都不是。"他回头看我，挤眉弄眼像个老色鬼一样。"玛丽·费伊是新时代的巾帼英雄，她是个单身妈妈。这个孩子，一个名叫维克多的男孩，现在七岁了。我从没见过他——玛丽不想让我见——但是我们聊到他的未来时，她给我看了许多他的照片。他让我想起了我的儿子。"

我们走到装卸处的门口，但我没有把门推开："这孩子也有她的病吗？"

"没有，至少现在没有。"

"将来会吗？"

"没法儿完全确定，不过他的克雅二氏病朊病毒测试结果为阴性，至少现在是这样。"又是雷声隆隆。起风了，把门摇得"哐啷"作响，从屋檐下低啸而过。"来吧，杰米，我们真的要走了。"

装卸处的楼梯太陡，他拄着拐杖寸步难行，于是我把他抱了起来。他的身子轻得出奇。我把他放在高尔夫电瓶车的乘客座位上，然后坐到方向盘后面。我们驱车穿过砾石，沿着度假村后面的草坪一路向下开时，又听到了一声雷鸣。我们头顶西面堆叠着紫黑色的云。我抬头看见愤怒的闪电裂成三叉，打在三个不同的位置，先前预计的雷暴偏离我们的任何可能性都已经没有了，打雷的时候，我们的世界都为之颤抖。

查理说："很多年前，我告诉过你天盖上的铁杆吸引闪电的事儿，它比普通避雷针更能引电，你还记得吗？”

“记得。”

“你有没有亲眼来看过？”

“没有。”我不假思索地撒了谎。1974年夏天在天盖发生的事儿是只属于我和阿斯特丽德两人的。如果布里问及我的初夜，我可能会告诉她，但绝不会告诉查理·雅各布斯。告诉谁都不告诉他。

“在《蠕虫的秘密》中，普林谈到‘巨大的机械推动着宇宙的磨坊’，还有推动这机器的力量之河流。他管这河流叫作——”

“宇宙驱动力。”我说道。

他盯着我，粗重的眉毛都要挑到他曾经的发际线上了：“我看错你了，你一点儿都不蠢。”

风在狂吹，在几周没修剪过的草地上掀起层层波浪。飞驰的空气迎面而来还带着温度，等它转冷的时候，就是要下雨的时候了。

“说的是闪电，对吧？”我问道，“那就是所谓的‘宇宙驱动力’。”

“不，杰米，”他缓缓说道，“纵观所有电压，闪电不过是涓涓溪流之一，它是汇入‘奥秘电流’的许多形式之一。而这个‘奥秘电流’，虽然本身很了不起，但其实也是一条支流。它汇入一种更为强大的、超越人类理解能力的能量。而那才是普林所谓的‘宇宙驱动力’，也是我今天想要开发的东西。闪电……还有这个。”他瘦削的手举起那个盒子，“不过是达到目的所采取的手段罢了。”

我们进入树林，沿着珍妮拿了鸡蛋之后走的那条路。树枝在我们上面摇曳，即将被狂风和冰雹扯断的叶子正剧烈地“沙沙”作响。我猛然把脚从加速器按钮上移开，车子立刻停止，电力车都这样。

“如果你打算开发宇宙的秘密，查理，你还是别把我算在内吧。治疗已经够吓人了，而你现在说的……我不知道……说的像是一扇门。”

一扇小门，我心想。上面覆盖着枯死的常春藤。

“你冷静一下，”他说，“是的，是有一扇门，普林提起过，阿斯特丽德也说过，但我并不想打开这扇门。我只想从钥匙孔里偷看一眼。”

“看在上帝的分儿上，为什么要这么做？”

他用一种无比轻蔑的眼神看着我：“难道你真是个傻子？那扇对全部人类关着的门，你会叫它什么？”

“你何不直接告诉我？”

他叹了口气，仿佛我无可救药：“接着开，杰米。”

“如果我不开呢？”

“那我就下来走，当我的腿不听使唤的时候，我就爬。”

他自然是在唬人，没有我他不可能继续。但我当时不知道，于是继续开了下去。

我跟阿斯特丽德初尝禁果的小屋已经不在了。原本是屋顶下陷、满是涂鸦的小屋，现在换上了一个精致的小平房，刷着白漆，嵌着绿边。有一块方形草坪，艳丽的向日葵会被风暴连根拔起，今天过去就会消失。小屋的东边，柏油路又让位给了碎石路，就像我跟阿斯特丽德上次来时那样。路的尽头是那花岗岩鼓起的穹顶，上面一根铁杆指向黑漆漆的天空。

珍妮，穿着花衬衫和白色尼龙裤，正站在露台上，双手在胸前交叉，手心托手肘，仿佛觉得冷。她脖子上围着一个听诊器。我把车在台阶旁停下，从车前绕到乘客一边，雅各布斯正在奋力下车。珍妮走下台阶，搭了把手，跟我一起扶他站稳。

“谢天谢地，你来了！”风很大，她要喊出来才能让人听见。松树和云杉被风吹得弯下了腰。“我还以为你不来了呢！”打雷了，一道闪电随之而来，她畏缩了一下。

“进去！”我朝她喊道，“赶紧！”风已经变冷，我出汗的皮肤就像温度计，感受着空气的变化。风暴距离我们不过几分钟而已。

我们一边一个架着雅各布斯上了台阶。风将他头上残留的稀疏头发吹成了旋涡状。他还拿着手杖，红木盒子紧紧压在胸口。我听到“咯咯”响声，抬头朝天盖望去，看着花岗岩上被以往历次风暴中的霹雳击落的碎石屑，被风刮着滚落下坡。

进屋之后，珍妮关不上门，我使了好大劲儿才把门关上。门关严后，大风的咆哮声小了一些。我能听到房子的木头梁子“吱吱”作响，但看来是足够坚固的。我不认为我们会被风刮走，而且铁杆会捕捉到附近的所有闪电。但愿如此。

“厨房里有半瓶威士忌，”雅各布斯听上去好像喘不过气，除此之外却很冷静，“你没自己全喝完吧，诺尔顿小姐？”

她摇摇头。她脸色苍白，大眼睛闪烁着，闪的不是泪，而是恐惧。每次打雷她都吓得跳起来。

“给我来一小口，”雅各布斯跟我说，“一个指头就够了。给你自己和诺尔顿小姐也倒一杯，为我们的成功而举杯。”

“我不想喝酒，也不想为任何事举杯，”珍妮说道，“我只想赶紧结束。卷进这事儿我就已经够疯狂了。”

“快去，杰米，”雅各布斯说道，“去倒三杯，赶快。时间不等人。”

酒瓶就在水槽旁的柜台上。我拿出三个盛果汁用的玻璃杯，每杯倒了一点儿。我极少喝酒，担心喝酒会让我复吸，但我现在需要来一杯。

等我回到客厅的时候，珍妮不见了。闪电在窗外画出一道蓝光，落地灯和顶灯都闪烁了一下，然后又亮起来。

“她需要去照看我们的病人，”雅各布斯说道，“她那杯我来喝。除非你想喝。”

“你把我打发进厨房，只是为了跟她单独说话，对吗，查理？”

“胡说八道。”他能动的半边脸上挂着微笑，另半边则严肃而警惕。“你知道我在说谎，”那半边脸仿佛在说，“反正也来不及了。不是吗？”

我递了一杯给他，把给珍妮倒的那杯放在长沙发另一头的桌子上，沙发上的杂志排成了扇形。我突然想起，我第一次跟阿斯特丽德做爱，可能就是在那张桌子所在的位置。她说道：“感觉棒极了。”

雅各布斯将酒杯举起：“举杯，为了——”

我不等他把话说完就一饮而尽。

他用责备的目光看着我，然后喝下了他那杯，不过一滴酒从他僵硬的那边嘴上流了下来：“你觉得我面目可憎，是吗？你这么看，我很难过。你想象不到我有多难过。”

“不可憎，是可怕。我觉得凡是拿自己无法理解的力量来胡闹的人都很可怕。”

他拿起本是倒给珍妮的那杯。透过玻璃，他僵硬的那半边脸被放大了。“我可以辩解，但又何必呢？风暴即将来到我们头顶，等天空再次放晴的时候，我们就两清了。不过你好歹做个男子汉，承认你自己也很好奇。你身在此处的很大一部分原因就是这个——你想要一窥究竟。正如我也想，正如普林也想。这里唯一违背自己意愿的，是可怜的珍妮。她来这里是为了还一笔因为爱而欠下的债。她这份高贵是你我无法分享的。”

他身后的门打开了。我闻到了一股病房的气味——尿臊味、润肤露和消毒剂的气息。珍妮从身后把门关上，看到雅各布斯手里的杯子，一把夺过。她喝下酒后面部扭曲，脖子的青筋都凸出出来。

雅各布斯撑着手杖探身前倾，细细端详着她：“是不是说……”

“是的。”又一声雷鸣。她小声尖叫了一下，空杯子脱手，打在地毯上，滚了开去。

“回去陪她，”雅各布斯说道，“杰米和我这就进去。”

珍妮一言不发重新进了病房。雅各布斯面对着我。

“听好了。进去之后，你会看到左边有一个五斗橱，最上面的抽屉里有一把左轮手枪。是保安萨姆给我弄来的。我不认为你需要用到，不过真需要的时候，杰米，千万别迟疑。”

“我的上帝，我为什么要——”

“我们刚才说到一扇门。这是进入死亡的那扇门，我们每个人迟早都会变小，只剩心智和灵魂，在那种状态下，我们会穿过那扇门，把躯体留在身后，就像空手套一样。有时候，死亡是自然而然的，是一种仁慈，为苦痛画上句点。但更多时候，它却像是个刺客，残忍得没有意义，没有一丝悲悯。我的妻子和儿子，在一场愚蠢而毫无意义的事故中丧生，就是两个完美的例子；你姐姐是另一个例子。这样的例子数以百万计，而刚才说的只是三例。我的大半辈子都在攻击那些人，那些试图用信仰的鬼话和天堂这些哄小孩子的故事来解释这种愚蠢和无意义之事的人。这些鬼话从未给我安慰，我确信它也给不了你安慰。然而……有种东西能给。”

是的，我心想，当时身边打了一道响雷，离我们很近，近得把窗户框里的玻璃都震得颤抖了。门的后面有种东西，而且要出事儿了，极可怕的事情。除非我能制止。

“在我的实验中，我曾瞥见这种东西的掠影。我在‘奥秘电流’治愈的每一例中都看到它的身影。我甚至从后遗症中可以获知，你们其中一些人也注意到了。那些是我们生命之外的一种未知存在所残留的碎片。每个人都会在某时某刻思考，死亡那堵墙的后面是什么。今天，杰米，我们将亲眼看见。我想知道我妻子和儿子都怎么样了。我想知道当此生结束后，宇宙为我们所有人的安排是什么，而且我决意查明。”

“这本不是我们该看的。”震惊偷走了我的大部分的声音，风越刮越大，我不确定他是否听见我说的话，但他听见了。

“你敢说你不是每天都在想你姐姐克莱尔吗？你敢说你没有思考过她死后是否还存在于什么地方吗？”

我没有说话，但他却点点头，仿佛听到了我的回答。

“你当然想知道，我们很快就会有答案。玛丽·费伊会给我们答案。”

“她怎么给？”我双唇麻木，却不是因为酒精的作用，“她如何能给你答案？如果你把她治好的话。”

他看了我一眼，眼神仿佛在问我是真傻假傻：“我治不好她。我之前提过的那八种病，之所以挑出来，是因为那些都是‘奥秘电流’所无法治愈的。”

风声大得就像咆哮，第一阵飘忽不定的雨开始打在房子西侧，打得很重，就像卵石砸到房顶一样。

“我们从度假村过来的路上，诺尔顿小姐把玛丽·费伊的呼吸机给停了。她已经死了将近15分钟。她的血液已经冷却。她头颅里那台电脑，那台因为她自幼携带的疾病而受损的电脑，虽然依然奇妙，却已经灭了。”

“你认为……你真的认为……”我没法儿把话说完，我已经惊呆了。

“是的。我花了很多年去研究和实验才到了这一步，不过，是的。借助闪电作为通往‘奥秘电流’的途径，借助‘奥秘电流’作为通往‘宇宙驱动力’的大道，我要让玛丽·费伊以某种生命形式回归。我要了解通往死亡国度的那扇门另一头的真相，我要听从去过那里的人亲口跟我说。”

“你疯了，”我转身向门口走去，“我不会参与的。”

“如果你真想走，我阻止不了你，”他说道，“不过在这种暴风雨中外出，是鲁莽得不能再鲁莽了。如果我说没有你我也会继续，但会让诺尔顿小姐和我冒上生命危险，这可以说动你吗？阿斯特丽德被救活了，而她却早早死去，不是很讽刺吗？”

我转身。我的手还在门把手上，雨在另一边打门。闪电在地毯上短暂地印出了一块蓝色方块。

“你可以知道克莱尔的下落。”他的声音低沉婉转，是丹尼牧师最有说服力的那种声音。

是魔鬼在诱惑人的声音。

“你甚至可以跟她说上话，听她说她爱你。岂不是很美妙？当然，前提是她依然是一种具有意识的存在……你不想知道吗？”

又来了一道闪电，从红木盒子里，一道恶毒的绿紫色的亮光一闪，从门缝射了出去，前一秒还在，后一秒就没了。

“如果能给你任何安慰的话，我告诉你，费伊小姐本人同意做这个实验。文书都写得好好的，包括一份签了字的证词，赋予我自行停止所谓的冒险式治疗手段的权利。我会短暂地使用并尊重她的遗体，作为回报，玛丽的儿子会得到一个慷慨的信托基金的照顾，无忧无虑直至成年。杰米，这里没有受害者。"

你说的，我心想，你说的。

雷在咆哮。这次，就在闪电之前，我听到了一声微弱的"咔嗒"声。雅各布斯也听到了。

"时机来了。要么跟我进去，要么走人。"

"我跟你去，"我说道，"我会祈祷什么事都不要发生。因为这不是一个实验，查理。这是地狱所为。"

"随你怎么想，随你怎么祈祷。或许你能撞上我从未撞上的大运，但我真心怀疑。"

他打开门，我跟他走进了玛丽·费伊死去的那个房间。

XIII 玛丽·费伊的复活

玛丽·费伊临终的房间里有一面朝东的大窗户，暴风雨几乎到了最猛烈的时候，透过窗子我只能看到暗银色的雨幕。尽管有台灯，这间屋子仍是一个阴影盘踞的巢穴。我的左肩蹭到了雅各布斯刚刚提到的五斗橱，但我完全没去想顶层抽屉里的左轮手枪。我的全部注意都被医院病床上那具一动不动的躯体所吸引。我看得很清楚，因为各种显示器都关掉了，静脉输液架也被推入角落。

她很美。死亡抹去了感染她大脑的疾病所留下的印痕；她上扬的脸颊，那浓密的深棕色头发映衬下乳白色的皮肤，完美得足以媲美任何一尊浮雕。她的眼睛闭着，睫毛浓密，嘴唇微微张开。被单拉到了她的肩上。她双手扣在一起，放在被单上面，胸部隆起的位置。脑中浮现中学英语课上学过的诗歌片段，十分应景：

> 你典雅的脸庞，你的鬈发……
> 我看见你看着，多像尊雕像……

珍妮·诺尔顿站在现在已经没用的呼吸机旁，焦虑地拧着自己的双手。

闪电划过。在刹那的强光下，我看到了天盖的铁杆，伫立了不知多少年，迎战最恶劣的暴风雨。

雅各布斯把盒子递给我："帮我一下，杰米。我们得快！拿着然后打开它，剩下的我来。"

"不要，"珍妮从角落里说，"看在上帝的分儿上，让她安息吧。"

狂风暴雨之下，雅各布斯可能没有听到她的话。我听到了，但选择不去理会。我们就是这样把自己推入地狱——忽略乞求我们停止的声音，乞求我们趁来得及的时候停手。

我打开了盒子。里面没有钢棒，也没有控制盒，取而代之的是一条金属头箍，薄得就像女子晚礼服鞋子上的扣带。雅各布斯小心翼翼，几乎是毕恭毕敬地将它拉出来。我看到头箍拉伸了一下。下一道闪电来临时，再一次有微弱的"咔嗒"声先行，我看到头箍上划过一道绿光，它看上去不再像一块死硬的金属，或许更像一条蛇。

雅各布斯说："诺尔顿小姐，帮我把她的头抬起来。"

她用力摇头，连头发都甩起来了。

他叹了口气："杰米，你来。"

我就像身处梦中一样游走到床边。我想起帕特里夏·法明戴尔往自己眼里撒盐，想起埃米尔·克莱因吃土，想起休·耶茨看着丹尼牧师帐篷复兴会上的会众一个个化作巨蚁。我心想，每次治疗都是有代价的。

又是"咔嗒"一声，紧接着是一道闪电。雷霆轰鸣，摇撼着房子。床头灯熄灭了。一时间房间被黑影吞噬，这时一台发电机发出"咔嗒咔嗒"的响声，开始运转起来。

"赶快！"雅各布斯的声音像是忍痛发出的。我看见他的两个手掌均被灼伤，但他没有放下头箍。这是他的最后一个传导器，他通往“宇宙驱动力”的导体，我相信（当时和现在都是）他哪怕是被电击至死都不会松手。“快，在闪电击中杆子之前！”

我抬起玛丽·费伊的头。栗色头发从她完美的脸庞（此刻完全静止）上倾泻下来，就像一股深色的洪流在枕头上汇聚。查理在我的身边，弯着腰，激动地喘着粗气。他的气息中有股年老体衰的臭味。我心想，他本可以再等几个月，然后再亲自研究门的另外一边是什么。不过，当然，他不愿如此。但凡创立宗教，核心都有一个神圣之谜来支撑信仰，让信徒效忠，乃至以身殉教。他是想知道死亡之门的另一头是什么吗？是的。但他想要更多，我由衷相信，他是想要亵渎那个谜。他要把它拿到光下，举起来高喊：就是这个！你们打着上帝的名义所做的十字军东征和屠戮，为的就是这个！你们看到啦，感觉如何？

“头发……把她头发撩起来。”他转身朝畏缩在角落里的那个女人发难：“该死的，我不是让你把它剪掉吗？”

珍妮没有反应。

我撩起了玛丽·费伊的头发。它们像绸缎一样柔软而厚重，我知道为什么珍妮没剪掉它，因为她不忍心。

雅各布斯把头箍卡在她额头上，紧紧固定在她太阳穴上。

“好了！”他说完直起身子。

我轻轻把这个死去女人的头放回枕头上，当我看见她深色的睫毛拂过脸庞时，脑中有个自我安慰的念头：不会成功的。治疗是一回事；复活一个已经死15分钟，不对，死去近半小时的女人，那完全是另一回事。这根本不可能。如果一束蕴含数以百万计伏特电压的闪电真能做什么，也不过是让她抽一下手指，转一下脑袋，并不会比用电池电击死青蛙看到蛙腿抽动更有意义。他希望达到什么效果呢？即使她的大脑原本完全健康，现在也开始在她头颅里腐烂了。而且脑死亡是不可逆转的，这连我都懂。

我后退回去："现在干吗，查理？"

"我们等着，"他说，"不会太久的。"

• ● ⬤ ● •

床头灯第二次熄灭后，等了三十几秒，也没再亮起来，我没再听到狂风呼啸之下有发动机的低声咆哮。把金属头箍放到玛丽·费伊的头上以后，雅各布斯仿佛对她失去了兴趣。他盯着窗外，双手在背后反扣，就像站在舰桥上的船长。暴雨如注，看不见铁杆，连影子都没有，但一旦被闪电击中，我们就能看见，如果有闪电击中它的话。目前为止还没有。也许真的有上帝，我心想，而上帝站在了与查尔斯·雅各布斯对立的一边。

"控制盒在哪儿？"我问他，"是怎么连接外面那根铁杆的？"

他看着我仿佛看着一个低能儿："闪电之上的力量是无法控制的，哪怕是钛金属的盒子也会瞬间烧成灰烬。至于连接……那就是你，杰米。你难道还没猜到你为什么会在这儿？难道你认为我让你来只是为了给我烧饭？"

他说完我竟不知自己为什么之前没想明白，怎么会现在才想到。"奥秘电流"从未真正离开我，没有离开过任何丹尼牧师治好的人。有时候电流处于休眠状态，就像在玛丽·费伊的脑部潜伏的疾病；有时候它会苏醒，让人吃土，或往眼里撒盐，或用裤子上吊。那道门需要两把钥匙来解锁，玛丽·费伊是其中一把。

而我是另一把。

“查理，你必须停手。”

“停手？你疯了吗？”

不，我心想，疯的是你，我已经恢复理智了。

只是不希望为时已晚。

“另一边有东西在等着，阿斯特丽德管它叫妖母。我不认为你想见到她，我确信我不想见她。”

我弯下腰想摘掉玛丽·费伊额头上的铁箍。他一把抱住我，把我推开。他的胳膊骨瘦如柴，我本应能够挣脱开，但却做不到，至少一开始不行。他用尽全力抱住我，那股执念的力量。

正当我们在这阴沉、阴影笼罩的房间里挣扎时，风骤然停下，雨势放缓。透过窗户我再次看到了铁杆，天盖的花岗岩基座上，雨水沿着裂缝往下流。

感谢上帝，我心想，风暴要过去了。

就在我即将挣脱的那一刻，我停止了挣扎，错失了阻止这次恐怖事件发生的机会。暴风雨还没有结束，它只是在发起总攻前喘一口气。大风席卷归来，这次是以飓风的速度，在闪电来临前不到一秒钟的瞬间里，我再次感觉到那天跟阿斯特丽德一起来这里时的感觉：身上的所有毛发都变硬，房间里的空气变得油腻。这次不是“咔嗒”声，而是“噼啪”声，像小口径枪支开火时一样响。珍妮因恐惧而尖叫。

云端一束火焰击中了天盖上的铁杆，杆子通体发蓝。我的脑中有各种尖叫交织在一起，我知道这是查尔斯·雅各布斯所治愈的所有人同时尖叫，外加他用闪电相机拍照过的所有人。不光是那些遭受后遗症的人，是所有他治疗过的人，成千上万的人。如果那尖叫声持续10秒钟的话，我一定会发疯的。不过随着那包裹铁杆的电火退去，留下烧得通红的铁杆，像刚出炉的烙铁，那些痛苦的声音也随之消失了。

雷声滚滚，大雨倾盆，还有阵阵冰雹相伴。

“哦，我的上帝！”珍妮尖叫道，“哦，我的上帝，快看！”

玛丽·费伊头上的铁箍开始发出耀眼的绿光。我不光是亲眼看到，更是大脑深深感受到，因为我就是那连线，我就是那导体。闪光开始消失，紧接着一道闪电击中了铁杆，那混作一团的尖叫声再度入耳。这次头箍从绿色变成了亮眼的白色，亮度太强让人不敢直视。我闭上眼睛，双手堵住耳朵。黑暗中，头箍的残影一直萦绕不去，现在变成了天蓝色。

我耳中的尖叫声停止了。我睁开眼睛，发现头箍的光亮也在消失。雅各布斯睁大眼睛无比惊奇地盯着玛丽·费伊的尸体，口水从他不能动的那边嘴角流下来。

冰雹发起最后一次怒吼，然后就退场了。雨势渐缓。我看到闪电分裂劈到天盖之外的树上，不过暴风雨已经东移了。

珍妮突然从房间向外跑，门都没关。我听到她出客厅时撞上了什么东西，还有她“哐当”一声推门，门撞在外面墙上的声音——是我之前费力关上的那扇门。她走了。

雅各布斯毫不理会。他弯下腰去看那个死去的女人，她双眼闭着，乌黑的眼睫粘着下眼皮。那头箍又成了一块死硬的金属。在那阴影笼罩的房间里，它连反光都没有。如果烧焦了她的前额，那印痕就会在头箍下面，我不认为烧到了，否则我应该闻到烧焦的味道。

“醒醒，”雅各布斯说，没有反应，他开始向她大喊，“醒醒！”他摇晃她的胳膊，开始是轻轻地摇，之后越来越用力。“给我醒醒！妈的，你快给我醒过来！”

他摇动尸体时，她的头左摇右晃，仿佛在表示拒绝。

“醒醒，你个婊子，给我醒醒！”

他要把她拉下床，如果再不停手就会把她拖到地上，我无法坐视他继续侮辱她的遗体。我抓住他的右肩膀，把他拽走。我们跌跌撞撞地后退，撞上了五斗橱。

他转身面对我，脸上充满狂暴和挫败。“放开我！放开我！你这条烂命是我救回来的，我命令你——”

就在这时出事儿了。

床上传来一阵低沉的嗡鸣。我松开雅各布斯。尸体像之前一样躺在那里，在查理的摇晃下，她双手掉下挂在病床两边。

这是风声而已，我心想。我确信再给我点儿时间我就能说服自己相信，可是我还没来得及去想，又一阵微弱的嗡鸣从床上的女人身上传来。

“她要起死回生了。”查理说道。他的眼睛瞪得老大，从眼眶凸出来，就像被恶童攥着的蟾蜍的眼睛。“她要复活了。她活了。”

“不会的。”我说道。

就算他听到了，他也没有在意。他所有的注意力都集中在床上那女人的身上，她那苍白而椭圆的脸一直藏在笼罩着整个房间的阴影之中。他拖着不灵光的腿，一瘸一拐地朝她走去，就像《白鲸记》里的亚哈船长走在裴廓德号的甲板上一样。他的舌头舔了舔他能动的那半边嘴，还喘着气。

“玛丽，”他叫道，“玛丽·费伊。”

嗡嗡声再次传来，声音很低，没有调子。她的双睛依然闭着，但我毛骨悚然地发现，那对眼珠竟在她眼皮下面移动，她仿佛死后还在做梦。

“你能听到我说话吗？”他干巴巴的声音充满了热切的渴望，“如果你听到我说活，给我一点儿表示。”

嗡鸣持续不断。雅各布斯把手掌放在她左胸上，然后转身对着我。令人不可思议的是，他居然咧嘴一笑。在幽暗之中，他看上去就像一个骷髅。

“没有心跳，”他说道，“但她活了，她活了！”

不，我心想。她在等待。但等待快要结束了。

雅各布斯回头看她，他低下他不能动的那半边脸，离她的脸只有几英寸的距离，就像罗密欧对着他死去的朱丽叶：“玛丽·费伊！玛丽·费伊！回到我们身边！回来，告诉我们你去了哪里！”

接下来的事情，回想起来都很困难，更别说诉诸文字，但我必须努力写下，就只为了警告他人不要做这种遭天谴的实验，希望他们能读到这段文字然后回心转意。

她睁开了她的眼睛。

玛丽·费伊睁开了眼睛，但那一双已经不再是人类的眼睛：闪电击碎了那扇永远不应开启的门上的锁，妖母从门那边过来了。

那双眼一开始是蓝色的，亮蓝光。没有瞳孔，一片空白。那双眼穿透雅各布斯殷切的脸，直盯天花板，又穿过天花板，直盯那乌云密布的天空。然后，那双眼又回来了。它们注意到了他，眼中仿佛出现了某种认知，某种理解。她再次发出那非人类的声音，但我没见她呼吸过一次。还有什么呼吸的必要？她是一件死物……除了那对非人类的双眼在瞪着别的东西。

“你去哪儿了，玛丽·费伊？”他的声音颤抖着。口水继续从他不能动的嘴角往外流，在被单上留下潮湿的斑点。“你去哪儿了？你在那儿看到了什么？死亡的尽头是什么？另外一边到底有什么？告诉我！”

她的头开始搏动，仿佛死去的大脑在猛涨，脑壳已经无法容纳。她的眼睛开始变深，先是淡紫色，又变成紫色，然后变成靛蓝。她的嘴唇后收，渐变成微笑，继续扩大，成了咧嘴大笑。嘴唇一直后收，直到她的全部牙齿都清晰可见。她的一只手支起来，像蜘蛛一样爬过床罩，抓住了雅各布斯的手腕。他被她的手冰冷一握，倒抽一口凉气，挥着另一只手努力不要摔倒。我抓住他那只手，我们三个——两个活人，一个死人——就这样联结到一起。她的头在枕头上搏动，生长，膨胀。她不再美丽动人，甚至连人都不是了。

房间没有消失，它仍在这里，但我觉得这只是个幻觉。小屋是一个幻觉，天盖是一个幻觉，度假村也是。整个活人的世界就是一个幻觉。我所以为的现实，其实不过是一层薄纱，就像丝袜一样薄。

真正的世界在它后面。

高耸的玄武岩石块后面是一片漆黑的天空，戳穿天空的是咆哮的星辰。我感觉这些石块是一座巨大古城毁灭后留下的残骸，处在一片荒芜的图景之中。荒芜，不错，但并非空无一物。一列赤裸着身体的人类队伍正跋涉而过，队伍很宽，长得没有尽头，他们低着头，脚步踉跄。这噩梦般的队伍一路延伸到遥远的天际。驱赶着这些人的，是蚂蚁一般的生物，大多数通体黑色，小部分像静脉血液一样呈暗红色。如果有人跌倒，蚁人就会朝他们扑过去，啃啮，撞击，直到他们重新站起来。我看到男男女女，有老有少。我看到青年人怀里抱着孩子。我看到了孩子在彼此帮助。每个人脸上都是同样的表情：

十足的恐惧。

他们在咆哮的星辰下行进，摔倒，被惩罚，被迫站起来，胳膊、腿部和腹部被咬出又宽又深的伤口，却没有血往外流。不流血，是因为这些人已经死了。红尘世界愚昧的海市蜃楼被撕碎，等待他们的并非任何教派的传教者所期许的天堂，等待他们的其实是一座巨石死城，而上面的天空本身是一块薄纱。咆哮的星辰并非星星，它们是孔洞，从它们传出的咆哮声来自那真正的“宇宙驱动力”。天空之上是诸神。它们还活着，无所不能，而且丧心病狂。

那些后遗症是我们生命之外的一种未知存在所残留的碎片，查理曾说过，而那种存在就在这贫瘠的大地上，真相如此疯狂，这个棱镜虹光的世界，凡人只要一瞥就会立即发疯。蚁人为诸神效力，正如行军中赤身裸体的死人为蚁人所奴役。

或许这座城市根本不是城市，而是一个蚁丘，地球上的死人在这里先被奴役后被吃掉。被吃掉之后，他们就真正永远死去了吗？或许不是。我不愿去想布里在电子邮件提到的那个对句，但无奈还是想了起来：那永恒长眠的并非亡者，在奇妙的万古之中，即便死亡亦会消逝。

行军队列中的某处，帕特里夏·雅各布斯和“小跟班”莫里在跋涉。克莱尔也在队伍某处，她本该上天堂，却来到了这里：空洞的星星之下的贫瘠世界，一个尸体横行的国度，那些蚁人卒子有时爬行，有时直立，它们丑陋的脸有几分像人。这种恐怖就是来生，它等待的并非我们之中的恶人，而是我们所有人。

我的心智开始动摇。这是一种解脱，我几乎要放手了。一个念头拯救了我的神志，我仍然在坚守这个想法：这噩梦般的图景可能本身就是一个幻象。

“不！”我吼道。

行进中的死尸朝我的方向回头。蚁人也一样，它们的下巴在咬啮，丑恶的眼睛（丑恶却存在智力）对我怒目而视。随着一声巨响，头顶的天空开始撕裂开来。一条覆盖着簇簇毛刺的巨大黑腿踩了下来。腿的尽处是多张人脸组成的巨爪。腿的主人所想的就只有：平息否定之声。

它就是妖母。

“不！”我又一次吼道，“不，不，不，不！”

这是由于我们与那复活的女尸相连才造成的幻象；即便在极度恐惧之中，我也清楚这一点。雅各布斯的手紧紧扣住我的手，就像一个手铐。如果是他的右手——那只还好用的手，我绝对无法及时挣脱。不过这是那只力量薄弱的左手。我用尽全力扯我的手，而那条污秽的腿正伸向我，那尖叫的人脸形成的爪子在摸索着，仿佛要将我揪起来，拽进那漆黑天空之上未知的恐怖宇宙。此刻透过苍穹的裂隙，我看到了不可思议的光亮和各种色彩，绝不是肉眼凡胎所应看见的。那些颜色是有生命的，我能感到它们在往我这儿爬。

我最后猛力一扯，从查理的手中挣脱，向后摔了一跤。那荒芜的平原，巨大的古城残骸，四处摸索的魔爪，通通都消失了。我又回到了小屋的卧室，四仰八叉倒在地上。我的“第五先生”站在床边。玛丽·费伊——又或是经雅各布斯“奥秘电流”的召唤，侵入她的尸体和死亡的大脑里的某种黑暗生物，抓住了他的手。她的头已经变成了搏动中的水母，上面依稀能看出一张人脸。她的双眼黑暗无神，她的笑容……如果说“笑到见牙不见眼”只是一种修辞的话，这个半死不死的女人却真正做到了。她的下半边脸变成了一个黑坑，不断地颤抖抽动。

雅各布斯瞪大眼睛盯着她，他脸色变得蜡黄："帕特里夏？帕齐？你在哪儿，莫里在哪儿？"

这家伙第一次也是最后一次开口说话。

"去虚无之境服侍支配者了。那里没有死亡，没有光明，没有停歇。"

"不。"他的胸口剧烈起伏，他尖叫道，"不！"

他试图挣脱，但她——它——将他抓得牢牢的。

从那女尸的血盆大口中伸出一条黑腿，末端是弯曲的爪子。爪子还活着，那是一张脸。一张我认得的脸。是"小跟班"莫里，他尖叫着。那条腿从她嘴唇之间穿出来的时候，我听到一阵阴沉的磨擦声；我在噩梦中仍能听到这个声音。它不断延伸着，触到了被单，就像没有皮肤的手指一样在上面摸索，所到之处留下灼烧的痕迹和烧焦的味道。原本属于玛丽·费伊的那双黑眼睛在凸起和膨胀。两个眼球在鼻梁上触碰合并起来，成了一个巨大的单个眼球，贪婪地看着四周。

查理猛地扭过头，发出一种作呕的声音。他踮起脚来，仿佛要进行最后一搏，从那怪物手中挣脱，那个怪物正试图从死亡冥界出来，我这才知道阴曹地府离我们这个世界如此之近。他倒下来，双膝跪地，额头顶着病床，看上去像在祈祷。

那家伙将他放开，它难以名状的注意力集中到了我身上。它掀开被单，挣扎着要起来，那条黑色的虫腿还在从血盆大口里往外伸。现在莫里的脸上又加上了帕特里夏的脸，两张脸融合到了一起，扭曲着。

我用后背顶着墙，双腿撑地站起身来。玛丽·费伊那膨胀、搏动中的脸逐渐变暗，仿佛在扼住她体内的东西。那光滑的黑眼球还在盯着看，从那只眼睛里我看见了巨石城，和那无穷无尽的死尸大军。

我不记得自己是如何拉开书桌最上层抽屉的了，我只知道自己手里突然拿了枪。我相信如果这是一把自动手枪，而且还上了安全锁的话，我会直直地站在原地，一直去扣那扣不下去的扳机，眼看着那怪物起身，摇摇摆摆地走过房间，把我抓住。那只魔爪会把我扯进它的血盆大口，丢进另一个世界里，在那里我会因为说了“不”而遭到难以想象的惩罚。

不过这不是一把自动手枪，而是一把左轮手枪。我连开五枪，四发子弹打进了试图从玛丽·费伊临终的病床上爬起来的怪物身上。我知道自己开了几枪是有原因的。我听到枪的轰鸣声，一次次在黑暗中看到枪口的火焰，感受到枪的后坐力，但却感觉这仿佛是发生在别人身上的事。那东西摇摇晃晃，退了回去，融合起来的两张脸，用黏在一起的嘴巴在尖叫着。我记得当时在想，杰米，你不可能用子弹打死妖母的。不，不可能打死她的。

但它不再移动了。从它嘴里出来的东西绵软地摊在枕头上。雅各布斯妻子和儿子的脸开始隐去。我捂住双眼，一次又一次地尖叫，把嗓子都喊哑了。当我把手放下来的时候，爪子已经不见了。妖母也不见了。

谁知道她是不是真出现过，我知道你会这么说，我不怪你；要不是亲身体验，我也无法相信。但我人在现场。他们也在——那些死去的人。妖母也在。

然而现在只剩玛丽·费伊，她死亡的宁静已被射进尸体的四发子弹摧毁。她歪斜地躺着，披头散发，嘴巴大开。我可以看到她的睡衣上有两个弹孔，还有两个在她身下的被单上。我还能看到那恐怖魔爪留下的灼烧痕迹，不过却没留下其他痕迹。

雅各布斯开始慢慢往左蹭。我伸手过去，但动作却慢得不真实。

我压根儿没能抓住他，手还差得远呢。他砰地侧身倒在地上，膝盖还是弯着。眼睛还是瞪得很大，眼神却已然呆滞了。难以描摹的恐怖表情印在了他的五官上。

查理，你看上去就像个刚触电的人，我想着竟笑了出来。噢，我真是笑翻了。我弯下腰，抓住我的膝盖以免跌倒。那笑声几乎全无声音——我的嗓子已经完全喊哑了，但却是真真切切的笑。因为真的很好笑，你也看出来了吧？雅各布斯触电！真搞笑！

但我笑的时候——笑得前仰后合，要笑出病来了，眼睛却一直盯着玛丽·费伊，等着那带有簇簇毛刺的黑腿再次从她嘴里吐出来，把那一张张尖叫的脸带出来。

最后我跌跌撞撞地走出这个死人的房间，来到客厅。几根断枝散落在地毯上，是从珍妮·诺尔顿之前打开的门里吹进来的。踩在脚下，树枝嘎吱作响，仿佛骨头碎裂一般，我又想尖叫，不过太累了。是啊，我实在太累了。

层层叠叠的暴雨云开始东移，一路上任性地劈下几道闪电，很快不伦瑞克和弗里波特的街道就会被水淹，排水管暂时被冰雹碎块堵住了，不过在乌云和我所站的位置之间，一道七色彩虹横跨整个安德罗斯科金郡之上。我跟阿斯特丽德来这儿的那天不是也有彩虹吗？

“上帝与挪亚定下‘彩虹之约’”，我们以前会在周四晚的团契上唱，帕特里夏·雅各布斯坐在钢琴凳子上摆动着身体，她的马尾巴左右摇摆。彩虹本是一个好兆头，意味着暴风雨已经结束，但看着这景象，我反而有了新的恐惧和反感，因为它让我想起了休·耶茨，休和他的棱镜虹光。休也见过蚁人。

世界开始变暗。我意识到自己在眩晕的边缘，这是好事儿。或许等我醒来的时候，这一切会从我的脑中抹去，那就更好了。就算发疯也好……只要疯子的世界里没有妖母。

死亡或许是最好的。罗伯特·里瓦德知道这一点，凯茜·莫尔斯也知道。我想起了那把手枪，里面的确留了一颗子弹给我，但这似乎并非解脱之道。要不是我听到妖母对雅各布斯说的话，我或许会以为这是解脱。“没有死亡，没有光明，没有停歇。”

只有支配者，她这样说道。

在虚无之境。

我的膝盖发软，人往下坠，倚着门边昏了过去。

XIV 后遗症

这些都是发生在三年前的事儿了。我现在住在凯卢阿，离我哥哥康拉德不远。这是一个夏威夷岛上的美丽海滨小镇。我住的地方在奥涅瓦街，这个街区离海滩相当远，更是远离繁华喧嚣，不过公寓很宽敞，而且对夏威夷来说，算是便宜了。而且它靠近库乌雷路，这是一个重要原因。布兰登·马丁精神病治疗中心就在库乌雷路上，而这就是我的心理医生挂牌看诊的地方。

爱德华·布里斯韦特说他41岁，不过他看上去就像30多岁。等你到了61岁——今年8月我就到这岁数了——你会觉得25岁到45岁之间的男人女人看上去都像是30岁的人。很难把那些刚刚度过顽劣20岁（至少我那段岁月是这样）的人当回事，但我一直努力配合布里斯韦特医生，因为他的治疗对我帮助甚大……但我不得不说，抗抑郁药帮助更大。我知道有人不喜欢这种药，他们声称这些药片会让他们的思想和情绪变迟钝，我可以做证，确有其事。

感谢上帝，确有其事。

多亏了阿康，我才认识了布里斯韦特医生，阿康放弃吉他去搞体育，又放弃体育去研究天文……尽管他还是一个排球猛将，在网球场上表现也不错。

我把这本书上每一页的事情都告诉了布里斯韦特医生，毫无保留。他基本不相信，当然，哪个心智正常的人会信呢？但是把故事讲出来却是一种解脱！故事中的某些元素会让他停下来思考一下，因为那些是有据可查的，例如丹尼牧师。即便是现在，只要你用谷歌搜索那个名字，还是能出来将近100万个结果；不信你就自己查一下。他的治疗是否真实依然有争议，但是连教皇约翰·保罗二世的治疗都尚有争议呢——据说他在世时治好了一名法国修女的帕金森病；他去世六年后，还为一名哥斯达黎加女人治好了脑部动脉瘤。（真奇妙！）[①]查理的许多治愈者身上发生的事——他们对自己或对别人的所作所为，也是可以查实的，并非凭空猜测。爱德华·布里斯韦特认为我是把事实编进了我的故事里，以添加可信度。去年年底有一天，他引用了荣格的一句话便足以概括：“世界上最伟大的虚构症患者都在疯人院里。”

我不在疯人院里；在马丁精神病治疗中心完成治疗后，我可以自由离开，回到我安静而充满阳光的公寓里。为此，我很感激。我也庆幸自己还活着，因为丹尼牧师的很多治愈者都死了。在2014年夏到2015年秋之间，他们中有几十人自杀了。或许有数百个——无法确定。我不由自主地想象他们在另一个世界重新醒来，在咆哮的星辰下赤裸行进，被恐怖的蚁兵驱赶着，我很庆幸我不在此列。我认为，感恩生命，不管出于什么原因，都表明这个头脑清楚地抓住了要领。我

---

① 2013年4月，已故教皇约翰·保罗二世的一项“神迹”被教廷册封圣人部医疗委员会总结为“无法以医疗解释之奇迹”，并提交神学审查。据梵蒂冈的说法，此项“神迹”是一名哥斯达黎加妇女莫拉（Mora）此前在电视上观看约翰·保罗二世的宣福仪式后请他代祷，而后她的脑部动脉瘤就获得了无法解释的痊愈。——译者注

的部分心智已经一去不复返——被“切除”了，看到玛丽·费伊病房那一幕后就像被截去了手脚一样失去了部分心智，这是我必须学着去习惯的。

每周二和周四，2点到2点50之间，我都要说上50分钟。

我真能说。

在暴风雨过后的那个早晨，我在山羊山度假村大堂的一张沙发上醒来。我的脸很疼，膀胱快憋不住了，但我却不想到餐厅对面的男卫生间去。那里有镜子，我不希望看到镜中的自己，哪怕是无意瞟见。

我走到外面去小便，看到度假村的一辆高尔夫电瓶车撞上了门廊的台阶。座椅和简陋的仪表板上都有血迹。我低头看看自己的衬衫，发现有更多血迹。擤鼻子的时候发现鼻子已经肿起来了，深红色的血痂从鼻子上脱落下来，掉到我手指上。原来是我开的高尔夫球车，撞了车，碰了脸，但我却完全不记得出过这事儿。

如果说我只是不想回天盖附近那个小房子的话，那真是过于轻描淡写了，但我不得不去。上高尔夫球车，然后开起来并不难。把车沿路开进树林却十分困难，我每次都得停车去把断枝移开，再开就更难了。我的鼻子一抽一抽的，脑袋因为紧张性头痛而砰砰作响。

门依然敞开着。我把车停下，出了电瓶车，起初我只能站在那儿揉我那肿胀的鼻子，直到又开始出血。这是一个晴朗的好天气——风暴已经冲走了所有的炎热和湿气，只不过门里面那个房间除外，那里是一个阴影之穴。

没有什么可担心的，我告诉自己。不会出什么事儿的，都结束了。

可是万一还没结束呢？万一还会出事儿呢？

如果她在等着我，随时准备伸出那人脸做成的魔爪怎么办？

我强迫自己一级一级走上台阶，当乌鸦在我身后的树林里发出刺耳尖叫时，我畏缩起来，抱头尖叫。唯一使我坚持没有逃走的就是，我知道如果不看清楚里面到底有什么，玛丽·费伊的临终病房会让我的余生不得安宁。

那个长了单个黑眼球的翕动中的恶心怪物并不在房里。查理的最终病人的尸体还像我上次见到的那样躺在那里，她的睡衣上有两个子弹孔，屁股下面的被单上还有两个。她嘴巴大开，不过并没有可怕的黑色凸出物的迹象，但我没有试图说服自己这全是我想象出来的，因为我清楚这不是。

那个金属头箍，现在已经暗淡无光，还箍在她额头上。

雅各布斯的位置变了。他没有侧身抱膝蜷在床边，而是靠着房间另一头的墙坐着，顶着五斗橱。我第一个想法是原来他那时还没死。此处发生的恐怖事件导致他又中风了，但却没有立即致命。他爬到了五斗橱那边，最后死在了那里。

或许如此，可是他手里却拿着枪。

我盯着这把枪看了很久，皱着眉头，努力回想。我当时想不起来，也拒绝了爱德华·布里斯韦特医生提出的用催眠疗法来还原封闭的记忆。一部分原因是我害怕催眠会从我大脑黑暗区域里释放出的东西，更主要是因为我知道，当时发生的事情一定是这样的。

我扭转查理的身体（那恐怖的表情仍印在他的脸上），让他面朝玛丽·费伊。我已经打了五发子弹，我很确定，但只有四发打在她身上。有一发打飞了，依我当时的精神状况来看，这并不奇怪。可是当我抬眼看墙的时候，发现上面有两个弹孔。

我是回过度假村，前晚又来过？是有这种可能，但我不认为我能勉强做到，即便是有些意识中断。不对，我应该是离开前就把场景布置好了。然后我才回去，撞了高尔夫球车，跌跌撞撞上了台阶，在大堂睡着的。

查理没有拖着身子爬过房间，是我把他拖过去的。我把他靠着五斗橱支起来，把枪放进他右手里，然后朝墙上打了一发。警察终会发现这离奇的一幕，他们不见得会去检查他的手上有没有枪击残留，但如果他们查的话，就能查到。

我想把玛丽・费伊的脸盖上，可是所有东西都必须原样不动，而且我最想做的就是逃离那个充满阴影的房间。但我又停留了片刻。我跪在我的“第五先生”身旁，摸了摸他细瘦的手腕。

“你本该收手的，查理，”我说，“你早就该收手了。”

但他可能收手吗？说得轻巧，这样我就能把责任推到他身上。可是我也要责怪我自己，因为我也没能停手。好奇心是很可怕的，不过这都是人性。

太人性了。

“我压根儿没去过那儿。”我这样告诉布里斯韦特医生，“我当时是这样决定的——只有一个人可以证明我去过。”

“那名护士，”布里斯韦特医生说，“珍妮・诺尔顿。”

“我认为她除了帮我之外别无选择。我们必须互相帮助，也就是口径一致，说我们当时一起离开了山羊山，是在雅各布斯开始说疯话，说要拔掉玛丽・费伊的呼吸机时走的。我相信珍妮会附和我的，也是为了确保我对她参与的那部分闭口不言。我没有她的手机号码，但我知道雅各布斯有。他的地址簿在库珀套房里。果不其然，我找到了她的号码。我打了个电话，直接进了语音信箱。我让她给我回拨。阿斯特丽德的号码也在他的电话簿里，所以我又试了一下她的。”

“又是语音信箱。”

“对。”我双手捂住脸，阿斯特丽德可以接电话的日子已经到头了。“是的，没错。”

• ● ⬤ ● •

事情是这样的。珍妮把高尔夫球车开回度假村，上了她的斯巴鲁，马不停蹄一路开回芒特迪瑟特岛。她此刻只想回到温暖舒适的家，也就是回到阿斯特丽德身边，毫无疑问，阿斯特丽德就在那里等着她。她们的尸体是在前门内侧被发现的。阿斯特丽德肯定是在珍妮刚走进家门的时候就拿菜刀一刀插进了她喉咙，然后又用刀割开了自己的手腕。她是横切开的（不建议这种做法），不过深深切进了骨头里。我想象着她们躺在那已经风干的血泊中，珍妮的手机在她包里响了一阵，然后是阿斯特丽德的手机在厨房的刀具架下响起来。我不愿去想，但却停不下来。

• ● ⬤ ● •

并非所有被雅各布斯治疗过的人都自杀了，但在后来两年里，很多人都这样做了。并非所有的人都杀死爱人来陪葬，但半数都是这样；我是调查后得知的，而且我告诉了爱德华·布里斯韦特。他认为这些不过是巧合而已。这并没有那么容易，不过他乐得驳斥我对于这一连串疯狂、自杀和他杀所给出的结论：妖母需要牺牲品。

帕特里夏·法明戴尔，那位往自己眼里撒盐的女士，视力恢复到了足够夜间在床上闷死她年迈的父亲，然后开枪打爆她丈夫和她自己脑袋的地步。埃米尔·克莱因，吃土的那个人，枪杀了他的妻子和儿子，然后走进了车库，把剪草机的机油倒了自己一身，然后划了一根火柴。爱丽丝·亚当斯，在克利夫兰帐篷复兴会治好癌症的一位，拿着她男友的AR-15自动步枪进了一家便利店，开枪扫射，杀死了三个路人。弹夹打空之后，她从口袋里取出一把0.38英寸口径的“狮子鼻”（左轮手枪），张嘴朝上腭开了一枪。玛格丽特·特里梅因，丹尼牧师在圣迭戈治好的一个病人（克隆氏症），从她的九层公寓的阳台上把她的襁褓中的儿子扔了下去，然后自己跳下去。目击者说当她摔下来的时候完全没有发出叫声。

然后就是阿尔·斯坦珀。他的故事你可能了解，怎么可能错过超市小报的劲爆头条？他邀请了两任前妻共进晚餐，但其中一位，好像是第二任，碰上了塞车，结果来晚了，算她走运。斯坦珀的这处住宅在韦斯特切斯特，门开着，她就自己进去了，她发现斯坦珀的第一任前妻被绑在饭厅的一把椅子上，头顶凹陷了进去。这个沃–利特斯乐队前主唱从厨房里出现了，挥舞着棒球棍，棍子湿漉漉的，沾满了血和头发。第二任前妻尖叫着逃出房子，斯坦珀在后面一路狂追。在住宅区的街道上跑到一半儿时，他倒在了人行道上，心脏病突发身亡。没什么好奇怪的，他体重严重超标。

我敢肯定所查到的并非所有案子，这些案例分散在全国各地，淹没在美国日渐习以为常的无意义暴力事件之中。布里能够查出其他案子，但即便她仍是单身，住在科罗拉多州，她也不会想帮我的。布里·唐林–休斯现在不跟我来往了，我也完全谅解。

去年圣诞节前不久，休打电话给布里的母亲，请她到他大房子里的办公室来。他说他有个惊喜给她，他的确做到了。他用电灯线勒死了他的老情人，把她的尸体抱进车库，拖上他那辆老式林肯大陆的副驾座位。然后他坐到方向盘后面，发动了引擎，调到一个放摇滚的电台，在封闭的车库里吸尾气自杀了。

我答应过布里远离雅各布斯……她知道我对她撒了谎。

“假设你说的全是真的……”爱德华·布里斯韦特在我们最近的一次治疗中说。

“你竟敢这么说。”我说道。

他微笑起来，继续说：“这并不表示你所看到的地狱般来世情景是你真正看到的。我知道这景象一直在你心头萦绕，杰米，不过看到异象的人多了去了，包括《启示录》的作者，拔摩岛的约翰。有许多老年男女，甚至小孩子都声称自己窥见过薄纱之外的世界。《天堂真的存在》就是基于一个差点儿丧命的四岁小孩儿所看见的来世写出来的。”

“科尔顿·伯波，”我说道，“我读过。他说有一匹小马驹，只有耶稣能骑。”

“随你怎么开玩笑，”布里斯韦特耸了耸肩，“他所说的很容易被人拿来取笑，但伯波还遇到了他胎死腹中的姐姐，这是他之前不知道的。这一点是可以查实的。就跟所有那些杀人之后自杀的案例一样可以查实。”

“杀人之后自杀的案例有很多，但科尔顿只是遇到了一个姐姐而已，”我说，“区别在于数量。我没上过统计课都知道这一点。”

“我很乐意假定那孩子看到的来世的异象不成立，因为同样的假定可以支撑我的命题：你看到的异象——贫瘠的城市、蚁人、黑纸般的天空——同样不成立。你明白我的意思吗？”

“明白。而且我也乐意采信。”

我当然愿意。谁都愿意。因为人终有一死，想到我死后要去的地方，这给我的生活蒙上的不仅是阴影而已；它使我的人生显得单薄而没有意义。不，还不光是我的人生，是所有人的生命。于是我死死抓住一个念头，这是我的四字真言，早上起来念一遍，晚上睡前念一遍。

妖母骗人。

妖母骗人。

妖母骗人。

有时候我能信……但也有一些原因让我有所保留。

总有些迹象。

● ● ● ● ●

在我回到尼德兰之前——我在那里发现休谋杀了布里的母亲然后自杀，我开车回了哈洛的家。我这样做有两个原因。雅各布斯的尸体被发现后，警方可能会与我联系，让我讲讲我在缅因州做了什么。这似乎很重要（虽然最后他们并没问），但还有更重要的：我需要一个熟悉的地方的舒适感，需要那些爱我的人。

但我未能如愿。

你还记得卡拉·琳内不？我的小外侄孙女。2013年的劳动节派对我一直抱着，直到在我肩上睡着的那个；每次我走近都向我伸出手臂的那个？当我走进我出生成长的老房子时，卡拉·琳内坐在她父母之间一把老式高脚椅上，我小时候可能也在上面坐过。小姑娘见到我之后开始尖叫，剧烈地左右摇摆，要不是父亲把她抓住，她可能会摔下地。她把脸埋在胸前，用尽气力尖叫不已。直到她祖父特里把我领到门廊，她才停下来。

“她这是搞什么鬼？”他半开玩笑地说，“你上次来的时候，她那么依依不舍。”

“不知道。”我嘴上这么说，心里却清楚。我本想在这儿住上一两晚，吸收一下正常的气息，就跟吸血鬼吸血一样，不过看来是行不通了。我不知道卡拉·琳内在我身上到底感觉到了什么，但我是再也不想见到她那张惊恐的小脸了。

我告诉特里我只是顺道过来打个招呼，连留下来吃晚饭的时间都没有，要赶一趟去波特兰的飞机。我一直在刘易斯顿，录诺姆·欧文跟我说的一个乐队的演出。他说这个乐队有潜力红遍全国。

“真的吗？”他问。

“没戏，一点儿戏都没有。”我装模作样地看看手表。

“别管那飞机，”特里说，“总有下一班的。进来跟家人一起吃顿晚餐吧，我的好弟弟。卡拉会静下来的。”

我不这么认为。

我告诉特里我要在狼颌录一场演出，绝对不能错过。我跟他说下次吧。而当他伸出双臂时，我紧紧抱住他，我知道这辈子可能再也见不到他了。我当时还不知道那些杀人之后自杀的事情，但我知道我背负了一些有毒的东西，很可能接下来的日子里都要背负着它。我最不想做的就是让我爱的人被毒物感染。

往我租的那辆车走的时候，我停下来看了一眼草坪和卫理公会路之间的那条泥沙带。卫理公会路多年以前就铺好了，但那条泥沙带却跟我当年玩我的玩具士兵时一样，那是我姐姐送我的六岁生日礼物。1962年秋的某一天，我跪在那里玩士兵，一道阴影遮住了我。

这阴影还在。

• • ● • •

“你有没有杀过人？”

爱德华·布里斯韦特多次问我这个问题。我知道这招叫“递进重复”。我总是微笑着告诉他没有。我固然是往那可怜的玛丽·费伊身上打了四发子弹，但这女人当时已经死了，而查尔斯·雅各布斯则是死于一次致命的中风。如果那一天没发作，过一阵儿也会发作，而且很可能是在年前。

“你显然也没有自杀，”爱德华微笑着继续说，“除非我面前的你只是我的幻觉。”

“不是幻觉。”

“没有自杀冲动吗？”

“没有。”

“有没有在理论层面思考过？比如夜深人静的时候，或者是无法入睡的时候？”

“没有。”

这些日子，我的生活远算不上快乐，但是抗抑郁药为我设定了下限。自杀没在我考虑范围之内。而且鉴于死后可能出现的事情，我希望尽可能活久一点儿。还有些别的事情。我觉得，无论对错，有许多我需要赎罪的地方。正因如此，我还在试图多做好事。我在阿普普街的海港之家做汤厨。我每周有两天时间在凯奥卢道上黑雁面包房旁边的“美好愿望”慈善二手商店做志愿者。你要是死了，就没法儿再弥补什么了。

“告诉我，杰米，为什么你是那只另类的旅鼠，没有同类那种跳崖的冲动？为什么你有免疫？”

我只是微笑着耸耸肩。我可以告诉他，但说了他也不会信。玛丽·费伊是妖母走进我们世界的大门，但我是那把钥匙。开枪射击一具尸体不能杀死任何东西——妖母那种不死的存在是不可能被杀死的——可是当我开枪的时候，我把门给锁上了。我不光是嘴上说不，也在身体力行。如果我跟我的精神科大夫说某个另一世界的存在，支配者之一因为我说了“不”而把我救下来，留着日后终极末日复仇时再用，精神科大夫听了之后可能会考虑强制安排我住院。我可不想这样，因为我还有另一个责任，一个我认为远远比在海港之家帮忙，或者在“美好愿望”给衣服分类更重要的责任。

每次与爱德华的治疗结束后，我都用支票跟他的接待员结算。我有财力这么做，是因为那个前巡回摇滚吉他手转型的录音师，现在摇身一变成为富人了。真讽刺，不是吗？休·耶茨死后无嗣，留下了大量的财富（祖祖辈辈流传下来的）。有一些小额遗产，比如给莫奇·麦克唐纳、希拉里·卡茨（又名“星灿佩甘”）的赠款，但是他的大部分遗产却是在我和乔治娅·唐林之间分。

鉴于乔治娅死于休之手，光那笔遗赠，财产律师的律师费就相当于他们干20年的费用了，而且没人来制造事端（我当然不会去添乱），所以没有法庭纠纷。休的律师与布里取得了联系，告知她，作为死者的女儿，她有权要求索赔。

不过布里无意索赔。办理我这边事务的律师告诉我，布里称休的钱是“被玷污”的。或许如此，但我拿走我那份却毫无歉意。一部分是因为我没有参与休的治疗，更主要是因为我觉得我也被玷污了，与其在窘困中被玷污，不如舒舒服服地被玷污。我不知道乔治娅的那几百万下落何方，也无意查明。知道太多并不好。这一点我现在算是懂了。

当我一周两次的治疗结束并付清账单后，我离开了爱德华·布里斯韦特的外层办公室。外头是一个宽阔的铺了地毯的大堂，排列着其他办公室。右转就能回到大堂，出了大堂就是库乌雷路。但我没有右转，我向左转了。认识爱德华纯属巧合，我最初到布兰登·马丁精神病治疗中心是为了其他目的。

我沿着走廊往下走，穿过芳香馥郁管理得当的花园，那花园就是这套设施的绿色心脏。患者坐在这里享受夏威夷的稳定阳光。许多人穿戴整齐，有些只穿着睡衣或睡袍，有几个（我看是新来的）还穿着医院的短袖无领病号服。一些人在交谈，有病友在聊天的，也有跟看不见的朋友在说话的。其他人只是坐着，直直地看着花草树木，两眼空洞，只有那种被人喂药喂到傻掉的眼神。有两三个病号有护工跟着，免得他们伤害自己或他人。我经过的时候，工作人员通常喊我的名字跟我打招呼。他们现在跟我已经很熟了。

在这个露天门廊的另一头是柯斯格洛夫堂，马丁精神病治疗中心的三个住院部之一。另外两个是短期住院部，主要住的是药物成瘾的病人，通常住院28天。柯斯格洛夫堂是给那些需要长期治疗方可康复的病人提供的，如果他们还能康复的话。

跟主楼的走廊一样，柯斯格洛夫堂里面的走廊也宽敞而且铺有地毯。跟主楼一样，这里也是凉爽宜人。不同的是墙壁上没有画，也没有背景音乐，因为这里的一些患者有时候会听到一些声音，低声说着脏话，或是给他们下达邪恶的指令。在主楼的走廊上，有些门是打开的。在这里，所有门都紧闭着。我哥哥康拉德一直住在柯斯格洛夫堂，到现在将近两年了。布兰登·马丁精神病治疗中心的管理员和他的主治医生主张将他移到一个为更永久的地方——曾经提过毛伊岛的阿罗哈村，不过我至今一直拒绝。在凯卢阿这里，我见完爱德华之后，就可以去看他，多亏了休的慷慨馈赠我才负担得起他的费用。

不过我必须承认，走完柯斯格洛夫堂的走廊对我是一种考验。

我尽量在爬楼梯的时候盯着自己的脚，不用看路是因为我知道从中庭门口到阿康的小套房正好142步。我并不总能成功——有时候我会听到有声音小声喊我的名字，但多数时候可以。

你还记得阿康的爱人吗？夏威夷大学植物学系的那个猛男。我之前没写他的名字，现在也不打算写了，如果他来这里看过阿康，哪怕一次，我可能都会叫他的名字。不过他没有。你要是问他，我敢肯定他会说，我的上帝，我为什么要去看一个想杀我的人？

我能想到两个原因。

一个原因是，阿康当时心智不清，或者说根本就是失心疯了。当他用一盏灯击中猛男的脑袋后，他跑进浴室，把门反锁，然后吞下了一把安定片——一小把。植物学猛男醒过来后（血淋淋的头皮需要缝合，不过此外无碍），他打了911报警。警察赶到现场，砸开洗手间的门。阿康昏了过去，在浴缸里打着呼噜。急救人员给他做了检查，连洗胃都懒得给他做。

阿康没有拼命想杀死植物学猛男或是自杀——这就是另一个原因。不过当然，他是雅各布斯医治的第一批人中的一个，很可能是第一个。他离开哈洛的那天，查理跟我说，阿康几乎是不药而愈，其他都只是略施小计。“这是神学院里教的技能，”他说，“是我一向在行的。”

不过他撒了谎。那次医治是真的，正如阿康现在的半植物人状态一样一点儿不假。这一点我现在算是懂了。被查理诓的那个是我，不止一次，而是一次又一次。尽管如此，你还是知足吧，对不？在我唤醒妖母之前，康拉德·莫顿一直在做观星研究，度过了很多快乐的年头。而且他还是有希望的。他毕竟打网球（虽然他从来不说），而且正如我前面说过，他是一个“排球怪物”。他的医生说，他的对外反应有所加强（不知道在房里能有什么外部刺激），护士和勤杂工进房的时候，不大会看到他站在角落用头轻轻撞墙了。爱德华·布里斯韦特说，康拉德或许可以完全清醒过来；他可以复活。我选择相信这一点。人们说，活着就有希望，我对这句话没有异议，但我觉得反过来也通。

有希望我才活下去。

每周两次，跟爱德华治疗结束后，我坐在我哥的套房客厅里，再跟他多聊一会儿。我跟他讲的一部分是真的——比如海港之家一次骚乱引来了警察，在“美好愿望”慈善二手店运来了一大批几乎全新的衣服，我终于看完了《火线》全五季。也有一些是编的，比如我跟黑雁面包房一个女服务员在谈恋爱，还有我跟特里用讯佳普（Skype）煲电话粥。我每次到访都只是独白，而非对话，所以不编不行。我的现实生活不够我说的，因为这些日子里，新鲜事儿贫乏得就像廉价旅馆的装饰品一样。

结束的时候，我总说他太瘦了，让多吃点儿，总跟他说我爱他。

“你爱我吗，阿康？”我问。

到目前为止，他都没有回答我，但有时他会微微一笑。这也是一种回答，你同意不？

4点到了，探访结束了，我按原路走回中庭，那里的阴影——棕榈树、牛油果树和中心的又大又歪的榕树投下的影子开始越来越长。

我数着我的脚步，偶尔看一眼前面的门，但其他时候还是紧盯着地毯，除非我听到有声音喊我的名字。

有时候我能置若罔闻。

有时却做不到。

有时候，我不由自主地抬头，看到医院淡黄色的墙变成了远古灰浆固定的灰色石墙，上面覆着常春藤。常春藤已然枯死，藤蔓看上去就像骷髅伸出的手。墙上的小门被遮蔽着，阿斯特丽德说得没错，不过它就在那里。声音从墙后传来，从一个古老生锈的锁孔中透出来。

我坚定地继续往前走。我当然要继续往前走，无法想象的恐怖就在另一边等着呢。不仅是死亡大地，还有超越死亡的大地，那里充斥着疯狂的颜色、怪异的几何形状和不见底的深渊，支配者就在深渊里过着它们无边的独居生活，思考着无尽的邪恶念头。

门后就是虚无之境。

我继续走着，想着布里最后一封电子邮件里的对句：那永恒长眠的并非亡者，在奇妙的万古之中，即便死亡亦会消逝。

“杰米，”从只有我能看见的那扇门上的锁孔里，传来一个老女人的轻声细语，“来吧，在我这里得到永生。”

“不，”我告诉她，正如我在异象中告诉她的一样，“不要！”

到目前为止，一切都好。不过最终还是会出事儿的。总是要出事儿的。等到出事儿的时候……

我就会去见妖母。

2013年4月6日—2013年12月27日